독재자와
해먹

Le dictateur et le hamac

by Daniel Pennac

Copyright © Editions Gallimard, 2003
Korean Translation Copyright © MUNHAKDONGNE Publishing Corp., 2007

This Korean Edition is published by arrangement
with Les Editions Gallimard through Sibylle Books Literary Agency.
All Rights Reserved.

이 책의 한국어판 저작권은 Sibylle Books Literary Agency를 통해
Les Editions Gallimard와 독점 계약한 (주)문학동네에 있습니다.
저작권법에 의해 한국에서 보호를 받는 저작물이므로
무단 전재 및 무단 복제를 금합니다.

이 도서의 국립중앙도서관 출판시도서목록(CIP)은
e-CIP 홈페이지(http://www.nl.go.kr/cip.php)에서 이용하실 수 있습니다.
(CIP제어번호: CIP2007001413)

독재자와 해먹

Le dictateur et le hamac

다니엘 페낙 장편소설 | 임희근 옮김

문학동네

참으로 살가운 벗인 내 동생 베르나르에게

우리의 집을 지어준 티에리의 영전에

차례

I. 털끝

"누가 예고를 했지? 나 자신조차 방아쇠를 당기기 이 초 전만 해도 그를 죽일 거라는 사실을 몰랐는데?"

"망이 브랑카가 예고했습니다. 하지만 그 바보는 읽을 줄도 귀 기울여 들을 줄도 몰랐답니다."

1

이 이야기는 광장공포증이 있는 어느 독재자의 이야기가 될 것이다. 어느 나라든 그건 상관없다. 바나나 나무가 많은 어느 공화국, 지하자원이 워낙 풍부하여 권력 한번 잡아보고 싶을 만한 나라, 하지만 겉으로 드러난 땅은 척박하여 걸핏하면 혁명이 일어나는 그런 나라를 상상하면 된다. 그 나라의 수도를 테레지나라고 하자. 브라질 피아우이 주의 주도(州都) 이름처럼. 사실, 피아우이 주는 너무 가난한 주라서 권력에 관한 우화가 펼쳐질 배경으로는 적당치 않다. 하지만 테레지나는 수도 이름으로 그런대로 쓸 만하다.

그리고 마누엘 페레이라 다 폰치 마르팅스는 독재자에게 붙이기에 아주 그럴싸한 이름이다.

그러니까 이 이야기는 광장공포증이 있는 독재자 마누엘 페레이라 다 폰치 마르팅스에 대한 이야기다. '페레이라'와 '마르팅스'는 이 나라에서 가장 흔한 두 성(姓)이다. 그러니 그는 천상 독재자일 수밖에 없다. 길거리에서 늘 만나는 흔한 성씨를 이름에 둘이나 달고 있으니, 당연히 권력이 손에 들어오지 않겠는가. 마누엘은 철들고 나서 줄곧 그렇게 생각해왔다.

나중에는 사람들이 그를 그냥 짧게 '페레이라'라고만 부르게 된다. 아버지 성을 따서 말이다. 어머니 성을 따라 '마르팅스'라고만 부를 수도 있겠지만, 그의 아버지는 페레이라 다 폰치(폰치는 테레지나에서 말을 타고 사흘 걸리는 거리에 있다) 집안, 이 나라에서 가장 광대한 토지를 소유했던 대단한 가문이다. 땅 있지, 이름 있지, 돈 있지. 그러면 권력은 저절로 손에 들어오게 되어 있다. 이건 페레이라가 태어나 처음으로 갖게 된 생각 중 하나다. 정말, 어쩌면 진짜 맨 처음으로 한 생각이 바로 이건지도 모른다. 은밀하게 활활 타오르는 생각, 말 없고 조용한 아이 속에 숨겨진 불. 물론, 교육이야 어느 정도 받아야지. 영어, 프랑스어, 독일어는 해야 한다. 셈도 할 줄 알아야 하고 지리도 알아야 한다. 온갖 위협을 막아내려면 유토피아가 무언지도 알아야 한다. 무기와 춤, 정보와 의전도 알아야 한다. 이 모든 걸 배우기 위해 페레이라는 여덟 살에 고향 폰치를 떠났고, 열다섯 살까지는 테레지나에 있는 예수회 수도원에서 자랐다(총명하고 비밀 많은 아이, 체스를 지독히 잘 두는 아이였다). 그리고 외국(유럽)에 가서 교육을 다 받고 스물두 살에 돌아와 사관학교에 들어갔다. 그는 늘 권력을 갈망했지만 권력에서 비껴나 다른 곳에 가 있는 것에 맛을 들였다. 유럽은 좋았다. 이를테면 이탈리아. 심지어 모나코의 작은 바위도 좋았다. 그곳의 카지노는 두 팔을 활짝 벌려 그를 맞아주었고, 그곳의 공주는 그에게 살짝 추파를 던졌다(고 그는 믿는다).

그러니 이 이야기는 한꺼번에 이것저것 다 하고 싶어하는, 권력도 잡고 싶고 다른 데 가 있고도 싶은, 광장공포증에 걸린 독재자의 이야기가 될 것이다. 그의 경력은 이렇게 시작된다. 전임자인 장군대통령의 막료였던 그가 대통령 자리를 차지하게 된 것이다. 장군대통령은 배움에 소홀했다. 테레지나의 사교계 살롱에 떠도는 농담이 있었다. "대통령에 대한 테러가 있었다네. 누군가 대통령을 향해 사전을 던졌대." 이런 농담. 사람들은 부채로 얼굴을 가리고 키득키득 웃어댔다. 장군대통령은 그런 일로 자존심 상할 사람이 아니었다. 그 대통령은 말을 할 때면 이렇게 운을 떼는 경우가 많았다.

"페레이라, 글을 읽을 줄 아는 자네가 말이야……"

장군대통령은 문화에는 진짜 젬병이었다. 그가 보기에 문화란

'물러빠진 것들의 심심풀이'에 지나지 않았다.

"난 말이야, 인간이 뭔지 배웠다고."

그리고 또 덧붙였다.

"그래서 내가 사람보다 말[馬]을 더 좋아하는 거지."

장군대통령은 파라과이와 전쟁을 하고, 이어서 북부의 농민들을 학살해서 유명해졌다. 북부의 농민들은 요구사항을 내걸었다. 처음에는 애걸하다가 원하는 바가 수용되지 않자 미온적이나마 요구사항을 제시한 것이다. 그러나 그 요구는 받아들여지지 않았다. 탄원을 해도 소용이 없자 그들은 마침내 제대로 요구하기 시작했다. 북부의 농민들은 본당신부들을 선두에 세우고 테레지나 시가를 행진했다. 농민들이 밀려드니 테레지나가 위험해졌다. 장군대통령은 사관학교의 초년병들을 풀었다. 기병, 검, 포탄, 그리고 포병을 농민들이 잠복해 있는 북부의 여러 마을에 퍼부었다. 장군대통령은 주교의 축복 아래, 본당신부들을 총살하라는 명령을 내렸다.

페레이라의 아버지 다 폰치는 이 학살을 비난했다. 다 폰치는 그리스도교의 이웃 사랑을 실천하는 사람이었다. 그는 자기 소유의 대토지 내에서 주인 모르게 굶주림에 시달리던 농민들을 집 부엌까지 불러들여 공짜로 먹여주었다. 의사였던 그는 자기 소유의 토지 벌판에 사는 탈수증 환자들과 자기 소유의 산에 사는 급성

종기 환자들을 병원으로 불러 손수 고쳐주었다. 그는 굶주린 사람, 목마른 사람, 병자, 병자의 부모들이 하는 말을 귀 기울여 들어주었다. 다 폰치가 종종 하는 말이 있다.

"남의 말을 귀 기울여 들어주는 이에겐 사람들이 아무것도 부탁하지 않는다니까."

페레이라가 외국에서 학위를 여러 개 따서 자랑스럽게 돌아왔을 때, 장군대통령은 사 년째 권력을 쥐고 있었다.

장군대통령의 통치가 오 년째로 접어들 무렵, 페레이라는 그를 죽였다. 거의 충동적인 살인이었다. 그는 때가 왔다고 느꼈다. 그는 참사원에 출두하여 말했다.

"내가 그 바보를 죽였습니다."

그리고 이 말을 덧붙였다.

"내 몸을 여러분에게 맡기니, 알아서 하십시오. 죄인으로 다루든가 대통령으로 삼든가."

그는 발사 후 연기가 가시지 않은 군용 자동권총을 손에 쥐고 있었다. 그는 페레이라 다 폰치 가문 사람이었고, 그들은 그를 대통령으로 삼았다.

그가 유아세례를 받을 때 그를 안고 있던 대부(代父) 주교에게 페레이라는 부탁했다.

"대부님, 저를 축복해주십시오."

과두정부에 그는 선언했다.

"우리는 절대 아무것도 바꾸지 않소. 기존의 정치에 지성만 조금 가미할 것이오."

농민들에게 그는 이렇게 말했다.

"내가 북부 지방을 학살한 백정을 죽였소."

그리고 전 국민에게 이렇게 말했다.

"나는 여러분의 귀가 될 것입니다."

이것은 수수께끼처럼 알쏭달쏭한 말이었다. 귀란 말을 들어주는 기관이지만, 몰래 엿듣기도 하니까. 그러나 아무도 이런 생각은 못 했다. 그만큼 사람들은 누가 자기 말을 귀 기울여 들어주기를 원했던 것이다.

그러니까 이 이야기는 광장공포증을 지닌 독재자 마누엘 페레이라 다 폰치 마르팅스, 말이 없던 어린 시절부터 이런 것을 꿈꿔오다가 이렇듯 하루아침에 직관으로 권력을 거머쥔 그의 이야기가 될 것이다.

좋다, 그런데 왜 하필 광장공포증일까?

2

권력을 잡기 전 페레이라는 광장공포증 환자가 아니었다. 말이 없고 속을 알 수 없는 사람이긴 했지만, 광장공포증은 아니었다. 그는 텅 빈 장소도, 인적 없는 길도, 멀리까지 뻗어 있는 큰길도 두려워하지 않았고, 그런 곳에 출몰하는 군중은 더더욱 두려워하지 않았다. 특별히 그가 군중을 좋아해서가 아니라 그런 것에 습관이 되어 있어서였다. 그의 어린 시절, 아버지의 부엌 앞이나 병원 복도에 늘어서 있던 폰치의 비참한 군중, 성탄절에는 예수 탄생을 축하하고 성(聖) 금요일에는 십자가에 못 박힌 예수를 추모하는 종교적 군중, 다 폰치 가문이 의무적으로 참례한 종교적 축일이면 번번이 모여든 농민 군중, 결혼식과 장례식의 군중, 장터와 박람회에 몰려드는 군중, 대(大)안식일 심야에 폭죽이 펑펑 터지며 가면들을 비출 때 얼근히 술에 취한 군중. 정말이지, 그는 군중을 두려워해본 적이 결코 없었다. 심지어 잘 생각해보면, 식구들끼리 같이 식사할 때와 체스 둘 때와 혼자 독서할 때 말고 페레이라는 언제나 **군중** 속에서 살아왔다고 할 수 있다. 테레지나의 예수회 수도원 마당에서 뛰노는 어린이 군중, 유럽의 성대한 무도회에 나온 비단결같이 매끈한 군중, 연극을 다 보고 극장 출구로 나오며 추워서 덜덜 떠는 군중, 여자들이 많은 동네의 은밀한 군중, 경마장의 긴장한 군중, 심지어 파리에서는 파업중인 노동자 군중…… 생각해보면 얼마나 많은 사람들인가…… 페레이라는 오히려 혼자 있었던 시간이 얼마나 되는지 헤아려보는 보는 편이 더 나았을 것이다. 정말이지 그는 군중을 두려워한 적이 한 번도 없었다. 텅 빈 널따란 장소들도.

그렇다면, 왜 광장공포증이란 말인가?

마누엘이라는 이름을 쓰는 또다른 사람, 입 바른 소리 잘하고 학식 높은 수석통역관 마누엘 칼라두 크레스푸, 그가 한 어떤 말 때문이었다. 마누엘 칼라두 크레스푸는 세상을 떠난 장군대통령에 대해 이렇게 단언했다.

"그 바보는 알고 죽었어."

"그게 무슨 말이지?"

그 근처를 지나가던, 그리고 그 말을 결코 듣지 말아야 했던 페레이라가 물었다.

"그 바보가 자신이 죽을 거라는 예고를 미리 받았다는 말입니다, 각하."

"누가 예고를 했지? 나 자신조차 방아쇠를 당기기 이 초 전만 해도 그를 죽일 거라는 사실을 몰랐는데?"

"망이 브랑카가 예고했습니다. 하지만 그 바보는 읽을 줄도 귀 기울여 들을 줄도 몰랐답니다."

칼라두가 대답했다.

"내가 죽고 나면 나에 대해선 뭐라고 말할 텐가, 칼라두?"

페레이라가 별일 아니라는 듯 물어보았다.

"각하의 삶이 저에게 어떤 영감을 주었는지를 말할 테지요, 대통령 각하. 각하께서도 제 장례식에 오신다면 마찬가지로 하실 겁니다. 이 말 속에는 그 어떤 험담의 의도도 없습니다. 장군은…… 장군이 입었던 제복을 보셨나요? '맹세컨대, 진짜, 바보등신.' 이 것이 그의 삶을 요약하는 말입니다. 애정을 갖고 있으니 이런 말도 하는 겁니다."

망이 브랑카*는 세아라 주 출신의 브라질 마녀였다. 검은마녀와 대비되는 하얀마녀였다. 피부가 희다는 것이 아니라, 그녀가

---

* '하얀 어머니'라는 뜻의 포르투갈어.

구사하는 마법이 그렇다는 거다. 검은마녀는 (설령 실제 피부는 희더라도) 나쁜 운명을 점친다. 하얀마녀는 (실제 피부는 검더라도) 앞일을 예언하고 신들린 것을 풀어주는 일만 한다. 사람들은 모두 망이 브랑카에게 가서 점을 친다. 애정 문제, 가정사, 건강, 돈 문제, 직장 문제…… 이런 것들 때문에. 심지어 어떤 사람은 어느 저명한 교수가 하얀마녀에게 가서 점을 치면서, 자기가 테레지나 대학 종교인류학과 교수 자리를 따낼 수 있을지, 전세계를 돌며 강연회를 열 수 있을지 묻는 걸 보았다고 한다. 바로 그 교수는 나중에 경쟁자들을 제거하려고 검은마녀를 찾아갔다. 실제로 이상하게도 동료 교수들이 그에게 자리를 내주며 물러나게 되었고, 그는 지금 아주 늙었는데도 그 분야에서 인정받는 유일한 전문가라고 한다(하지만 이건 또다른 얘기다).

독재자 후보생들이 쿠데타를 일으키기 바로 전날 망이 브랑카를 찾아가 자문을 한다는 건 틀림없는 사실이다. 심지어 민주정부에서도 대통령 후보자가 선거 전날 그녀에게 갔다. 페레이라는 자기가 그렇게 하지 않았다는 데에 생각이 미쳤다. 그는 오귀스트 콩트를 읽은 사람인지라 점(占) 같은 것을 믿지 않았다. 그런 것을 믿지 않는 사람들이 그러듯, 페레이라는 그래도 호기심에서 망이 브랑카를 찾아갔다. 그 성녀는 (하얗고) 조그맣고 바싹 마르고 다리를 저는 여자로, 테레지나의 변두리 동네에서 점집을 열고 있었다. 페레이라는 아무도 모르게 혼자, 야밤을 틈타서, 아무에게도 말하지 않고, 군용 자동권총으로 무장하고—그는 이 무기를 몸에서 절대 떼놓는 적이 없었다—그곳을 찾아갔다. 그는 성녀의 집 덧창에 조약돌을 던졌다. 그리고 들어가서 우선 돈부터 내고 두 가지를 물었다. 첫째, 그녀가 장군대통령에게 뭐라고 말했는지.

"저는 그분이 만약 「로렌자치오」*를 읽지 않았다면 알렉상드르 공작**처럼 최후를 맞게 될 거라고 말했지요."

(이거야말로 순전히 점쾌일 거다. 글을 읽을 줄 모르는 그녀가 그 작품에 대해 안다는 건 어불성설이다.)

"그렇다면 나는, 나는 어떻게 최후를 맞게 되지?"

이것이 페레이라의 두번째 질문이었다. 망이 브랑카는 향수를 뿌려 점을 쳤다. 그녀는 쇠풀로 만든 향수가 담긴 커다란 향수병에 손을 담그더니 손에 묻은 향수를 방 여기저기에 뿌렸다. 그리고 향수 냄새가 머리 꼭대기까지 올라오자 그 자리에서 빙글빙글 돌면서 중얼거리기 시작했다. 점점 더 빨리 돌더니 급기야는 정말 팽이처럼 팽그르르 돌았다. 그러더니 갑자기 딱 멈춰 섰고, 그녀의 두 눈이 툭 튀어나왔다. 그제야 그녀는 칸돔블레***에 나오

---

* 프랑스 작가 알프레드 드 뮈세의 희곡.
** 「로렌자치오」에 나오는 폭군.

는 성인들을 불러댔다. 얼마 동안 그렇게 했다. 브라질의 성인들은 아주 많기 때문이다. 기니의 선조들보다도 많고 카리브 해의 자손들보다도 많다. 망이 브랑카는 빈 향수병을 손에 들고 사지를 덜덜 떨었다.

페레이라는 미사 때처럼 지루했다. 쇠풀로 만든 향수가 든 병을 보니, 어린 시절 저녁이면 어머니가 모기를 쫓으려고 방에 그것을 뿌리게 했던 것이 떠올랐다. 마침내 접신 상태가 절정에 다다라 정신을 잃을 지경이 되자, 망이 브랑카는 점괘를 토해냈다.

"당신은 군중에게 몰매를 맞아 인생을 마감하게 될 겁니다."

"어떤 군중?"

"농민들이죠."

페레이라는 그 자리에서 권총 개머리판으로 그녀를 쳐죽이고 궁전으로 돌아왔다.

사람들은 그녀가 넘어져서 죽었다고 생각했다. 페레이라는 충분히 돈을 들여 그럴듯한 장례식을 치러주도록 했다. 엄청난 군중이 그녀의 관을 뒤따랐다. 그중에는 시민들도 있었지만 전국 각지에서 온 농민들도 많았다. 그 모든 군중에게 자신이 민중의 믿음에 동참하고 있음을 증명도 할 겸, 또 마술이 존재하지 않는

*** 아프리카계 브라질인들이 행하는 종교의식과 음악.

다는 것을 자기 자신에게 입증도 할 겸 해서, 페레이라는 예복 차림으로 그 틈에 끼었다. 물론 그는 장례식에서 살아 돌아왔다. 살아 돌아왔을 뿐만 아니라 칭송받기까지 했다.

그렇다면, 왜 광장공포증인가?

3

장례식이 끝나자 밤이 되었기 때문이다. 그날 밤 페레이라는 자기가 왜 그 성녀를 죽였는지 자문해보았다. 그렇다고 죽인 걸 갑자기 후회한 것은 아니고, 도대체 왜 그랬는지 논리적으로 따져본 것이다. 그녀의 예언을 믿지 않았다면 왜 그녀를 죽였는가? 그리고 어차피 그 말을 믿지 않을 거라면 왜 구태여 거기에 점을 치러 갔던가? 그는 장군대통령을 죽였을 때처럼 자의로 그녀를 죽였다. 말하자면 순간적인 공황 상태에 빠졌던 것이다. 권력이 다가오는 걸 감지했던 것만큼이나 확실하게, 그는 이 여자가 바로 그 권력의 종말을 고지하고 있다는 걸 알아챘던 것이다. 그는 본능적으로 그 여자를 죽였다. 마치 정당방위처럼. 이렇게 살인을 하게 되기까지 자신도 믿지 못했던 어떤 운명을 피하기 위해.

그는 자기 자신에게 미신의 세례를 준 셈이었다.

그 성녀의 무덤을 굽어볼 때 페레이라의 머릿속에서 은밀히 무르익어가던 이런 생각들이 이제는 침대 속에서 확 피어나고 있었다. 살인과 정의를 좋아했던 장군대통령이 생전에 걸핏하면 그랬듯이, 페레이라 자신의 기분을 충족시키려고, 또는 꼭 해야만 하는 일이라서 그 여자를 죽인 거라면 차라리 나을 뻔했다. 그러나 페레이라는 살인자가 아니었다. 통틀어 세어보면, 그는 지금까지 자기 손으로 사람 셋을 죽였다. 그 시대를, 그리고 젊은 그가 속했던 사회계급을 감안할 때 이건 약과였다. 그런데 그는 그 사람들을 마치 야수를 죽이듯이 죽였다. 장군대통령을 죽일 때는 입맛이 동해서 죽였고, 또다른 두 사람(그중 하나가 성녀)은 막다른 골목에 몰렸다는 느낌 때문에 죽였다. 세 번 다 본능에 따라 한 일이었다. 동물처럼 아무것도 모르고 한 짓이었다……

"그러니까, 난 그런 바보짓들을 믿어"

이 말을 하고 페레이라는 바로 잠이 들었다. 그리고 악몽을 꾸었다. 그는 '분명히' 한 떼의 농민들 손에 살해당했다. 그건 예상했던 꿈이었고, 그는 냉정하게 자기의 꿈을 지켜보았다. 그는 죽음이 두렵지 않았다. 그는 종종 죽음이란 것을 정위치에 잘 맞은 단 한 발의 총탄, 좀더 나아가 한 무리의 경쟁자들이 심장을 겨누어 쏜 열두 발의 총탄이라는 형상으로 그려보곤 했다. 그러나 결국 생각해보면, 마구 때려 죽인다 한들 안 될 게 뭐란 말인가? 그는 혁명의 땅에서 태어나고 자랐다. 아무리 생각해도 그건 손가락으로 누비이불을 움켜쥐고 죽은 늙은이의 죽음보다는 덜 추한 죽음이었다. 꿈에서 그는 텅 빈 광장 한가운데에 마치 주사위처럼 서 있는 호텔에서 막 나오는 길이었다. "페레이라!" 누군가 그의 이름을 부르는 소리가 들렸다. 그러자 광장 주변에 서 있는 집들에서 농민들이 한꺼번에 튀어나왔다. 흙을 이겨 발라 지은 단층짜리 작은 집들이 호텔 주위에 커다란 원을 그리며 서 있었고, 셀 수 없이 많은 군중이 이미 그를 덮치고 있었다. 좋아, 그는 굶주린 군중을 꾸역꾸역 토해내는 집들, 거기서 쏟아져나오는 군중을 향해 총을 쏘면서 혼잣말을 했다. 나는 알레고리 발작으로 죽는다고. 그는 끊임없이 총을 쏘아댔지만 원은 '가차없이'(그는 이 단어를 책에서 보게 되면 좋아했다) 그를 향해 좁혀져왔다. 그는 희망 때문이라기보다는 원칙 때문에 총을 쏘았다. 방어도 못 하고 가만히 살해당하라는 법은 없으니까. 군중 가운데 누군가가 처음으로 그를 꽉 붙잡기 전에 그가 마지막으로 본 것은 저만치 광장 언저리, 하나밖에 없는 가로등 발치에 서서 무대 쪽에 등을 돌리고 자전거에 팔꿈치를 괸 채 말없이 웃으며 발밑의 희뿌연 빛—하얀 불꽃으로 타올랐을 듯한 그런 빛—을 바라보는 두 남자의 모습이었다. 웃느라 그 두 남자의 어깨가 흔들리고 있었다.

"이게 인생이야"라고 페레이라는 혼잣말을 했고, 그러자 갑자기 살고 싶었다. 그러나 군중은 이미 그에게 달려들고 있었고, 마침내 공포가 그를 엄습했다. 손과 발들, 무수한 시선들, 드문드문 이가 빠진 입들, 함성, 신음, 숨결, 몽둥이, 총, 벌목용 큰 칼, 처음 가해진 발길질, 첫 상처, 이런 것들만으로는 그의 공포를 다 설명할 수 없었다. 아니, 공포는 다른 것이었다. 이런 것들보다 더 심한 어떤 것이었다. 이 증오…… 그를 능지처참하고 있는 이 남녀들 (그들은 저마다 그의 손과 발을, 머리를 잡아당겼다. 몽둥이 찜질 때문에 뼈는 으스러지고, 벌목용 칼에 맞아 관절들은 모두 탈구되었다)은 모두 페레이라와 마르팅스 성씨를 가진 자들이었다.

그는 울부짖으며 잠에서 깨어났다.

그러자 그의 심장이 제 리듬을 되찾았다.

"뭐, 그냥 악몽일 뿐이야."

하지만 아침이 되어 대통령궁 문 앞에 펼쳐진 원형 광장을 마주할 때는 애써 자신을 억눌러야 했다. 언제라도 가득 찰 수 있다고 협박해오는 이 텅 빈 상태가 그의 목구멍을 틀어막았다.

"제기랄, 내가 광장공포증 환자가 되어가고 있군."

다음날 밤, 똑같은 악몽이 그의 광장공포증을 확인해주었다.

그렇다. 이야기는 여기서 끝날 수도 있을 것이다. 페레이라는 꿈에 나온 것과 똑같이 죽었으니까. 다만 이야기의 주인공이 되는 사람이 으레 그렇듯, 그는 자신의 운명에서 벗어나고자 했다. 페레이라의 이야기 전체는 바로 이러한 시도에 관한 이야기다.

그 이야기는 들려줄 만한 가치가 있을 것 같다.

4

그러니까 이 이야기는 광장공포증이 있는 독재자 마누엘 페레이라 다 폰치 마르팅스가 이것저것 다 원하면서, 그러니까 테레지나를 다스릴 권력과 유럽 여행을 전부 누리고 싶어하면서, 맞아 죽을 운명으로부터 벗어나려 헛되이 애를 쓴다는 이야기가 될 것이다.

이 상황에서 벗어나기 위해 그에게 떠오른 유일한 생각은—그야말로 독재자다운 생각인데—자기와 똑같이 생긴 닮은꼴을 고용하자는 것이었다. 그 닮은꼴은 모든 면에서 그와 닮았다. 한 인간이 다른 인간을 닮을 수 있는 최대한만큼. 물론 털끝만 한 차이야 있겠지만, 하여튼 그 정도로 빼닮았다. 그 눈곱만한 차이는 아무도 눈치채지 못했다. 페레이라는 그 닮은꼴에게 자기가 살아온 이야기며 일 이야기를 훤히 알게끔 들려주고 한치의 빈틈도 없이 자기를 흉내낼 수 있도록 훈련시킨 다음, 자기의 최측근 인물들에게 그를 보내 이런 질문을 하게 했다. 닮은꼴이 그들 각자에게 던진 똑같은 질문은 이것이었다. "제가 누구지요?"

아버지 다 폰치 노인은 이 질문이 못마땅했다. 그는 질문을 한 닮은꼴 청년을 엄하게 쏘아보며 말했다.

"권력을 잡았다고 해서 네가 누군지 잊어서는 안 된다, 마누엘. 너는 마누엘 페레이라 다 폰치 마르팅스, 영광스런 내 혈육이다. 그걸 절대 잊지 말아라."

닮은꼴은 부친의 손에 입을 맞추고, 이번에는 사관학교 교장이자 연대장이며 페레이라의 어릴 적 친구인 이두아르두 히스트 대령에게 가서 같은 질문을 했다(장군과 페레이라는 예수회가 운영하는 학교를 같이 다닌 동창으로, 체스를 두면서 숱한 밤을 말없이 함께 지새우곤 했던 사이다).

"당신은 우리의 해방자, 마누엘 페레이라 다 폰치 마르팅스 대통령이십니다. 장군의 머리를 날려버림으로써 승리의 한 방을 날리셨지요."

"좋았어. 하지만 체스 두던 시절은 지나갔네, 이두아르두."

체스라고는 전혀 둘 줄 모르는 닮은꼴이 대답했다.

"그런데 말이야, 우리끼리만 있을 때는 나한테 반말을 해도 돼."

닭은꼴이 주교(그는 페레이라가 유아세례를 받을 때 대부였고, 첫 영성체를 시켰고, 견진성사 때 두 손가락으로 양 볼을 때리는 상징적 의식도 베풀어주었다)에게 "제가 누구지요?"라고 질문하자, 주교는 그의 두 눈을 깊숙이 들여다보았다.

"그게 무슨 소리야, 자네가 누구냐고? 무슨 일이야, 마누엘? 자네가 로렌자치오인 줄 아는가? 설마 그 어리숙한 자의 죽음이 자네를 괴롭히는 것은 아니겠지?(죽은 장군대통령을 빗대어 한 말이었다.) 나는 자네에게 이미 축복을 주었지만, 지금 내가 죄를 사해주어 자네의 마음이 편해진다면 그렇게 해줄 수 있네. 자, 자, 그대의 죄를 사하노라. 자네는 그 우악스런 식인종 같은 인간을 없애라고 하느님께서 이 세상에 보내주신 사람일세. 아멘. 자, 평화 속에 가게나,* 정말로."

한길로 나온 닭은꼴은 농민의 옷차림을 한 채, 만나는 사람들에게 닥치는 대로 물어보았다. 매번 똑같은 대답이 돌아왔다.

"당신은 우리의 페레이라이십니다."

가끔 색다른 답도 있었다.

"……그리고 제 성도 페레이라랍니다."

또는

---

* 고백성사 후에 사제가 신자에게 하는 말.

"당신은 페레이라 다 폰치 가문의 일원이시죠. 모친께서는 제 어머니처럼 마르팅스 가문이시고요."

또는

"당신은 우리의 이야기를 들어주시는 귀이십니다."

테레지나 시장의 뱀장수가 한 이런 대답도 있었다.

"페레이라, 설령 당신이 족제비로 변장하신다 해도, 난 당신을 알아볼 것입니다. 당신은 내 가슴에서 쿵쿵 뛰는 심장이십니다."

닮은꼴은 그 역할에 딱 들어맞았다. 페레이라는 외국 대사관들 앞에서 발표하려고 준비해둔 신년연설을 그에게 시켜보았다. 온건한 어조와 정치적 박식함이 돋보이는, 고(故) 장군대통령의 호쾌한 트림과는 극명한 대조를 이루는 연설이었다. 기본적으로, 새 대통령은 모두에게 '특혜받은 관계(지하자원 약탈)'를 영속적으로, 그것도 '지속될 만한 시민의 평화'라는 평온함(표면상의 순응) 가운데 보장해주었으므로, 외교관들은 그 연설의 '유럽식 음률'(영국 대사 앤서니 캘빈 쿡의 표현)을 칭송했다.

닮은꼴은 샴페인 잔을 손에 든 채 페레이라를 향한 칭송의 말들을 들었다. 이때 페레이라는 특별실에 있었고, 조금 뒤에 금, 니켈, 석유, 그리고 새로운 지하자원 '아크마돈'의 퍼센티지에 관해 다시금 협상에 들어갔다. 개인적으로 페레이라는 죽은 장군대통령보다 더 높은 비율을 요구했지만, 협상 상대자의 측근이 있는 은행마다 계좌를 터줌으로써 일을 쓱싹 무마할 줄도 알았다.

"귀하의 가족에게 제가 개인적으로 경의를 표하는 것이라 생각하고 받아주십시오, 대사님."

마지막까지 머뭇거리는 상대방을 설득하기 위해 그는 또 이렇게 덧붙였다.

"이렇게 경의를 표하면 귀하에게 바로 커미션이 돌아갑니다."

심지어 그는 캘빈 쿡 경을 상대로 격의 없이 농담까지 했다.

"마르크스주의자 친구들 말이 맞네요. 가족은 자본주의의 기본 세포지요. 특히 행정자문회의로 구성된 세포 말입니다."

그랬다. 내부 권력도 확실히 다졌겠다, 해외 은행 계좌에 돈도 두둑이 들어 있겠다. 이제 페레이라는 자신의 두번째 열정, 즉 '다른 곳'에 대한 열정에 마음껏 탐닉하며 국내에서 겪는 광장공포증을 치료할 수 있었다.

내빼기 전에(이것이 도피의 길이라는 걸 그는 감출 수가 없었다) 그는 닮은꼴을 불렀다. 닮은꼴에게 자기는 여행을 떠나며, 비서실에 그걸 남겨둔다고 말했다. "여기 있다. 잘 알리고 다녀야 해, 알았지?" 남겨둔다는 건 그가 없는 동안 닮은꼴이 발표해야 할 연설문들이었다. 닮은꼴은 그 연설문들을 헷갈리려야 헷갈릴 수가 없었다. 그것들은 무더기로 쌓여 있고, 날짜순으로 분류까지 되어 있었던 것이다.

"네가 이것들을 외웠으면 한다. 사람들 앞에 선 네 입에서 내 연설이 나올 때에는 마치 진실의 샘물이 솟아나는 것 같아야 해. 난 청중 앞에서 자기가 할 도리나 읽어대는 유럽 정치꾼 녀석들과 같은 부류가 아니란 말이다. 연설을 할 때 군중이 내 안에 살고 있어야 하고, 내 입, 내게 남은 야만성을 통해 국민의 뜻이 표현되어야 하는 거야! 그러려면 **어조**가 관건이란 말이다. 알겠나?"

닮은꼴이 알았다는 시늉을 해보였다.

"그 밖에는 입을 다물어. 난 무엇보다도 조용한 대통령이라고."

닮은꼴은 조용히 하겠다고 서약했다.

"또 하나, 네놈 주제를 잊지 마라. 나와 같은 계급의 여자들에게 손대지 마. 만약 그랬다간 평생 여자라곤 구경도 못 할 줄 알아. 나는 순결한 대통령이란 말이다. 국민과 결혼했으니 나는 여자에게 신경 쓸 시간이 없어."

닮은꼴은 순결서약을 했다.

"여자들에게 손을 대는 건 중요한 의식이 있는 날, 무도회 첫머리에나 해."

페레이라는 닮은꼴에게 탱고를 이미 가르쳐두었다.

"우리 대륙에서 대통령이라는 이름값을 하는 대통령이라면, 탱고를 누구보다 잘 춰야 해!"

닮은꼴은 그 누구도 따라올 수 없는 탕귀스타*가 되었다.

"좋아, 이젠 세부사항 한 가지."

여기서 페레이라는 닮은꼴에게 구체적으로 명했다. 자기 말이 정말 그의 몸에 그대로 배어들어, 만약 자기 권좌를 차지할 생각이 든다면, 그렇게 된다면 너, 닮은꼴은 청산가리가 든 알약을 씹은 것처럼 그 자리에서 급사하게 될 거라고.

"그런지 안 그런지 어디 한번 시도해봐. 거기, 내 앞에서, 진지하게 네가 나인 양 행세를 해보란 말이야. 자, 노력을 해봐. 네가 대통령이야? 네가 우리 아버지의 아들이야? 너를 나라고 생각해봐. 조금이라도 말야. 기다린다, 기다린다고!"

닮은꼴은 자기가 대통령 대신에 정말 대통령이 되었다거나, 페레이라 다 폰치 노인의 아들이라거나, 주교의 대자라거나, 아니면 이두아르두 히스트의 친구라거나, 테레지나의 뱀장수 여인네들에 대해 손톱만 한 권한이라도 가진 사람이라고는 상상할 수도 없었을 뿐만 아니라, 그런 시도를 했다는 사실만으로도 두려움에 사로잡혀 이미 반쯤 죽은 상태로 더듬더듬 말했다.

"저는 못 하겠습니다. 각하는 각하이시고…… 저는 접니다."

네 말이 맞다, 페레이라는 생각했다. 너는 나를 전혀 닮지 않았

---

* '탱고 추는 사람'이라는 뜻의 이탈리아어.

구나. 육체란 날씨 풀리기 전의 굳은 똥 같은 것인데.

그러나 그는 그냥 이렇게만 말했다.

"그걸 잊지 마라."

5

페레이라가 유럽에서 한 일, 그러니까 거기에 몇 년이나 머물렀는가, 어떤 나라들을 찾아다녔는가, 어느 도시에 살았는가, 어떤 여자들을 좋아했는가 하는 것은 한 장(章) 분량의 백지로 남겨 둘 수밖에 없다. 그러나 아마도 가는 곳마다 요란벅적지근한 자취를 남긴 것이 틀림없다. 모나코에 도착한 뒤 리비에라 해변의 카지노에 광풍을 몰고 온 '페레이라'라 불리는 자가, 남들의 곱절로 돈을 거는 수를 쓴 사례만 봐도 알 수 있다. 또 체스 두는 사람들 사이에 '다 폰치 식 집 열기 비법'이라고 불리는 게 있는데, 두 플랑드르 지방*이 대결하는 암스테르담의 체스 시합 결승전에서

---

* 플랑드르 지방 중에서 네덜란드에 속하는 쪽과 벨기에에 속하는 쪽을 말함.

인도 출신의 미르가 고수인 투라티를 천천히 숨막히게 몰아쳐서 패하게 만든 방법이 바로 이것이었다(미르가 어떻게 '다 폰치 식 집 열기'의 바람을 탈 수 있었는지 캐나가다 보면 페레이라와 캐슬린 로커리지 — 인도 출신 체스 챔피언이 떠받드는 여자 무용수 — 가 어떤 사이인지 알게 된다).

이 일에 관해 이두아르두 히스트 대령이 한 증언은 들어볼 만하다.

"검은 피부의 광인이 가진 체스 말이 집을 열어버려 페레이라의 승리가 확실해 보였지만, 실상 시합은 끝도 없이 이어졌다. 우리는 며칠 밤을 그 시합 장소에서 먹고 자며 보냈다. 마누엘은 이런 식으로 적수의 힘이 완전히 다 빠져버리는 영원처럼 긴 그 시간을 즐겼다. 그렇게 충동적이면서도 참을성이 많은 인간을 나는 본 적이 없다. 체스에서나 정치에서나, 사랑할 때나 침묵할 때나, 그 인간은 아나콘다였다. 마누엘이 체스의 고수 미르에게 집을 여는 법을 알려주었다면, 그건 아마 자신에게 사랑이라는 선물을 주기 위해서였을 것이다. 인도 출신의 체스 고수가 이 새 친구 때문에 끝나지 않는 여러 차례의 대국에서 이기려고 시간을 들이는 동안 마누엘과 그 무용수는 침대에서 그만큼의 시간을 보낸 것이다. 그게 아니라면 내 손에 장을 지져라!"

백지로 남겨진 부분에 대해서 말해보자. 연구를 하면 할수록, 페레이라가 유럽 체류 기간에 남긴 흔적을 추적하려면, 책을 여러 권 써도(읽어도) 모자란다는 걸 인정할 수밖에 없다. 노름, 춤(옆으로 미끄러지듯 움직이며 추는 탱고 스텝의 이름은 그의 이름을 따서 붙여졌다), 옷 입는 법, 옛 주화 연구, 카드점, 칵테일 만들기(오 맙소사, 칵테일, 그 단조로운 다양함…… 아무리 섞어봤자 결국은 구리같이 텁텁한 맛이 입에 남을 뿐이건만!), 그리고 여러 연애사건들(유부녀를 꾀어 남편 병신 만들기, 납치, 추적, 결투, 포기, 우울, 자살 등등), 이처럼 허황되고도 다양한 분야에서 그의 손톱이 스치고 지나간 자국을 발견하게 되는데, 이것이 페레이라를 이 시대 마지막 신(新)낭만주의자로 멋지게 부각시킴으로써 그를 루돌프 발렌티노의 모델로 만들었고(캐슬린 로커리지의 말에 따르면 그렇다), 이 경조부박한 시대의 영화 속에 군림하며 "마치 무라노 산(産) 유리잔 속에서 파문을 일으키는 물방울 두 개처럼" 페레이라를 빼다박은(이것도 캐슬린 로커리지의 말) 스타로 만들었던 것이다.

정확한 예를 둘만 들어보기 위해, 그 몇 해 동안 니스의 네그레스코 호텔 수석 문지기가 입었던 제복을 보자. 누군가가 그에게 고(故) 장군대통령처럼 옷을 입히고 치장해놓았다. 아니, 아니,

아니, 누구누구처럼 옷을 입혀 치장해놓은 게 아니다. 사진들을 주의 깊게 보라. 그는 죽은 장군대통령이 입던 그 얼빠진 듯한 제복을 입고 있다. 그 독재자가 페레이라의 손에 죽을 때 입고 있던 바로 그 제복이다!

"호화스럽게 치장한 그 멍청이가 입던 바보 같은 제복을 페레이라가 팔아넘겼다는 건 전혀 놀랍지 않아요."

페레이라의 수석통역관이자 전기작가인 마누엘 칼라두 크레스푸였다면 확실히 이렇게 말했으리라. 죽은 광대 같은 옷차림의 문지기에게서 왕관을 쓴 머리통들, 대사 및 장관들, 대부호들, 그리고 프롬나드 데 장글레*를 보는 걸 그는 분명 좋아했다고.

스스로 '자수성가' 했다고 상상하는 공룡 같은 독재자들의 못말리는 무정부주의적 측면이 바로 이것이다. 그리고 페레이라는 다 폰치 가문의 남자였다. 다 폰치 가문은 자기들이 죽이는 대상을 결코 용서 못 한다.

추적하기 쉬운 또 하나의 길은, 페레이라가 여기저기 씨 뿌리듯 뿌리고 다닌 빚들이다. 노름빚, 궁궐 같은 호화 주택 구입비와 고급 요리, 의복 및 보석, 무기, 꽃, 장화, 기차와 선박 요금 청구

---

* '영국인들의 산책로'라는 뜻을 가진 니스 해변의 유명한 길.

서 등 돈 내라는 종이들이 빗발처럼 테레지나에 쏟아졌다. 닮은 꼴의 임무는 그 청구서들에 대해 페레이라 자신이 쓴 답장을 부치는 일이었다. 편지 속에서 젊은 대통령은, 누군가가 유럽에서 자기를 사칭하고 돌아다니며 이곳 테레지나에서 '나라 다스리는 일과 국민들에 대한 걱정에 여념이 없는' 자신의 삶과는 전혀 딴판인 향락 위주의 삶을 살고 있다고 개탄하였다. 그리고 그 부정직한 닮은꼴이 진 빚을 기꺼이 갚아주고 싶지만 "죄 받을 감정인 '부러움' 때문에 그러지 못하겠다"고 덧붙였다.

"탁월한 위선자로구면." 페레이라의 대부인 주교가 이 일화를 보고받았다면 아마도 이런 평가를 내렸을 것이다.

어느 저녁, 파리에서 페레이라는 잘 노는 한량들과 함께 라페루즈 레스토랑에 갔다. 그곳에 있던 어느 관상학자가 그를 알아보고는 못 들어오게 막으려 했다. 페레이라는 그 관상학자를 즉석에서 죽여버리는—잠시 그러고 싶다는 유혹이 들기는 했지만—대신(관상학자는 설마 자기가 광장공포증 환자에다 본능적 충동대로 사는 독재자 마누엘 페레이라 다 폰치 마르팅스의 세번째 희생자가 될 뻔한 줄은 결코 알지 못하리라) 그에게 이리 좀 와보라고 하고는 직접 귀에 대고 말해주었다. 나는 페레이라 다 폰치 대통령의 닮은꼴이 아니고 바로 페레이라 다 폰치 대통령 자신이며, 그 닮은꼴이 나쁜 짓을 저지르고 다니는 걸 그만두게 하려고 유럽에 온 거라고. 그러면서 관상학자에게 나를 위해 일해줄 수 있겠냐고, 보수는 후하게 쳐주고 범인을 잡을 경우엔 응분의 보상도 듬뿍 주겠다고 했다.

(페레이라가 유럽에 머문 기간에 대해 기록한 테레지나의 문서 가운데 가장 설득력 있는 건 바로 이 관상학자가 예의 바르게 자신의 급여를 요구한 편지이다. 관상학자는 물론 자기가 하는 일이 허튼 짓이 아님을—즉, 자신의 요구사항이 충분히 근거 있는 것임을—증명하기 위해 그 편지를 썼다. 채권자들의 이름을 모두 적어 첨부하는 명단에 자기 이름도 덧붙여질 거라는 사실을 모르는 채로 말이다. 이 관상학자의 이름은 펠리시앵 퐁스다.)

한마디로, 페레이라는 재미를 보고 있었다.

하지만 그 재미는 칙칙한 재미였다⋯⋯

그는 유배생활이 괴로웠던가? 번역할 길 없는 단어인 '사우다지*' 때문에 힘들었던가? 테레지나로 돌아가지 못하게 방해하는 그 광장공포증의 악몽을 저주했던가? 사랑에 취했다 깨어난 연인처럼, 마침내 유럽이 '자기와 맞지 않는'다는 것을 깨달았는가?

---

* '그리움, 향수'를 뜻하는 포르투갈어.

아니면 북아메리카인들처럼 강한 소유욕이 담긴 증오의 감정으로 유럽을 미워했던 것인가? 어쨌든 그는 웃지도 않고 재미를 보고 있었으며, 그건 절대 좋은 징조일 수 없었다.

아마도 그의 기질에서 나왔을 터이다. 기쁨 없는 이 소극(笑劇)들 말이다.

'바칼랴우 두 메니누('어린아이들의 대구'라는 뜻),' 지금도 이 스토릴 식당의 최고급 메뉴로 주문할 수 있는 이 음식의 기원을 자세히 연구해보면 앞에서 말한 그의 기질을 꽤나 정확하게 파악할 수 있다. 붉은 고추 한 켜, 검은 껍질콩 한 켜, 흰 쌀 한 켜, 달걀 노른자 한 켜, 붉은 양파 한 켜, 대구 한 켜, 이렇게 여섯 번을 연달아 쌓아올린다. 고추, 껍질콩, 쌀, 달걀, 양파, 대구, 여기에 마니오카* 가루를 솔솔 뿌려주고 잉걸불에 집어넣어 익힌다(요즘에는 오븐에 익히는 경우가 더 많다). 그런 다음 먹을 마음이 안 들 때까지, 벽돌 틈새의 이음돌처럼 빡빡해질 때까지 가만히 둔다. 전해오는 말에 따르면, 이 요리는 페레이라가 가난한 사람들을 먹이기 위해 어린 시절에 직접 생각해냈고 그의 어머니가 매일 요리해주던 '자선의 음식'일 거라고 한다. 그의 부친 다 폰치 노인이

---

* 열대 관목인 카사바의 다른 이름. 고구마같이 굵은 뿌리식물로, 쪄먹거나 녹말 가루를 내어 요리 재료로 쓴다.

이것을 직접 손에 들고 자기 집 부엌 앞에 날마다 줄을 선 굶주린 이들에게 나누어주곤 했다는 그런 얘기가 있다.

확인해보았는데, 이 모든 건 진실이다.

그러나 가장 아름다운 예술작품이든 요리든 마찬가지다. 어떤 음식의 탄생에 얽힌 의도를 몰라서야 그 음식에 대해 아무것도 모르는 거나 다름없다. '바칼랴우 두 메니누'에 숨은 뒷얘기를 알아내려면 식당 주방 사람들의 수다("'자선의 음식' 같은 소리 하고 있네. 얼마 냈는데, 여보?")를 넘어서서 페레이라를 진정 속속들이 알 수 있었던 사람들의 말에 귀를 기울일 일이다. 예컨대 여자들(행복한 시절에는 신화의 건덕지를 아주 많이 제공해주지만, 하늘이 흐려지면 금세 지칠 줄 모르고 진실을 파헤치는 그녀들), 그리고 그중 한 여자만 들자면 스코틀랜드 무용수인 캐슬린 로커리지. 찾아낼 길 없는 그녀의 회고록 원고 4천 페이지쯤을 읽다 보면, 의심 가득한 페레이라의 감시의 눈길을 받으며 사람들이 바로 그 이스토릴 식당에서 그녀에게 '바칼랴우 두 메니누'를 대접하는 어느 저녁 식사 장면을 만나게 될 것이다.

"그래, 어때?"

그녀가 첫 술을 떠서 겨우 삼키기가 무섭게 그가 물었다.

"맛이 그만이네요."

그녀가 대답했다.

"맛이 그만이지."

그가 메아리처럼 말했다.

그는 한마디도 하지 않았다. 그녀는 접시를 비우고, 뒤이어 나오는 음식 두 접시도 마저 비웠다.

밤늦게, 소화가 안 되어 그녀가 잠을 못 이루고 뒤척이고 있을 때 그가 또 말했다.

"맛이 그만이지……"

그는 그녀에게 미소를 지어 보였다.

"내가 만든 요리법이야."

그는 덧붙였다.

"수치, 증오, 혐오, 경멸, 허무를 잘 섞어서 만든 거지."

그는 여전히 빙긋 웃으며 그녀를 향해 몸을 굽혔다.

"붉은 고추는 가난을 숨겨주는, 우리 부엌의 수치야. 껍질콩은 껍질이 까매서 노예의 먹거리고, 쌀은 재료라기보다는 풀 같은 거지. 달걀 노른자는 설사하기 전에 뀌는 방귀 냄새가 나지. 위선자의 뱃속 말이야. 양파? 날양파는 소녀의 눈물이고, 익힌 양파는 죽은 피부의 너덜너덜한 허물. 대구로 말할 것 같으면……(그는 벌떡 일어나 열린 창으로 바다를 내다보았다)……포르투갈의 우매함의 총체. 그 자식들, 세상에서 가장 맛없는 생선을 잡으러 자기 나라 해변에서 그렇게 멀리 떨어진 곳까지 나가다니 말이야!"

그는 그녀 쪽으로 돌아섰다.

"그리고 당신, 하트 모양의 입술, 기가 막혀."

"당신 마니오카 가루를 잊었네요."

그녀가 새침하게 지적했다.

"거기 있잖아, 허무! 마니오카 가루 같은 건 아무것도 아니야. 색깔로 봐도, 맛으로 봐도, 걸쭉해지는 걸로 봐도 아무것도 아니라고."

잠시 시간이 흘렀고, 그는 이제 웃지 않았다.

"그건 아무것도 아니야. 그리고 그게 우리가 집에 가진 것 전부야. 우리의 허무를 걸쭉하게 만들기 위한 꾀. 마니오카."

그녀의 마음이 약해지는 것처럼 보이자, 그는 침대 가장자리에 앉아 그녀 쪽으로 몸을 굽혔다.

"어릴 때, 난 가난한 자들이 다시는 입에 대고 싶지 않다고 생각하라고 그 끔찍한 음식을 만들어낸 거야. 대통령이 되고 나서 난 그걸 우리나라의 대표 요리로 삼았지."

이 대목에서 침묵이 흘렀을 거라 상상하겠지만, 캐슬린 로커리지는 불확실한 음성으로 이렇게 대꾸했다.

"하지만 난 아까 더 덜어 먹었는걸요."

"왜냐하면 당신은 부자고, 유럽인이고, 비어 있고, 감상적이니까. 당신은 당신을 위협하지 않는 것을 사랑하는 일을 의무로 삼고 있잖아…… '진정한 것'의 추구. 이백 년 뒤에, 당신 나라의 가난한 자들이 당신을 먹어버리지 않았다면, 당신 계급의 새침하고 까다로운 여자들은 여전히 제 접시를 핥고 있을 거야…… '기가 막히군.'"

이 말을 하고 그는 침실에서 춤을 추기 시작하더니 즉흥시 한 편을 읊어댔다. 테레지나의 장터에서 서로 얼굴을 마주 보며 이런 구절들을 읊어주곤 하는, 기타 치며 이중창 부르는 사람들처럼 비음 섞인 쳇소리를 내면서.

Na França, Henrique quatro

Rei queridinho do povo

Inventou a 'pulopo'

Nosso Pereira criou

O mata-fome supremo

O Bacalhau do Menino!

〔프랑스에서는, 앙리 4세

민중이 사랑하는 왕이

솥에 삶은 닭요리를 생각해냈고

우리의 페레이라께서는
요깃거리 중 가장 막강한 요깃거리
'어린아이들의 대구'를 지어내셨다네!]

  그는 노래를 부르며 명랑하면서도 그악스럽게 팔짝팔짝 뛰었
다. 다른 아이들의 원수를 갚는 꼬마 아이처럼.

6

그러니 이건 마누엘 페레이라 다 폰치 마르팅스, 광장공포증에
떠돌이 기질까지 지닌 독재자, 지나간 나라들마다 기억할 만한
흔적 하나 남기지 않은 그의 이야기가 될 것이다.

그렇다, 하지만 그럼 닮은꼴은 어떻게 된단 말인가?

닮은꼴은 실제로 테레지나에서 어떻게 그 상황을 모면하지?

그는 손짓과 눈짓으로 전해지는 지시에 따라 그 상황을 모면했
다. 그는 장터 광장에서 달걀 하나를 깨는 것만큼이나 아무렇지
도 않게 장군대통령을 죽여버린 바로 그 사람의 대역이었다. 떠
나기 전에 페레이라는 머리털이 쭈뼛할 정도의 협박을 해두었다.
"난 절대 멀리 있지 않을 거다"라고. 닮은꼴은 될 수 있으면 생각

을 하지 않으려 했다. 그의 입장에서 생각을 한다는 건 복잡한 일이었다. 다른 사람 행세를 하되 절대 그 사람인 것처럼 굴지는 말라는 명령을 받은 것이다(안 그랬다가는, 끽! 청산가리. 그는 그 가르침을 깊이 새겼다). 그에게 주어진 영예, 그를 따라다니는 의전, 사람들이 그에게 보내는 존경, 그가 불러일으키는 두려움, 사람들이 그에게 바치는 애정, 이 모든 것에도 불구하고 그렇게 하라는 것이었다. 곳곳에 나붙은 페레이라의 초상화는 그의 초상화가 아니었지만 그는 사방에서 그의 모습을 통해 자기 모습을 보았다. 닮은꼴은 닮은꼴 자신일 뿐이다. 하지만 이 허무는 대단한 기세로 엄습해왔다. 그 생각만 하면 현기증이 났다. 게다가, 그는 모든 이에게 거짓말을 하고 있기 때문에, 한 사람 한 사람을 모두 의심했다. 사람들이 내 말을 믿어주는 게 가능할까? 사람들이 나를 페레이라로 본다는 게 있을 수 있는 일일까? 엄밀히 말하면 민중은 남이 멀리서 보여주는 것을 믿고, 이미지만을 경배하고, 그랬다가 또 죽이기도 한다. 그러나 페레이라의 죽마고우 이두아르두 히스트나 주교나 그의 아버지는 대체 내 모습에서 누구를 본단 말인가? 아버지라는 사람이, 그것도 다 폰치 가문 사람이 자기 아들이 아닌 자에게 "넌 내 핏줄의 영광이야" 이런 말을 할 수 있나? 아무리 닮았다 해도 그렇지. 아니, 아니야, 그들 셋은 알고 있는 거야. 페레이라는 아버지와 친구, 대부의 눈에, 그리고 어쩌면 뱀

장수의 눈 속에도 있어. 페레이라는 멀리 있지 않아. 페레이라는 사방에, 내 속을 포함한 도처에 숨어서 내가 헛발질하기만 기다리고 있는 거라고! 닮은꼴은 생각을 했다 하면 이런 망상이나 자꾸 하게 되었다. 그래서 더는 생각을 하지 않기로, 구경꾼들이 구경꾼의 역할에서 이탈하지 않도록 자기도 자기 역할에 머물러 있기로 마음먹었다.

"정치라는 것은 말이야, 구경꾼의 역설이지."

페레이라는 전에 이런 말을 했다.

닮은꼴은 그 말을 자기가 제대로 이해했는지 잘 몰랐지만, 이 말 속에 자기 목숨이 걸린 진실이 깃들어 있다는 것은 느꼈다.

그래서 그는 자기 역할을 완벽하게 수행했다.

그 역할이란 대본에 있는 역할이며, 침묵이 담겨 묵직한 역할이다. 닮은꼴이 페레이라의 헤아릴 수 없이 많은 연설을 배우는 데 몰두하고 있지 않은 건 그가 그 연설을 직접 입 밖에 내는 장본인이기 때문이고, 그가 민중에게 말을 건네는 일에 전념하지 않는 건 민중의 이야기를 귀 기울여 들어주는 일까지만 하고 있기 때문이다.

매일 저녁, 무슨 선고라도 떨어지듯 해가 떨어지는 시간이 되면 닮은꼴은 불꽃나무 아래에 앉아 소박한 사람들의 말에 귀를 기울였다.

"우리 아버지처럼 해."

페레이라는 그렇게 명령을 내렸다. "정해진 시간이 되면 사람들이 하는 말을 귀 기울여 들어줘. 필요한 만큼의 인간미를 눈길에 담고, 입은 꼭 다물어. 대화가 끝났다는 걸 알리려면 이 말만해. '잘 들었소.' 그리고 다음 사람으로 넘어가라고."

"그게 전부입니까?"

닮은꼴이 물었다.

페레이라가 고개를 끄덕였다.

"이건 혁명이야. 그들 말을 귀 기울여 들어준 사람은 아무도 없었어. 그들은 앞으로 세 세대는 지나야 더 해달라고 요구할 수 있을 거야. 그때까지 너나 나나, 더는 남의 말에 귀 기울일 상태가될 수 없을 거야."

닮은꼴은 군중에게 페레이라의 연설을 퍼붓고 그 불같은 성실함에 군중의 시선이 활활 타오르는 걸 즐기기도 했지만, 장탄식하는 하소연을 귀 기울여 들어주는 일은 싫어했다. 진짜 듣고 있지도 않으면서 듣는 척하는 건 어려운 일이다. 듣다가 졸지 말아야 하고, 참을성 없이 안달하지도 말아야 하고, 아직도 몇 명이 더서서 대기중인지 세어보지도 말아야 하고, 오늘 저녁 식사로 뭐가 나올지 생각하지도 말아야 하고, 바나나 맥주 한 잔 들이켜고 싫어도 참아야 하고, 여자들의 매력에도 저항해야 한다―"나는 순결한 대통령이란 말이다!"라고 하지 않았나! 몸을 긁지도 말아야 하고, 오줌이 마려워도 참아야 하고, 정말 그곳에 있고 싶어서 있는 듯한 느낌을 주어야 한다…… 사실, 어디에? 거기보다 더 있고 싶은 곳이 어디겠는가? 무엇보다 자기 자신에게 질문을 던지지 말아야 하고, 사람들의 말만 귀 기울여 들어줘야 한다. 마치 세상에서 하소연하는 사람이라고는 그 사람 한 명밖에 없는 것처럼―제기랄, 이 빌어먹을 긴 줄에 대체 몇 명이 더 서 있는 거야? 그리고 들어줄 귀도 자기 귀밖에 없다는 듯 그렇게 들어주는 거다. 어머니 뱃속보다 더 포근한 귀. 결정적인 시간이 왔을 때 영원한 아버지보다 더 절대적인 귀가 되어서.

"자, 내 말을 귀 기울여 들어봐. 내게는 세상에서 네 귀밖에 없는 것처럼 말이야!"

페레이라는 오랫동안 닮은꼴에게 남의 말을 귀 기울여 잘 듣는 법을 훈련시켰고, 자기 자신도 상대 역할―기진맥진한 농사꾼, 걱정 많은 장사꾼, 굶어죽을 지경인 과부, 숨막혀 죽을 지경인 집안의 아들 등―을 하나씩 하나씩 연기했다. 조용한 마누엘, 아무에게도 절대 속을 털어놓지 않는 그가 이 기회를 이용하여 이 용병의 귀에 자기 어린 시절의 기나긴 권태, 아버지의 완고함, 어머니의 나약함과 줏대 없는 우매함, 시골 농부들의 천치 같은 숭배, 그들의 물정 모르는 체념과 바보스런 미신…… 뭐 이런 것들을 다 털어놓았다. 심지어 자기 본가의 침묵과 그늘, 가문의 넓은 땅에 자리한 그 절대고독 때문에 생겨나는 공포심까지 털어놓을 정도였다. 닮은꼴의 주의집중이 좀 떨어진다 싶으면, 페레이라는 군용 자동권총의 총구를 그의 옆구리에 대고 꾹꾹 찔러댔다.

"이건 실탄 장전하고 하는 훈련이다. 닮은꼴 노릇, 그건 누구든 바라는 일이야! 그리고 닮은꼴 같은 건 다른 놈으로 얼마든지 갈아치울 수 있어! 닮았다는 믿음만 주면 되는 거니까."

그는 이렇게 경고했다.

(세상 일이란 참 이상도 하다. 그 뒤로 이어지는 모든 일들을 보면, 비극적인 결말에 이르기까지 모든 것이 바로 이 말이 씨가 되어 일어난 것 같기만 하니 말이다.)

이렇게 해서 닮은꼴은 남의 말을 귀 기울여 듣는 법을 배웠다. 속내 이야기를 털어놓는 사람들과 보내는 황혼 무렵의 이런 시간이 못 견딜 노릇이긴 했지만, 그 일을 하다 보니 어느덧 자기가 배우의 소질을 타고났음을 알게 되었다. 저 사람은 남의 말을 잘 들어주고 있어. 그는 날개를 펴고 공중을 선회하는 새처럼 우아하고 편안하게 머리를 조아린 다음 그의 곁을 떠나가는 남녀들의 눈에서 그것을 읽을 수 있었다.

"잘 들었소."

속으로는 '다음 사람, 다음 사람……' 하고 생각했지만 그 누구에게도 다음 사람을 기다리고 있다는 인상은 주지 않았다. 자신의 재능을 발견한 그는 떨 듯이 기뻤다. 이제 그는 그저 운이 좋아서 닮은꼴이 된 인간이 아니라, 천재 배우인 것이다. 페레이라의 연설이 그의 입에서 나왔다 하면 힘과 성실성이 들어갔다. 전국의 국민들은, 페레이라가 말을 잘하는 것은 남의 말을 잘 들어주기 때문이고, 그가 누구에게나 감동을 주는 것은 우리들 한 사람 한 사람이 그의 마음속에 한 자리씩 차지하고 있기 때문이라고 말했다. 독재자의 이미지가 부풀려져 성스러움으로까지 격상되었다. 집집마다, 금발의 그리스도 왕* 초상화 옆에 그의 초상화가 빛을 발하며 나란히 걸리게 되었다. 닮은꼴은 독재자들의 성찬인 '민중'을 지붕 삼아 성체를 배령하는 젊은 군주의 역할을 하고 있었다. 심지어 그는 이제껏 흥미 섞인 감탄 정도만 내비치는 듯하던 부친과 주교와 친구의 눈에서 일종의 존경심까지 간파해낼 수 있게 되었다.

---

* 영적인 왕으로 세상을 다스리는 그리스도를 뜻함.

그러나 닮은꼴은 역할이 주는 도취에 빠져버린 적은 한 번도 없었다. 냉철한 머리에 웅변에 맞먹는 침묵을 지닌, 그리고 연설문을 완벽하게 꿰고 있는 그는 성인처럼 떠받들리는 독재자 마누엘 페레이라 다 폰치 마르팅스를 자기로 착각하는 유혹에 절대로 빠지지 않을 것이다. 그러나 그건 두려움 때문이 아니라 자기의 천재성을 스스로 확신하기 때문일 것이다.

7

그 뒤의 일은 뻔하다. 시간이 흐르면서 닮은꼴은 지쳐갔다. 연기를 하느라 지친 것이 아니라, 항상 똑같은 연기를, 이제는 비좁게만 보이는 극장에서 한다는 것에 지쳤다. 똑같은 대본에 똑같은 연출로, 똑같은 도시들에서 똑같은 관객을 대상으로, 똑같은 순회공연을 하고 똑같은 갈채를 받는다는 게 지긋지긋해진 것이다…… 다른 하늘, 다른 무대에서 다른 역할을 해보고 싶다는 생각이 들었다…… 아메리카,* 그래, 바로 거기! 가까운 약속의 땅 북아메리카!

어쩌면 영화촬영을 할 수도 있을지도 모른다.

---

* '아메리카'라는 뜻의 포르투갈어.

맞아, 영화촬영!

닮은꼴은 아메리카 합중국으로 이민을 갔다.

떠나기 전에 그는 자기와 비슷하게 생긴 닮은꼴을 골랐다. 사람과 사람이 어쩌면 저렇게 닮을 수 있을까 싶을 정도로, 털끝만한 차이만 빼고는 그대로 빼다박은 사람이었다. 그 털끝만 한 차이는 아무도 눈치채지 못했다. 새로 뽑힌 닮은꼴은 이 닮은꼴이 페레이라에게서 받은 교육을 하나도 빠뜨리지 않고 그대로 전해받았으니까. 그는 진짜 독재자가 자기를 고용한 것으로 믿었고, 똑같은 끔찍한 훈련을 감내했고, 처음에 똑같이 걱정하며 가짜 대통령 노릇을 하다가 그다음에는 똑같이 열심히 하게 되었고, 마침내는 똑같이 지겨움을 느끼게 되었고, 자기도 다른 닮은꼴을 뽑아 자기 대신 일하게 했으며, 그 닮은꼴은 또 똑같은 마음 상태를 두루 겪은 뒤 다음 닮은꼴에게 순번을 넘겨주었다.

상황은 이렇게 계속된다.

8

그리고 페레이라가 귀국하는 날이 왔다.

왜 그랬을까?

쿠데타? 만약 그게 이유라면, 유럽 은행들에 넣어둔 재산도 잘 불어나고 있는데 굳이 자기 나라로 돌아갔을 리 없다. 향수에 시달려서? 그것도 아니다. 바칼랴우(대구)의 일화는 '메니누(어린이)'가 뿌리 없이도 잘 지낼 수 있음을 충분히 보여준다. 이는 그가 권력 없이도 잘 지낼 수 있는 것과 마찬가지다. 그가 재미있어한 건 정복이었다. 그리고 장군대통령의 목덜미에 박혔던 그 총알, 그는 짧지만 강도 높은 아슬아슬함을 즐긴 것이다. 대통령이라는 배역은, 연극적 의미에서 그를 흥분시키지 못했다. 그는 더이상 그런 걸 꿈꾸는 어린아이가 아니었다. 페레이라는 심지어 닮은꼴이 일을 처리해주는 것을 '재미있게' 생각하기까지 했다 (얘기가 옆으로 새지만, 수석통역관 마누엘 칼라두 크레스푸가 자기가 아닌 다른 누군가를 지켜보면서 추도사를 준비한다는 생각만 해도 그는 재미있었다).

그리고 이미 말한 대로, 죽은 망이 브랑카의 유령이 밤에 그와 함께 자고 있었다. 광장공포증 환자로서 자주 꾸곤 하는 그 악몽 때문에 그는 귀국해서 테레지나의 농민 군중과 몸을 스치며 접촉할 마음이 들지 않았다. 밤마다 잠을 자면, 비어 있던 넓은 광장에 사람이 가득 차고, 농민들이 그를 둘러싸고, 저만치 가로등 아래 희뿌연 빛을 받으며 두 남자가 자전거 한 대에 팔꿈치를 기대고 서서 말없이 웃는 모습을 보고 "이게 인생이야"라고 혼잣말을 하는 즉시 이제 난 확실히 죽는구나 하는 생각이 들면서 퍼뜩 잠에서 깨어났던 것이다.

그렇다면, 왜 귀국한 거지? 소설적 필요 때문에? 물론 필자가 이 소설의 3부 마지막에서 예고하는 바대로, 페레이라가 귀국을 해야 그의 운명이 마무리되기는 한다. 그러나 그건 충분한 이유가 못 된다. 거기엔 그만한 몫의 자유가 모자란다. 만약 신이 우리에게 모월 모일에 만나자고 약속 날짜를 주었다면 우리가 나름대로 선택했다고 믿는 길들과 그 길을 선택한 이유들을 보고 신은 무척 재미있어할 텐데, 그 다양성을 낳는 게 바로 '이만한 몫의 자유'인 것이다.

　페레이라는 융프라우 정상 밑에 있는 스위스 인터라켄의 빅토리아 호텔에서 브리지 게임을 한 판 한 다음, 테레지나로 돌아가기로 결심했다. 카드가 다 돌아가고 게임이 막 시작된 참이었다. 페레이라는 좋은 스페이드 패를 갖고 있었고, '스' 발음을 '즈'로 하며 즈즈거리는 지금은 고인이 된 사람이 그때 그의 게임 상대였다. 게임이 펼쳐지자, 죽은 자, '호화판 짐보따리'(이런 신종 표현은 그가 만들어낸 것이다)를 휴대한 프랑스인 사업가가, 카드가 돌고 있는 동안에는 조용히 해야 하는 브리지 판의 법도를 무시하고 마구 수다를 떨었다. 그 사업가는 진귀한 가죽—뱀 가죽, 아르마딜로 가죽, 도마뱀 가죽, 이구아나 가죽, 악어 가죽 등—을 구하러 라틴 아메리카에 갔다가 귀국하는 길에 '사람을 풍부하게 해주는 이 경험'을 한번 해보자 하고 여기 들어와서는, 유럽의 민주주의와 그 밖의 입헌왕정에 대해 정식으로 비판한답시고 신이야 넋이야 떠들어대는 중이었다. 그가 말하기를 저쪽, '열대지방에서는' 권력을 잡을 만하다 싶은 자는 바로 권력을 거머쥔다는 것이었다.

　"그건 여기 정부보다 더 존경스럽지도 덜 존경스럽지도 않은, 딱 그만큼의 독재를 낳지요. 적어도 사람들은 누구랑 상대하는지는 안단 말이오. 언제나 주인, 그것도 사실주의 언어를 구사할 줄 아는 주인이지. 합법적으로 분배된 이익의 주인 말이오."

그가 즈즈거리는 발음으로 말했다.

다른 자본들과 다른 '사장들'도 있지만 이 사업가는 테레지나에서 오는 길이었고, 거기서 페레이라 다 폰차라는 그 나라의 폭군 같은 지도자와 거래를 한 터였다.

서두르지 않고 스페이드 패를 먹어가던 진짜 페레이라는 그 건의 서류에 대해 모르는 게 없었다. 닮은꼴이 그 내용에 관해 이미 전보를 쳐왔고, 페레이라는 퍼센티지 숫자까지 확정해서 답신을 해주었던 것이다.

"통상부의 쫄따구하고 왈가왈부할 일이 아니지요."

비난하는 듯한 침묵 속에서 프랑스인 사업가가 말을 이었다.

"처음부터 대통령과 직접 상대해야지. 대통령은 국제환율도 훤히 알고 있고 퍼센티지에 대해서도 확고합니다! 추진력이 있고, 노동력 동원도 유연하고, 세관에서도 쉽게 통과되고……"

페레이라는 자기 손에 들어온 패를 조심스레 작은 꾸러미처럼 정리하여 비스듬히, 카드의 한 모서리가 보이게 들고 있었다. 그는 관상학자를 만난 사건으로 뜨거운 맛을 보았기 때문에, 여기선 익명, 아니, 남의 이름을 빌려서 노름을 하고 있었다. 페레이라는 상대방의 시선을 피하지 않았고, 그가 자기 카드를 집어올리느라 둘의 시선이 마주칠 때마다 상대방은 그에게 말을 걸었다.

"아주 비범한 사람이라고 합디다, 이 페레이라라는 사람은! 젊었을 때 그는 장사라곤 전혀 모르는 검투사를 찔러죽이고는, 아주 간단하게 그의 자리를 차지했지요. 완벽하게 성공한 쿠데타였다니까요! 페레이라가 국민의 신임을 얻었다고 말하는 건 진실을 몰라도 한참 모르는 소리요. 국민들은 그를 좋아합니다. 사회의 하층민에서 상층민에 이르기까지 다들 그를 좋아한다는 것, 그게 전부예요. 그리고 사회 계층이란 높은 것과 낮은 것밖에 없지요. 그 사실에서도 우리는 뭔가 느껴야 할 거요! 그는 대통령 이상이오. 그는 가장(家長)이고, 사람들은 성인 우러러보듯 그를 우러러본다니까요…… 요컨대 그는 말이 없는 사람이지요. 그는 내 말을 귀 기울여 들었고, 숫자로 대답을 했고, 그게 다였어요. 그다음엔 서명할 일만 남은 거지요. 정말이지 한 인물 하는 사람이라니까요! 그의 통역관은 프랑스어를 놀라울 정도로 잘 구사한답니다."

그는 마치 문명 강의 수료증이라도 주듯 덧붙였다.

페레이라는 자기 방으로 돌아와 침대에 누워서 한번 정리를 해보았다. 그 프랑스인은 닮은꼴과 자기 사이의 어떤 '닮음'에 대해 언급하지 않았다. 손톱만큼의 언질도 하지 않았던 것이다. 그런데 페레이라는 닮은꼴을 사이에 두고, 두둑한 커미션과 퍼센티지를 대가로 '파충류 가죽'(즈즈거리는 그 사업가의 발음으로 하자면 '바중류 가슥')의 독점을 이 수입업자에게 방금 허용한 것이다. 그 업자는 제 입으로 밝힌 대로 그토록 깊은 인상을 준 상대방의 얼굴을 잊어버릴 수가 없었다. 그래서? 신중한 건가? 아니, 설령 그가 페레이라 본인의 얼굴을 알아봤다 하더라도 '풍부한 경험'을 보고하는 일에 워낙 욕심이 난 그 거간꾼은 이렇게만 말했을 것이다. "오! 이럴 주가!"…… 그 녀석은 속생각을 응큼하게 숨기려 한 건가? 아니면 그 누군가에게 매수된 첩자란 말인가? 첩자라면, 그와 똑같이 생긴 닮은꼴과 마주쳤노라고—그것도 바로 눈앞에서!—선언을 해놓고 막상 본인은 못 알아보는 우를 범해서 지목받을 리가 있겠는가? 페레이라는 밤새 눈을 붙이지 못했다. 관상학자들을 피하던 자기가, 이제는 남이 자기를 못 알아볼세라 잔뜩 신경을 쓰다니! 그는 밋밋한 웃음을 지었다. 그리고 찜찜한 마음을 털어버리려고 다음날 그 사업가의 점심 초대에 응하기로 마음먹었다.

다음날 정오, 빅토리아 호텔의 단골손님들은 몇 년 전 바로 그 식당에서, 페레이라와 프랑스 사업가가 방금 자리를 잡은 바로 그 테이블에서 일어났던 극적인 사건의 몇 주년을 기념하고 있었다.

"제가 그 자리에 있었지요."

프랑스인이 다지듯 말했다.

"그러니까, 저는 사건 막바지에 도착했어요. 가엾은 밀러는 이미 죽었더군요."

"죽었다고요? 세상에, 아니 무슨 일로 그렇게 된 거죠?"

한 여자가 물었다.

"무릎에 총알 한 방, 대퇴골에 한 방, 허리에 한 방, 비장에 한 방, 췌장에 한 방, 그리고 여섯번째 총알은―죄송합니다, 여성분들―배 아래쪽 치골에 맞았답니다."

당시 그 여자 살인범을 제압했다는 호텔 지배인 호프베버가 대답했다.

"살인범이 여자라고요?" 또다른 사람이 놀란 듯 반문했다.

그랬다. 겉으로는 차분해 보이는 젊은 여자. 호프베버가 호텔 베란다 밑에서 꼼짝 못 하도록 그녀를 포승줄로 묶을 때 그녀는 아무 저항도 하지 않았다. 그녀의 검지 끝에는 브라우닝 권총이 대롱대롱 매달려 있었고 그녀의 시선은 융프라우의 눈 위를 헤매고 있었다. "난폭하게 다루지 마세요. 내가 저항하지도 않고 도망칠 생각도 없다는 것 잘 아시죠." 브라우닝 권총은 총알 없이 비어 있었고, 일곱번째 총알은 식탁 널판에 박혀 있었다.

"마담 슈타트포드라고 했던가요."

프랑스인 사업가가 말했다.

호프베버가 수정했다.

"제가 끼어들어도 된다면, 그건 그 여자가 호텔 프런트에 제시한 이름입니다. 진짜 이름은 타티아나 레온티예브였습니다."

"치정사건인가요?"

누군가가 물었다.

"정치적 테러였지요"

프랑스인 사업가가 대답했다.

페레이라는 머릿속에 다른 근심도 많았지만, 이 젊은 러시아 활동가 여성, 어느 운 나쁜 연금생활자를 니콜라이 2세 황제 휘하의 경시총감 표트르 니콜라예비치 두르노보로 착각하고 그를 살해하러 여기에 온 타티아나 레온티예브 이야기에 잠시 정신이 팔렸다. 널따란 식당을 가로지른 그 하얀 드레스, 장갑 낀 손에 갑자기 등장한 여자용 소총, 충격을 받고 수런대는 사람들(세상에, 사람 하나 죽이려고 장전된 총알을 모두 쏘다니!), 티끌 한 점 없이 하얗기만 한 융프라우 산봉우리들을 바라보던 최후의 시선…… 페레이라는 내가 그 자리에 있을걸, 그래서 그 되통맞은 미인을 자기 침대에 끌어들여 그토록 크나큰 이상주의에 몸까지 갖추어줄걸 하고 아쉬워했다. 그 연금생활자는 무사히 목숨을 건졌을 테고, 그 여인은 가슴이 찢어졌겠지. 여인이 뮌싱엔 요양소에 감금되어 생을 마치게 만들 이유로는 좀더 그럴듯하지 않은가.

"가장 타당한 이유를 아십니까? 그 여자는 두르노보 장관을 한 번도 본 적이 없답니다. 절대로, 단 한 번도, 사진으로도 못 봤대요!"

즈즈거리는 발음을 하는 이 남자는 돌이켜볼수록 놀랍다는 듯이 눈을 크게 뜨고 페레이라를 바라보았다.

"그 여자는 그 사람의 캐리커처밖에 몰랐답니다, 신문에 실린 그림 말입니다!"

그러더니 프랑스인 사업가는 더할 나위 없이 성실한 어조로, 마치 외치듯이 물었다.

"누군가의 캐리커처만 보고서 그 사람을 알아보실 수 있겠습니까?"

"……"

그러니 이 이야기는, 광장공포증을 지닌 채 이리저리 떠돌아다니는 독재자 마누엘 페레이라 다 폰치 마르팅스, 다른 많은 사람들처럼 유럽에서 무의미한 기생충 같은 삶을 끝낼 수도 있었을 인간, 그러나 모든 면에서 자기와 비슷한 닮은꼴을 심어둔 테레지나에 지금 자기의 캐리커처가 잔뜩 나돌고 있을 거라는 확신에 사로잡혀 어쩔 수 없는 제 운명을 향해 스스로 명을 재촉한 그 인간의 이야기가 될 것이다.

9

그로부터 육 주 후, 페레이라가 이마에 한 방의 총알을 날려 쓰러뜨린 사람은 그의 캐리커처였다. 이 일은 테레지나의 중앙광장―흙집들이 빙 둘러선, 그날은 농민들로 인산인해를 이루었던 그 원형 광장―에서 일어났다.

그날은 기념일이었다. 전국 곳곳에서 사람들은 나라를 대표하는 음식인 '바칼랴우 두 메니누'를 무료로 나눠주며 거룩한 대통령이 그 자리에 왔음을 기념하였다. 페레이라로부터 약 삼십 미터 떨어진 곳에, 등이 약간 구부정한 사람의 옆모습이 보였다. 예복(페레이라가 죽은 성녀의 장례식에서 입었던 바로 그 옷) 차림의 그는 커다란 국자를 들고 사람들이 내미는 공기와 대접에 음식을 가득가득 퍼주고 있었다. 페레이라 본인조차도 이 사람이 자기를 대충 그려낸 스케치인지, 아니면 너무나 기막히게 그려진 초상화라 완벽한 닮은꼴을 넘어 모든 가능성이 우후죽순 싹터와 마구 흔들릴 정도인지 확실히 말할 수 없었을 것이다. 그나마 사기꾼이 진짜 페레이라의 모습이 변함없이 아름답게 빛나고 있는 거대한 초상화 밑에서 음식 나눠주는 의식을 집전하고 있었기에 다른 점이 특히 눈에 도드라져 보였던 것이다.

그러나 페레이라가 가장 놀란 것은 그 땅딸보의 모습이 아니었다(캐리커처에 대해 생각하다 보면 어느 정도 이런 종류의 모습을 기대하게 된다). 그렇다고 기념식 자체 때문에 놀란 것도 아니었다(기념식은 그야말로 페레이라 자신이 정리해놓은 순서 그대로 착착 진행되고 있었다). 군중들의 열기에 놀란 것도 아니었다(이 점에서 보자면, 예측할 수 있는 목표는 달성되었다). 그랬다. 심장이 멎을 만큼 그를 놀라게 한 것은, 그와 꼭 닮은 캐리커처 옆에 아버지 다 폰치와 대부인 주교와 죽마고우 이두아르두 히스트가 있다는 사실이었다. 세상에, 저들의 눈길 좀 보라지! 아버지다운 사랑, 주교다운 헌신, 친구로서의 뜨거운 우정…… 이 측근들은 그 사기꾼이 마치 제 아들이고, 대자고, 친구인 양 따뜻이 품어주고 있었던 것이다! 장관들과 해외 사절단 대표들 틈으로 조금 물러서 있는 수석통역관 마누엘 칼라두 크레스푸는 한쪽 눈을 부지런히 굴려 상황 파악을 했다. 주변에서는 우상숭배 태세를 갖춘 군중이 제단이 되어버린 대통령궁의 흰 계단을 향해 밀려들고 있었다. 남들이 못 알아보는 가운데 그 자리에 슬쩍 끼어들려고 노인으로 변장하고 손에는 양은 대접을 들고 있던 페레이라는, 자기가 설령 변장하지 않았다 해도 이 광장에서 그를 알아볼 사람은 아무도 없을 것임을 깨달았다. 만약 그가 뱀 파는 여인의 눈을 똑바로 마주 본다 해도, 그 여인은 낯선 사람 보듯 그를 보고 미소 지으며 손가락으로 그 사기꾼을 가리키며 "우리 페레이라 대통령, 참 잘생기셨죠?" 하고 말했을 것이다. 그리고 걱정 어린 어머니 같은 말투로 이렇게 덧붙일지도 모른다. "아유, 얼마나 피곤하실까!" 그 말이 빌미가 되어 이 사람 저 사람이 한마디씩 했을 것이다. "그래요, 우리의 '귀'이신 그분은 언뜻 보기에도 많이 늙으셨죠. 대통령 노릇이 그냥 되는 건 아니잖아요!" "그분처럼 헌신적으로 일하는 분이 어디 있다고요. 아마 목숨까지 내놓으실 걸요……" "아니죠, 다 폰치 가문 사람이라면 아무리 피곤해도 죽지는 않는다니까요!"

이 정도로 국민의 정신 속에, 그리고 아버지의 마음속에 진짜 자기로 받아들여질 만큼 능수능란한 이 미지의 인물이 도대체 누굴까 하고 페레이라는 자문해보았다. 얼마나 능란하기에 애써 닮은 척할 필요조차 없다는 말인가.

"그건 중요치 않은 문제입니다."

마누엘 칼라두 크레스푸라면 페레이라가 그런 질문을 했을 때 이렇게 답했을 것이다.

수석통역관은 아마 이런 말도 덧붙였을 것 같다.

"만약 오랜 시간이 흘러, 털끝만 한 차이가 손톱만 한 차이로 발전하고, 애꾸눈에 수달처럼 털북숭이인 늙은 여자를 마지막 닮은꼴로 선택한다고 해봅시다. 그녀가 역할만 제대로 해낸다면, 사람들은 똑같이 그녀를 '내 귀, 내 아들, 내 친구, 내 대자'라고 불렀을 겁니다."

"하지만 당신, 칼라두도(마침내 의혹에 사로잡힌 페레이라는 이렇게 버럭 소리질렀을 법하다), 첫번째 닮은꼴을 봤을 때 그가 내가 아니고 다른 자라는 걸 알지 않았나?"

마누엘 칼라두 크레스푸는 이렇게 대답했을 것이다.

"오, 저는 통역관이자 번역자입니다. 제가 자유자재로 넘나드는 일고여덟 가지 언어 중에서 정확히 똑같은 의미를 지닌 두 단어를 만난 적이 한 번도 없답니다. 저는 닮은꼴을 분별해낼 재주가 통 없습니다. 그저 털끝만 한 차이점을 찾아내는 게 제 임무일 뿐이지요."

그러나 이러한 대화는 결코 실제로 이루어지지는 않았을 것이다. 페레이라로서는 그 사기꾼에게 벌을 내리는 일이 너무나 급했던 것이다. 사실인즉, 사기꾼은 이미 죽은 뒤였다. 페레이라는 처음 그에게 눈길을 줄 때부터 그를 조준하고 있었다("총을 빼들기 전에 조준을 해라. 그리고 발사는 확인을 위해서 해라." 장군대통령의 가르침이었다). 페레이라의 시선 끝에는 그로부터 도망쳐버린, 그리고 틀림없이 사라져버릴 그 자신의 무언가가 있었다. "이 아름다움은, 선한 것의 아름다움이지요" 군중 가운데 한 여자가 말했다.

페레이라는 양은 대접을 떨어뜨리고 총을 쏘았다.

대통령궁의 경비병이 사람들의 발 바로 앞에, 또 머리 바로 위에 총을 계속 쏘아대다보니, 마침내 광장이 텅 비어버렸을 때에는 군중에게 몰매를 맞아 죽은 진짜 마누엘 페레이라 다 폰치 마르팅스의 잔해라고는 알아볼 수도 없을 정도로, 질펀한 마그마처럼 여기저기 흩어진 뼈다귀와 으깨진 살점들밖에 없었다. 그의 잔해는 두엄을 모아두는 구덩이에 던져졌고, 그가 쏘아 죽인 닮은꼴의 장례식에는 국민, 정부, 가족, 친구들이 모여 하나같이 애도의 눈물을 흘렸다. 주교는 바티칸 교황청에 그를 복자로 인정해달라는 시복(諡福) 청원을 올렸고, 다 폰치 노인은 아버지로서 슬퍼하다 못해 세상을 떠났고, 친구 이두아르두 히스트가 공석이 된 권좌를 이어받았다.

그렇다, 들려줘야 했던 것은 바로 이 이야기다.

II. 테레지나에 대해
내가 아는 것

어느 날 아침 내가 친구에게 편지를 쓰고 있는데 한 젊은 여자가 마라퐁가의 우리 집 베란다 밑에 나타났다.

나는 탁자 앞에 앉아 있다가 일어나 그녀를 맞아들였다.

그 여자는 비가 그칠 때까지 여기서 기다려도 되겠느냐고 물었다.

비 한 방울 내리지 않는 날씨였다.

1

테레지나에 대해 내가 아는 것은 밤중의 어떤 기억으로 요약된다. 가로등 밑에 춤추듯 너울대는 하얀 빛, 그 빛을 두 남자가 자전거에 팔꿈치를 기대고 서서 웃으며 내려다보고 있다.

이게 인생이야, 군중이 자기를 향해 바싹 죄어들며 다가오기 전에 마누엘 페레이라 다 폰치 마르팅스는 혼잣말을 했다.

"이게 인생이야." 그는 도망치듯, 꿈속에서 혼잣말을 했다.

그런데 이런 모습, 또는 좀더 정확히 말하자면 그 장면에 대한 나의 기억—테레지나의 밤중에 외로이 켜진 가로등, 등을 보이고 선 두 남자, 어깨를 조금 들썩하며 짓는 조용한 웃음, 그들이 몸을 기대고 있는 자전거, 그리고 그들의 두 발을 가리고 있는 너울너울 춤추는 그 빛, 그것이 이 책의 존재이유이자 출생신고서인 것이다.

그 모습은 내가 1979년 11월 한 친구에게 보낸 편지에 담겨 있다.

그 당시 나는 브라질 북동부(노르데스치) 세아라 주의 주도, 포르탈레자 변두리의 마라퐁가에 이렌과 함께 살았다. 이렌은 그곳 대학에서 강의를 하고 있었다. 나는 일과 중 가장 환한 낮시간을 하늘과 땅 사이에 매어놓은 그물침대에 누워 허공에 대롱대롱 매달린 채, 쓰지도 않는 소설을 구상하며 보내고 있었다.

나머지 시간에는 주변을 지켜보았다. 내 편지는 친구에게 이렇게 알리고 있다.

2

당시의 브라질 독재자가 사람 냄새보다 말〔馬〕 냄새가 더 좋다고 내놓고 공언했던 것은 사실이다. 또 그와 관련하여 사전(辭典)이 등장하는 농담이 퍼지고 있었던 것도 사실이다. "대통령 시해 음모가 또 있었대. 누가 대통령한테 사전을 던졌다지 뭐야!" 남아메리카 대륙에 페레이라 가문과 마르팅스 가문 사람들이 적지 않았던 것도 사실이다. 나는 포르탈레자에서, 하얀마녀가 팽이처럼 팽그르르 돌면서 황홀경에 빠진 인류학자 패거리들에게 향수를 뿌리고 앞날을 점쳐주는 모습도 보았다. 그러는 동안 따분하기 짝이 없었지만 말이다. 바로 그 브라질 북동부 지역에서 우리가 아는 그 파젠데이루* 의사가 자기 때문에 이 땅에서 굶주리며 사는 농민들을 돈 안 받고 치료해준 것도 사실이고, 비록 이젠 이미 저세상 사람이 되었지만, 노예들을 지지했던 그 온화한 의사가 그 당시 성인처럼 추앙받았을 것임도 사실이다. 또 스위스 인터라켄의 빅토리아 호텔에서 혁명적 사회주의자이고 극렬 행동파인 타티아나 레온티예브(역사학자인 자크 베낙이 그녀에게 바치는 『타티아나의 소설』이라는 책을 썼다)가 단지 캐리커처밖에 보지 못한 두르노보 장관으로 착각하고 어느 연금생활자를 죽였다는 것도 사실이다. 이 일은 1906년 9월 1일 12시 45분 정각에 일어났다. 수사가 진행중일 때 호텔 지배인 에른스트 호프베버는 이런 말을 했다. "캐리커처란 누구나 쉽게 닮는 법이지요."

야스미나 멜라우아, 마누엘 세라트 크레스푸, 에블린 파세, 그 밖에 내 친구 번역자들과 함께 일하는 몇몇 사람들은 '라 프네트르(la fenêtre)' '라 자넬라(la janela)' '다스 펜스터(das Fenster)' '더 윈도(the window)' '라 피네스트라(la finestra)'가 과연 정확히 똑같은 것을 지칭하는지 의심스러워했다. 왜냐하면 이 단어들은 각기 다른 소리를 향해 열려 있고 그 안에 각기 다른 음악을 지니고 있었던 것이다.**

그러나 이 이야기의 출발점, 나를 이 이야기 속으로 들여보내

---

* '대지주'라는 뜻의 포르투갈어.
** 위의 단어들은 모두 '창문'이라는 의미를 지닌 프랑스어, 포르투갈어, 독일어, 영어, 이탈리아어이다.

준 창은 여전히 피아우이 주의 주도 테레지나의 어느 날 밤 가로등 밑, 두 남자가 자전거에 팔꿈치를 괴고 가만히 웃으며 내려다보는 가운데 비치던 하얀 빛, 그것이다.

3

이렌, 구방, 나, 이렇게 우리 셋은 브라질리아에서 포르탈레자로 돌아오는 길이었고 우리가 탄 비행기는 비행중에 연료가 떨어져가는 상태였다. 승객들은 이런 자세한 것까지는 몰랐다. 그들은 모두 제 나름의 밤 속에서 꿈길을 헤매고 있었다. 내 옆자리에 앉은 저명한 화학자 양반만 예외였는데, 손에 만년필을 든 그는 자기가 적어놓은 화학식에서 눈을 뗄 줄 몰랐다.

그 당시 브라질리아는 아직 건설중이었다. 사람들의 일반적 의견인즉슨, 이 도시는 아무짝에도 쓸모가 없는 허울뿐인 수도인데다, 국무회의가 있을 때마다 정부 부처 사람들이 리우데자네이루나 상파울루에 가서 잠을 자기 때문에 이곳은 텅 비어버리는 베드타운에 불과하다는 것이었다. 노동자들은 밤이면 도시 주변 무허가 건물에 좍 깔렸는데, 바로 이런 이유 때문에 찌든 가난이 반지 모양의 동그란 울타리처럼 이 도시를 빙 둘러친 형국이 되었다. 브라질리아는 브라질 연방법의 등기소에 지나지 않았던 것이다. 그래도 어쨌든 기념비적인 도시이자 빛나는 광휘의 도시이자 말하자면 화성인을 놀래주려고 새 천년을 맞아 고도 천이백 미터 지점인 지구의 등짝에 달랑 업힌 갓난아기였다.

나는 연료가 떨어져가는 비행기 안에서 한 친구에게 마음속으로 편지를 썼다. 사람들이 브라질리아에서, 한 행성 위에서 살면서 경험하는 그 **물리적** 느낌을 어떻게 그에게 이해시킬까? 그 도시는 거의 비어 있었다. 나무들은 아직 자라나지 않았고, 눈길이 닿는 곳에는 완전한 하늘 밑에서 지평선이 곡선을 그리고 있었다. 유리와 콘크리트의 그토록 경쾌한 동경, 새의 형태를 닮은 그대가 없는 무용성이 오직 별들에게 이야기를 하기 위해 솟아나 있는 듯했다. 미신들이 양분을 퍼올리는 한없는 고독의 느낌.

브라질리아가 언젠가 신흥종교들의 메카가 될 거라는 소문이 떠돌았다. 허황한 장사치들은 벌써 도시 주변에서 흙을 작고 네모지게 잘라내 팔았다. 외계인들이 브라질리아에 내려와서, 조지 오웰이 1984년에 일어난다고 예견한 대이변의 생존자들을 구원할 것이기 때문이었다.

"지구는 둥글어. 브라질리아가 그 증거야."

나는 친구에게 보내는 편지 속에서 이런 종류의 공식을 준비해야 했다. 그때, 내 옆자리에 앉은 화학자의 목소리가 나를 몽상에서 끌어냈다.

"당신은 동요하고 있습니까, 페낙?"

"……"

잠시 후 그가 비행기 창문 밖으로 짧은 일별을 던진 뒤 덧붙였다.

"비행기 연료가 떨어져가고 있으니 말이오."

4

　나는 항상 침묵을 사랑했다. 남들이 음악을 사랑하듯 나는 침묵을 열렬히 사랑했다. 몇 년 전부터 내 해골을 관통하며 들리곤 하는 이명(耳鳴)에 대해 가장 괘씸한 건, 시끄러운 소리가 들린다는 점이 아니라 내게서 침묵을 빼앗아간다는 점이다. 머릿속에서 날카롭게 뭔가가 새어나가고—가스? 증기? 치과용 드릴? 미친 듯 울어대는 매미?—새어나가면서 내게서 침묵의 장점들을 앗아가버린다. 모든 것이 침묵할 때, 나는 유일한 그 음표에 의해 공간 속에 대롱대롱 매달려 있다. 그러나 지금 내가 여기서 하는 이야기의 배경인 그 시대에, 아! 아름다운 침묵! 나는 그런 침묵들을 수집하곤 했다. 우리가 탔던 비행기에서 그 화학자의 분석이 맞았다는 것을 기장이 확인해준 다음 졸지에 깔린 침묵, 그것은 내가 수집한 갖가지 침묵 중 그래도 좋은 자리를 차지한다.

승객 여러분, 죄송합니다.

기체 손상.

부득이 회항하지 않을 수 없습니다.

가장 가까운 공항으로.

될 수 있으면.

당황하지 말아주십시오.

빡빡한 침묵, 날것 그대로인 인간적 질료, 그 침묵 속에 나 자신의 공포가 응결되고 있었다. 내가 수집한 침묵 가운데 가장 아름다운 침묵의 하나였다.

……

(이렇게, 뭔가가 안에 거하고 있는 그런 침묵을 찾아보려면, 뭐니 뭐니 해도, 독서삼매경에 빠져 계시던 우리 아버지의 침묵까지 거슬러 올라가야겠다. 등받이 의자, 안경, 낡은 털 스웨터, 원뿔 모양의 스탠드에서 내리비치는 불빛, 파이프 담배 연기, 아버지의 관자놀이 위에 가운뎃손가락과 넷째손가락이 왔다갔다하는 모양, 한쪽 다리를 꼬아 다른 쪽 다리 위에 척 얹은 앉음새, 오른발을 가볍게 흔들흔들하는 모양, 일정한 간격을 두고 종잇장을 넘기는 사각거리는 소리…… 아버지가 우리를 이런 침묵 속에 내

버려둘 때가 바로 그분의 존재가 더할 나위 없이 드러나는 시간이
었다.)

……

비행기의 연료가 떨어져가고 있었다……

그러면, 비행기의 제트 엔진에는 기름이 있단 말인가?

비행기 좌석의 작은 창으로는 아무것도 보이지 않았다. 그저
깜깜한 밤중에 철판 두 개 사이로 빠르게 지나가는 흰 연기 자국
말고는. 인광(燐光)을 발하는 선 하나가 생겨났고, 승객들은 저마
다 그것에 언제 불이 확 붙을지 모른다고 생각하고 있었다.

"여기가 어디지요?"

옆자리의 화학자에게 내가 물었다.

그는 손목시계를 흘끗 보았다.

"페르남부크 상공 어딘가에 있는 것 같네요, 아니면 피아우이
상공이거나. 어쨌든 내륙입니다."

5

내륙이라……

몇 달 뒤에 죽은 그녀, 가엾은 그녀는 이름이 뭐였더라? 그녀는 포르탈레자에 있는 알리앙스 프랑세즈*의 학생이었다. 조리사들, 몸종 노릇 하는 하녀들, 아이 돌보는 하녀들, 정원사들, 남편의 운전사와 자기 운전사, 이런 사람들에 둘러싸인 그녀에겐 자기만을 받드는 아홉 명의 임프레가두**들이 있었다. 집안에서 고용한 이 하인들은 모두 브라질 내륙 출신이었다. 그녀는 웃지도 않고 그렇게 말했다.

---

* 프랑스 정부의 후원을 받아 세계 각지에 지부를 두고 프랑스의 문화와 언어를 전파하는 기관.
** '하인'이라는 뜻의 포르투갈어.

"그들 덕분에 나는 자신을 해방시킬 수 있었답니다."

그녀는 좌파 여성이었다. 보부아르도 읽었다. '빨갱이 주교' 동 엘더 카마라도 알고 있었다. 그녀는 문법에 딱딱 맞는 프랑스어로 매력적인 질문들을 해댔다.

"프랑스에선 가끔 내륙으로 여행하는 일도 있나요?"

이십대 후반인데도, 믿을 수 없는 사회적 신분의 차이 때문에 벌써 이가 드문드문 빠진 솔레다지도 똑같은 질문을 내게 했다.

"선생님 나라에선, 사람들이 내륙으로 들어가기도 하나요?"

브라질 사람들은 끝없이 광활한 내륙에 의해 대양 쪽으로 떠밀린 채 살고 있었다. 그들은 대지에 등을 돌리고, 먼 바다의 허무쪽으로 시선을 준다. 내륙의 악마를 쫓기 위해 그 어디도 아닌 곳의 한복판에 수도를 건설해야 한다. 하여 브라질리아가 생겨난 것이다.

내륙의 광장에서 시인들이 노래하는 코르델 문학*을 믿는다면, 악마 이야기는 터무니없는 게 아니다. 농민 문제를 해결하기 위해 세르탕 고원지대 깊은 곳에 군대―일개 분대―를 보내면 그 분대원들은 없어진다. 일개 소대를 보내면, 그 소대는 풍비박산

* '코르델'이란 끈으로 묶어 대롱대롱 걸어두고 파는 팸플릿 또는 소책자를 의미하며, 그런 책 속에는 전통적 주제를 다룬 긴 서사시가 수록되어 있다. 코르델 문학이란 그런 대중적 소책자 속에 들어 있는 시들을 지칭한다.

이 나서 돌아온다(이것은 1896년에 브라질 북동부에 있는 주아제이루 두 노르치라는 곳에서 실제로 일어난 일이다. 당시 기자였던 에우클리지스 다 쿠냐는 이 비극을 『오스 세르타오이스』라는 음울한 제목의 두꺼운 책에 연대기 형식으로 자세히 썼다). 일개 대대를 보내면 그 대대는 세르탕 사람들에게 먹혀버린다. 일개 연대를 보내면 군복들과 군인들의 잘린 머리가 서로 마주한 채 카팅가*의 나무에 걸린 상태로 패주로 위에서 발견되곤 했다. 그리고 세자르라는 사령관의 시신이 몸에 말뚝이 박힌 채로 발견되었다(팔십 년 뒤, 마리오 바르가스 요사는 이 일에 대해 천 페이지는 족히 되는 『세계 종말의 전쟁』이라는 책을 썼다). 사람들은 파라과이와 싸워 이긴 전적을 자랑하는 연방군 일개 여단을 불러왔다. 그러나 이 여단도 패퇴했다. 브라질 군대의 삼분의 일 정도, 보병, 기병, 포병 등 전대미문의 병력이 동원되고야 마침내 그 농민들을 그들의 고향 마을 카누두스**의 돌 아래 납작하게 으깨어버릴 수 있었다. 수백 명의 남녀와 아이들을 이끈 사람은 자기 마누라에게 배신당한 순결하고 신비로운 대장, 영원히 전설로 남아있는 절름발이 안토니우 콘셀레이루스였다.

---

* 브라질 고원의 북동부. 건기가 오래 계속되고 선인장과 가시 많은 관목이 자란다.
** 브라질 북동부 바이아의 오지. 1897년 폭도로 변한 광신도들과 연방정부 사이에 처참한 전투가 벌어졌던 곳.

"그런 일이 어떻게 있을 수 있지요?"

사람들은 바다를 마주 보는 응접실에서 서로 묻곤 했다.

내륙에서는, 코르델 문학의 이중창자들이 아직도 득득 긁는 소리 나는 기타 반주에 맞추어 카누두스의 서사시를 노래 부른다.

6

내륙의 악마들…… 이 세상 어디에서도 태어난 것 같지 않은 그들이 불현듯 그곳에 있다.

구방이 이렌과 나를 데리고 브라질리아 근교에 있는 '콘샤 아쿠스티카'를 보러 갔던 날, 그들은 우리에게 나타났다.

조용한 것을 좋아하는 사람에게 이런 일이 일어난 것이다……

'콘샤'란 야외에서 공연하는 오페라로서, 그 시대의 파바로티에 해당하는 가수가 나와서 노래를 부르게 되어 있었다. 그런데 청중은 누구였던가? 아무리 봐도 끝간 데 없이 마투*의 가시덤불뿐이고, 아무것도 약속해주지 않는 구부정한 지평선이 수평으로

---

* 브라질 서부의 대(大)밀림지대.

그 덤불을 가로지르고 있었다. 그래서 콘샤 공연장은 마치 고독과 침묵을 기리는 기념물처럼 보였다. 우리는 빌린 차를 타고 거기로 왔고, 열린 차문 옆에 얼마 동안 서 있었다.

현실, 그것은 땡땡 종소리 나는 것이다.

새 한 마리 없고,

바람 한 점 없고,

벌레 몇 마리.

그리고 이 오페라.

무대 위의 고요한 우물을 중심으로 동심원을 그리고 있는 계단식 객석의 텅 빔.

그 무한한 구멍, 막연히 그리스적이고 콘크리트로 탄탄하게 지어지고, 시간이 끝날 때까지 인간의 소음을 받아들이도록 만들어진 그 구멍 위에 오직 우리 세 사람뿐.

자동차 보닛의 열기가 식어가면서 딱딱 소리가 났다.

말할 것도 없이, 아무도 살지 않는 행성 위에서 오직 우리만을 위해 상연되는 오페라라니, 솔깃하지 않은가. 우리는 거기, 중앙 기둥을 따라 내려가며 허무를 위해 낭랑하게 시를 읊기 위해 거기 있었다. 하늘의 특별한 점을 찾아내는 데 몰두해 있는 세 명의 젊은 멍청이들, 그 이상도 이하도 아니었다. 원형 계단에 서로 조금 뒤엉켜 앉아 마치 수많은 관중인 양하고 있던 이렌과 구방의 모습을 나는 아직도 추억으로 간직하고 있다. 나는, 나는 무대 위에서 무엇을 낭독했던가? 아마 드골의 음성으로 「엘 시드」에 나오는 구절들, 사춘기에 수없이 되풀이했던 나의 특기인 그 구절들을 낭송했을 것이다. 아니면 퀘벡의 연설을 브라질 군중의 문제에 맞추어 적당히 바꾼 이런 내용이었을 것이다. "자유 세르탕 만세!" 브라질 북동부 농민들에게 땅을 재분배하기 위한 기나긴 드골 식의 기간이었다……

그러다가 내 눈이 저 위, 계단식 객석 위, 내 오른쪽에 있는 무언가로 쏠려 거기를 흘끗 보게 되었다.

누가 우리를 보고 있었다.

누가 우리 소리를 듣고 있었다.

거기엔 우리만 있는 게 아니었다.

콘샤 아쿠스티카가 우묵하게 파인 것은 공연한 일이 아니었다.

거기 있는 것은 회색 얼룩이 있는 커다란 누렁개 한 마리였다. 그 개는 저 위에 네 발로 우뚝 선 채 우리가 있는 우묵한 곳을 향해 머리를 숙이고 아주 주의 깊게 내려다보고 있었다. 안녕, 개야. 그 개가 계단식 객석의 다른 쪽 끝을 향해 한쪽 눈을 들었다. 나는 몸을 돌렸다. 또다른 개가 한 마리 있었다. 아까 그 개만 한 몸집이었지만 양치기 개인 브리 종(種)처럼 까맣고 털이 곱슬곱슬했다. 두 마리 다 깡말랐고, 아주 힘이 있어 보였고, 구멍처럼 파인 이곳의 맨 아래에 있는 우리들의 존재에 아주 열중해 있었다.

이미 있는 청중을 위해 허세를 부리는 것도 예삿일은 아니지만, 새로 온 이 개들은 뭔가를 더 요구하는 듯했다. 나는 이렌과 구방이 있는 쪽으로 가서 두 사람에게 손가락으로 개들을 가리켜 보였다. 그러자 이 구경거리는 갑자기 전개가 달라졌다. 커다란 개 두 마리만 있는 게 아니었다. 사실을 말하자면, 마치 존 포드 감독의 영화에서 아파치 족 인디언이 나타나는 장면 같았다. 무대 위편 저쪽으로 서른 마리쯤 되는 개들이 머리를 숙이고 주둥이를 우리 쪽으로 향하고 있었다. 움푹 팬 개들의 어깨가 하늘을 배경으로 두드러져 보였다. 구방은 핼쑥하게 질렸다.

"이제 그만 가지."

그가 말했다.

"뛰지 말고."

내가 말했다.

"계속 말을 하면서 가자고요."

이렌이 충고했다.

개들도 움직이기 시작했다. 개들은 넓게 퍼져 두 개의 반원을 그리며, 우리를 계속 쳐다보면서, 여전히 움푹 팬 등을 하고 선두에 선 우두머리 개를 따라 움직였다. 개들이 어디서 나왔을까? 출현한 개들이 우리의 길을 막아버리기 전에 길 한복판으로 다시 올라가 차가 있는 곳으로 가야만 했다…… 천천히, 한 걸음 한 걸음, 그리고 가능하면 목소리도 또랑또랑하게 내면서. 거기 있는 개들은 커다란 몰로스* 종, 잡종견, 최근에 주인과 헤어진 개, 몇 세대 전부터 야생 상태로 돌아간 늙은 투견 등 온갖 종류, 온갖 품종, 온갖 모양새, 온갖 잡종들이 다 있었지만 모두 상처를 지니고 있었고, 몸 어느 구석엔가 피를 흘리고 있었고, 모두 똑같이 한곳을 응시한 채 소리없이 움직이고 있었다. 내 왼쪽에만 열여섯 마리가 있었다. 개를 좋아하는 사람은 개들이 하는 짓을 잘 알고 조심하는 법이다. 바로 내 경우가 그랬다. 저 개 중 단 한 마리라도 계단을 통해 지름길로 앞질러 올라가 저 위에서 한꺼번에 우리를 덮친다면.

이렇게 실제로 벌어지지도 않은 긴장된 상황을 계속 생각해봤자 소용없다. 내가 지금 그 일을 기억하고 있다는 건, 우리가 그때 그 상황을 모면했다는 얘기 아닌가. 그러나 정말 간신히 모면했다. 우리는 끝까지 버티지 못했다. 차까지 마지막 몇 미터가 남았을 때 우리는 냅다 뛰었다. 예상대로, 개들은 먹이인 우리를 확 덮쳐왔다. 차에 시동이 걸리고 차문이 딸깍 닫힐 때 개들은 차문으로 펄쩍 뛰어올랐다.

---

* 고대 그리스의 한 종족.

7

　내륙에 대한 또다른 환상적인 이미지가 있다. 솔레다지가 지켜보는 가운데, 불에 타면서도 완전히 스러지지는 않는 땅거미. 사람들은 물리지 않으려고 거미를 죽이고, 시체에서 알이 부화되지 않게끔 알코올에 적셔 거미를 태웠다. 까만 그 몸은 하늘을 향해 발을 치켜든 채 끝없이 활활 타오르며 석회화되었지만, 작아지지는 않고 한없이 사그라지기만 했다…… 땅거미는 죽었는데도 살아 있는 것처럼 보였다. 진짜 지옥의 이미지. 요지부동의.

　땅거미가 일단 처치되고 나자, 그 거미가 먹어치우던 모기들이 아귀같이 달려든다.

　사람들은 차라리 땅거미가 낫다는 걸 알게 된다.

　어쨌든, 땅거미는 따끔하게 찌르지 않으니까.

8

내륙의 악마들······ 브라질리아가 아직 건설중이던 때 이미 정
신분석가 여섯 명이 거기에 심리치료실을 열었다.

9

나는 이런 종류의 것들을 친구에게 써보내고 있었다. 내륙의 이야기들. 예컨대 아마존 우림지대 한복판에 벌목자들을 위해 신도시 건설에 필요한 모든 물품들을 쏟아놓던 덧없는 기차 이야기. 수영장도 있고, 파출소와 활주로도 갖춘 완벽한 도시. 기차는 푸른 숲 사이로 난 2천 킬로미터 길이의 터널로 들어갔다. 기관차 앞에 선로를 깔던 북동부 노동자들이 조금씩 조금씩 파들어간 터널이었다. 신도시가 건설되자 기차는 자기가 달리는 길을 삼키면서 자기 집으로 돌아갔다. 노동자들은 선로를 철거하여 화물차에 실었고, 철로의 추억조차 되지 못하는 것 위로 수풀이 다시 빽빽하게 닫혔다.

몇 주 뒤, 버려진 기관차를 찍은 이 사진은 구방이 찍은 것인

가? 기관차 바퀴를 덮을 정도로 민들레가 자라나고, 조종장치에
까지 리아나*가 구불구불 뻗어 있었다.

---

* 열대산 덩굴식물.

10

　자, 이제 나는 이 비행기 한구석에 틀어박혀 있다. 어제는 공포 때문에, 오늘은 추억 찾기와 단어 선택 때문에.

　어쨌든, 내가 테레지나라는 지명을 처음으로 들은 것은 그날 밤이었다. 그 이름은 착륙 시도를 알리는 기장의 목소리로 스피커에서 들려왔다.

　테레지나……

　"피아우이 주의 주도죠."

　옆자리의 화학자가 설명해주었다.

　"활주로가 비행기 크기만큼이나 될지 모르겠네요."

　그는 이 말을 덧붙이고 다시 하던 일에 빠져들었다.

　그 화학자의 침묵 또한 내가 수집한 침묵 목록에 들어 있다. 그것은 영국적 범주의 침묵, 어느 정도는 여봐란 듯한 과시성 침묵이었다. 반면 다른 승객의 침묵은 자신으로 향하는 기도의 침묵이었다. 신이란 신은 모두 동원하여 영혼의 일정 비율씩을 바치는 기도. 그리고 세르탕 고원지대의 천사들이 그리스도와 성모마리아와 모든 성인들의 축복을 받으며 카리브 해의 정령들과 맺어지던 시대 이래로, 이 비행기 속에 신(神)이 부족할 리는 없었다. 테레지나를 향해 비행기가 하강하는 동안 사람들은 틀림없이 속으로, 살아나면 꼭 순례를 하겠다는 약속들을 했을 것이다. 또 얼마 안 되는 재산을 다 털어서라도 성당에 감사의 봉헌을 바치겠다고! 그리고 지은 죄를 참회하겠다는 투자도! 기내에 몸이 불편한 사람이 있을 경우 급히 의사를 찾는 방송이 나오듯이, 이때 우리의 긴박한 앞날을 예언해줄 '성녀들의 어머니*'가 있는지 묻는 기내 방송이 나왔다 해도 나는 놀라지 않았을 것이다.

이런 상황에서는 미신을 무시 못 한다. 사람들은 각자 자기 좌석에 딱 붙어 앉은 채 자기가 할 수 있는 게 뭘까 하고 생각한다. 평소 어떤 신도 믿지 않고 자유롭다고 공언하던 사람이건, 또는 뭔가를 독실하게 믿던 사람이건, 떨어지는 비행기 안에서는 다 거기서 거기다. 전자나 후자 모두, 승천할 수 있는 둘도 없는 이

---

*여성 점술가를 뜻함.

기회를 마다한다. 그들은 그저 좀더 살고 싶을 뿐이다. 부디 살살 추락해서.

이렌과 함께 오로지 안전벨트를 우리의 신으로 모시고 있는 동안, 우리 친구 제라우두 마르칸이 내 뇌리에 떠올랐을 법도 하다. 제라우두는 우리와 함께 비행기에 타고 있지는 않았지만 '사후세계'라는 것을 믿었다. 그는 절대적으로 그걸 믿었지만 — 글쎄 어떻게 말해야 할까? — 절대적으로 가볍게 믿었다. 은총에는 은총으로…… 어느 유명 대학교의 종교인류학 교수 자리를 따낼 수 있을지 알아보려고 하얀마녀에게 점을 치러 갔다가 그다음에는 경쟁자들을 제거하기 위해 검은마녀 집에 몰래 찾아갔다는 그 교수 이야기를 내게 들려준 사람이 바로 제라우두 마르칸이다. 제라우두는 이 이야기를 해주면서 빙긋 웃었고, 그 미소에 그의 콧수염이 굽슬 휘었다. 인류학자가 자신의 연구대상인 미신에 빠졌다는 이야기는 역사학자의 뇌 속에서 정치적 확신이 발견되었다는 이야기만큼이나 그에게 전혀 놀라운 소식이 아니었다. 어쩌면 이러한 이중성이야말로 잘 생각해보면 연구할 가치가 있는 유일한 대상이라고 그는 생각했을지도 모른다. 그가 연료가 떨어져가던 그 비행기 안에 우리와 함께 있었다면, 그래서 우리가 그 기회에 미신에 관한 얘기를 나눴다면 제라우두는 아마 이렇게 말했을 것이다.

"둘 중 하나지 뭐. 우리가 추락사해서 미신에 관한 논쟁이 끝나버리든가, 아니면 무사히 착륙해서 이십 년쯤 지난 뒤에 자네 나라를 통치하길 바라는 사회주의자 대통령이 세속의 권좌에 오르려고 망이 브랑카에게 점을 치러 갔었다는 사실을 자네가 알게 되든가."

우리는 무사히 착륙했고, 그로부터 이십삼 년이 흘렀고, 그 대통령은 국가를 통치했고, 그러다가 죽었다. 그리고 내가 이 글을 쓰고 있는 바로 이 시각(2001년 4월 10일 화요일)에, 그가 실제로 찾아갔던 점성술사는 막 소르본 대학에서 사회학 학위를 받은 참이었다.

자그마치 박사학위를.

'포스트모던 사회의 매혹 — 거부의 양가성(兩價性)을 통해 본 점성술의 인식론적 상황'...... 이런 주제로.

웃을 일이 아니다.

만약 내가 그 비행기 속에서 이걸 알고 불쾌해했다면, 제라우두는 아마 이렇게 대답했을 것이다.

"박사학위 받지 말라는 법이 어디 있어? 강도질에 대해 '현대판 부족제의 신화와 현실'이라는 사회학 논문으로 박사학위를 받는다면 누구보다도 알 카포네가 적격 아니겠나?"

이런 말을 하면서, 제라우두는 조그만 상아빗을 꺼냈을 것이다. 이런 재담으로 기분이 좋아지면, 귀까지 닿게 L자 모양으로 자란 턱수염을 그 빗으로 빗어 정돈하곤 하는 게 그의 버릇이었다.

11

 물론, 연료가 떨어져가는 비행기 안에서 나는 제라우두 마르칸을 생각하지 않았다. 그런데 방금 이렌이 그가 죽었다는 사실을 내게 알려주었다. 포르탈레자에 있는 자신의 집에서 그가 죽은 채로 발견되었다는 것이다. 아직도, 입구에 분수가 쉿쉿거리며 뿜어져나오던 그 집이었을까?

 믿든 안 믿든, 사후세계를 생각할 때 우리는 이승이 적당히 재구성되고 수정된 모습을 그려보게 된다. 우리의 내밀한 천국에는 우리 삶을 견딜 만하게 만들어준 사람들로 가득 차 있다. 우리의 상상 덕분에 선택된 그들은 그 사후세계에서, 우리의 부재 바로 곁, 오른쪽에서, 이승에서 보내야 할 우리의 나머지 나날을 노닐고 있다(그들과 대조를 이뤄야 하므로, 아주 성가신 사람 몇몇도 거기 섞여 있긴 하다). 우리 자신이 죽어서 그리로 가게 될 때 그들을 다시 만나게 될까 하는 질문은, 우리가 마음이 잘 맞는 친구와 함께, 가능하면 그물침대에 누워, 또 가능하다면 코르토 말테제*를 위해 그려진 집 안에서 할 때만 흥미롭다.

상황은 이러했다. 1980년 11월 어느 날 오후, 우리들, 그러니까 제라우두 마르칸과 나는 마라퐁가의 우리 집 베란다 밑에서 각기 자기 그물침대에 드러누운 채 수다를 떨고 있었다(무엇에 대해 얘기했던가? 내 기억에 남은 것은 제라우두의 얼굴과 목소리, 그의 생각이 맥 빠진 듯 나른하게 일렁이던 것, 그의 눈에 가득하던 선의, 별것 아닌 농담에서도 풍겨나오던 현명해 보이는 인상, 그리고 앞일을 예견하고 씩 웃는 듯하던 그의 미소, 그런 것들이다. 그때 나눈 이야기의 주제들은 대부분 세월 속에 잊혀졌다. 죽은 제라우두가 내게 물려준 것은 그의 내밀한 음악이다).

그날 오후 마라퐁가에서, 웬 술 취한 남자가 나무 밑에서 불쑥 나타나 우리의 대화를 끊어놓았던 게 생각난다. 누더기를 걸치고, 깡마르고, 극도로 불안한 상태에다 카샤사**를 하도 마셔 두 눈이 툭 튀어나온 그 주정뱅이는 야자나무들 사이로 몸을 뱅그르르 돌려가며 우리 쪽으로 다가왔다. 그는 자신이 유령에 쫓기고

---

* 휴고 프라트가 그린 명작 만화의 주인공.
** 사탕수수를 원료로 한 증류주로, 브라질의 대표적인 민속주.

있다고 했다. 산타(성녀) 히타에게 그 유령을 '도로 하늘로 올라가게' 해달라고 빌기 위해 봉헌할 촛불을 사려면 딱 이십 크루제이루가 필요하다고 했다. 예수님을 믿는 착한 분들이라면 부디 적선을……

제라우두는 군말 없이 지갑을 열었다.

그랬더니 이 카샤사 주정뱅이는 깜짝 놀라 떠들어대기를 멈추고 좀더 달라고 흥정을 했다. 오십 크루제이루면 더 큰 초를 살 수 있으니 유령도 더 빨리 올라갈 거라면서.

제라우두는 거절했다.

"그 유령, 내가 알지. 우리 이웃이라오. 좋은 친구고, 양심에 비추어 죄 지은 것도 아주 조금밖에 없으니, 무게도 많이 나가지 않소. 이십 크루제이루면 산타 히타가 그 유령을 충분히 하늘로 다시 올려보낼 수 있다고."

카샤사 주정뱅이는 잠시 못 믿겠다는 표정이었다.

"그 유령을 안다면, 왜 당신이 직접 촛불을 사서 태우지 않았지?"

"그야 난 구두쇠니까. 하지만 당신이 이 이십 크루제이루를 갖고 가서 촛불을 켜면, 당신이 당신 돈을 쓰는 거니까 상관없지."

이게 다였다. 이 말을 하고 나서 제라우두는 콧수염을 빗으로 살살 빗었다.

12

어느 날 아침 내가 친구에게 편지를 쓰고 있는데(아마도 그 카샤사 주정뱅이 이야기를 하고 있었을 것이다), 한 젊은 여자가 마라퐁가의 우리 집 베란다 밑에 나타났다. 나는 탁자 앞에 앉아 있다가 일어나 그녀를 맞아들였다. 그 여자는 비가 그칠 때까지 여기서 기다려도 되겠느냐고 물었다.

비 한 방울 내리지 않는 날씨였다.

활짝 갠 하늘은 티없이 맑기까지 했다.

서른 살쯤 되어 보이는 여자였다. 회색 눈의 그 여인은 몸에 꽉 끼는 원피스를 입고, 머리는 단정히 뒤로 빗어넘기고, 굽 없는 신발을 신고 있었다. 내가 한 번도 본 적이 없는 여자였다. 그녀는 빈민촌에서 온 것도 아니고 부근의 어느 집에서 온 것도 아니었다. 솔레다지가 그녀를 보고 차 한 잔 드시겠냐고 권했다. 그녀는 야자열매즙이 더 좋다고 했다. 우리가 야자를 반으로 뚝 잘라서 갖고 와보니, 여자는 어느새 그물침대에 누워서 하늘을 바라보고 있었다.

나는 이 흥미로운 횡재에 기뻐하며 친구에게 쓰던 편지를 마저 쓰기 시작했다. 가끔씩 내 작업실 창을 가린 덧문 틈으로, 이 여자 손님을 흘긋흘긋 훔쳐보았다. 솔레다지가 '카베사 프라카'(살짝 돈 것) 아니냐고 했지만, 정작 그 여자는 아주 편안하게 야자열매 즙을 홀짝홀짝 들이마시고 있었다. 그녀의 태도에서는 소나기가 그치기를 기다려 가던 길을 마저 가려는 여인의 참한 인내심밖에는 찾아볼 수 없었다.

내가 제라우두 마르칸에게 이 이야기를 했더니, 그는 더없이 진지하게 이렇게 대꾸했다.

"다른 곳에는 틀림없이 비가 왔을 거야."

13

제라우두는 내 천국에서 거닐고 있다. 그의 아버지, 딩쿠, 술라, 무니에, 장과 제르멘, 에메, 프티 루이와 내 토끼 파트리크, 타르디외가 오리처럼 꽥꽥거리면 그리도 잘 웃어대던 환한 얼굴의 가엾은 나의 세실, 그토록 아름답고 생기발랄하고 그토록 달콤하게 실수를 잘 하던 사촌 모네트, 이제는 마틸드라고 불리는 사랑스런 아주머니 틸두,* 우리 집을 지어준 티에리—이 두 사람은 내가 아무 생각 없이 이 소설을 쓰고 있는 동안 차례로 세상을 떠났다—, 어린 시절 내 대장이었던 토마, 아마존 밀림을 꿈꾸던 내 오랜 친구 필루, 할머니가 된 연세에도 그렇게도 우아하던 아

---

* 마틸드의 애칭. 지은이가 어렸을 때 이렇게 부른 것으로 보인다.

니—최근에는 아니 실베르였던—, 그리고 다른 모든 사람들과 함께. 이들은 영원 속에 남게 되리라. 자신들이 남긴 추억이 내게 날마다 살 만한 이유가 되어주고 있다는 걸 안다면 아마 깜짝 놀랄 것이다. 그들은 나의 올림포스, 나의 아카데미, 나의 부족, 바로 나—어쨌든 나의 여러 측면 중에서 그래도 가치가 있는 드문 나—다.

14

이 모든 일은 오래전에 일어났다. 삶의 한순간. 비행기는 착륙했고, 제라우두는 죽었다. 알리스, 티아고, 자누, 롤랑, 질, 루나, 래티시아, 앙투안, 엘리즈, 오렐리, 레미, 빅토르, 그리고 다른 많은 사람들이 태어났다. 솔레다지, 엠마뉘엘, 로이크, 제롬, 뱅상, 멜라니, 크리스토프, 알방, 그리고 소피가 이제는 자라서 어른이 되었다. 이런 시간의 늪 위에서 브라질은 민주주의의 외양을 갖추었고, 크루제이루 화(貨)는 레알 화로 바뀌었고, 레알은 달러와 나란히 어깨를 겨루게 되었고, 브라질 해안지방에는 굶주린 내륙 사람들이 계속 밀려들었고, 포르탈레자는 유명한 해수욕장이 되었고, 테레지나에는 마침내 빌딩들이 우뚝우뚝 들어서기 시작했고, 제국들이 무너졌고, 유럽은 이합집산을 거듭하며 좌로 우로 갈지자 행보를 했고, 보편적인 상업주의가 '이즘'들을 뿌리뽑는다고 설쳐대는 동안 아프리카는 갖가지 병으로 죽어갔고, 이천 명쯤 되는 학생들이 내 강의를 거쳐갔고, 많은 남녀 커플과 우정들이 깨졌고, 또다른 커플과 우정들은 맺어졌고, 민과 나는 만났고, 이렌과 나는 헤어졌고, 크리스토푸가 수리한 집에서 나는 책들을 썼지만 브라질에 대한 건 아무것도 쓰지 않았다.

내가 이런 걱정을 하는 것은 세르탕 고원의 잠자는 남자 덕분이다.

내륙 이야기를 좀더 해보자.

15

'세르탕의 잠자는 남자'는 결정적으로 책을 낼 생각으로 브라질을 한 바퀴 돌러 온 대학교수였다. 겉모습은 사하라 스타일의 싸움꾼이 메고 다님직한 탄약통에 만년필들을 장전하고 다니는 생 제르맹의 타르타랭* 같았다. 그의 머릿속은 개념들의 자궁 속에 커다란 아기가 똬리를 틀고 있는 형국이었다. 사회적으로는 이쪽에선 교수로서 논문이라는 주스로 영양을 공급받고 저쪽에선 신문 칼럼니스트로, 또 물론 필자로, 또 어느 정도는 편집자로, 심판으로, 어떤 사람은 잘나가고 있다고 하고, 또 어떤 사람은 과히 나쁘지 않다고 하는, 체스판의 칸마다 서 있는 말처럼 모든 우

---

* 알퐁스 도데의 소설 「타라스콩의 타르타랭」의 주인공.

연에 대처할 수 있는 사람, 중요성을 추구하는 주체, 언젠가는 장관이나 외교관, 또는 왕자의 보좌관이 될 사람이었다.

그는 물론 '내륙으로 가고' 싶어했다. 이를테면, 그는 농민의 대의를 대변한다는 그 사제를 보고 싶어했다.

그런데 그 사제의 모습을 찾아볼 수 없었다. 심지어 유럽에서 온 증인의 눈에도 띄지 않았다. 어떤 파젠데이루가 보낸 청부 살인범 두 사람이 사제를 저격했다. 세르탕 주민들은 그들이 말을 타고 사제가 있는 성당으로 들어왔다고 주장했다. 또다른 사제 하나가 죽었는데, 그는 신자들의 보호를 받으며 성당을 빠져나왔다고 했다. 사람들은 카팅가 초원 어느 곳엔가 그를 숨겨주었다.

그러나 세르탕의 그 잠자는 남자는 '증언'하기를 원했다.

사제를, 사제를, 꼭!

어찌어찌해서 우리는 며칠 걸려 그 사제를 찾았다. 그는 벨기에 출신(아니면 네덜란드 사람? 캐나다 사람?)의 늙은 예수회 사제였다. 더이상 어떻게 할 수 없을 만큼 깡말라 있었다. 그가 은신해 있던 집에서 우리에게 보여준 첫번째 물건은 붉은 주물로 만든, 수동식 야채 가는 기구였다. 어린 시절, 푸줏간 주인이 그걸로 말고기를 갈아주면, 어머니는 그걸 빵에 발라 우리에게 주셨다. 그는 "내 의치를 보여드리죠"라고, 잇몸까지 보이게 웃으면서 우리에게 말했다. 그는 아직 남은 이빨 몇 개를 자기 손으로 뽑았다.

"문제를 단번에 해결한다"는 거였다. 그는 우리에게 야자열매즙을 갖다주었고, 그물침대도 내주었다. 우리의 '증인'은 수첩을 꺼내더니 첫 질문을 던졌다. 토지 문제에 대한 그 질문은 시의적절했다. 예수회 신부는 기술적인 답변을 만들어냈다. 때에 따라 그는 복음을 전파하는 사람이라기보다는 법학자가 되려는 듯했다. 그는 농민들에게 법률을 가르쳐주어 브라질리아에서 통과된 법률 64조— 북서부 지방의 어느 지주도 지키지 않고 있던 법률 조항— 의 적용을 농민들 스스로 감시할 수 있도록 했다. 생산량의 비율에 맞게 반타작 소작업의 할당량을 정해주기, 시장에 내다 팔 권리 등등. 이들 '세르탕 사람들'에게 읽기, 쓰기, 계약서의 법률적 효력 등을 가르치고 이런 합법성이 허구적인 것이 아님을 이해시키는 것…… 그때 그 신부가 특히 신경 쓴 대상은 파젠데이루가 어떤 법에도 맞지 않게 땅에서 쫓아낸 육십 가구였다. 세르탕 고원지대의 맨땅에 던져진 이 소규모 군중이 또 어떤 빈민가로 가서 그곳의 인구를 늘리지 않도록 이들을 먹이고 재울 방도를 찾아야 했던 것이다……

이런 일들……

그렇다.

그래, 그렇다……

하지만 우리의 역사적 증인은 잠이 들었다.

자기 그물침대에서.

수첩을 배에 얹은 채.

세르탕의 잠자는 남자.

예수회 신부는 그를 깨우지 말라고 신신당부했고, 대화는 우리 사이에서만 계속되었다. 화제가 가뭄으로 넘어가게 되었는데, 예수회 신부가 '관개(灌漑)'에 대하여 얘기하는 바로 그 순간, 그의 목소리가 안 들릴 정도로 우렁우렁 천둥이 울려 한바탕 비가 쏟아질 것을 예고했다. 그건 하늘에서 내려준 비가 아니라, 세르탕의 잠자는 남자가 코 고는 소리였다.

16

　나는 이 예수회 신부에 대한 빛나는 추억을 간직하고 있다. 말그대로 이건 햇빛 아래에서 일어난 이야기다. 그 신부는 물받이 시스템을 고안해냈는데, 그것은 마을을 이리저리 구불구불 지나면서 저수조에 이르게 되며, 비가 조금이라도 왔다 하면 이 저수조엔 일 년 내내 빗물이 모이게 되는 구조였다.

　"요컨대, 만약 파젠데이루들이 곳곳에 저수조를 설치하겠다고만 하면 그 물로 여러 뜰에 식물을 키울 수 있지요!"

　신부에 따르면, 문제의 일부는 바로 이 일에 관한 것이었다. 대지주들은 이 저수조를 만드는 데 돈 대기를 거부하고 있었다. 그들은 세르탕 고원의 건조한 기후를 잘 이용하고 있었다. 가진 땅이 워낙 넓으니 대지주들의 수확은 보장되고, 물이 부족하니 세르탕 주민들이 지주들에게 의존하는 상태가 유지되는 것이었다. 그 농민들에게 물차를 보내주고 안 보내주고는 지주들 마음대로였다.

예수회 신부가 제공해준 샤워실에서 샤워를 하고 있자니, 물에서 개구리들이 툭 튀어나왔다. 캄캄한 밤 저수지의 물속에서 태어난 이 개구리들은 우리 머리 위에 떨어지더니 시멘트 벽에 가서 달라붙었다. 아주 조그맣고 투명한 개구리들의 작고 판판한 가슴이 놀라서 발랑대고 있었다.

"그래서, 그들은 가뭄이란 숙명적인 거라고 우리에게 믿게 만들려는 겁니다!"

17

그다음에 이어지는 것은 그늘의 추억이다. 허구를 지어내야 하는 이 소설의 필요성에 따라, 조용한 어린 시절을 보낸 독재자 마누엘 페레이라 다 폰치 마르팅스의 아버지를 어느 파젠데이루로 설정했다. 북동부에서 손꼽히는 대지주. 그러나 그는 자기가 소유한 땅의 관리를 관리인에게 맡겨버리는 대부분의 대지주들처럼 해안지방에서 요란스럽게 살지는 않았다. 그는 바로 그곳, 자기 제국 한복판에서 자기 토지에 딸린 사람들과 함께 살았다. 그는 온화하고 작달막한 의사였고, 프랑스의 한 도(道)에 해당할 만큼 넓디넓은 땅이 그의 차지였다. 그는 철로로 자기 집에서 포르탈레자까지 갈 수도 있었다. 그가 타고 다니는 랜드로버는 철로위로 굴러갔다. "도로보다 훨씬 빠르지." 지나는 기차를 멈추기만

하면 그의 차가 지나갈 수 있었다.

그는 나지막한 음성으로, 농촌 여인들이 수를 놓고 있던 그 기념비적인 방에 우리를 맞아들였다. '두토르*'의 딸은 반 년 있으면 결혼할 예정이었다. 여인네들은 그 따님의 혼숫감을 준비하고 있었던 것이다. 창문으로 들어오는 빛에 수놓는 옷감만 겨우 비춰볼 수 있는 상태에서 여인네들은 일을 하고 있었다. 두토르가 우리를 맞아들인(그는 절대 흰 가운을 벗지 않았다) 방 한복판은 어둑어둑했다. 두토르는 우리에게 이곳의 힘든 삶, 세르탕의 가뭄, 시장의 혹독한 법칙, 병원에서 농민들을 무료로 진료하면서 보내는 긴긴 하루(그는 탈수 상태인 어린이들에게 코카콜라 요법을 베푼다고 했다), 이 사람 저 사람의 비참한 생활, 이런 것들을 속삭이듯 이야기해주었다. "무엇보다도 저는 그들의 이야기를 들어주지요. 그들은 저한테 하소연을 하고, 저는 귀 기울여 들어준답니다." 옆에 있는 부엌에서, 서민들이 먹는 수프 냄새가 훅 끼쳐왔다. 두토르 가족의 일상 음식도 건더기나 조금 다를까, 이 수프와 별반 차이가 없었다. 여자들과 아이들이 대접을 손에 들고 문간에서 기다리고 있었다. "우리는 대가족입니다. 모든 사람을 먹여살려야지요." 이때의 가족이란 아주 넓게 확장된 의미였다.

---

* '의사 선생님'이라는 뜻의 포르투갈어.

120

세르탕 주민에 대한 파젠데이루의 부성애, 두토르를 어버이처럼 우러르는 세르탕 주민들의 존경심, 곧 결혼할 이 댁 처녀에 대한 모든 이의 눈부신 사랑, 아버지에 대한 아들의 틀림없는 사랑, 오라비와 남동생에 대한 누이의 부드러운 사랑, 방마다 십자가상에 모셔둔 그리스도에 대한 모든 이의 사랑…… 어머니에 대한 기억이 남아 있지 않은 것은, 이 집 어머니가 이런 사랑들을 이어주는 보이지 않는 베샤멜 소스처럼 어디에도 있지 않으면서 또 어느 곳에나 있었기 때문일 게다.

지금은 비꼬는 투로 이 말을 하고 있지만, 나도 모르게 그 봉건적인 평온함에 매료되었던 그때의 기억이 생생하다. 이런 분위기는 그곳 권력자들이 드러내놓고 보이는 거친 행동과는 극히 대조적으로 보였다. 농지거리를 던지는 듯한 독재자의 오만함, 총독들로 구성된 냉정한 친위대, 도시 근처를 다니는 여행자들을 을러대며 막아서는 경찰들, 노조 지도자나 아마존 환경보호주의자들이 암살당하는 것, 인디언 학살, 학생 고문, 반대파 추방, 상파울루에서 개를 풀어 데모대 물어 죽이기, 리우의 언덕 위에서 맞아죽은 아이들…… 이 모든 일들이 두토르 댁에서라면 정말이지 상상도 할 수 없는 일이었다. 만(灣)과도 같은 이 아늑한 보금자리에는 폭력도 없고 욕설도 없었다. 아예 말 자체가 거의 없었다.

만약 그 누에고치처럼 포근한 가정에서 태어났더라면 난 어떤

아들이었을까? 또 커서는 어떤 사람이 되었을까? 두토르 댁에서
잉태된 아이는 이 사랑의 둥지에서 법(法)이라는 이상한 나라까
지 도대체 어떤 길로 해서 갈 수 있었을까? 창문으로 내다보면서
그는 이곳의 행복이 저쪽의 폭력과 같은 급(級)이라는 걸 어찌 상
상할 수 있었을까? 따뜻이 품어 먹여살리는 이 아버지가 누군가
를 굶주리게 하는 바로 그 사람이라는 것을, 또 부성애 가득한 그
자선 행위가 사람 죽이는 가부장주의의 후광으로 아버지의 배후
를 비추고 있다는 사실을 어떻게 받아들였을까?

아니다, 내륙의 악마들이 어느 날 깨어나 두토르에게 몰매를
퍼부었다 해도, 그의 아들들은 그걸 이해하지 못할 것이다. 서너
세대 뒤에 역사 교과서가 그 학살에 정당성을 부여한다는 사실도
그의 증손자 세대는 이해하지 못할 것이다. 그렇게도 착하신 분
을……

해질 무렵이 되자, 수놓던 여인들은 우리 곁을 떠났고 의사 선
생은 등불을 켰다. 굵은 전선으로 공중에 매달려 있는 육십 와트
짜리 알전구였다. 이 전구는 방의 한복판만 비추었다. 벽과 천장
은 깜깜한 채로 보이지 않았다. 전구를 반의 반 바퀴 돌리면 불이
들어왔다. 오른쪽으로 반의 반 바퀴 돌리면 환해졌고, 왼쪽으로
반의 반 바퀴 돌리면 취침이었다.

예수회 신부들을 추적하는 자들은 이 전구 불빛 아래에서 명령을 받았을까? 아니면 똑같이 생긴 다른 전구 불빛 아래에서?

어쨌든, 방향을 상실한 독재자 마누엘 페레이라 다 폰치 마르팅스의 이야기를 언젠가 누가 들려준다면, 그가 이런 식의 천국 같은 집에서 태어나는 광경이 내 눈에는 훤히 보일 것 같다.

18

두 달 뒤, 우리는 세르탕의 잠자는 남자가 쓴 책을 우편으로 받았다. 브라질을 완전히 한 바퀴 돌아보고 쓴 책이었다. 그 책 속에서는 파라이바의 수도인 항구도시 조앙 페소아가 "내륙의 작은 마을"(툴롱, 캉탈의 꽤 큰 시골마을……)이 되었다. 그 책 속에서 브라질의 저명한 사회학자로 손꼽히는 지우베르투 프레이리는 '소설가'가 되었고(극작가 오귀스트 콩트가 말했듯이), 우리의 예수회 신부님은 길고 긴 독백을 늘어놓았고, 세르탕의 잠자는 남자는 그 독백을 꼼꼼히 받아적어 이 책을 썼노라고 했다.

"그 땅을 지키는 사람답네." 이렌이 토를 달았다.

그리고 이렇게 덧붙였다.

"자기 땅을."

소설가로서 나의 소명도 '증언'의 챔피언인 이 사나이 덕에 생겼다.

19

각양각색의 방문객들이 우리에게 왔다. 예를 들면 밉지 않게 어벙한 건축가도 있었다. 그는 브라질리아에서 영접을 받고 그곳에 세워진 니메이어*의 어마어마한 건축작품을 구경한 뒤로, 세아라 주까지 좀 올라가봤으면, 그리고 '내륙'을 누가 좀 구경시켜 줬으면 했던 것이다.

우리는 둘이서 하얗게 내리쬐는 땡볕을 받으며 카닌데 쪽으로 차를 몰았던 것 같다……

불그스레한 회색 일색인 이 단조로운 분위기 속에서 굽잇길을 벗어나니, 문득 초록이 펑펑 터지는 듯한 넓은 밭이 펼쳐졌다.

---

* Oscar Niemeyer(1907~), 브라질의 건축가.

"멈춰봐, 멈추라고, 멈춰!"

차에 탄 건축가가 소리쳤다.

그는 거의 차에서 뛰어내릴 뻔했다.

"이 풀 좀 봐!"

그는 눈알이 튀어나올 지경이 되어 부르짖었다.

"빌어먹을, 이 푸―우울!"

나는 차를 세우지 않았다. 그는 아직도 마니오카 밭에 거름을 주고 있을 것이다.

20

내 친구 구방(우리와 함께 콘샤 아쿠스티카에서 들개들의 공격을 모면했던 친구)은 제 맘대로만 할 수 있었다면 아마 세르탕의 잠자는 남자, 예수회 신부, 두토르, 그리고 '바바 쿨'(그 어벙한 건축가), 이들 모두의 불알을 떼어버렸을 것이다. 그 친구는 해변의 중산층과 남부 지방의 기업가들을 보내어 그들이 흘리는 참회의 눈물로 카팅가 관목지대를 비옥하게 만들었을 것이고, 지식인들의 안경을 압수하고 그들의 코밑에 현실을 갖다 붙여주었을 것이며, 종교를 박멸하고, 미신을 뿌리뽑고, 봉건질서 속에서 노예처럼 사는 농민들을 재교육시키고, 배신자를 양심의 밑바닥까지 추적하고, 계급의 적을 어린아이의 심장 속까지라도 쫓아가서 들춰내어 폭로했을 것이다……

폴 포트 치하의 캄보디아가 이런 방법을 썼다가 오백만 명 중 이백만 명이 목숨을 잃었다고 내가 반론을 펴면, 구방은 그건 당연히 지불해야 할 대가였다고 맞받아쳤다. 우리의 논쟁이 가장 뜨겁게 달아올랐을 때, 나 자신의 불알이 때가 되면 저 복수쟁이가 치켜든 꼬챙이를 풍부하게 해주겠구나 하는 생각이 들었다.

다행히도, 그는 추락하려는 비행기 안에 우리와 함께 있었다.

또 다행히도 우리가 목숨을 부지한 채 그 비행기에서 내릴 때, 구방은 우선적으로 해야 할 다른 일이 있었다. 파리에서 유기화학 박사논문을 통과시키는 것.

'역사'란 그런 것과 관계되니까……

하지만 인류를 절멸시킴으로써 인류구원을 도모하겠다고 할 때 말고는, 구방은 세상에서 가장 쾌활한 친구였다. 그의 건강한 웃음소리는 멀리멀리 메아리쳐서, 카팅가 관목지대의 끝없이 넓은 땅을 뒤덮었다.

늙은 화학자로 말하자면(그가 그렇게 늙었던가? 아니면 내가 그때 아직 젊었던 것일까? 그리고 그의 이름은 대체 무엇이었던가? 구방이 그의 제자였나? 화학자는 구방의 논문 지도 교수였던가? 우리는 그 비행기 속에서 다 같이 무얼 하고 있었던가? 우린 그때 브라질리아에서 돌아오는 길이었다. 맞아, 하지만 왜 넷이 같이 있었던 거지? 에잇! 이런 망할 놈의 기억력 같으니……), 어쨌건 내 옆자리에 앉았던 화학자는 대단한 사람처럼 굴며 짐짓 태연자약한 티만 내지 않는다면 그런대로 즐겁게 함께 여행할 만한 사람이었다. 그는 가장 미세한 분자에 대해서도 그게 마치 우리가 인지할 수 있는 이 세상의 전체인 양 주의를 기울였다. 그는 호기심 그 자체였던 것이다.

21

기억의 문제.

존재들이 우리에게 남긴 자취⋯⋯

나와서 증언을 하라고 법정으로 나를 호출할 당국에 고하는 바이지만, 뭘 기억하는 일이 내게는 쉽지 않다. 내 기억 속에 담긴 내용은 휘저으며 익힌 스크램블에그처럼 엉망으로 흐트러져 있다. 내 가장 생생한 추억은 그늘이었다. 나는 일생 동안 열 번이나 똑같은 미술관의 똑같은 그림, 똑같은 굽잇길 뒤로 펼쳐진 똑같은 풍경을 발견했다. 마치 한 번도 본 적이 없는 것처럼. 사건들은 겪자마자 내 스크린에서 지워진다. 읽은 책 페이지들, 대부분의 영화들, 맛 좋은 포도주 한 모금도 그렇다. 마치 부지런한 망각이 내 무교양의 수준을 지탱해주려 애쓰는 것 같다. 얼굴과 이름들이 내 속에서 너무 빨리 녹아 없어져버린다. 같은 시대를 사는 사람들이 내게 남기는 인상은 막연하면서도 깊어서, 마치 물을 탄 잉크로 문신을 한 것 같다. 그중 가장 예민한 인상들은 물론 그 때문에 고통을 받고, 무관심하고 이기적이라고 나를 비난한다……나는 그들에게 뭐라고 대답할 수 있을까? 어딘지 모를 곳에 세워놓은 내 차를 찾도록 도와달라고, 그리고 내 뇌의 주름 속에서 잊어버린 신용카드 비밀번호를 찾아달라고?

이렇듯 보잘것없는 기억, 세상에서 비틀거리는 현존, 그것이 나의 증언을 가로막는다. 아마도 그래서 내가 소설가라는 직업에 입맛이 동하는 모양이다. 추억에 굶주린 상상력은 악착같이 스케치에 바탕을 두고 인생을 재구성하려 한다.

22

남은 사실은 뭐냐면, 여기서 본질—존재들, 사건들, 상황들, 쟁점들—은 내 눈앞에 펼쳐진, 내가 친구에게 쓴 편지들에 의해 확인되었다는 것이다. 증거가 있다면? 요한 바오로 2세의 포르탈 레자 방문. '이곳에서 그것은 텔레비전의 아틸라*라고나 할 폴란드 출신 교황의 침입이라고 할 수 있어. 사람들은 교황 이야기만 하고, 교황만 보여주고, 귀에 들리는 얘기라곤 교황 얘기밖에 없어. 리우의 어느 광고회사는 교황 대역을 할 닮은꼴을 찾아내서 그 닮은꼴로 하여금 몇몇 백화점에서 손님깨나 끌게 하고 있다지. 그러다보니 그는 교황 자신이 아닌데도 교황이 되어버리는

---

* Attila(406?~453), 5세기에 유럽을 침공한 훈족의 왕.

거야.'(포르탈레자, 1980년 7월 14일자 편지)

지금 다시 생각해보면 텔레비전 화면에 교황이 그렇게 여러 명으로 나타나는 현상(그렇다고 영성체용 작은 빵도 그렇게 여러 개가 되는 것은 아니지만), 좀더 일반적으로 말하자면 이미지 숭배 행위 덕분에 우리가 실컷 맛보고 있는 온갖 종류의 복제는 닮은꼴들이 새록새록 자꾸 생겨나는 이 이야기에 분명 영향을 주었다. 바슈키리*와 같은 세계, 우리 '커뮤니케이션 하는 사람들'의 꿈이 바로 이것이다. 우리는 모두 이야기라는 틀 속에 들어 있는 것이다……

---

* '웃는 암소'라는 뜻의 프랑스 치즈 상표명.

23

이제 비행기는 추락하듯 하강하고 있었다. 심장이 내 두 귀를 꽉 막고 있었다. 이렌과 내가 비행기 좌석의 창으로 본 것은 칠흑 같이 깜깜한 밤의 흰 연기뿐이었다.

"기장이 우리를 착륙시킨다면, 아마 브라질 식으로 할 겁니다."

내 옆자리의 냉정한 화학자가 예단했다.

정말 그는 우리를 브라질 식으로 내려주었다.

즉, 그는 활주로 위 이삼 미터 고도에서 연료 공급을 차단했고, 비행기는 활주로 위에 수직으로, 아파트만 한 무게를 그대로 실으며 쿵 떨어졌다는 것이다. 나는 탑승구 역할을 하는 계단식 통로가 비행기 동체를 그대로 뚫고 들어오는 줄 알았다. 바로 그 순간, 그는 역진기를 작동시켰고, 엔진은 편도선이 튀어나오는 것처럼 시끄러운 소리를 냈다. 안전벨트가 내 몸을 둘로 쪼개는 것 같았고, 내 코는 바로 앞의 젖혀진 간이탁자에 세게 부딪혔다. 짐을 넣어둔 위쪽의 정리함이 열리고, 짐들이 비 오듯 쏟아져내리고, 제동이 걸리는 느낌이 끝없이 들었다. 마치 비행기가 우리 승객들을 한 줄 한 줄 먹어치우는 것 같았다.

더이상 나아갈 수 없는 활주로 끝까지 가서야 비행기는 움직임을 멈췄다.

얼마간 멍한 느낌이었다.

마침내, 몸의 긴장이 풀렸다.

박수가 터져나왔다.

피아우이 주의 수도 테레지나에 오신 것을 환영합니다.

"참 인상적이군요."

내 옆자리의 화학자가 작은 공책들을 초등학생용으로 보이는 가방 속에 집어넣으며 말했다.

"하지만 활주로가 짧을 때는 이 편이 탄젠트 곡선을 그리며 착륙하는 것보다 신중하지요."

24

시람들은 우리를 꼬박 두 시간 동안 공항에 잡아두었다.

그들은 엔진의 연결 고무관을 찾고 있었다.

사고란 그런 거다. 숯처럼 타버린 그 연결 고무관. 그걸 새것으로 교체하기만 하면 되었던 것이다.

나는 그들이 혼잡한 잡동사니 틈에서 그 연결 고무관을 찾아내지 못하길 기원하느라 정신을 집중했다. 한밤중에 대충대충 수리한 아연으로 된 물체를 타고 다시 하늘로 날아오른다고 생각하니 기분이 좋지 않았다. 세상의 **모든** 비행기는 아마 수리된 비행기일 테고 전 인류가 낮이나 밤이나 수리된 비행기에 올라 공중을 날아다니고 있는 거라고 속으로 되뇌어봐도 아무 소용이 없었다. 그들이 고무관을 못 찾았으면 싶었다. 그게 다였다.

내 소원은 성취되었다. 고무관 대신 그들은 테레지나에 우리가 묵을 호텔을 잡아주었다.

페레이라가 꾸던 악몽 속에서는 이 호텔이 원형 광장 한복판에 서 있는 것으로 나온다(꿈속에서는 모든 일이 주로 중앙에서 일어난다). 페레이라가 호텔에서 나오면, 광장은 텅 비어 있다. 호텔은 사라졌고 그, 즉 페레이라가 중심인데 그 중심을 향해 농민들이 우우 몰려든다. 그는 절대로, 다시는 자유로운 공간을 믿지 않을 것이다. 광장공포증에 걸린 것이다.

사실 호텔이라고 해봐야, 테레지나의 후끈한 밤의 열기 속에서 어느 광장 언저리에 서 있는 정육면체 콘크리트 건물이었다. 페인트칠이 벗겨져 일어나는 객실 벽에서는 커다란 벼룩들이 우리를 기다리고 있었고, 녹물이 나오는 수도꼭지에서는 간질발작하듯 수도관이 막혔다 터졌다 하면서 불규칙적으로 물이 흘러나왔다.

호텔 주방은 이미 닫혀서, 호텔 직원들이 우리에게 흰 쌀과 검은 강낭콩을 섞고 파로파*를 뿌린 음식을 데워주었다. 내가 아는 음식이었다. 우리가 브라질 내륙지방을 찾아갔을 때 솔레다지의 어머니 망이 마르팅스가 해준 음식이었다. 흉작이 아닐 경우, 쌀

---

* 버터에 노릇하게 볶은 마니오카 가루.

과 페이장*이 라틴 아메리카의 일용할 양식이었다. 굶주린 이들의 배를 채워주는 이것저것 섞어 만든 음식, 카팅가 관목지대의 바짝 마른 농부의 배를 든든하게 채워준 이 음식 덕분에 그는 그나마 바람에 날려가지 않을 수 있었다. 명절이면 망이 마르팅스는 닭피를 좀 넣어서 이 음식을 만들었다.

조용한 집 한복판에서 여행이나 꿈꾸며 자란 파젠데이루의 아들은 이런 내륙 음식 따윈 싫어할 수도 있을 거라는 생각이 든다. 그리고 파로파를 보잘것없는 것으로 볼 수도 있었으리라는 걸 인정한다. 하지만 스코틀랜드 무용가 캐슬린 로커리지의 말이 옳을 때도 있다. 강낭콩과 쌀이 서로 잘 어울린다는 건 남아메리카 대륙 주민이라면 모두 확인해줄 것이다. 불에 그을린 콩의 묘한 뒷맛을 지닌 파로파라는 음식은 그 추억만으로도 나의 '사우다지'를 달래준다.

……

여기서, 몇 달 뒤로 훌쩍 건너뛴다. 이렌과 나는 리우의 어느 고급스러운 살롱에 있다. 나는 뭔지 모를 칵테일 한 잔과 한 입에 쏙 들어가게끔 만든, 이름도 까다로운 식전 안주 사이에서 균형을 못 잡고 엉거주춤한 채로 서 있다(우린 대체 거기서 뭘 하고 있었

* '강낭콩'이라는 뜻의 포르투갈어.

던 거지?). 누군가 내게 뭘 묻자, 내가 피아우이라는 지명을 소리 내어 말했던 것이 생각난다.

"피아우이? 그게 어디죠?"

누군가가 묻는다.

"선사시대에 있었던 어떤 곳이죠."

그 자리에 우리를 초대한 브라질 남부 출신의 짓궂은 남자가 대답했다. 그는 곡식을 먹고 자란 카리오카*였다.

문명인다운 그 대답보다 나는 이렌이 했던 이 대답이 더 좋다.

"피아우이, 그곳은 내륙 중에서도 안쪽이지요."

……

그렇다, 그리고 테레지나가 피아우이의 중심이었고, 우리가 묵은 호텔은 그 중심에서도 핵심이었고, 우리의 식탁은 그 핵심의 중앙이었고, 자기 접시를 내려다보고 있던 우리들 각자는……
(이런 식으로 '안쪽'이라는 걸 파고들어가면 절대로 끝이 없다.)

그러니까, 비행기 고장이라는 우연한 사건이 우리 각자—이렌, 늙은 화학자, 구방, 나—를 자기 자신의 핵심에 데려다놓은 것이다.

밖으로 나가자고 누군가 제안했다.

---

* 리우데자네이루 사람.

140

나가서 테레지나 구경이나 하자는 것이었다.

그러나 테레지나에선 '밖으로 나간다'는 게 있을 수 없었다. 바깥도 여전히 안이었던 것이다. 함석 지붕을 올린 야트막한 집들이 광장을 빙 둘러 서 있었다. 호텔 불빛에 비친 그 모습을 보고 우리는 집들이 초록색과 황갈색으로 칠해져 있구나 하고 짐작했다. 이 두 색깔 때문에 수채화가는 내륙의 도시들을 모두 그려보고픈 유혹이 드는 것이다. 몇 걸음 더 가니 깜깜한 밤 속에 집들이 색깔을 잃어버렸다. 지평선에는 한 점 불빛도 없었다. 사위가 쥐 죽은 듯 조용했다. "꼭 자루 속 깊이 들어와 있는 것 같네." 이렌이 중얼거렸다. "이십사 시간 넘게 여기 있는다면, 그땐 내 이름이 뭔지도 잊어버릴 거야."

테레지나는 잠자고 있었다. 흙을 이겨 바른 저 벽들 뒤에, 얼마나 많은 사람들이 그들 몫의 쌀과 페이장을 위 속에 채운 채 잠들어 있을까? 그리고 하늘에서 내려오는 비가 테레지나 땅을 마지막으로 적신 것이 도대체 언제이기에, 걸어가면 땅에서 파삭파삭 소리가 나는 걸까? 테레지나는 배고픔과 타들어가는 갈증을 안은 채 잠자고 있었다. 브라질리아의 건축적 허구 — 유리 건물들, 인공호수들, 활짝 편 새의 날개들 — 는 오로지 테레지나의 현실을 잊게 하려고 상상 속에서 지어진 게 아닐까 하는 생각이 불현듯 들었다. 그리고 그날 밤, 나도 모르게(아직도 모르겠다), 내가 아무것도 몰랐던 도시, 그리고 앞으로도 아무것도 알 수 없을 도시 테레지나는 이 이야기에 등장하는 중심도시가 되었다.

포르탈레자로 돌아오자 이렌은 부랴부랴 지도를 꺼내더니 테레지나가 정말 지도상에 존재하는 곳이라는 것, 그리고 우리가 그날 밤 억지로 기착한 사건이 '일행 모두에게 공통된 환각'의 결과가 아니었다는 것을 확인했다.

우리는 좀전에 호텔 앞 광장을 벗어났다. 그리고 이 골목 저 골목을 발길 닿는 대로 걸어다녔다. 잡담은 주고받지 않았고, 이야기를 좀 하더라도 아주 나지막한 목소리로 했다. 잠든 테레지나 주민들은 그물침대에 누워 무슨 꿈을 꾸고 있었을까? 해변의 불빛? 이렌의 말마따나 해변에서 자기들을 불러대는 모든 것을 꿈꾸었을까? '반짝이는 유리 진열장, 상품이 부리는 마법, 관광객, 돈, 축제, 일, 흥분의 도가니…… 해변에서 이런 유료 신기루와 몸을 부벼대는 모습'을 꿈꾸었을까? 그렇다, 그리고 어떤 브라질 빈민가의 마지막 모임에서 끝장을 내는 거다. 그리움일랑 카샤사 속에 첨벙 담가버리는 거다. 리우에서 구걸을 하거나, 상파울루의 장터에서 기타를 비스듬히 걸친 채 카팅가 관목지대에서 추방된 이들과 함께 새로운 꿈을 충족시키기 위해선 대체 레알 화를

142

몇 푼이나 벌어야 하는지 계산하면서, 세르탕의 영광을 찬양하는 노래를 부르는 거다. 테레지나, 카닌데, 주아제이루, 소브라우, 캄피나 그란지로 돌아가 세르탕 고원지대를 회복하고 또 거기, 활활 타오르는 불꽃나무 밑에서 참을성 있게 우리를 기다리고 있는 자신의 평가할 수 없을 만큼 중요한 부분, 바로 우리의 고독을 되찾는 거다.

페레이라의 꿈에 나오는 그 원형 광장에 우리가 다다른 것은 바로 그때였다. 저만치 건너편에서, 그 가로등, 내가 기억하기로는 이 도시에서 유일한 가로등의 불빛이 시야에 들어온 것도 바로 그때였다. 정말 놀라운 일이었다. 가로등 밑에 서 있는 두 남자의 옆모습은 삶 자체를 드러내 보여주고 있었다. 우리는 고독했고, 빛이 필요했기에 그들이 있는 곳까지 갔다. 광장 한복판에서는 이 장면을 좀더 잘 분간할 수 있었다. 자전거에 기대선 이들은 세르탕 남자 두 명이었다. 너덜너덜한 바지 안에서 가느다란 두 다리를 흔들면서, 소리를 내지 않고 웃느라 어깨를 들썩이고 있었다. 그들은 발치께에 있는 뭔가 희끄무레한 빛을 발하는 물체를 들여다보고 있었다. 우리는 가로등 불빛 속으로 들어갔다. 틀림없었다. 그들은 제 발부리에 비치는 그 희미한 빛 때문에 웃고 있었다. 그들은 활짝 웃었다. 깔깔대고 소리내어 웃지는 않았다. 이 조용한 기쁨도 우리를 끌어당겼거니와, 춤추듯 너울대는 빛, 이제는 그들의 맨발과 너덜너덜한 바짓단에 가려진 그 빛도 우리를 끌어당겼다. 그건 낡은 텔레비전 수상기였다. 낡아서 뼈대만 남다시피 되어버린 작은 흑백 텔레비전을 시에서 공급하는 공용 전원에 연결한 것이다. 그런데 세상에, 그 텔레비전이 제대로 작동하고 있었다. 그들은 찰리 채플린의 영화 〈황금광 시대〉를 보고 있었다. 한 남자는 자전거의 안장에 두 팔꿈치를 괴고 있었고, 또 한 남자는 자전거의 녹슨 핸들에 기대어 팔짱을 낀 자세였다. 두 남자 모두 무성영화를 보면서 소리없이 웃고 있었다. 그들은 채플린이 눈과 바람에 맞서 싸우는 것을 보면서 웃었고, 채플린이 헌구두를 먹고 구두끈을 쪽쪽 빠는 것을 보면서 웃었고, 채플린이 맛있어 보이는 암탉으로 변신해 배고픈 동행자에게 쫓기는 것을 보면서 웃었고, 채플린이 조지아를 유혹하는 것을 보면서 웃었다. 그리고 우리는, 채플린이 작은 빵 여러 덩이에 포크 두 개를 꽂아 조지아의 아름다운 두 눈을 즐겁게 해주려고 빙빙 돌리는 묘기를 펼치는 모습을 보며 그들과 함께 웃고 있었다. 그러나 조지아는 오지 않을 것이고, 이건 꿈이고, 채플린은 공연히 차려놓은 축제의 식탁에 엎드려 잠이 들고, 조지아는 어느 술집에서 다른 사람들과 어울려 춤을 추고, 아무도 없는 오두막집에서 잠이 든 채플린은 작은 빵들이 춤을 추는 꿈을 꾸고, 우리는, 우리는 계속 웃었다. 작은 빵은 고사하고 발레리나가 신는 토슈즈조차 평생

본 적 없는 그 두 남자도 웃었고, 한 번도 굶주려본 적 없는 우리 네 사람도 그들과 똑같은 순간에 똑같은 영상 앞에서 똑같이 조용한 웃음을 지었다. 우리는 똑같은 익살을 보고 웃었다. 굶주린 자들을 위한 퍼내도 퍼내도 마르지 않는 희극, 고독한 자의 익살을 보고 우리는 테레지나의 밤에 함께 웃고 있었다. 아무것도 구경 못 한 도시, 우리가 결코 다시 갈 일이 없을 그 도시 테레지나는 갑자기 세계의 수도가 되었다.

"그게 인생이야."

마누엘 페레이라 다 폰치 마르팅스는 바로 자기 꿈속에서 슬쩍 혼잣말을 한다.

그리고 바로 거기서 내 이야기의 창은 활짝 열렸던 것이다.

Ⅲ. 창. 라 프네트르.
더 윈도. 라 벤타나. 엘 타카.
라 자넬라. 다스 펜스터.
라 피네스트라.

그 트레일러의 흔들거리는 문을 열어보니
또다른 두 명의 발렌티노가 겹쳐진 두 개의 간이침대 위에 누워 잡지를 뒤적이고 있었다.
그들은 각각 말 타는 장면 대역과 탱고 추는 장면 대역이었다.

1

광장공포증이 있는 그 독재자의 이야기를 내가 들려줘야 한다면, 페레이라의 첫번째 닮은꼴은 바로 이 창문으로 도망치게 되어 있다.

채플린 영화의 발견……

마치 대천사의 방문과도 같은 그 발견은

그의 삶을 뒤흔들어놓게 된다.

그렇다고 그의 운명을 바꾸어놓지는 못했지만.

2

그 닮은꼴은 누구인가? 그의 고향은 어디인가?

입 꾹 다물고 시중만 들어줄 목적으로 채용된 사람들(하인, 경찰관, 하수인, 매춘부, 정원사, 중노동하는 여자 등)이 그렇듯, 그도 내륙 출신의 이름 없는 인간이었다.

페레이라가 그를 채용했을 때, 그는 테레지나 인근 소도시에서 이발사 노릇을 하고 있었다. 그 소도시는 그의 고향 마을에서 사흘 걸리는 곳에 있었다. 이런 만남이 있기까지 그가 살아온 이야기는 간단했다. 꽤나 똑똑한 아이여서, 이런 이야기에 꼭 등장하게 마련인 지나가던 예수회 신부가 그를 눈여겨보았고, 도시로 데려가 읽기, 쓰기, 그리고 미사 집전에 필요한 약간의 라틴어, 외국어 두세 마디 정도, 수학의 개념 몇 가지, 예의범절 등을 가르쳤다. 그러나 예수회 신부는 하필 신부만 골라 저격하는 범인의 총에 맞아 숨졌고, 그 동네 이발소 주인이 아이를 데려가 칼과 가위로 머리 깎는 법을 가르쳤는데, 이 이발사도 황열병의 마지막 단계인 보미토 네그로*로 고통받다 죽었고, 그러자 이발소는 자연히 그의 차지가 되었다(아, 그 이발사는 그에게 이탈리아어도 가르쳐주었다. 이발소 주인은 이탈리아 노인이었다. 아주 오래전 모국에서 추방된 가리발디 추종자, 그러니까 세상에서 가장 외진 곳에 던져진 붉은 셔츠였던 것이다).

어느덧 청년이 된 이 견습 이발사는 제 수염을 직접 깎으며 이발 연습을 해보려고 일부러 수염이 얼굴을 뒤덮도록 내버려두었다. 내륙지방에는 털북숭이가 드물었던 것이다. 양갈래 수염, 네모진 수염, 턱밑에만 뾰족하게 자라는 수염, 황제 수염, 텁수룩한 수염, 꼬불꼬불한 수염, 이렇게 턱수염 모양을 매달 바꾸었고 콧수염도 그에 어울리게 다듬었다. 수염이 어떤 모양이든 그는 아주 의젓해 보였다. 그는 훌륭한 이발사였다.

그런데 어느 날 대통령이 이 도시를 방문한다는 얘기가 들리더니, 팔슈타프**같이 생긴 사람이 바람처럼 휙 그의 이발소에 들어왔다. 대통령의 수석통역관 마누엘 칼라두 크레스푸였다. 칼라두

---

* 검은 물을 토한다는 뜻의 이탈리아어.
** 베르디의 희극 오페라 〈팔슈타프〉의 주인공.

는 아마존 밀림처럼 자기 얼굴을 온통 덮어버린 수염을 말끔히 정리했으면 했다. 우리의 이발사는 우선 숲의 나무를 쳐나가듯이 통역관의 턱수염부터 공격하기 시작해서, 제멋대로 비죽비죽 자라난 머리칼을 손질하고, 가시덤불 같은 코털을 뽑고, 귓속에 자란 고사리 줄기 같은 털도 뽑고, 엉망이 된 울타리 같은 눈썹도 가지런히 정리하고, 마침내 가뜬히 머리 손질을 하고, 향수를 뿌리고, 마무리로 뜨거운 물수건으로 닦고 땀띠분을 뿌려서 그를 아주 말끔하게 만들어놓았다. 한마디로 이 통역관을 어디 내놓아도 훤하게 보이는 인물로 바꾸어놓은 것이다. 그 결과, 한 시간 뒤에는 페레이라 대통령이 몸소 그 이발소에 들어와 의자에 제멋대로 걸터앉게 되었다.

"나도 저 사람처럼 멋지게 보이고 싶네."

페레이라는 자기 등뒤에 서 있는, 새신랑처럼 말끔하게 바뀐 칼라두를 엄지손가락으로 가리켰다.

"한 가지 잊지 말 것은, 나라는 사람은 곧 이미지라는 점이야. 아무것도 바꾸면 안 되네."

페레이라는 이렇게 토를 달았다.

이발사는 뭐 대단하게 할 일이 없었다. 그저 대통령의 머리나 조금 자르고, 그의 얼굴의 순수성을 강조하면 되었다. 그는 대통령의 얼굴을 잘 알고 있었다. 대통령의 얼굴은 어디를 가나 붙어 있고, 그의 이발소도 예외는 아니었던 것이다. 그는 머리를 깎으면서 마치 그림을 그대로 베끼는 것 같은 기분이었다.

이발사 청년이 일을 하는 동안, 페레이라는 그에게서 눈을 떼지 않았다. 이건 흔히 있는 일이 아니었다. 보통 이발하러 온 손님들은 이발하는 동안 거울에 비친 자기 모습을 들여다보게 마련이다. 그런데 이 손님은 이발사를 뚫어지게 바라보는 것이었다. 이발사는 별다른 감정 없이 날랜 솜씨로 빗과 가위를 이리저리 움직였다.

그런데 대통령이 갑자기 자리에서 펄쩍 퉁겨 일어나더니, 목에 걸었던 수건도 떨쳐버리고 손가락으로 출입문을 가리키는 것이었다.

"칼라두, 잠깐 나가 있게. 내가 이 사람과 둘이서만 할 얘기가 좀 있네."

마누엘 칼라두 크레스푸 퇴장.

"거기 앉아보게나."

페레이라는 이발사에게 면도솔과 비눗갑을 건넸다.

"자네, 그 우스꽝스러운 턱수염과 콧수염을 밀어버려. 머리 모양도 나처럼 해. 그러고 나서 어떤 모습인지 한번 말해봐."

이발사는 그 말대로 했고, 털끝만 한 차이는 있지만 자기 얼굴이 바로 그 젊은 독재자의 얼굴이라는 걸 알게 되었다. 어�찌나 말끔한지 사람들이 붓 한 번 획 놀려 그려냈다고 믿을 만한 얼굴. 그렇기 때문에 절대 늙지 않는 얼굴("젊었을 때는 나도 참 잘생겼었는데……" 이런 말을 하려고 사람들은 늙기를 바라지만 말이다).

그다음 이야기는 우리가 아는 바와 같다. 페레이라는 아주 은밀하게 닮은꼴을 채용했고("네 어머니한테는 대서양을 건너는 배에서 이발사로 일하게 되었다고 말해."), 자기를 그대로 따라하고 이발사 본인에 대해서는 잊어버리도록 훈련시켰고, 한마디로 자기 삶을 대신 연기하라고 맡겨놓고는 자기는 자신을 때려죽일지도 모르는 농민 군중을 멀리 떠나, 유럽으로 훌쩍 제 나름의 삶을 살러 갔던 것이다.

3

좋다. 이 단계에서 닮은꼴(그는 이미 대통령 역을 연기한 지 꽤 되었다)은 아직 영화에 대해 아무것도 모르고 있다. 비록 그가 활동사진과 같은 해에 태어나긴 했지만, 영화라는 게 생긴 지 이십오 년이 지났어도 대륙 한가운데에 꽁꽁 틀어박힌 오지 테레지나에는 아직 들어오지 않았던 것이다.

그리고 페레이라는 영화보다 연극을 더 좋아했다. 더 좋아했다는 말은 적당치 않다. 그보다는 영화에 아예 관심이 없었다고 할까. 아니, 그것도 딱 맞는 말은 아니다. 뭐랄까……

무척 놀랍게 들리겠지만, 활동사진을 처음 봤을 때 페레이라는 무서웠다. 그게 사실이다. 그가 유럽에 머물던 초창기였다. 페레이라는 런던의 한 어두운 영화관에서 다른 관객들과 함께, 피아노가 불협화음을 울려대며 박자를 맞춰주고 있는 바보스러운 무성영화를 구경하고 있었다. 그의 주변 사람들이 입에 물었던 담뱃대와 궐련을 떼고 죽는다고 웃어댈 때(이때 상영된 영화가 무엇이었는지는 중요치 않다. 〈물 뿌리다 물벼락 맞은 사내〉, 뭐 그런 영화일 테니……), 모기장의 그림자가 달빛과 바람 때문에 너울너울 춤을 추고 침대가 갑자기 대륙의 무한한 공간 속에서 길을 잃은 것처럼 보이던 때, 페레이라는 숨을 멎게 할 만큼 지독한 어린 시절의 공포가 와락 솟구쳐오르는 것을 느꼈다. 흑백 화면이 그는 두려웠다. 조용히 움직이는 영상도 무서웠고, 아무 말 없는 그 입들도 무서웠고, 입만 움직이는 무언(無言)의 상태가 시끄러운 음악 때문에 한결 강조되는 것도 무서웠다…… 등장인물들의 비물질성…… 밀도가 전혀 없는 육체들…… 바르르 떠는 그들의 불안정함…… 영사기에서 나오는 창백한 빛줄기…… 떠도는 죽음, 이 모든 것이…… 기계가 꺼지면 이 모습들이 빛을 가져가버리고, 모습과 함께 구경꾼들도 다 떠나가버리고 자기만 여기, 이 암흑 속에 언제까지나 달랑 혼자 남겨질 것 같은 어렴풋한 예감.

그러나 페레이라의 안에서 한 나라의 수장(首長)이 다시 우뚝 일어섰다. 영화란 허깨비 놀음이다, 라고 그는 마음을 정했다. 우리의 농민들은 자기들의 미신을 믿는 것만으로도 충분해서, 만져볼 수도 없는 이런 허깨비까지 거기 포함시키지는 않는다. 여러 문화가 융합된 이 땅에 영화 따위란 없어, 이상 끝. 그러므로 테레지나에는 영화 금지. 이는 국민의 건강과 직결된 문제니까.

반면 연극은…… 페레이라는 오로지 연극만 가지고 떵떵거렸다.

"연극은 정치의 은유다."

캐슬린 로커리지와 수다를 떨 때면 그는 종종 이 주제에 관해 화려한 수사를 늘어놓았다.

"무대 위 배우는 자기 자신을 결코 잊어버리지 않고서도 왕 역할을 연기한다오. 그리고 객석의 관객은 계속 거기 있으면서도 자신을 잊고 몰두하는 시늉을 하는 거지……"

그는 이런 유의 진실을 줄줄이 늘어놓곤 했다.

"속임수 놀이 말이에요?"

스코틀랜드 출신 무용가 캐슬린이 감히 대꾸했다.

"속긴 속는데, 정신이 말짱한 채 속는 거지, 이 사람아. 정치에서 피를 끓게 하는 것이 바로 그거라니까."

'그것'의 본질에 대해서야 그는 누구보다 끝없이 장광설을 펼칠 수 있었다.

어느 날 그녀가 반대 의견을 제시했다.

"정치에서는, 죽은 사람이 다시 살아 돌아와서 인사를 하지는 않잖아요."

"연극에서는 엉터리 희극배우들이 종종 그러지. 맞는 얘기야."

그가 그녀의 말을 인정했다.

"내가 하는 정치를 포함해서, 정치가 도덕과 관련된 일이라는 증거가 바로 그거지."

어느 날 그녀가 단도직입적으로 영화의 현대적 장점을 변호하며 그를 막다른 골목에 몰아붙이자, 페레이라는 뜻밖의 논거를 들이밀어 상대방을 꼼짝 못 하게 했다.

"영화관에서는 땀 냄새가 나지만, 극장에서는 여자 냄새가 나지. 난 그래서 극장이 더 좋아. 바로 그거야."

문화정치를 결심하기에는 이것으로 충분했다.

그런 이유로 영화는 테레지나에서 금지되었다. 그 대신 젊은 대통령은 마누엘 페레이라 다 폰치 마르팅스 극장을 짓게 했다. 건축은 프랑스의 건축가 구스타브 에펠에게 의뢰했지만 밑그림은 페레이라 자신이 그린 것으로, 금속제 세로들보와 작은들보를 댄 팔각형의 둥그런 건물이었다. 페레이라는 극장의 모양새가 '열대 숲'처럼 보이게 하려고 애를 썼다. 그는 철제 대들보에 나뭇결 무늬를 넣게 했고, 들보를 실제 나뭇가지처럼 비비 꼬인 모양으로 만들라고 시켰고, 나사못 하나하나가 모두 숲에 있는 나무의 옹이처럼 보이게 해야 한다고 지시했다. 극장 지붕은 아연으로 만든 잎사귀들로 덮었다. 그 주위에는 케이블을 꼬아서 칡넝

쿨처럼 치렁치렁 흘러내리게 했다. 이 모든 것에 녹을 방지하는 연단(鉛丹)을 입히고 초록색, 그중에서도 식물과 가장 가까워 보이는 초록색으로 칠을 했다. 그 결과, 가뭄으로 타들어가는 도시 테레지나 한복판에 심긴 녹슬지 않는 아마존의 밀림 한 조각, 이름하여 마누엘 페레이라 다 폰치 마르팅스 극장이 완성되었던 것이다.

4

우연히도, 닮은꼴은 마누엘 페레이라 다 폰치 마르팅스 극장 개장식이 열리던 바로 그날 저녁에 영화라는 것을 발견하게 되었다. 파리의 한 극단이 이 극장에서 외젠 라비슈*의 연극 〈라 카뇨트〉를 공연할 예정이었다.

닮은꼴은 극장에 입장해서, 황금으로 만든 나뭇잎을 술처럼 주렁주렁 달아 장식한 대통령석에 앉았다. 아! 대통령이 입장하셨네! 객석에 앉아 있던 사람들이 일어섰다. 치맛자락이 사르락대는 소리, 장갑 낀 손들이 박수 치는 소리, 오 정말 인물 좋으시네!

*19세기 프랑스의 대표적 희극작가.

고맙소, 고맙소, 다들 안녕하시오, 자 이제 착석들 하시지, 가짜 대통령의 소박하지만 아름다운 두 손이 이런 내용을 전달했다. 불이 꺼지고 뎅뎅뎅 세 번 종이 울리더니 막이 올랐고, 수석통역관 마누엘 칼라두 크레스푸가 닮은꼴 뒤에서 슬쩍 속삭였다. "저 여기 있습니다, 대통령 각하." 첫 대사가 시작되자마자 대통령석에는 권태가 자리를 잡았다. 닮은꼴이 페레이라 역할을 한 지도 꽤 오래된 때였다. 말하자면 대통령 연기가 몸에 익을 대로 익어 절정에 달해 있었던 것이다. 그의 안에 있는 배우가 무대의 배우들을 평가하고 있었다. 무대 위의 저 사람들은 제대로 연기할 줄을 모르는군. 저건 입에서만 나오지 몸에서 우러나오는 대사가 아니야. 콧소리를 내면서 마치 귀머거리나 아이들한테 말하듯 꽥꽥 목청만 높여 짖어대고 있잖아. 그리고 대사는 왜 저리 급하게 나오는 거야! 그 자리에서 물러나, 내가 해볼 테니…… 저 배우들은 남의 말을 귀 기울여 듣는 기술을 몰라. 매일 저녁 내게 하소연을 하는 줄줄이 늘어선 불행한 이들이 만약 지금 여기에 있다면, 저 참을성 없는 자들은 얼마나 오래 견딜 수 있을까? 그리고 위안을 주면서 상대방을 떠나보내는 '잘 들었소'라는 말을 저들은 어떻게 할까? 닮은꼴은 이런 생각을 하느라 연극의 흐름을 놓쳤다. 지금 어떻게 되어가고 있는 거야? 그러니까 모든 게…… 닮은꼴은 대사의 리듬을 따라갈 만큼 프랑스어에 능하지는 않았지만,

칼라두가 귀에 대고 통역해주는 몇 마디에 자신의 의견을 굳혔다. 이 인물들은 서로 이야기하는 게 아니구먼. 저 대사 속에는 어떤 의도도 들어 있질 않아. 이 무대에는 아무도 존재하지 않는 셈이야. 닮은꼴은 긴장 풀린 눈으로 주변 객석을 흘긋 훑어보았다. 어이구, 외교관들은 그래도 재미있게 관람하고 있는 것 같군. 영국 대사 앤서니 캘빈 쿡 경은 옆모습을 보니 엷은 미소까지 띠고 있었다.

칼라두가 속삭였다.

"잘못 생각하시면 안 됩니다, 대통령 각하. 영국 대사는 속으로 버나드 쇼가 라비슈보다 훨씬 낫다고 생각하고 있답니다."

닮은꼴은 객석의 어둠 속에서 빙긋 웃었다. "외교관들은 만족이겠지. 자기들보다 연극을 더 못하는 사람들도 있다는 걸 알았으니 말이야……" 하지만 그의 미소는 이내 일그러졌다. 이 농담은 그의 목소리가 아니라 페레이라의 목소리였다! 내 안에서 페레이라가 생각을 하고 있구나! 페레이라가 내 머릿속에서 말을 하다니. 식은땀이 났다. 순수하고 단순하게, 무조건적으로 날 차지해버린 거다! 정신 차리게 좀 흔들어봐. 페레이라의 목소리를 비웃어줘. 너 자신으로부터 빠져나와봐. 나한테는 신경 쓰지 마. 이런 일은 무대에서 일어날 뿐이야…… 닮은꼴은 순순히 따랐다. 그는 외젠 라비슈가 극본을 쓴 연극 〈라 카뇨트〉에 다시 관심을 가지려고 무진 애를 썼다.

다행히도, 대통령 특별석의 출입문이 열렸다. 정보 담당 장교인 게릴류 마르팅스 대위가 나타났다. 포스터 부착에 관한 규정을 심각하게 위반한 자를 정보국에서 체포했다고 대통령에게 알리러 온 것이다.

"그자를 체포하고 포스터를 압수하도록 지시했습니다."

게릴류 마르팅스 대령은 보고를 한 뒤 다시 덧붙였다.

"지금 심문중입니다."

"그건 내 소관이 아니야. 히스트 대령과 얘기하게."

닮은꼴이 대답했다.

그러나 특별석의 문이 다시 닫히자 그가 외쳤다.

"아니야, 게릴류. 기다려, 내가 갈 테니!"

그리고 그 자리에 남겨놓은 마누엘 칼라두 크레스푸에게 말했다.

"마지막에 어떻게 끝이 나는지 꼭 말해주게, 칼라두. 저 천치같은 배우들을 칭찬해야 할 때 행여 내가 바보처럼 보이지 않도록 말일세."

사실, 닮은꼴이 조금 후 이 연극을 공연한 극단에게 해야 할 말은, 이럴 경우에 대비하여 멀리 있는 페레이라가 보내온 전송 서신에 토씨 하나 못 바꾸도록 세세히 적혀 있었다. 이런 말이었다.

"극단의 배우들에게 이렇게 말해라. 〈라 카뇨트〉는 익살스런 희극 중에서도 걸작입니다. 라비슈만큼 나를 즐겁게 해주는 작품을 쓴 작가는 조지 버나드 쇼 한 사람밖에 없습니다. 하지만 두 작가는 서로 격이 다릅니다.'"

5

　자꾸만 들려오는 페레이라의 목소리를 피해 대통령 특별석에서 도망치던 순간, 닮은꼴은 자기가 주어진 역할에서 벗어났다는 걸 직감했다. 그 자리를 지키고 앉아 게릴류 마르팅스 대위로 하여금 이두아르두 히스트에게 보고하도록 했어야 했다. 그것이 위계질서를 지키는 길이었다. 하지만 대단한 일도 아니고 아주 조금 어긋난 것에 불과한, 난생처음 경험한 그 일이 그의 삶을 뒤흔들어놓았다(그렇다고 운명까지 바꾸는 일은 아니었다). 나중에 그는 이렇게 말하게 된다. "그때는 아직 그걸 몰랐다"고.

　닮은꼴은 페레이라의 집무실에 들어가(페레이라는 이 집무실에서 닮은꼴에게 여러 가지를 가르치고 탱고 추는 법도 가르쳤다) 잠시 긴장을 풀고 여유를 맛보았다. 그는 게릴류 마르팅스의 부하들이 감추어둔 물건들 — 삼각대 위에 올려져 있고 크랭크 축 같은 것이 붙어 있는 일종의 사진기(사실은 그가 그때까지 한 번도 본 적이 없었던 영사기) — 을 천천히 점검하면서 담배를 피웠다. 금속으로 만든 동글납작한 갑이 네 개 있었다. 닮은꼴은 손톱까지 뭉그러뜨리며 그중 한 갑을 열어보았다(그 속에는 영화 필름이 들어 있었는데, 그가 생전 처음 보는 물건이었다). 그리고 누군지 모를 사람이 테레지나 곳곳의 벽에 붙여놓았다는 포스터들이 두루마리로 둘둘 말려 있었다.

"아! 이게 바로 그 중죄(重罪)의 증거물이로군……"

집무실에 죽 펴놓고 보니 문제의 포스터는 어떤 사람의 얼굴을 찍은 사진이었다. 그는 왕이신 그리스도도 아니고 페레이라 다 폰치 대통령도 아니었다. 너무 작은 중절모 밑으로 비어져나온 곱슬머리, 비스듬한 자세. 닮은꼴은 한 번 척 보고도 게릴류 마르팅스의 반응을 이해할 수 있었다. 테레지나의 벽에 이렇게 공공연히 반란을 도발하는 얼굴을 도배하듯 붙여놓다니, 배짱도 좋은 인간이었다! 그의 얼굴 전체가 비웃고 있었다. 한쪽 입가로 비웃으며 "너희들 정말 그걸 그대로 믿어?"라고 말하는 듯했다. 다른쪽 입가, 아래로 처진 쪽은 이렇게 비웃었다. "너희들 참 안됐구나!" 크게 부릅뜬 오른쪽 눈은 "그 정도로 잘 속니?" 하며 비웃고 있었고, 보잘것없는 왼쪽 눈썹은 "불쌍한 이 친구들아……" 하며 비웃고 있었다. 시선 속에 번득이는 빛도 비웃고 있었고, 괄호 모양으로 파인 양쪽 보조개도 비웃고 있었고, 콧수염도 비웃고 있었다……

그리고 이 모든 비웃음은 이런 이름을 내걸고 있었다.

찰리 채플린

익살, 반란, 결연함……
어릿광대라기보다는 비꼬는 자.
말썽을 부추기는 자.
온 국민을 웃기기로 결심한 사나이.
그런데 대체 누구를 희생해서?

게릴류 마르팅스의 부하들은 그에게 바로 이것을 물어봤어야 했다.
이 채플린이란 사나이의 '실물은' 어떻게 생겼지?

"죄수를 들여보내게."

6

찰리 채플린, 만약 이 죄수가 바로 그라면, 그는 아무것도 닮지 않았다. 그는 원숭이(테레지나 동물원에 있는 원숭이 알렉스)의 똥구멍처럼 꺼멓게 멍든 한쪽 눈으로 닮은꼴을 바라보았다. 다른 눈은 감고 있었다. 누가 때렸는지 코를 다친 모습이었다. 아니, 어쩌면 턱을 다친 건지도 모른다. 그를 지키는 사람들은 그와 함께 다닌다기보다는 그를 질질 끌고 다닌다. 세상에, 그들이 완력을 쓰지 않았을 것 같은가! 그러나 이두아르두 히스트 장군은 그걸 좋아하지 않을 것이다. 촌놈들이란 그저 치고받는 것밖에 모른다고 그는 말할 것이다. 그들에게 정보란 사람의 즙이나 마찬가지라서 짓뭉개고 으깨야만 얻을 수 있노라고.

닮은꼴은 의자를 가리켰다.

"그자를 거기 앉히고, 나와 단둘이 있도록 해주게."

죄수와 단둘이 있게 되자, 닮은꼴은 그에게 포스터를 보여주었다.

"이게 너야?"

아니라고 고개를 젓는다.

포스터 속에 있는 건 정말 그가 아니다. 포스터 속 인물은 찰리 채플린, 그링고*의 나라 미국에서 영화배우 노릇을 했던 영국인, 미국으로 건너가서 유명해진 그 사람이다……

하지만 죄수, 그는 한낱 이름 없는 사람에 불과하다. 한때 뮤추얼 영화사 직원으로 일하다가 지금은 그만둔 영사기사로, 영사기와 몇몇 영화 필름을 갖고 할리우드에서 도망쳐 모국의 가족에게로, 집으로 돌아온 라틴 아메리카인이다.

"이것들, 네가 훔친 거냐?"

훔쳤다, 그로부터 몇 년 전에. 어리석은 생각이었다. 그는 고향에서, 아직 영화라는 것이 알려지지 않은 그곳에 가서 그 필름들을 돌리면 처자를 먹여살릴 수 있을 거라고 생각했다. 그러나 전기를 어떻게 마련할 것인지는 미처 생각지 못했다. 고향 마을에는 전기가 아직 들어오지 않고 있었던 것이다. 그는 다시 길을 떠

---

* 중남미 사람들이 미국을 비하하여 부르는 말.

나 해변의 좀더 큰 도시들을 다니며 영화를 돌려야 했다. 아뿔싸, 이때 최초의 영화관들이 들어섰다. 이 영화관들은 영화를 돌리고 다니는 그에게 악착같은 경쟁심을 보였다. 사람들은 그를 위협하고, 마구 때리고, 가는 곳마다 쫓아냈다. 그가 지녔던 필름도 거의 도둑맞았다(그의 수중에는 필름 두 통만 남았는데, 〈이민자〉와 다른 한 영화의 필름이었다. 〈이민자〉 말고 다른 영화는 조작을 잘못해서 제목이 없어져버렸다. 그 영화에는 채플린이 군인으로 나온다). 그는 국경선을 넘어 대륙 깊숙이 들어가야만 했다. 테레지나는 가장 내륙에 자리잡은 주의 주도였다. 그는 대통령 각하에게 겸손하게 용서를 빌었지만, 포스터에 관한 지방 법규는 전혀 모르고 있었다. 이럴 수가! 뿐만 아니라 그는 영화가 금지되어 있다는 것도 모르고 있었다. 맹세코 이건 선전용 영화가 아닙니다! 아니에요, 두려워할 게 하나도 없는 아무렇지도 않은 익살극일 뿐이라고요. 그물침대의 천 위나 회벽 위에 영사기로 비추는 무성영화, 말하자면 무대 뒤에서 사람 손으로 조종하는 기뇰* 같은 것, 세르탕 고원지대의 붐바 메우 보이**처럼 해로울 것 하나 없는 그런 겁니다. 아시겠습니까? 아이들에게 보여주는 영상입니다! 그저 동네방네 같이 보고 웃자는 것, 농민들의 심심풀이란

---

* 기뇰이라는 주인공이 화자로 등장하는 인형극.
** 브라질 북동부에 전승되어 오는 민속극.

말입니다. 찰리 채플린요? 그야 일개 광대지요. 그 이상 아무것도 아닙니다. 막대기로 때리기, 얼굴에 케이크 뒤집어쓰기, 발길로 엉덩이 걷어차기, 이런 짓이나 잘하는 광대지요. 예, 대통령 각하의 위엄을 손상하는 것은 전혀 없습니다. 이곳의 정치에 대해 언급하는 것도 털끝만큼도 없고요. 제 아이들의 목숨을 걸고 맹세합니다! 저는 아르헨티나 과르디아 시빌* 초소에서도 이 영화를 상영했습니다. 그렇다니까요! 또 우루과이의 바틀레 이 오르도네스 대통령, 그러니까 각하의 해외 동업자인 셈이죠, 그분 앞에서도 영화를 틀어드렸습니다."

"어디 한번 보지."

흥미가 동한 닮은꼴은 영사기와 감겨 있는 영화 필름을 가리켰다.

"자, 돌려봐! 돈 호세가 봤다면, 나도 볼 권리가 있지."

바로 이 순간 그의 생명은 흔들린 것이다.

페레이라가 연설을 하던 연단 바로 위, 눈부시게 흰 직사각형 벽에 영사기가 최초의 영상들을 쏟아내고, 그것들이 저절로 움직이던 바로 그 순간!

---

* '민병대'라는 뜻.

그 뒤에 이어진 마음의 동요로 추정하건대, 닮은꼴은 전에 자기를 가르쳤던 예수회 신부가 '황홀경'이라고 부른 그 경지를 바로 이때 체험했다고 생각해도 될 것 같다. 영혼이 활활 타오르며 진리와 하나로 융합되는 그 순간, 그 예수회 신부의 표현대로 하자면 '얌전히 넋이 나가버리는' 순간, '예감된 빛'이 뜻밖에 불쑥 나타나는 그 순간. 신부는 그걸 '발현(發顯)'이라고 설명했다! 그렇다, 발현. 그의 눈앞에서 영상들이 움직이고 있었던 것이다! 닮은꼴은 바로 이런 기적을 위해 지금껏 살아온 듯한 기분이었다. 마침내! 마침내! 얼이 빠지고 황홀한 상태…… 누군가가 와서 영상들을 필름이라는 석관(石棺)에 담아 생생한 채로 빛의 직사각형 속으로 휙 던진 것이다. "깨어나 움직여라!" 부활! 찰리 채플린의 생기가 벽에 그대로 물보라처럼 튀고 있었다! 찰리 채플린이 죽고 나서도 이 벽들은 오래오래 춤을 출 터였다! 영사기가 돌아가면서 내는 딱딱 소리가 사라방드 춤을 인도해주는 동안, 벽들은 줄곧 춤을 추리라! 영화란 사람을 영원히 살아 있게 하는 기계다. 바로 그게 영화의 실체였다! 그리고 채플린은 이 성스러운 잉태를 알리는 대천사였다! 빛나는 대천사! 이런 배우가 있을까! 아니, 연극 〈라 카뉴트〉의 꼭두각시에 비하면 이 배우는 얼마나 뛰어난가! 얼마나 우아한가! 얼마나 딱 부러지나! 얼마나 생기 있나! 얼마나 진실한가! 그리고 얼마나 자유로운가!

그러니, '발현'이었다.

닮은꼴은 시간낭비 하며 놀라고만 있지는 않았다.

그의 결정은 신속했다.

나도 살아 있는 영상이 돼야지! 나도 영화에 출연해야지! 가짜 대통령의 헌옷일랑 다른 닮은꼴을 찾아 그에게 입히고, 저기, 영화의 나라 '아메리카'로 영원을 정복하러 떠나리라. 오, 그래, 내가 할 일은 바로 그거다! 그는 이 영사기사를 제거하고 닮은꼴이 위반자의 사례를 보고하면 페레이라의 전보는 예측대로 '없애버릴 것'을 명령했다. 이 영사기(1908년에 만들어진 모티오그래프 영사기인데, 그는 실제로 이 기계를 죽을 때까지 끼고 있게 된다)를 몰래 지니고, 채플린이 나오는 영화를 그의 연기 비밀을 모조리 알아낼 때까지 돌려서 보고 또 보고(너무 많이 돌려서 필름이 가루가 되어버린다……), 테레지나를 떠나 로스앤젤레스로 갈 것이다. 비오비오*에 있는 로스앙헬레스가 아닌 캘리포니아의 로스앤젤레스, 진짜 로스앤젤레스, 할리우드로! 영사기사의 이야기에 따르면, 영사기에서 나오는 빛다발을 타고 천사가 두둥실 날아다닌다는 그곳으로 갈 것이다……

이게 바로 그가 하려는 일이었다!

---

* 칠레 중부에 있는 주(州).

7

몇 달이 지나 드디어 도망치는 날, 닮은꼴은 국경에서 총을 쏘면 닿을 정도로 가까운 곳인 북부 광산지대에 있었다. 그는 이 지방 총독 세자리 엘피디우 지 메네지스 마르팅스가 거하는 궁의 계단에 서서 마지막 연설을 한다. 그의 머리 위, 총독궁의 앞면에는 그곳을 온통 뒤덮을 만큼 거대한 페레이라의 초상화가 걸려 있었다. 그의 발치, 그 소도시의 중앙광장에는 인파가 까맣게 몰려 있다. 그의 옆에는 총독 세자리 엘피디우가 흰 제복을 입고 서 있고, 이 지역의 대표적인 대지주 세 사람, 호위대의 몇몇 장교들, 마을 이장들, 그리고 공식적인 행차가 있으면 어디든 동행하는 마누엘 칼라두 크레스푸가 있다. 총독궁을 둘러싸고 트럭이 열 대쯤 반원을 그리며 서 있다. 트럭들은 마치 놀라운 기적이라도 약속하는 이동식 성전(聖殿)처럼 하얀 방수포가 씌워져 있다. 그리고 닮은꼴, 그는 계단에 서서 트럭들을 굽어보고 군중을 마주 보며, 올 때마다 선물을 갖다주는 대통령 역을 연기한다. 그에게는 이번이 마지막 공연이다. 여기서 대통령으로서 마지막 연설을 하는 것이다. 그날 저녁, 그는 떠난다. 이제 그도 다른 닮은꼴에게 이 노릇을 떠넘기고 떠나는 것이다.

한 달 전부터, 그는 가는 곳마다 똑같은 연설을 했다. 농민이 광부가 되어야 할 당위성을 강조하는 연설로, 페레이라가 작성한 글이었다. 지하자원 개발을 최우선으로 해야 한다는 것, 그것이 당시의 중요한 과제였다. 발전하려면 그렇게 해야 한다고 대통령은 확실히 못을 박았고, 이건 "우리의 밤에 빛의 씨실과 날실로 천을 짜내는" 전기만큼이나 불가피한 발전이라고 단언했다. 대통령은 얼마 전부터 광장 주위에 들어서 있는 전봇대를 가리켰다. 그리고 청중을 웃기기도 했다. 예컨대 그는 군중에게 이렇게 물었다. 성녀들의 어머니, 전국에 딱 한 사람밖에 없는 바로 이 자리, 국회의원들 사이에 있는 그 여성이 "작은 바나나처럼 생긴 스위치 하나만 엄지로 살짝 누르면 당신의 침실을 밤으로도 낮으로도 만들 수 있다"라고 예언할 수 있었겠느냐고. 청중은 모두 단칸방에 살고 모두 그물침대에서 잠이 들고 모두 가래침 같은 그을음이 연신 끼는 석유 등잔불을 밝히고 살지만, 그중 누구도 그 요술 바나나가 정확히 무엇인지 짐작도 못 했지만, 그래도 모두 행복해서 웃었다. 그 작은 바나나가 진짜로 자기들 결혼식 첫날밤의 신방 침대 위, 바로 자기들 머리 위에 대롱대롱 매달려 있기나 한 것처럼 웃었다. 그들은 그처럼 대통령의 말을 곧이곧대로 믿었던 것이다! 북쪽의 살인자를 죽인 것도 그가 아니던가? 사람들은 바로 그 대통령의 말을 듣겠다고 그렇게도 많이들 몰려온 것이다! 그날 저녁 늙은 세자리 엘피디우 총독이 사는 궁의 불꽃나무 밑에 모여들어, 이야기를 들어주는 그 '귀'에 모든 것을 털어놓을 사람은 너무나도 많을 것이다! 대통령은 그들에게 그림책처럼 이야기한다. 광부들의 곡괭이에 맞서서 농사짓던 호미를 들고 싸우라고 그들을 설득한다. 당신들은 가지와 금덩어리의 차이를 압니까? 이건 수수께끼다. 가지와 금덩어리의 차이. 알아요? 몰라요? 대통령은 기꺼이 대답을 기다렸다. 다른 곳에서 이 연설을 이미 들은 사람들도 이 질문에 대답을 하지 않고 미적거렸다. 왜냐하면 대통령이 짐짓 기다리는 척 연기를 하면 사람들이 좋아했기 때문이다. 이럴 때 보면 대통령은 사람들과 아주 가까운 듯했다. 마치 계산대에 서 있던 친구가 당신에게서 한몫 우려내려고 팔꿈치로 당신 팔꿈치를 살짝 건드릴 때처럼.

"가지는 여러분을 기다리게 하지만, 금덩어리는 여러분을 기다리고 있습니다. 어리석은 사람들, 이게 바로 둘의 차이지요!"

이런 말을 하면서 그는 가지가 열매 맺기를 눈이 빠지게 기다리는 농민 시늉을 해보였고, 광장을 메운 사람들은 한꺼번에 웃음을 터뜨렸다. 계단 위에 있던 공직자들도 광장의 군중과 똑같이 웃음을 터뜨렸다. 가지가 열매 맺기를 기다리는 농민, 그건 정말 우스웠다!

"금은 가뭄과도 상관이 없습니다."

다시 진지해진 대통령이 말을 이었다.

"세월이 가도, 비바람이 몰아쳐도 끄떡없습니다. 금, 은, 구리, 니켈, 석유, 아크마돈은 하느님이 감추어두신 그 자리에 잘 있습니다. 그걸 찾아서 형제들과 나누어 쓰라고 감춰두신 것이지요."

대통령은 다음 말을 하기 전에 몇 초간 뜸을 들였다. 그러더니 갑자기 질문을 하나 던졌다.

"여러분은 하느님이 여러분의 땅속에 감추어두신 금을 외국인들이 와서 파가기를 원합니까?"

(그는 '우리의' 땅이라고 하지 않고 '여러분의' 땅이라고 했다……)

아니오! 군중이 부르짖었다. 외국인 광부들이 오는 건 절대 안 됩니다, 안 되지요.

대통령은 이런 식으로 이야기했다. 보기보다 훨씬 미묘한 언설이었다. 그는 북부의 농민들, 그러니까 농토를 버리고 광산의 막장으로 내려가는 것을 거부했다는 이유로 고(故) 장군대통령에게 학살당했던 그 농민들을 상대로 말을 하고 있는 것이다.

"물론 농민들도 필요하지요! 아까 가지 이야기로 농담한 것은 여러분을 웃기려고 그런 겁니다. 농민들은 정말 필요합니다. 바케이루,* 그리고 사냥꾼도 필요하지요. 이들은 삶 자체이며, 그래야 여러분의 형제인 광부들이 배불리 먹습니다. 광부들이 지치면 농민이 될 것이고, 농민은 광부의 곡괭이를 잡고, 광부는 농민의 호미를 들게 될 겁니다. 왜냐하면 농민은 부자가 되어야 하고 광부도 숨을 쉬어야 하니까요. 그런 것이 바로 형제애이고, 그것이 바로 조국의 힘인 것입니다. 우리의 형제애, 그게 바로 우리 조국의 무한한 힘이란 말입니다!"

(그는 이번에는 '우리' '우리 조국'이라고 했다.)

물론 요란한 박수갈채가 터졌다.

이런 식이었다. 그는 다음번에 입을 열면, 풍년이 될지 흉년이 될지 늘 불확실한 농사에 비해 봉급은 얼마나 규칙적으로 나오는지 떠벌릴 참이었다. 광부가 받는 봉급은 주말마다 딱딱 맞춰 내려주는 단비와 같은 것이라고. 토요일 저녁에 손을 내밀면 가득 차서 돌아오고, 가뭄 같은 건 아예 없다고! 다만 한 가지, 광산이

---

* 브라질의 소 치는 목동.

란 배불리 먹여주기보다는 사람 죽이는 곳이라는 얘기를 어디선가 들었을 것이다. 무기를 소지한 십장들이 사람들을 노예처럼 다룬다는 얘기도. 일하는 광부들의 주머니 속에는 정작 단 1그램의 금 부스러기도 들어오지 않을 거라고. 그런 말 들었지요, 아닙니까? 심지어 직접 보았노라는 증언까지도! 여러분은 그런 곳에 갔다 온 사람들의 입에서 직접 그런 말을 들었을 겁니다. 버팀목이 제대로 세워지지 않은 막장 밑에 깔려죽고, 흙탕물 급류에 휩쓸려가고, 처음 금괴를 찾아내자마자 목이 졸려서 죽고, 광부들이 걸리는 열병에 목숨을 빼앗기고. 황열병에 걸려 죽은 사촌들을 직접 눈으로 보고 초주검이 되어 돌아온 고향 사람들에게서 그런 말을 들었을 겁니다. 그렇지요? 그래요, 그게 사실입니다! 대통령은 감정을 실어 말했다. 그 증인들은 진실을 말한 겁니다! 그는 '진실'이라는 단어가 군중의 얼굴에 어떤 효과를 자아내는지를 보았다. 진짜 진실! 그는 되풀이했다. 그리고 격하게 부르짖다가 훨씬 나지막한 목소리로, 마치 자기 머리를 걸고 맹세라도 하듯 이렇게 덧붙였다.

"하지만 그건, 내가 대통령이 되기 전에 있었던 일입니다."

대통령은 말했다.

"내 눈을 보십시오! 모두들 내 눈을 똑바로 보라고요! 자!"

그러자 모두들, 계단에서 가장 멀리 떨어진 광장의 저쪽 끝에

있는 사람들까지도 대통령의 눈에 시선을 모으고 그를 뚫어지게
응시했다.

"내가 죽은 장군대통령처럼 여러분에게 거짓말이나 할 사람으
로 보입니까?"

잘들 생각해보라고! 그 백정 같은 인간을 없애준 내가, 지금 이
자리에서 여러분을 속이겠는지. 내가? 내가! 아니라고 군중이 도
리질을 하는 것이 그의 눈에 보이고, 그들이 목소리를 내어 아니
라고 말하는 게 그의 귀에 들린다.

"나를 여러분 곁으로 오게 한 것은 여러분들의 죽음이었습니
다. 난 여러분 아버지의 원수를 갚은 겁니다! 여러분 형제의 원수
를 갚은 겁니다!"

대통령은 검지손가락을 들어 군중 쪽을 여기저기 가리켰다. 그
러자 무서운 억압 속에서 친족을 잃은 사람들은 생각했다. 원수
를 갚아준 사람이 손가락으로 자기를 가리키고 있다고.

그러고 나서 대통령은 깜짝 놀랄 발표를 했다.

"트럭의 포장을 벗기시오!"

포장을 벗기니 트럭 가득 반짝반짝하는 새 물건들이 실려 있었
다. 광산에서 쓰는 체(여과기), 광산용 도끼, 아세틸렌 등(燈), 광
부들이 사용하는 채광용 장비 일습. 금을 찾는 사람들에게 소중
한 밑천. 이 모든 것은 이 지방의 대지주 세 사람이 돈을 받지 않고

기증한 것이라고 했다.

"등불은 동 메르쿠시우 마르팅스가 기증한 것이고, 체는 동 테오발두 지 메네지스 페레이라가, 나머지 물건들은 제 숙모이신 도나 쿠냐 다 폰치 여사께서 기증하셨습니다……"

거룩한 대통령, 광부들의 건강과 농민들의 번영을 위해 개인적으로 노심초사하는 그분이 말씀하셨다.

"개인적으로!"

그러나 닮은꼴, 그는 속으로는 다른 말을 하고 있었다.

닮은꼴은 이미 그곳에 없었다.

연극은 끝났고, 이게 나의 마지막 연설이다. 너희들의 탄식이나 감사에 귀를 기울이는 건 이제 내가 아니다. 오늘 저녁, 세자리 엘피디우 총독궁의 불꽃나무 그늘 아래 있는 사람은 내가 아닌, 다른 나 자신이다.

8

정말, 바로 그날 저녁 그는 국경을 넘었다. 그는 바다 쪽으로 경중경중 뛰어갔다. 바다가 아주 가까운 것은 아니었다. 바다에 닿으려면 대륙의 절반쯤을 가로질러야 했다. 그는 등짐을 실은 노새를 잡아맨 끈과 무기, 물, 식량, 영사기와 영화 필름이 담긴 통을 손에 들고 있었다. 그는 팔짝팔짝 뛰는 걸음새로, 또각또각 걷는 말을 따라잡으며 가는 노새만큼이나 빠르게 뛰어갔다. 우화에 등장하는 페레이라처럼, 그 역시 자기 운명을 피해 도망치려는 한 인간이었다. 실패는 하겠지만, 이런 그의 시도는 누군가 이야기로 엮어 전할 만한 값어치가 있었다. 지금 그의 머릿속은 국경에서 되도록 멀리 벗어나야 한다는 생각밖에는 없었다. 대륙을 횡단하고 나면, 그는 대양 위를 펄쩍 뛰어 건널 만큼 큰 도약을 한 것이다. 오, 그렇다! 그게 오직 그의 손에만 달린 일이라면, 한 번의 날갯짓으로 아메리카까지도 날아갈 텐데! 다행히 지금은 달밤이었다. 지평선에서 지평선까지, 길잡이 노릇을 하는 조약돌들이 흰 선을 이루고, 그 선 위로 전봇대들이 듬성듬성 늘어서 있었다. 이 전봇대들 사이로 줄을 팽팽히 당기고, 전봇대 밑으로는 레일을 깔고, 그 철로 위로 기차를 다니게 하면, 파도 모양으로 늘어진 전선이 여행길에 리듬을 줄 터였다.

그는 깡충깡충 뛰고 뛰면서, 장차 전기를 공급하는 길이 될 그 길을 따라갔다.

그러나 시간이 지나간다.

전봇대들은 사라진다.

카팅가의 가시밭 속에 길이 점점 자취를 감춘다.

말은 힝힝댄다.

노새는 힘이 빠진다

달빛은 흐려진다……

그리고 그는 이제 대륙 한가운데에서 불을 피우고 있다.

그는 노새를 묶어놓고, 이슬에 젖어 축축해지지 않도록 영사기와 필름통을 불 옆에 놓고, 총에 탄알을 채우고, 이제 타오르는 불길을 응시하며 생각한다.

그는 그날 저녁부터 세자리 엘피디우 총독궁의 불꽃나무 밑에 앉아 자기 대신 민중의 하소연을 들어주고 있을 닮은꼴을 생각한다. 지금 이 시각이면 하소연을 들어줘야 할 사람들이 여전히 길게 줄을 늘어서 있을 것이다. '잘 들었소'라는 말, 마치 고백성사의 죄 사함과도 같은 이 말밖에는 다른 아무것도 줄 것이 없는 채로 인간의 불행을 꿀꺽꿀꺽 삼켜대는 그 몇 시간. 손을 들고, 그 손으로 하소연하는 자의 어깨를 짚어주며 이렇게 말하는 거지. "잘 들었소." 어깨를 오래 짚고 있지 마! 내 어깨를 어루만지지 말라니까. 나랑 자고 싶은 거야 뭐야? 몇 번이나 되풀이해야 하나? 이 손은 단지 위안하는 손길만이 아니라고! 이건 아버지의 손이다. 그러나 다음 사람에게로 옮겨가는 손길이야. 대가족이라고 생각해봐! 네 손은 위안을 준 다음 얼른 보내고 보내고 하는 거다. 또 다음 사람! 이 손은 품어주고 나서는 곧바로 밀쳐낸다. 이 말을 벌써 골백번 해줬잖아. 자, 다시 해봐. 내게 말해봐. "잘 들었소"라고. 아니, 넌 내 말을 듣지 않았어, 이 바보야! 난 네 음성에서도, 네 눈에서도, 네 손길에서도 그걸 못 느꼈어. 지금 네 손에는 아무 온기가 없었어, 죽은 물고기처럼 말이야! 내 어깨에 대고 있는 그 물렁물렁한 거시기, 차가운 오줌 냄새가 나는 그것이 어떻게 내 마음을 편하게 할 수 있다는 거야? 그럴 바엔 차라리 요강에 대고 속을 털어놓는 게 낫지. 무슨 일이야? 지금 침대 생각 하는 거야? 은퇴하면 뭐 할까 그런 생각을 하는 거야? 아니면 저녁에 뭘 먹을까? 내가 방금 배때기에 대고 속을 털어놓은 거란 말이야? 다시 시작해. 나는 말이야, 배때기에 대고 속을 털어놓지는 않아. 나는 이 지상에서 더없이 불행한 자라고! 심장인 척하는 배때기, 거기에 내 칼날을 깊이 찔러넣지. 넌 그들을 뭘로 보는 거야? 그런 식으로 그들을 속일 수는 없어. 그들이 속기를 원할 때만 속이는 거야! 속고 싶다는 마음을 불러일으키는 게 바로 네가 할 일이야. 그리고 그 마음을 유지시키는 것도 네가 할 일이지! 정치, 그건 구경꾼의 역설(逆說)이지. 그들이 그 바칼라우 두 메니누라는 음식을 좋아해서가 아니야. **좋아하고 싶어서 좋아하게 되는 거지.** 알겠어? 네가 일을 망치면 넌 그걸 갖고 혁명의 살〔肉〕을 만들어주는 셈이야. 그들은 다른 사람을 믿고 큰 칼을 휘둘러대며 널 덮칠 거라고. 내가 네 목숨 때문에 내 정부를 위험에 빠뜨릴 거라 생각해? 다시 시작해, 이 멍청아! 제대로 말 못 해? 못 하면 창자를 끄집어내버린다. 진짜로 말 그대로 내장을 모조리 뽑아버리겠단 말이야!

훈련 삼아 한번 해보면서, 그는 칼날을 닮은꼴의 맨 아래쪽 갈비뼈 밑으로 슬쩍 미끄러뜨렸다. 손목 한 번 움직이면 충분할 터였다. 그렇게 하면 해치울 수 있을 터였다. 지난번에도 그는 페레이라가 했던 것처럼 자동권총의 총구를 닮은꼴의 관자놀이에 갖다대보았다. 그는 방아쇠에 손가락을 대고 있었다. 방아쇠를 확

당길 수도 있었을 것이다.

"진짜 총알로 훈련하는 거야. 닮은꼴이 되는 것, 그건 원하면 되는 거잖아! 그리고 닮은꼴은 다른 놈으로 갈아치울 수도 있어! 닮았다는 확신만 들면 충분한 거지."

그는 카팅가 관목지대 한복판에 혼자 서서, 페레이라가 했던 이 말을 큰 소리로 되뇌었다. 꾸벅꾸벅 졸던 말이 놀라서 부르르 떨었다. 노새는 독거미에 물리기라도 한 것처럼, 앞에 있는 노새들을 발로 찼다. 그는 손에 총을 든 채 천천히 일어섰다. 그는 가시 돋친 관목들을 향해 귀를 기울였다. 조용했다. 개를 한 마리 데려올 걸 그랬다고 속으로 생각했다. 개는 표범이 있는지 알아낼 수 있는 척도다. 특히 퓨마를 어찌나 무서워하는지, 몇 킬로미터 떨어진 곳에서도 킁킁대며 냄새를 맡아낸다.

밤은 까딱도 하지 않는다.

그는 가만히 다시 자리에 앉는다.

그는 이제 아무것도 두렵지 않다.

맹수, 뱀, 거미, 들개, 산적, 심지어 대륙의 침묵마저도 그는 무섭지 않다. 그는 페레이라 노릇을 몇 년 하면서 자기 몫으로 비축된 공포를 다 써버렸다. 하지만 막상 페레이라를 보게 되면 얼마나 두려울지, 그건 상상을 초월한다! 그는 그 두려움이 어느 정도일지 짐작했고, 그래서 자기 뒤를 이을 대역을 준비한 것이다. 그가 닮은꼴을 훈련시키는 과정에 광기 어린 분노가 서려 있었다면, 그건 바로 자신의 두려움의 밑바닥에서부터 치밀어오른 분노인 것이다.

"날 좀 쳐다봐! 네가 대통령이야? 네가 우리 아버지 아들이냐고. 네가 나라고 생각해. 안 되더라도 어떡하든 그렇게 생각해보란 말이야. 난 기다린다, 기다린다고!"

그러면서 그가 빙긋 웃었다. 꾸려놓은 군장 위에 뺨을 댄 채, 졸음이 올 듯 말 듯한 상태로, 세상천지에 달랑 혼자인 듯 그가 미소를 지었다. 어리석은 짓이었다. 페레이라는 한 번도 심각하게 그를 위협한 적이 없었다. 페레이라는 다시는 그에게 신경 쓸 필요가 없을 정도로 한 번에 겁을 주었던 것이다. 페레이라는 그의 머릿속에 들어와 박혀 그 안에서 편안하게 살고 있었다. 페레이라도 지금의 그처럼, 돌아올 생각은 전혀 안 하고 줄행랑을 쳤다. 페레이라는 그에게 좋은 일만 했다. 그가 자기 삶을, 즉 희극배우로서 소질을 타고났음을 알게 된 것은 자신의 죽음만큼이나 두려워했던 그 페레이라 덕분이었다. 그리고 어찌 보면 그가 영화라는 것을 알게 된 것도 페레이라 덕분이었다. 저쪽, 아메리키에서 그에게 부귀영화와 영생을 보장해줄 그 영화 말이다!

페레이라에게 고맙다고 해라.

"고맙소, 페레이라."

양팔에 장총을 낀 채로 바닥에 등을 대고 누워서, 그는 게릴류 마르팅스의 부하들이 장날이면 테레지나의 광장에서 사람들에게 부르라고 하던 그 선율을 흥얼거리며 잠을 청했다.

Dentro da nossa pobreza

É grande nossa riqueza

O povo de Terezina

Por uma graça divina

Recebeu um soberano

Melhor dito sobre-humano!

〔절망 한가운데서

우리의 부(富)는 커지나니

테레지나의 민중은

신의 은총으로

군주를 만났도다

초인적인 군주를!〕

말없이 오래 웃다가 마침내 그는 잠이 들었다.

9

이 대륙횡단이 어땠는지를 장황하게 늘어놓을 필요는 없다. 이
여행에 대해서는 인생의 말년에, 듣고 싶은 이들에게 바로 그 자
신이 들려주게 될 것이다. 퓨마가 그를 야영지에서 멀리 끌고 간
다음 노새를 죽여 이쪽에는 똥을 싸고 저쪽에는 오줌을 싸고, 심
지어 제 모습까지 드러내며 장총으로 쏘면 닿을 만한 거리에 있다
고 생각될 만큼 생생한 흔적을 남겨놓던 날(그는 그 짐승을 겨냥
하여 총을 쏠 기회가 두 번 있었다. 그런데 그건 퓨마가 아니고 수
수아라나였다. 호랑이 덩치만 한 표범의 일종으로, 검은 바탕에
마치 녹슨 상처 같은 얼룩이 있었다)이었다. 무엇 때문인지 그 짐
승은 금세 자취를 감추었고, 자꾸만 더 멀리로 그를 유인하면서
일부러 그를 길 잃고 헤매게 만들어 마침내는 가시나무가 우거진

숲 한복판에 그를 버려두고는, 다시 돌아와 노새의 목을 물어 죽이고 식구 수대로 나타나 노새의 시체를 뜯어먹고는 잔해로 노새 발굽과 턱뼈, 동그랗게 감긴 영화 필름과 영사기만 남겨놓았다.

그다음은 말의 죽음이었다. 말이 진흙탕에 괸 물을 마시려고 머리를 숙이자 그 안에 숨어 있던, 머리에 뿔 모양의 돌기가 있는 독사가 말 콧구멍을 물어뜯었던 것이다. 몸 길이 1미터 60센티미터에 무게는 7킬로그램이나 나가는 이 더러운 것이 늪 속에 똬리를 틀고서, 말이 솜털로 덮인 입을 갖다대며 입맞춤해오기를 도대체 언제부터 기다리고 있었던 거지? 말이 죽고 난 다음엔 그의 차례가 될 뻔했다. 나무 베는 큰 칼로 파충류의 머리를 싹둑 베어버리면서 그는 뱀의 독주머니를 터뜨렸다. 그 순간, 그의 뺨에 독한 방울이 떨어지면서 모기에 물린 상처를 감염시켰고, 그의 몸은 가죽부대처럼 퉁퉁 부어올랐다. 그는 정신이 오락가락하더니, 마치 성녀들의 어머니처럼 헛소리까지 하기 시작했다. 그때 그가 꾼 악몽, 알 것 다 알게 된 동식물들이 나오는 꿈─야수, 새, 파충류, 곤충이 모두 합세하여 인류에 맞서 보편적인 혁명을 선동하는데 오로지 그 홀로 인류의 대표자로서 세상의 등을 밟고 서 있었다─에 대해서는 나중에 그가 얘기할 것이다. 그렇게 제 정신이 아닌 상태에서 노새도 말도 없이, 영사기와 필름을 갓난아기 업듯 들쳐업고 그물침대를 가슴에 친친 동여맨 채 어떻게 걸었는지, 그는 나중에 이야기할 것이다.

"십자가에 매달린 그리스도와 어린 예수를 안은 성모 역할을 동시에 한 거지. 그래! 나는 영화의 사도였어."

이 말을 하면서 그는 깊은 뇌사 상태에 빠졌다가 흙벽으로 사면을 둘러친 곳에서, 수렴 작용을 하는 나뭇잎을 얼굴 가득 덮은 상태로 깨어났다. 그를 돌보아준 것은 어느 카보클로* 농부 가족이었고, 할머니가 그에게 음식을 한 입씩 먹여주고 있었다.

"그 할머니는 야자 열매 과육을 씹어서 그걸 자기 혀 끝에서 내 입술 사이로 밀어넣어주었지. 그런데 그 노친네가 담배도 질겅질겅 씹고 있었기 때문에, 나는 그 담배즙도 덩달아 삼키게 되었어. 그 노릇이 싫어서 그만 당하려고 난 아주 빨리 나아버렸던 거야."

물론 카보클로 가족이 사는 집에는 전기가 들어오지 않았고, 그들은 영화라는 게 있다는 것도 몰랐다. 마을 주민들이 그 기계—영사기—가 대체 무엇을 '재현하는' 거냐고 물을 때면(여러 해가 지난 뒤에도 그는 그들의 무식한 입에서 나오는, 앞날을 예견하는 '재현하다'라는 동사에 여전히 경이로워하곤 했다), 또 축이 없는 그 바퀴들—필름통들—은 뭣에 쓰는 거냐고 물을 때면, 그는 그게 꿈을 보여주는 기계이며 그 꿈은 저 둥근 통 속에 돌

---

* 아마존 강 유역에 사는 인디언과 유럽인의 혼혈 종족.

돌 감긴 채 잠들어 있다고 대답했다. 사람들은 그 꿈이 자기들 것인지 알고 싶어했다. 그는 그냥 편할 대로 그렇다고 대답했다. 그렇다면 도대체 어떤 종류의 꿈이죠? 그들이 물었다. 음, 예를 들자면, 떠나는 꿈, 아니면 배고플 때 양껏 먹는 꿈. 그들이 그 꿈을 좀 보여달라고 청했을 때, 그는 차마 전기가 들어올 때까지 기다려야 한다고 대답할 용기가 없었다. 그는 움부제이루 나무 두 그루의 둥치 사이에 흰 그물침대를 매달아놓게 하고 적당한 거리에 영사기를 설치한 뒤 영화 필름을 돌렸다. 그리고 마을 사람 중 떠나는 꿈을 꾸어본 사람이 있느냐고 물어보았고, "저요"라고 대답하는 한 소년을 영사기 뒤쪽에 앉혔다. 그가 신호를 보내자 소년이 필름을 돌리기 시작했다. 그는 그물침대의 하얀 천 앞에서 손짓발짓을 해가며 찰리 채플린의 〈이민자〉를 그들에게 보여주기 시작했다.

"그게 대중을 상대로 한 나의 첫 상영이었다니까."

이 모든 것을 그는 자기 삶이 끝날 무렵 이야기해줄 것이다. 이 술집 저 술집을 전전하면서, 즐거워하는 마을 사람들 앞에서 자기가 연기했던 〈이민자〉의 여러 역할을 휘청거리는 다리로나마 다시 연기해보려고 애쓰면서. 찰리 채플린 역(役), 처녀와 그 어머니 역, 뿐만 아니라 이민자 떼거리 역, 선원들 역, 바다 위를 항해하는 배, 그리고 식탁 이쪽 끝에서 저쪽 끝으로 미끄러지는 접시들, 그런 역할들을.

"난 심지어 접시들과 식탁 역할도 했다니까! 그 아이가 웃느라고 필름 돌리는 걸 멈추면, 나도 하던 연기를 딱 멈추었지. 또 그 애가 웃긴답시고 필름을 거꾸로 돌리면 나도 거꾸로 돌아가는 동작을 했어. 당신들이 그걸 실제로 본다면……"

그는 말년에 이 술집 저 술집을 전전하면서 바로 이런 말을 할 것이다.

계속 떠들어봐라……

비어버린 술잔의 무관심……

왜 그렇게 술을 많이 마시느냐고 묻는 몇 안 되는 사람들에게, 그는 자신의 어떤 절망이나 패배, 스스로를 찾느라 잃어버린 자신의 실존 같은 것은 절대 언급하지 않을 것이다. 그렇다, 그는 늘 자기 인생의 이 시기로 말머리를 돌릴 것이다. 대륙을 횡단하던 그때, 뜨거운 햇빛 아래에서 몸이 오징어 뼈처럼 되어버렸던 그때의 이야기로.

"오징어 뼈, 앵무새한테 입 좀 닥치고 있으라고 던져주는 그 허연 것 말이오, 알죠?"

그건 갑자기 가뭄이 닥쳤기 때문이었다. 그는 3월 14일에 마을을 떠났는데, 그 전 크리스마스 날 이후로 비가 오지 않았다. 시골 사람들이 이건 가뭄 징조라고, 다음 크리스마스까지는 비가 한 방울도 내리지 않을 거라고 했을 때, 그는 그 말을 믿지 않았다. 그는 유대종(種) 당나귀 두 마리의 등에 짐을 차곡차곡 지운 채 다시 길을 떠났다. 당나귀 한 마리는 오른쪽 눈에서 눈물을 찔끔 찔끔 흘리고 있었다. 마치 땅이 앞으로 대장간 모루처럼 뜨겁게 달궈져 제가 그 위에 선 채로 말라버릴 것임을 벌써 아는 듯이.

그 당나귀의 예측이 적중했다. 같이 가던 당나귀 두 마리 모두 두 달 뒤에, 서로 몇 킬로미터 거리를 두고 떨어진 채 미라처럼 말라서 죽었다.

"내 말이 안 믿기면 가서 보라고. 거기서는 아무것도 썩지 않기 때문에, 그 당나귀들이 아직도 거기 있다니까."

그가 가로질렀던 고원은 너무도 메말라서, 나무들이 햇빛을 피하려고 거꾸로 자라나면서 가지를 땅에 박는다고, 또 서로 공통점이 전혀 없는 식물들이 하늘에 맞서 서로 비밀스럽게 결탁하여 땅속 깊은 곳에서 뿌리를 섞어 물을 나눈다고, 그는 그런 얘기를 위대한 신들에게 맹세까지 해가면서 들려줄 것이다.

"그렇다니까. 우리의 대륙 밑에는 땅 위에 사는 우리들보다 더 단단히 결속된 식물들의 사회가 있다고. 난 그걸 알아. 땅을 파봤거든! 그러니 모르면 입 닥치라고……"

그의 말을 믿어줄 사람은 아무도 없을 것이다. 왜냐하면 그가 걸핏하면 가는 술집 손님 중엔 훔볼트의『사회적 식물들의 그림』

을 아는 사람이 아무도 없고, 식물학자 생틸레르의 책을 읽어본 사람도 전혀 없고, 심지어 지금 이 글을 쓰는 데 자료로 사용된 에우클리지스 다 쿠냐의『고원지대』라는 책에 나오는 그 땅을 밟아본 사람도 없으니까…… 그리고 그가 가장 끔찍한 기억인 '땅에 미처 닿지 못하는 비' 얘기를 할 때는 더더욱 그의 말을 믿지 않을 것이다. 그토록 기다리던 구름들이 마침내 머리 위로 몰려들더니, 컴컴한 하늘이 마치 가죽부대가 쭉 째지듯이 열리며 비가 내렸다. 그러나 빗방울은 너무도 뜨거워진 땅에 접근하면서 폭발해버린다. "펼친 자네의 손 바로 위에서, 벌린 입 바로 위에서, 말라 벗겨진 자네의 입술 바로 위에서, 빗방울은 자네에게 닿기 전에 폭발해버린다네. 마치 땅이 바로 태양이 되어버린 것처럼. 그러고는 수증기 로켓이 되어 위로 올라가서는 다시 구름이 되고, 그 구름은 바람에 밀려 다른 곳으로 가버린다네. 거기, 그래, 거기 있으면 지옥이란 게 무엇인지 알게 되지……"

"그래서 그렇게 마셔대는군."

10

그가 살아서 해변까지 간다면 그건 기적이다. 린드버그는 대서
양을 건넜다는 이유로 대대적으로 축하를 받았지만, 그는 태양을
가로지른 셈이었고, 무(無)를 가로지른 셈이었다. 아니다. 아무
도 절대로 그 말을 믿지 않을 것이다. 그는 수중에 한 푼도 지니지
않은 채로, 거의 헐벗은 채로 대륙 맨 끝에 다다랐다. 중간에 도둑
들을 만났던 것이다. 도둑들은 모든 걸 빼앗아버렸고 어디다 쓰
는지 모를 영사기와 필름만 남겨놓았다. 어느 날, 그는 불쑥 언덕
꼭대기에 나타났다. 굶주리고, 신장(腎臟)의 물기는 바싹 마르
고, 창자는 뱃가죽에 들러붙어 있었다. 채플린의 〈이민자〉에서 보
았던 바다를 알아본 그는 〈이민자〉에 나오는 찰리 채플린처럼 구
토를 했다. 밀려드는 파도를 보기만 해도 심장이 튀어올라 입술

까지 치밀었고, 경련 때문에 몸이 둘로 쪼개졌다. 더운 쓸개즙을 조금씩 토해내면서도("내 엉덩이는 영화에 나오는 채플린의 엉덩이처럼 허공으로 번쩍 들려 있었지") 그는 행복해서 웃었다. 단지 바다에 도착했기 때문만은 아니었다. 그럴 정도로 영화의 마력에 정신을 홀딱 빼앗겼기 때문이다.

"난 너를 알아. 오래된 대양, 난 너를 너 자신보다 더 잘 알아. 영화 속에서 네가 생생히 살아 움직이는 것을 보았지. 물론, 그래서 난 토하는 거야!"

얼른, 얼른 음식을 섭취해야 했다. 처음 만난 타스카*에서 그는 영사기를 틀어 영화 한 편을 보여줄 테니 대신 야자즙을 뿌린 낙지튀김 한 접시만 먹게 해달라고 협상을 했다. 주막집 주인은 그럼 손님들이 재미있게 보다가 지쳐버릴 때까지, 몇 번이고 거듭 영화를 다시 틀어달라고 했다.

이런 식으로 그는 비탈진 해변 쪽으로 내려가면서 몸을 좀 추스를 수 있었다. 그는 이불, 숙소, 심지어 옷가지를 받고도 영화를 틀어주었다. 그러다가 제대로 먹고 남 부끄럽지 않을 만큼 옷도 갖춰입게 되자, 그때는 돈을 달라고 했다. 죽은 떠돌이 영사기사의 경험에서 배운 그는, 영화관 주인들이 꽉 잡고 있는 대도시 중

---

* 스페인 식 주막.

심가에 영사막을 걸고 영화를 돌리는 일은 하지 않았다. 그는 가는 길 이곳저곳에 있는 밀폐된 장소에서 영화를 상영하는 편을 택했다. 그런 곳 중 어떤 곳(예를 들어 도냐 타이사의 유곽이나 산타 아폴리나의 수녀원 같은 곳)은 테레지나를 떠올리게 했다. 그럴 정도로 그 장소들은 고립되고 밀폐돼 있어서, 현실이 침투하는 유일한 통로란 사람들이 하는 이야기뿐이었다. 그는 병영에서, 기숙사에서, 국경 수비대에서 영화를 상영했지만, 고급스럽게 차려놓은 살롱이나 호스피스 시설—자선사업을 하는 부인네들이 자기 집 안에는 절대 들여놓지 않을 노인네들에게 죽음의 문을 열어주면서 자신들의 구원을 도모하는 곳—에서도 영화를 상영했다. 어딜 가든지 그는 자기가 틀어주는 영화가 인생살이에서 꺼져버린 것들을 되살려준다고 공언했다. 영화는 병석에 누운 사람을 웃게 하고, 심지어 어떤 것에도 감동받지 않는다고 말하는 사춘기 소녀들까지도 울게 만들었다. 영사기를 처음 돌릴 때부터 이미 잊혀진 감정들이 깨어나서는 깜짝 놀란 외침이 되어, 무덤덤하다고 생각했던 삶들의 표면으로 탁탁 폭발하듯 터져나왔다. "오!" "아!" "아냐, 그렇지만……" "그거 봤어요?" "봐요, 보라고!" 이런 말들이었다. 빈사 상태에서 헤매던 환자들이 제 힘으로 일어나 앉았고 얼굴이 환해졌다. 눈만 있던 그들에게, 영화로 인해 시선이라는 것이 생긴 것이다!

이 고장에서 저 고장으로, 해변을 따라 여행하는 동안 줄곧 그는 자기 자신이 부활의 장사꾼이라고 생각했다. 사막을 막 건너고 나면 가는 길에서 죽은 자들이 우뚝우뚝 일어서곤 했던 것이다!

"바로 그때였어, 영화가 시작된 것 말이야. 내가 영사기를 세워 놓는 곳이면 어디든, 죽은 라자로*가 무덤에서 일어나 나오곤 했거든."

그는 잘못 생각했다. 영화는 그때 처음 시작된 게 아니었다("정확히 말하자면, 그건 사실 영화의 시작이 아니라 나의 데뷔라고 할 수 있었지. 나는 활동사진이 아직 소개되지 않은 지역에서 영사기를 돌려 영화를 보여준 거지. 그러다보니 그게 영화의 시작이라고 잘못 생각한 거고."). 그는 진짜 영화관에 가서 다른 영화들을 보면서 공부를 했다. 영화 전문 잡지들도 읽었고, 영화광들과 대화도 나눴다. 영화를 만드는 사람으로 찰리 채플린만 있는 게 아니라는 걸 그는 알게 되었다. 프랑스에서 일본, 이탈리아, 그때 막 태어난 소비에트 연방, 아르헨티나까지, 심지어 작디작은 핀란드까지, 지구 전체가 이미 영화라는 독특한 무성(無聲)의 언어로 말을 하고 있었던 것이다. 『포토플레이』지는 할리우드가 이

---

* 신약성서 속에 나오는 인물로, 죽었다가 예수의 기적으로 부활했다.

은하계의 태양임을 그에게 확인시켜주었다. 그곳에서 전세계 영화의 팔십 퍼센트를 찍었으니까, 일 년에 천 편 가까이 찍는 셈이었다("사실, 테레지나는 선사시대적 예외였지. 우리나라의 외교관들은 틀림없이 외젠 라비슈의 〈라 카뇨트〉에 관심을 가진 마지막 호모 사피엔스들이었을 거야."). 『모션 픽처스』와 『픽처고어』 『포토플레이』 『스크린랜드』 『무빙 픽처 뉴스』 『모토그래피』 『버라이어티』 『뉴욕 드라마틱 미러』 등의 잡지는 할리우드라는 올림포스 산에 관해 알아야 할 모든 것을 그에게 알려주었다. 메리 픽포드와 더글라스 페어뱅크스가 그 누구에게도 비길 수 없는 한 쌍이 되었다든가, 페기 홉킨스 조이스가 다섯번째 남편을 맞이했다든가, 글로리아 스완슨이 폴라 네그리의 애간장을 태울 생각을 한다는 등. 찰리 채플린, 그는 이즈음 유럽 순회공연에서 대단한 성공을 거두고 돌아오는 길이었다. 그는 픽포드가 선봉장 노릇을 하던 한 패거리의 친구들과 함께 '예술가 협회'를 창립하려고 '퍼스트 내셔널'을 저버렸다. 이는 영화 제작자와 은행가들의 전능한 제국에 맞서는 쿠데타 같은 행위였다. 오리 같은 걸음걸이로 죽은 자들을 부활시킨 작달막한 남자가 오백만 달러 무게가 나가다니! 십 년 전에 그는 일주일에 오 파운드 받는 뮤직홀의 어릿광대였다.

"이 모든 게 내게는 엄청난 자극이 되는군."

어느 날, 채플린 때문에 시작된 웃음소리가 끊이지 않는 어느 고아원을 떠나면서, 그는 마법의 효력을 배가시키기 위해 영화 속의 채플린 같은 의상을 입고 노인처럼 분장하자는 착안을 했다. 지나치게 작은 중절모에 몸에 꼭 끼는 프록코트, 통이 넓은 바지, 엄청나게 큰 구두, 휘어지는 짧은 지팡이와 가짜 콧수염. 효과는 즉시 나타났다. 이쪽에서 영사기를 돌리는가 하면 어느새 저쪽에서 하얀 시트를 깔아놓고 희극 공연을 하는 그를, 관객들(이번 경우에는 죄수들, 그러니까 도둑과 살인범들)은 마치 동시에 모든 곳에 존재하는 능력을 갖춘 신처럼 바라보았다.

"어떤 사람들은 내 소매를 끌어당겨서 내 실물과 이미지 중 어느 것이 헛것이고 어느 것이 실체인지 확인하려고 했지."

전에는 사람들의 시선에서 그렇게 뜨거운 열기를 읽을 수 없었다. 어린 시절 예수회 신부님을 따라다니며 죽어가는 사람들을 방문할 때도, 사춘기 시절 이발소 주인이 그의 가슴속에 심어주겠다는 희망을 품고 가리발디의 혁명시를 좔좔 암송해줄 때도, 심지어 테레지나에서 극빈자들이 그에게 와 귀에 대고 하소연을 할 때조차도 그런 열기는 느껴보지 못했다. 찰리 채플린은 매일매일 그 이미지이면서 동시에 실물이기도 하니 말할 수 없이 행복하겠다고 그는 속으로 생각했다. 영광이란 바로 이런 것이다! 그

행복은 자기 것, 누구와도 나눌 수 없는, 온전한 자기만의 것이 될 것이며, 가능한 한 속히 그렇게 될 거라고 그는 장담했다. 영광을 열렬히 희구하는 사람들이 모두 그렇듯이, 그는 영광이라는 것에 대해 자기 마음속에 정확한 생각을 만들어내서 때가 되기도 전에 미리 그걸 누리곤 했다. 찬탄의 시선과 마주할 때마다 그는 자기 자신의 육화(肉化)의 신비를 체험할 터였다! 살아생전에 복자(福者)가 되다니! 한편으로 자기 자신이면서 또 동시에 '영광된 육체'이기도 한 그. 그의 지도자였던 예수회 신부는 복자가 될 사람들에게, 부활하는 바로 그 순간 그 영광된 육체를 약속했다. 영광! 순수한 기쁨! 그는 마침내 그런 걸 자주 체험하는 영예를 누리게 될 터였다.

자, 자! 될 수 있는 대로 빨리 배를 타는 거야!

단번에 대양을 건너버리는 거다.

할리우드! 할리우드!

그는 채플린으로 꾸민 채 시간을 오래 끌지 않을 것이다. 뒤집어썼던 채플린의 껍질을 던져버리고 자기 자신으로, 자기 이미지로 돌아갈 것이다. 영광! 마침내!

"어머니께는 네가 대서양 횡단 여객선에서 이발사 노릇을 하게 되었다고 말씀드려."

그런데 어떻게!

그는 항구 사람들 모두를 비누거품을 묻혀 이발해주었다. 이발사로서 그는 선장 삼사십 명의 머리와 수염을 깎아주었다. 이발사 자격으로 배를 탈 수 있다면 그 쪽이 훨씬 달가웠을 것이다. 하지만 운명(운명이 아니라면 운명을 대신하는 우연이라고 할까, 재수라고 할까. 아무튼 뜻하지 않은 기회라고 할 수 있는 것)이 그의 길을 다르게 정해버렸다.

11

그는 정확히 어디에서 배를 탔던가? 몬테비데오? 부에노스아이
레스? 이상하게도, 그는 그걸 잊어버리게 된다. 대륙의 저편에서?

"어쨌든 브라질 해안은 아니었지. 내가 배를 탄 곳의 싸구려 식
당에서 사람들이 영어와 스페인어로 말하고 있었거든. 단 하나
기억나는 건 배의 이름인데, 그 이름이 나머지 다른 기억을 다 지
워버린 것 같네."

클리블랜드 호.

"맞아, 클리블랜드 호. 함부르크 아메리칸 라인의 대형 여객선."

그리고 선장의 이름.

"이탈리아 사람, 폴치넬리 선장."

연극에 나오는 이름 아니던가……

"연극 같은 건 전혀 위안이 되지 않아. 내 말 믿으라니까."

그는 선상 이발사로 취업하기를 단념했다. 그 자리는 누가 봐도 인기 있는 자리였다. 그는 돈을 주고 표를 사서 여행하자고 마음먹었다. 영사기 덕분에 대양을 건너는 데 필요한 돈은 벌 수 있을 것 같았다. 게다가 계산을 해보니 금액도 얼추 맞아떨어졌다. 그래서 그는 삼등칸 표를 사서 미국으로 이민 가는 사람들과 함께 여행하기로 했다. 결국 따지고 보면, 그도 이민자이지 달리 무엇이었겠는가? 가장 밑바닥에서 시작하는 것이니 일단 정상을 차지하면 더욱더 빛이 날 터였다. 벌써 저쪽에 도착하여 "모든 걸 가능하게 해주는" 미국 민주주의의 장점을 침이 마르게 칭송하는 자기 목소리가 들리는 것 같았다. 미스터 채플린도 인터뷰에서 미국은 모든 걸 가능하게 해준다고 말했었지. "내가 억지로 갖다붙이는 게 아니라면, 채플린 역시 이민자였지 뭐."

그리하여 이 술집의 문을 밀고 들어오는 그("그런데 도대체 어느 항구에서?"). 클리블랜드 호의 승무원들은 맥주를 잔마다 가득가득 부어 마시느라 정신이 없다. 마시고, 담배 피우고, 꽥꽥 떠들어대고, 걸쭉한 농담 한 판 늘어놓기에 이보다 더 좋은 환경은 없을 듯싶다. 그의 모습을 보자마자 이 뱃사람들은 맥주잔을 치켜든다.

"어이! 찰리!"

좋다, 미국 사람들이다. 미국 선원들은 도시의 어둠침침한 중심가보다 항구의 불빛을 더 좋아한다. 그는 부두에서 말고는 이들과 마주쳐본 적이 없다. 이들이 그가 연기하고 있는 채플린의 이름으로 그를 부르며 맞아주는 게 처음 있는 일도 아니다. 그는 찰리 채플린 식으로, 등뒤에 미끄러뜨린 짧은 지팡이 끝으로 중절모를 살짝 들어올리며 그들에게 인사한다.

"이리 좀 와보게나, 찰리!"

그는 영사기를 구석에 놓고 탁자들 사이를 오리걸음으로 뒤뚱뒤뚱 걸어간다. 사람들이 재미있어서 웃는다. 그는 한마디 말도 없이 자기 모자를 쑥 내밀면서 권위적인 태도로 검지를 뻗어 그 모자를 가리키는데, 눈썹은 활 모양으로 휘었고, 입은 닭 똥구멍처럼 쑥 내밀어져 있다.

모자 속에 사람들이 던져넣는 동전들이 떨어지면서 땡그랑 소리를 낸다. 그는 얼마짜리 동전인지 확인하고 욕설을 해댄다. 그리고 경멸하듯 손가락을 한 번 퉁겨서 동전 또 하나—아주 작은 것—를 타구 속으로 보내버린다. 이 모든 일을 그는 아주 잘 해낸다. 페레이라의 집무실에서 몇 시간씩 이런 짓 하는 훈련을 받았던 것이다. 짤막한 지팡이를 뱅글뱅글 돌리는 것, 발 뒤꿈치로 한 바퀴 빙글 도는 것, 눈을 사팔로 뜨는 것, 헷갈리는 양 거짓으로 꾸며낸 미소, 갑자기 시작되어 그치지 않는 딸꾹질, 일부러 몸의 균형을 잃고 뒤뚱거리는 것…… 그는 자기의 채플린을 속속들이 알고 있었다. 사람들은 죽는다고 박수를 치며 웃어댄다. 모자에 동전이 가득 찬다. 그는 거둬들인 동전을 주머니에 넣고, 창문 두 개 사이의 공간에 식탁보를 핀으로 고정시켜 영사막으로 삼고 그 위에 영화 〈이민자〉를 틀어준다. 이미 본 사람도 있지만 그래도 모두들 진심으로 재미있어하며 영화를 본다. 사람들이 한 번 더 틀어달라고 하자 그는 다시 틀어준다. 하지만 몇 번이고 계속 틀어줄 수는 없다. 다른 주막에도 가서 영화를 상영해야 하는 것이다. 그리고 불빛이 휘황한 도시의 언덕 위에 그가 눈여겨봐둔 꽤나 고급스런 식당도 있다.

하지만 그는 어떤 주막도, 어떤 식당도 찾아가지 않을 것이다. 이 술집에서 바로 클리블랜드 호의 갑판으로 직행할 것이다.

"옛날 같구먼. 어린 놈들에게 술을 잔뜩 먹이고 나면 그들은 바다 한가운데에 가서야 정신을 차리곤 했지. 썩은 포경선을 탄 어린 선원 녀석들 말이야."

(그에게는 사람들이 취하도록 술을 먹이지 않는다는 것, 클리블랜드 호가 함부르크 아메리칸 라인 소속의 호화 여객선이라는 것, 그리고 그가 최고급 선실 승객으로 대서양을 건널 거라는 사실만이 옛날과 다른 점이었다.)

"미스터 채플린?"

그가 마지막 회 영화를 막 돌리고 난 뒤였다.

"미스터 채플린?"

그가 뒤를 돌아보았다. 불이 켜졌다. 그는 폴치넬리 선장의 흔쾌한 미소를 마주 보았다. 선장은 조금 망설이더니 감탄한 말투의 이탈리아어로 이렇게 중얼거렸다.

"찰리 채플린…… 논 포소 크레데르치!(찰리 채플린…… 정말 믿을 수가 없군요!)"

폴치넬리 선장이 그가 있는 곳으로 들어왔다. 밖에 있다 들어온 선장에게선 아직도 찬 기운이 느껴졌다. 그는 한 발자국 뒤로 물러서더니 아직 빠끔히 열려 있는 문틈에 대고 외쳤다.

"토마소, 이리 와봐. 여기 누가 있는지 좀 보라고!"

다른 승무원 한 사람이 문간에 나타났다. 클리블랜드 호의 사무장 토마소 모라세키였다. 모라세키 사무장의 얼굴에 어린애 같은 미소가 환히 빛났다.

"채플린? 찰리 채플린? 마 논 에 베로!(설마 그럴 리가!)"

"과르다, 과르다!(봐, 보라니까!)"

선장이 힘주어 말했다.

12

여기서 잠시 휴식.

잠깐 중지.

몇 년 뒤, 셀 수도 없이 많은 빈 술잔들을 앞에 놓고, 가짜 채플린은 이렇게 돌이켜보게 된다. "그때 '과르다'라는 말의 어조를 내가 생각해봤다면, 특히 두번째 '과르다' 할 때의 그 어조를. 그랬다면 나는 농담을 곧잘하는 그 두 친구의 의도를 포착했을 거고, 그 더러운 배에 오르지 않았을 텐데."

그래…… 그래, 그렇다. 그가 그 어조에 좀더 주의를 기울였다면, 그리고 그 두 승무원의 몸짓도 주의 깊게 보았다면, 그는 클리블랜드 호에 승선하지 않았을 테고, 그 뒤에 펼쳐지게 되는 그의 인생도 이 소설 속에 담기지 않았을 텐데 말이다.

처음 '과르다' 할 때 그 어조에서 이런 의미를 파악했어야 했다. "모라세키, 찰리 채플린 행세를 하려는 이 작자를 주의 깊게 보게나." 그리고 두번째의 '과르다'는 이렇게 정확히 지적하고 있었다. "이 작자가 자기를 채플린으로 생각해줬으면 하고 바란다면, 까짓 것, 그런 기쁨 좀 느끼게 해주자고. 우리도 그 김에 좀 웃어보고 말이야."

달리 말하자면, 폴치넬리도 모라세키도 자기들이 진짜 채플린과 함께 있는 거라고는 추호도 믿지 않았다. 그러나 그들이 감탄하며 내뱉은 "논 에 베로, 논 포소 크레데르치(설마 그럴 리가, 정말 믿을 수가 없군요)"라는 말(채플린을 사칭하는 그를 속이기 위해 일부러 즐겁게 깜짝 놀란 듯한 어조로 말한)은 글자 그대로 받아들여졌다.

어조의 문제……

말이란 말일 뿐이고, 쓰는 사람이 어조에 갖다붙이는 의도, 사전 속에 갇혀 있는 말의 의미를 초월하는 그 의도가 없다면 거의 아무것도 아닌 것이다. 젊은 시절 내내 기숙사에서 살아본 사람, 또는 의심 많은 간수가 항상 귀를 쫑긋 세우고 있는 감옥에서 죄수생활을 해본 사람, 숨쉬기도 힘든 분위기의 집 안에서 하늘을 향해 뚫린 창가에 모여 살살 얘기하는 남매, 아니면 매일 견딜 수 없는 얘기를 공지하는 일을 업으로 삼는 의사, 그런 사람들이나 이런 걸 이해할까. 아니면 외교관 두 사람, 좀더 예를 들자면, 장기 항해중인 두 선원, 예컨대 폴치넬리와 모라세키처럼 선상 살롱의 영겁 같은 시간 속에서, 끝없이 철썩대는 물결 속에서 지루한 나날을 보내는 데에 이골이 나 있는 사람들이거나.

그러니, 이 선장과 사무장이 통찰력이라는 측면에서 지닌 장점을 너무 과장하지는 말자. 닮은꼴이 바로 채플린이라고 그들이 믿지 않았다면, 그건 그를 보자마자 즉시 누군가 다른 사람으로 생각했다는 얘기다. 폴치넬리 선장이 "토마소, 이리 와봐. 여기 누가 있는지 좀 보라고!" 이렇게 외쳤을 때, '누가'라는 말이, 폴치넬리가 '누가'라는 대명사에 가미한 어조가, 한통속인 모라세키가 듣기에는 새로 나타난 이 인간이 그들 둘 다 알고 있는 사람이며 선장이 그를 다시 보게 되어 기뻐한다는 사실을 확실히 알려주었다. 사무장은 채플린 분장 속에 숨어 있는 것으로 보이는 그 사람이 자기도 아는 사람이라고 생각되자, 즉시 선장의 기쁨을 함께 나눴다[순간, 그가 내뱉은 '마 논 에 베로(설마 그럴 리가)'라는 말의 어조에 애정의 뉘앙스가 담겼다. 닮은꼴은 이 애정의 뉘앙스를 찰리 채플린에게 바치는 모든 이의 찬탄이 낳은 특별한 효과라고 생각했던 것이다].

그러니 오해가 얽히고 설킨 복잡한 줄거리가 아닐 수 없다.

두 뱃사람은 실수를 공유한 셈이었다(잘못을 함께 저지르는 것은 우정이 낳는 불편한 여러 상황 중 하나다).

그런데, 폴치넬리와 모라세키, 이 두 사람은 닮은꼴 바로 그 사람을 보고 대체 누구를 봤다고 생각한 걸까?

그걸 이해하려면 이 두 사람이 함께 겪은 역사를 구 년이나 거슬러 올라가야 한다. 1913년 5월, 클리블랜드 호가 기름이 둥둥 뜬 바다 위에서 납덩이같이 어둠침침한 하늘 아래를 떠돌고 있을 때(기계를 함부로 써서 배의 속도가 반으로 떨어져 있었다), 일등칸의 승객들이 거의 신경쇠약에 가까운 증세를 보이는 통에 폴치넬리 선장은 사무장을 흔들어대며 이렇게 재촉해야 했다.

"승객들이 재미있어할 건덕지를 뭐든 좀 찾아봐. 이런 제기랄, 저 사람들은 이젠 마누라를 딴 남자에게 뺏기는 놀이 같은 걸 할 생각이 없어. 저 사람들이 물속으로 뛰어들어버릴 거라는 걸 모르겠나?"

궁하면 통한다고, 모라세키는(해상에서만 존재하는 이 직업이 아직도 있는지 모르겠다. 사무장, 즉 '먼바다의 암피트리온*'이라 일컬어지는 이 직업이) 삼등칸의 이민자들에게 가서 영감을 얻었다. 거기, 사람들의 몸이 후끈거리며 발효하는 와중에, 변기

---

* 그리스 신화에 나오는 영웅, 알크메네의 남편으로, 바다로 진출하여 타포스 섬을 점령하고 돌아왔다.

통 냄새와 기름기 묻은 철판, 그리고 상한 고기 냄새, 이 모든 것이 그 망할 놈의 열기에 다시 한번 뜨겁게 구워지는 와중에, 마치 동화 같은 구경거리가 그를 기다리고 있었던 것이다.

남녀 한 쌍이 탱고를 추고 있었다.

묘사가 불가능한 광경은 묘사할 필요가 없다.

꽤나 경박한 문장 같은 것도 필요 없다.

안무의 관점에서 보자면 춤추는 여자는 별것 없었지만, 남자 쪽은,

남자는, 그 청년은……

모라세키는 인류가 이 배 안에 집어넣어놓은 온갖 부류의 구경꾼들이 모두 할말을 잃고 넋이 나가 있는 모습에 놀라 이렇게 혼잣말을 했다……

구경꾼들의 시선에 담긴 황홀함이라니!

이토록 서로 다른 사람들이 한결같이 느끼는 행복이라니!

정말, 그런 춤꾼은 그때까지 한 번도 보지 못했고, 어떤 예술가도 누더기를 입은 그 군중보다 나은 흥행주를 가져본 적이 없었다……

"그 춤추는 남자는 정말이지 지구 전체에서 대표로 뽑힌 것 같았다니까요." 그로부터 몇 년 뒤, 두 사람이 심심한 나머지 뱃사람 시절의 보잘것없는 추억이나마 갉아먹으며 지내는 신세로 전락

한 어느 날 저녁, 모라세키는 폴치넬리에게 이렇게 말하게 된다.

요컨대, 선장은 그 젊은 '탱귀스타'를 주급 육 달러에 고용하여, 그에게 연미복을 덮어씌운 뒤(아, 얼마나 우아했는지! 좀 펭귄처럼 보이긴 했어도!), 생생한 그 청년을 고수 중의 고수만 서는 무대에 내보냈던 것이다.

파트너가 되려는 여자들이 몰려들어, 그 무대는 잊지 못할 무대가 되었다.

글쎄, 잊지 못할 무대라니까……

역사적인!

……

왜냐하면, 그 미남 청년은 그 뒤 십 년 동안 사교춤 분야에서 급성장하여 할리우드 정상에 깃발을 꽂고 루돌프 발렌티노라는 이름으로 전세계에 알려지게 되었으니까.

루돌프 발렌티노! 족장*으로 나왔던! 그 시대의 절대적 스타. 채플린으로 변장한 닮은꼴의 모습에서 그 두 친구가 누군가의 모습을 간파했다면 그건 바로 발렌티노의 모습이었을 것이다.

우연, 사람들은 우연이라고 말하겠지……

아니면 차라리 숙명이라고.

---

* 발렌티노는 1923년 개봉된 〈족장〉이라는 영화에 주연으로 출연했다.

실제로는 있을 법하지 않은 일이라고?

아니다. 이 책의 39쪽으로 거슬러 올라가 스코틀랜드 무용가 캐슬린 로커리지가 한 얘기를 다시 들어보면, 그녀는 마누엘 페레이라 다 폰치 마르팅스가 루돌프 발렌티노와 '마치 무라노 산 유리잔 속에서 파문을 일으키는 물방울 두 개처럼' 꼭 닮았다고 했다(그러니 결과적으로 보면, 그녀는 페레이라의 닮은꼴이 있다는 것을 몰랐겠지만, 닮은꼴도 발렌티노를 닮지 않았겠는가).

13

 내가 어떻게 그런 걸 짐작할 수 있었느냐고?(이 이야기는 닮은 꼴이 늘어놓는 독백 중 가장 긴 얘기가 될 것이다. 사람들이 그로 하여금 거듭거듭 늘어놓게끔 하는 그런 넋두리 말이다. 사람들은 심지어 그 얘기를 다시 들어보려고 그의 술잔에 자꾸 술을 따라주기까지 한다.) 그 멍청이 같은 폴치넬리가 날 루돌프 발렌티노로 생각했다는 것을 내가 어떻게 척하니 눈치챌 수 있었느냐고? 페레이라가 발렌티노를 닮았기 때문에? 아니, 난 그런 건 전혀 모르고 있었지! 발렌티노가 나오는 영화를 한 번도 본 적이 없고 — 거뭐 시시한 영화들이잖아! — 〈족장〉이라는 영화가 나온 뒤로 사진으로 볼 수 있는 발렌티노의 모습은 흰 천을 옷 삼아 친친 두른 아랍 남자의 모습이었어! 그런 호화 직물을 몸에 둘둘 감고 있는데 어떻게 페레이라하고 닮았는지 아닌지 알 수 있겠어? 아니, 그 두 멍청이 뱃사람들이 채플린 가발을 쓴 내 모습에서 할리우드의 태양인 루디*의 모습을 알아봤다는 걸 정말이지 난 알 수가 없었지. 그리고 그 두 번의 '과르다'라는 말의 어조가 '조심해, 모라세키. 조심하라고, 토마소. 이 친구가 지금 우리를 속이려 애쓰고 있는 것 보이지? 그러니 그를 잘 봐. 이 사람은 찰리 채플린이 아니라, 그보다 더한 발렌티노라니까! 모르겠어? 로돌포! 로돌포 피에트로 필리베르토 라파엘로 굴리엘미 디 발렌티나,** 일명 발렌티노! 루디 바로 그 사람이라니까! 십 년 전 삼등칸에 탔던 그 애송이, 백마 타고 할리우드의 언덕을 기어올라가 정상에 오른 그 탕귀스타, 자네하고 나하고 둘이서 이민자들이 득실대는 그 구덩이에서 건져낸 스타 말이야. 발렌티노, 족장! 알겠어, 사무장? 이제 그를 알아보겠어? 이젠 제대로 그 사람 위치를 알겠느냐고,' 이런 뜻이었다는 것도 난 알 수가 없었지. 두 번의 '괴르다'의 어조에 이 모든 뜻이 들어 있었다고? 자…… 난 루디가 클리블랜드 호를 타고 미국에 이민 갔다는 사실조차 모르고 있었어. 클리블랜드 호가 그의 이민선이었다는 걸 몰랐다고! 그 사실을 알았어야 하는 건데 말이야!

---

* 발렌티노의 이름인 루돌프의 애칭.
** 발렌티노의 본명.

14

그런데다가 그는 장난치는 즐거움에 너무 빠져 있어서 경계를
하지 않았고, 두 뱃사람이 자기를 채플린으로 보아주니 너무 흥
분했던 것이다. 배울 만큼 배운 그 두 사람, 상류층에 익숙해 있는
그들, 함부로 허튼 짓을 할 수 있는 대상이 아닌 그 빠삭한 사람들
이 자기를 채플린인 줄 아니까. 그들이 깜빡 속아넘어가는 것만
보아도 자신이 배우로서 소질이 있다는 게 입증된 셈이다, 라고
그는 속으로 쾌재를 불렀다! 그는 또 소년 시절 쓰던 이탈리아어
를 그들이 주고받는 것을 듣고 너무 행복했다. 턱수염을 기르고
곱슬머리에 동그란 안경을 쓴 사무장 모라세키를 보니 옛날 가리
발디 추종자였던 이발소 주인영감이 떠올라서 더욱더 그랬다.

그래서, 그 두 번의 '과르다'라는 말을 곰곰 되씹어보지도 않고

모라세키 사무장에게 솔직하게 손을 내밀고 자기가 할 수 있는 한껏 이탈리아어를 멋지게 구사하여 말했던 것이다.

"과르다 에 토카, 토마소, 우오모 디 포카 페데(보고 만져보라, 토마, 믿음 없는 자여).*"

토마소 모라세키는 그의 손을 잡고 끝없이 흔들었다.

"미스터 채플린! 게다가 이탈리아 말까지 하시는군요!"

"이탈리아어, 스페인어, 포르투갈어, 모국인 영국에서 하던 영어, 그리고 정말 지식인처럼 보여야 할 때는 프랑스어까지 좀 한답니다."

---

* 성서 속에서 자신의 부활을 믿지 못하는 제사 토마에게 예수가 한 말을 패러디해 가져다 썼다.

15

맞아, 게다가 난 그들에게 이탈리아 말까지 하기 시작했어. 토
마소, 우오모 디 포카 페데…… 그때를 다시 생각해보면…… 바
로 그 순간 그들은 틀림없이 서로 눈짓을 주고받았을 거야! "제
길, 자네 말이 맞아, 폴치넬리. 이 사람은 발렌티노야. 이탈리아
말을 하잖아. 게다가 이탈리아 풀리아 지방의 억양을 그대로 지
니고 있네!" 그래, 난 이탈리아 말을 할 때면 풀리아 지방 사투리
가 나와. 가리발디 추종자였던 우리 이발소 주인영감이 그쪽 출
신이었거든. 발렌티노도 그 지방 출신이고, 모라세키 사무장의
어머니도 타란토*의 딸이잖아!

---

* 이탈리아 풀리아 지방의 소도시.

"이 사람이 우리 고장 말을 하는군. 루디 맞아! 루디 아버지가 카스텔라네타 출신이야!""어머니는 프랑스 사람이라며, 아닌가?""맞아! 알자스 출신이래." 내가 등을 돌리자마자 그들 둘이 얼마나 흥분해서 열띤 대화를 나눴을지 알 만하다니까! "그런데 저 사람 여기서 채플린으로 변장하고 뭘 하는 걸까?""두고 봐야지…… 사막에서 속삭이는 남자 역할 말고 다른 역할도 할 수 있다는 걸 스스로 입증하고 싶었던 게지……""맞아, 하지만 왜 하필이면 채플린이야?""채플린이 희극배우니까! 채플린만큼 남다른 배우는 없으니까! 그리고 채플린이 최고니까! 이번 시도에 성공해서 앞으로 발렌티노이면서도 채플린으로 통하게 되면 그 어떤 역할도 해낼 수 있을 테니까!" 이제 와서 돌이켜보면, 그 두 사람이 바보 멍청이들처럼 이 생각 저 생각 하느라 머리를 굴렸을 것을 능히 상상할 수 있지…… "실연의 슬픔도 있을 거야. 얼마 전에 람보와한테 차였잖아. 람보와가 둘째 부인이었는데! 발렌티노 같은 우상이 그런 일에 어떻게 반응하는지, 잘 보면 알 수 있지 않겠어?""참, 그러고 보니 폴라 네그리는? 요즘은 왜 사람들이 폴라 네그리 얘기를 통 안 하지? 난 그가 폴라 네그리와 사귀면서 위안을 받는 줄 알았는데……""폴라 네그리, 폴라 네그리…… 이봐, 그 여자는 채플린의 전처잖아. 폴라 네그리, 아닌가?""맞아, 맞아! '그는 희극배우 중에 가장 썰렁한 사람'이라고 그녀가 말했다지." "그럼 채플린을 무시한 건가? 발렌티노는 채플린을 조롱하려는 건가?"…… 오 맙소사, 그들이 하는 말이 귀에 들리는 것 같구먼…… 잡지에서 건진 이런 온갖 소문들…… 선원이란 참 진저리나는 것들이라니까. 당신들은 대양을 보았나? 지구의 삼분의 이를 뒤덮은 목화밭을! 그 속으로 물이랑을 만들며 나아갔다 돌아오기를 평생 동안…… 배를 탔다 하면 그 위에선 모든 게 가능해지지. 어쨌든 난 모라세키를 원망만 할 순 없어. 관중을 즐겁게 해줄 아주 좋은 기회였으니까. 배에 탄 승무원 중 누구라도 그런 유혹에 저항하지는 못했을 걸세. '신사숙녀 여러분, 여기를 잘 보아주십시오. 저희 배에는 루돌프 발렌티노가 타고 있습니다. 하지만 그분은 개인적인 이유로 인해 찰리 채플린 행세를 하고 싶어합니다. 여러분께서 신중히 예의를 지키시어 익명으로 남고자 하는 그의 희망을 존중해주시리라 믿습니다. 아무 일도 없는 것처럼 행동해주십시오. 그래주시면 저희 배의 항해는 더욱 흥미진진해질 겁니다!'

16

　그래서 사람들은 그를 채플린으로 생각하는 척했다. 다들 그에게 이리 와서 앉으시라고 했다. 배의 갑판장과 기관사도 동참했다. 남모르게 서로 눈을 찡긋하면서. 사람들은 시침 뚝 떼고 있었다. 사람들은 그에게 물었다. 미스터 채플린, 고국에서 이렇게 멀리 떨어진 이 항구에서 무얼 하십니까. 그는 대답했다. 최근 유럽에서 성공을, '과분한 영광'을 누리고 나니 아무도 모르게 남아메리카 쪽을 한 바퀴 돌고 와 '처녀성을 회복할' 필요를 느꼈다고. 그래서 인테리오르* 깊숙이, 아직 몰랐던 그곳, 영화라는 것이 아직도 존재하지 않는 그곳으로 들어가 '춤추는 활동사진'의 발견

　　───────────

　＊ '내륙' '오지'라는 뜻의 포르투갈어.

이 불러일으켰던 첫 감동을 그대로 되살렸다고 했다. 여러분들 테레지나를 아십니까? 모르신다고요? 그곳에는 영화라는 것이 금지되어 있다는 걸 좀 생각해보세요! 그는 거기서 돌아오는 길을, 자기의 '내적 연안 항해,' 호스피스 방문, 병영 방문, 고아원 방문, 감옥 방문, 그런 폐쇄된 곳들에서의 감동을, 마치 영화가 처음 태어나는 시절 같았던 반응들을 이야기했다! 그러나 재충전은 끝났고, 이젠 집으로 돌아가야 한다고. '예술가 협회'와 약속한 중요한 일련의 촬영 일정이 기다리고 있어서. 정말입니까? 돌아가신다고요? 그때는 어떤 배를 타실 거죠? 어떤 배를 탈지 아직 못 정했네요. 그렇다면 저희 배를 타시죠. 저희가 뉴욕으로 가거든요. 타신다면 정말 영광이겠습니다. 아니라는 말씀은 마세요, 채플린 선생님. 탑승은 당연히 무료고요, 최고급 선실을 쓰시죠…… 아, 기꺼이 그렇게 하겠습니다, 하지만…… 아닙니다! 아니에요! 자, 시뇨르 채플린, 벵가 콘 노이, 라 프레고(채플린 선생, 부디 저희와 함께 가시죠)! 그럼 언제 떠나실까요? 내일, 저희 배는 내일 출발합니다. 물론 마음이 끌리는군요. 클리블랜드 호라, 마음이 끌려요. 하지만 조건이 하나 있어요, 시네 콰 논.* 뭔데요? 그야 비밀로 해야 한다는 것이지요! 절대 비밀! 사람들 사이

---

* '필수불가결한 것' '필수조건'이라는 뜻의 라틴어.

에 채플린은 지금 집에 틀어박혀 앞으로 찍을 영화에 몰두하는 걸로 알려져 있는데, 진짜 채플린이 함부르크 아메리칸 라인의 여객선을 타고 편안히 쉬고 있다고 여기저기 말이 돌면, 내가 미국에 두고 온 닮은꼴은 어떻게 되겠습니까? 예술가 협회의 내 친구들과 영화에 투자한 은행가들이 뭐라고 하겠어요? 계약파기, 소송, 손해배상! 이 소식이 뱃전 밖으로 흘러나가서는 절대 안 됩니다. 심지어 바다 속 물고기들도 알면 안 된다고요! 이건 클리블랜드 호와 나 사이에만 존재하는 비밀이어야 합니다. 내가 이렇게 돌아다니는 걸 아는 사람은 내 동생 시드니 한 사람밖에 없는데, 그애도 내가 돌아가는 날짜를 모른단 말입니다. 난 그애를 깜짝 놀라게 할 생각이지요! 말이 새어나갈까봐 그러시는 거라면, 시뇨르 채플린, 아무 걱정 없습니다. 위험이라곤 전혀 없어요! 우리를 믿으십시오. 마에스트로(갑판장), 당신도 각별히 주의해. 토마소, 입을 꿰맨 듯 아무 말 않는 거야, 알겠지? 자네 군복 소매에 둘린 계급줄을 걸고 맹세하는 거다!

……

그랬다.

대략 이렇게 된 것이다.

17

바다를 건널 때도 마찬가지였다. 저녁이면 모라세키 사무장의 식탁에서, 술집에서보다 좀더 그럴듯하게 차려놓고 대양을 바라보며 하는 저녁식사는 여전히 오랜 시간 계속되었고, 그 자리에 동석한 여성들이 뿌린 향수가 솟아나는 이야기의 샘을 자극했다. 모라세키는 완벽한 사교계 인물답게 닮은꼴의 이야기에 좀 힘이 빠진다 싶으면 이때다 하고 그의 돛에 바람을 잔뜩 불어넣어주었다. 예컨대 그는 닮은꼴에게 카보클로 마을에서 전기 없이 영화를 상영한 이야기를 몇 번이나 시키고 또 시켰는지 모른다.

"아! 그 사람들 정말 재미있어했지요!"

그는 물론 그 마을의 카보클로 얘기를 좀더 과장해서 늘어놓았다. "거의 미개족이라고 할 수 있는 그 마을 사람들, 나를 알지도 못하고, 더구나 내가 이렇게 영화배우라는 건 알아채지도 못하는 그들이 그 단순한 웃음으로 나를 얼마나 기쁘게 했는지 모릅니다! 마치 새로 태어나는 것 같았지요! 나는 원초적 인간에 의해 서임된 기사 같았답니다!"

그는 마치 삶이 다하는 날까지 이렇게 원탁에 떡하니 자리잡고 앉아 장광설을 늘어놓을 사람 같았다.

"그래요, 내륙까지 들어갔다면 정말 깊이 들어갔다고 할 수 있죠!"

클리블랜드 호에서 보내는 저녁 시간은 바로 이랬다. 대양 위에 수를 놓는 것 같았다. 여자들이 수없이 많은 질문을 던져오면 그는 흔쾌히 대답을 해주었다. 흔쾌히 대답했다는 것에 별 가치는 없었다. 왜냐하면, 사교계 사람들은 제가 던지는 질문 속에 듣고 싶은 답을 예의 바르게 슬쩍 끼워넣곤 했으니까…… (그 자신도 대답을 방금 읽은 이런저런 잡지에서 얻어배운 내용으로 때우곤 했다.) "채플린 씨, 고아원 생활을 하셨다는 게 사실인가요?" "예, 런던에서, 어머니가 편찮으실 때 해보았죠……" 가끔 남편들이 성가신 질문을 했다. "영국인이시지만, 전쟁에는 안 나가셨다면서요?" 그는 서글픈 눈길로 솔직한 웃음을 지으며 대답했다. "병역 면제였죠! 키가 너무 작아서요! 제 생각에 선생은 틀림없이 키가 커서 영웅이 되신 것 같은데, 저는 그렇게 훤칠한 키를 타고

나지 못해서요." 그는 웃는 사람들—특히 웃는 여자들—을 자기 편으로 만들었다. 품위 있지만 어리석은 이야기들이 줄줄이 이어졌다. 때로 그는 눈물이 맺히려는 걸 억지로 참는 척했다. 그렇게 감정이 북받치는 순간에는 어김없이 누군가의 손이 그의 손에 와서 포개졌다.

"맙소사…… 그 생각을 다시 하면…… 오! 이런 이런……"

하루 일과가 세 부분으로 나뉘어 흘러갔다. 아침에는 선실에서 느지막이 일어나 왕자 같은 식사를 하고, 오후에는 이민 후보자들이 잔뜩 모여 있는 삼등칸에서 영화 상영.

"내 말 좀 믿으라니까. 이민 가는 사람들에게 〈이민자〉를 상영한 건, 그 뒤에 어떤 일이 일어났는지를 불문하고, 정말 기막힌 추억으로 남아 있다고!"

그러고 나면 저녁이 왔다. 정장, 마티니, 만찬, 브랜디, 그리고 야간 제1부 순서. 탱고. 사람들은 그가 춤추는 것을 보려고 쌍쌍이 짝을 지어 밀려들었다. 그는 자신을 비길 데 없는 탱귀스타로 만들어준 페레이라에게 마음속으로 축복을 보냈다. 그 자신도 자기가 뽑은 닮은꼴이 자기만큼 춤을 출 수 있을 때까지 허리가 부러지도록 훈련을 시킨 것을 후회하지 않았다. 그는 왕처럼 춤을 추었다.

"내가 추는 탱고에 그렇게 감탄을 한다는 것, 그것 또한 하나의 신호입니다…… 그러나 자, 인생에서는 신호가 부족한 게 아니라 코드가 부족한 거죠."

그가 한 여자를 품에 안고 춤을 추기 시작하면 무대 가장자리에 사람들이 쌍쌍이 몰려들었다. 그는 사람들이 자기를 무용수로 보고 감탄한다고 생각했다. 물론 이런 환상이 그에게 날개를 달아주었다("게다가 사람들은 춤꾼으로서의 내 모습에도 탄복한단 말이지. 그래도 어쨌든 춤추는 건 나야. 발렌티노가 아니라!"). 페레이라는 일전에 설명했다. "탕귀스타를 띄워주는 건 음악이지만 그를 만들어내는 건 시선이야"라고. 또 이런 말도 했다. "사람은 늘 시선 속에서 춤을 추지. 특히 탱고는 말이야!"(몇 달 동안 그는 페레이라의 시선을 받으며 춤 연습을 했었다.) "음악, 그건 없어도 되지만 시선은 없어선 안 돼. 다시 해봐!"(그는 다시 했다.) "진짜 춤판은 말이야, 춤추지 않는 사람들의 눈이라고. 너를 보고 기가 꺾이는 모든 사람들의 튀어나온 눈. 다시 해봐, 이 멍청아. 앉은뱅이도 널 보고는 기가 안 꺾이겠다!"(아! 페레이라……) "나는 사람들이 네 춤을 보고 충격을 받아 의자에 그대로 못 박혀버렸으면 한다, 알겠어?" 의자에 못 박혀버리게 하라니! 분명히 페레이라는 그를 탱고의 제2인자쯤으로 만들어놓았다. 그는 대양 위에서 혼자 춤을 추었다. 한 여자를 품에 안고. 그리고 매번 상대는 그의 눈에 세상에서 가장 아름다운 여자로 보였다!

여자의 아름다움, 그건 문제의 또다른 측면이었다. 그는 이제 테레지나에 있지 않았다. 그는 더이상 국민과 결혼한 가짜 대통령이 아니었다. 순결서약은 끝났다. 이제는 무도회 개회식만 참석하고 방으로 가서 대통령 침대에 누워 혼자 잠드는 걸로 끝내지 않아도 되었다. 페레이라 노릇을 하는 몇 해 동안 그는 여자들의 향내로 가득 찼지만 막상 어느 여자 하나 만져보지 못했다. 그런 그가 마침내 '진짜 여자들'이라고 부르던 대상을 만난 것이다. 진짜 여자 말고 그냥 여자라면 그는 남부럽지 않게 차지해보았다. 거의 가는 곳마다 유곽에서, 아무리 외진 마을 구석에서도. 마누엘 칼라두 크레스푸의 표현을 빌리면 '객고를 푸느라고.' 그러나 그가 '진짜 여자들'이라고 부르던 여자들, 향수를 뿌리고 춤추는 여자들, 파티 드레스를 입은 여자들, 여자들만 걸고 다니는 보석으로 치장한 여자들, 하얀 팔에 둥근 어깨, 나긋나긋한 등을 가진 여자들, 새틴 천처럼 매끈한 허벅지에 유연한 배를 가진 여자들, 목이 깊이 파인 드레스를 입어 한껏 돋보이는 여자들, 물결치는 듯 비단처럼 보드라운 여자들, 밀가루처럼 하얀 피부를 지닌 여자들, 입술이 농염하고 뺨이 꽃잎 같고 이마가 매끈하고 눈길은 정숙하면서 지혜로운 여자들, 입을 다물어도 소곤대는 것 같고 절대 언성을 높이는 법이 없는 여자들, 대통령과 맞먹는 계급의 여자들, 그런 여자들은 단 한 명도 없었다. 그는 손가락짓 하나, 눈길 하나까지 페레이라의 명령을 따랐다. 그는 여자들의 향수에 취했고, 춤추는 그의 두 손은 온 밤 내내 그녀들의 엉덩이의 약속을 간직했고, 관저 꼭대기에서 그녀들의 가슴 깊은 곳을 들여다보고 그녀들 몸의 곡선을 따라 눈길을 스르르 미끄러뜨렸지만, 그 이상은 절대 없었다. 맹세코!

그런데, 이제 시절이 바뀐 것이다.

끝났다.

그는 첫날 저녁부터 그것을 확인했다. 밤이 으슥해지자 누가 그의 선실 문을 가만가만 긁는 소리가 들리더니, 첫번째 대담한 여자가 그의 침실로 살짝 들어와 몸을 웅크렸고, 비단옷이 바닥으로 떨어졌고, 반쯤 열린 선실 창으로 들어오는 서늘한 바람 속에 그들의 옷 벗은 살결이……

그러나 감정은……

그는 속으로 생각했다.

어쩌면 생각지도 못했던 일이,

뜻밖의 그런 일이……

한마디로, 그날 밤 그는 내내 솜방망이 상태를 면치 못했다.

……

인테리어르를 너무 오래 돌아다녀 피곤해서 그런 거라고 그는 주장했고, 재적응하려면 시간이 필요하다고 했다…… 걱정 말라고, 당신 탓이 아니라고, 나 때문이라고, 워낙 지쳐서 그런 거라고. 그는 그녀를 가만히 내보냈고, 여자는 배 안의 좁은 통로 끝까지 가더니 서글프게 이쪽을 돌아봤고, 그는 손가락 끝을 섬세하게 놀려 그녀에게 마지막 안녕을 고했다.

……

그는 남자로서 수치심을 느끼며 잠을 깨어, 그 여자의 눈길을 피하며 하루를 보냈다. 다행히 그다음날 밤 선실의 문을 살살 긁은 것은 그녀가 아니고 다른 여자였다. 그러나 불행히도 결과는 똑같았다. 이런 식으로 밤이면 밤마다 새로운 여자가 왔지만, 매번 실패만 거듭될 뿐이었다. 어느 날 그는 복수하는 심정으로 이민자들이 자는 선실 쪽에서 보초 서는 여자에게 돈을 쥐여준 다음 그녀의 은밀한 부분들에 대고 마치 고양이처럼 까다롭고 짧게, 건조한 입맞춤을 했다. 이렇게 거의 매일 그는 삼등칸의 약탈자라고나 할 이름 모를 신에게 추행당하고 우는 처녀를 한 명씩 만들어냈고, 밤이 되면 스스로에 대한 모욕감에 못 이겨 혼자 울곤 했다.

"페레이라는 이렇게 말하면서 내 불알을 잡아당기곤 했지! '나와 같은 계급의 여자들을 건드리지 마라. 건드렸다간 이 불알을 잘라버릴 테니까.'"

'그런 식의 위협은 한번 믿으면 그걸로 충분하지.'

'진짜 여자들'의 아무것도 걸치지 않은 두 팔에 안겨 이런 생각을 할수록, 생(生)은 팔팔하게 구현되려는 바로 그 찰나 그에게서 피시식 빠져나갔다. 그래서 무기력한 솜방망이가 되고 마는 것이었다.

"날 이렇게 만든 건 페레이라야! 다른 설명은 있을 수 없어. 그 뒤로 난 불능에서 영영 회복되지 못한 거야."

여자를 정복하려 애쓸 때마다 그는 번번이 다른, 그러나 늘 비참한 설명을 갖다붙였다. 피곤해서, 감정이 너무 치받쳐서, 미모를 보니 기절할 것 같아서, 아내에게 충실해야 하니까, 브랜디를 마셔서, 기력이 떨어져서, 갑자기 어머니 생각이 나서 등등.

그는 그래도 굴하지 않고 춤판에서는 눈에 띄는 스타 노릇을 했고, 원탁에 둘러앉았을 때는 응큼한 사내 노릇을 했다. 모라세키의 격려를 받아 그는, 남아메리카에서 이런 체험을 하고 나니 이젠 아프리카에 가보련다고 말했다. 그래, 언젠가는 또 한 번 일상에서 도망치리라. 모티오그래프 영사기를 등에 짊어지고 필름통을 겨드랑이에 끼고, 아무도 못 알아보는 모습으로 아프리카에 갈 거다! 카피르 족과 줄루 족이 사는 곳에 가서 영사기로 영화를 보여주는 거다! "그 기회에 보어인 한두 명을 문명인으로 만들 수도 있겠지……"

"정말이지 나는…… 그러니까…… 나는 정말……"

그러나 어쩌겠는가. 그의 말을 듣고 사람들이 감동하는 것을. '진짜 여자들'은 그의 객쩍은 소리를 들으면서 사르르 녹았다. 그녀들의 시선은 축축하고, 뜨겁고, 그늘 덮이고, 팔딱이고, 비단 같고, 에덴 동산처럼 깊은 약속의 장소인 심장을 그에게 활짝 열어주었다. 그런데 단 한 번도 그 심장 속으로 뚫고 들어갈 수가 없었다.

"나는 낙원의 문 앞에 단죄받은 자처럼 남아 있었지."

그럴 때, 그의 몸 속에 있는 삶의 반사신경은…… 누군가 다른 사람이 되고 싶다는 욕망을 향해 어찌나 팽팽히 긴장되었던지!

"어디에도 나는 존재하지 않았어."

어느 날 저녁 그가 울음을 터뜨리자, '진짜 여자들' 중 하나가 감동했다. 그녀는 그의 머리를 양손으로 감싸, 자기 가슴 사이에 얹고(그녀의 젖가슴은 너무나 하얗고 탱탱하고 보드라웠고, 골이 팬 곳은 너무나 따뜻했다. 그가 젖가슴에 대해 꿈꾸어오던 것과 딱 들어맞았다!) 어떤 말도 못 들을 정도로 절망하는 그의 머리칼을 어루만져주었다. 그리고 그가 조금 진정되어 귀를 기울일 수 있게 되자 이런 말을 했다.

"괜찮아요. 이런 일은 아무것도 아니에요, 루디. 누구보다 훌륭한 남자들에게도 이런 일은 일어나는 걸요……"

18

"루디⋯⋯"

생을 마칠 때까지 그는 이 이름을 두고두고 혼자서 불러볼 것이다. 마치 그 이름이 그의 술잔 밑바닥에 가라앉아 있기라도 하듯이.

"처음 나를 루디라고 불러준 여자에게 나는 신경도 쓰지 않았어. 난 그 여자가 루디라는 다른 남자를 부르나보다 하고 생각했지. 아니면 말이 잘못 나왔거나."

"⋯⋯"

그런데 그다음 두 여자도 그랬다. "걱정 말아요, 루디. 내가 있잖아요."

"그 여자에게 '루디라니?' 하고 물어봐야 했지. 확실하게 물음

표를 넣어서 말이야. 그 여자는 양쪽이 서로 잘 모를 때, 또는 둘이 함께 하지 못한 시간을 메우고 싶을 때 여자들이 가끔 보이곤 하는 표정으로 나를 바라보았어. 그녀는 손가락을 입술에 대며 속삭였어. '알아, 알아요. 아무 말도 안 할게……'"

"……"

"그 루디란 게 누군지 그때 내가 알았더라면, 구명정에 뛰어내려 먼바다로 나갔을 텐데 말이야."

19

생각해보면…… 그 여자들을 침대에 끌어들였다고 내가 믿었던 것을 생각하면…… 나를 과일 따듯 따먹은 건 오히려 그 여자들이었는데 말이야. 그래! 따서, 껍질을 벗기고, 나눠 먹었지! 아, 그 먹음직한 열매를! 서로 밀치지들 말라고. 모든 여자들에게, 각각에게 어느 정도의 루디는 있을 거야. 일종의 복권 추첨이지. 그 여자들은 번호를 하나씩 뽑아야 했어. 그녀들은 복권에 환장을 했어. 거의 매일 저녁 삼등칸을 위한 복권 하나씩을 뽑을 권리가 있었거든. 결국 삼등칸 사람들 좋은 일 시켜줄 복권이었지만 말이야. 모라세키 동지 덕택에 진짜 여자들은 내 침대에 파묻히면서 자기가 루돌프 발렌티노에게 몸을 바친다고 믿었던 거야! 발렌티노! 처음에는 매혹되어서. 그다음에는 진짜인지 확인해보려고. 스타 중의 스타인 그를 여자들은 이 사람 저 사람 왕진하는 의사처럼 다니게 한 거지. 그랬지만 난 전혀 의심을 품지 않았어! 왜냐하면 그가 아무리 찰리 채플린인 척한다지만, 탱고의 명인은 자기 선실에 최상급 여자 두셋 정도는 끌어들일 수 있으니까…… 최대한 열 명쯤은. 하지만 여자들을 모두 상대하는 건 안 되지! 다는 안 돼! 다 끌어들이려면 남편들의 동의가 필요하지! 그리고 그 당시 그런 일에 성공할 사람은 발렌티노밖에 없었어. 루돌프 발렌티노, 그는 할리우드의 대천사였고 별 중의 별이었으니까! 여자들은 영화란 영화마다 그가 춤추는 모습을 볼 수 있었지. 〈이혼수당〉 〈묵시록의 네 기수〉 〈카미유〉 등의 영화에서 말이야. 루디, 그는 사람이 된 탱고 그 자체였지! 게다가 애틋함을 느낄 대상이기까지 했어! 왜냐하면 루디가 제인 애커와 결혼했지만 결혼식 바로 다음날 신부가 달아나버렸고, 두번째 부인인 람보와 역시 첫 라운드가 끝난 뒤 바로 포기하고 가버렸다는 걸 여자들은 모두 알고 있었으니까. 여자들은 모두 그를 위로해줄 태세가 되어 있었던 거지. 생각 좀 해보라고! 그 당시 사람들이 발렌티노에 대해 어떤 얘기를 하는지 들어봤어야 해. 페어뱅크스에 대해 사람들은 말했지. "아! 잘생기고, 쾌활하고, 힘도 세고, 얼마나 생기가 넘치는지!" 그를 좀더 잘 아는 사람들은 이런 말을 덧붙였지. "게다가 사람은 또 얼마나 좋은데!" 채플린에 대해서는 또 이렇게 말했지.

"얼마나 지적인 사람인데! 사업가로서도 뛰어나고! 그런데도 또 얼마나 휴머니스트라고!" 발렌티노에 대해서는 사람들이 아무 말도 안 했다. 그저 그의 사진을 보고 이렇게 중얼거릴 따름이었다. "사진 좀 봐, 이게 그 사람이야." 세상 여자 중에—'세상' 여자라고 했어, 알겠지!—단 한 여자도 "그게 누군데?"라고 묻는 여자는 없었다니까.

여자들은 모두 그를 당장 알아볼 만큼 성숙해 있었단 말이야! 그리고 실제로도 그를 알아보았어! 제기랄, 나를 보고 말이야! 나를!

오! 루디……

그 여자들은 하늘의 해라도 떴다고 생각했겠지. 그러고는 죽은 별과 동침을 한 거지……

생각해보면 난 그게 가장 창피해. 곰곰 잘 생각해봐도, 루디가 고자라는 평판이 나게 된 건 두 번의 결혼 실패 때문이 아니라, 바로 나 때문이거든!

배가 육지에 닿자마자, 그에 대해 이런 평판이 좍 퍼졌어.

내 잘못 때문에.

전세계에 퍼진 거야.

할리우드 효과……

그래서 그의 인생이 망가졌어.

하지만 내가 어떻게 할 수 있었겠냐고?

……

내가 아무것도 할 수 없는 처지였다면, 그렇다면, 내가 할 수도 있는 뭔가를 안 했다는 이 느낌은 대체 어디서 오는 걸까?

20

"오! 루디……"

어쨌든, 결국 사람들은 지친다. 루돌프 발렌티노는 오래전에 죽었고, 그 자신도 생의 출구를 향해 미끄러져가고 있는데, 해가 가고 달이 가도 그가 드나드는 술집에서 그의 혼잣말을 이끌어내는 사람은 아무도 없다…… 그저 꿍얼꿍얼 던지는 몇 마디만 알아들을 수 있을 뿐…… 자기를 채플린 또는 죽은 발렌티노라고 착각하는 머리가 돌아버린 웬 늙은이…… 아니면 사람들이 자기를 채플린으로도 발렌티노로도 생각하지 말아주기를 바라는 늙은이…… 그런데 그 늙은이가 하소연을 하고 있다고 할 수도 없었다. 그는 단지 한 말 또 하고 또 해가며 되씹고 있을 뿐이었다. 마치 너무 놀라운 일을 당해서 다시는 제정신으로 돌아올 수 없는 사람처럼. 그가 우는 건 속상해서가 아니라 루돌프 발렌티노의 잃어버린 명예 때문에 우는 거였다.

그는 중얼거렸다.

"이 모든 게 발렌티노가 페레이라, 자칭 페레이라와 닮았기 때문이야……"

그의 술잔 속 얼음이 미지근해졌다.

21

사람들이 자기를 채플린으로 생각한다고 확신하고 채플린을
흉내내는 일에 악착스레 몰두한 그는, 대양을 건너는 항해가 끝
날 때까지 아무것도 의심하지 않았다. 그는 '진짜 여자들'에게서
고통을 겪고, 삼등칸에서 그 복수를 하고, 춤판에서 뛰어난 춤 솜
씨를 발휘하고, 자기 앞날의 근사한 그림을 상상 속에서 붓으로
그려보는 일에 너무나도 몰두하고 있었다. 배우로서 이렇게 업적
을 쌓았으니(몇 년 동안 페레이라 역할을 했고, 남의 의심을 받지
않고 감쪽같이 채플린 노릇을 하면서 대서양을 건넜으니!) 상상
할 수 있는 배역은 모두 다 연기할 수 있을 거라고 그는 속으로 생
각했다. 할리우드가 이 정도로 국제적인 재능을 그냥 썩히지는
않을 거라고 생각했다. 그는 뭐든지 연기할 수 있으니 어떤 배역

이든 할 것이다! 늘 배우였으니 이제야말로 정말 배우가 되는 거다! 뭔가가 **되어서** 죽어버린 남성성도 회복하는 거다. 한껏 뭐가 되어보고, 남자로서도 '세워' 보는 거다! 그건 페레이라와 그 사이에 벌어지는 결투와도 같았다. 어떤 날 밤에는 그런 내용이 그의 꿈속에 영화가 되어 펼쳐질 정도였다("오, 맙소사! 그래, 난 그 꿈이 지금도 기억나."). 그의 꿈속에서 바로 자기 이야기가 영화로 상영되고 있었다. 어느 이름 모를 이발사 ('나')의 이야기. 어느 미친 독재자('페레이라')의 무고한 닮은꼴이 된 이발사. 그러나 그는 재능 있는 희극배우로 자기를 표출하여 그의 손아귀를 벗어난다. 닮은꼴은 할리우드라는 넓은 창공에서 별이 된다. 그리고 독재자는 원형 경기장처럼 둥근 광장에서 앞이 안 보일 만큼 뿌옇게 날리는 먼지 속에서 민중의 손에 살해된다.

꿈에서 깨어나자, 공상은 결심으로 굳어졌다. 이걸 진짜 영화로 만들어야지! 내가 시나리오를 쓰고, 내가 감독을 하고, 두 주역도 내가 직접 맡아 연기하고. 아끼지 않고 제대로 하려면 제작도 직접 하고 전세계에 배급도 해야지. 무슨 돈으로? 그야 배우생활을 해서 잔뜩 벌어들인 돈으로. 아무렴. 그리피스, 월시, 플레밍, 카프라, 루비치, 채플린 등 거장 감독들 밑에서 영화를 찍어서 말이야. 할리우드의 빼어난 꽃이 되어서!

그가 만든 영화는 세계적으로 성공을 거둘 뿐만 아니라 영화사에 길이 남을 걸작이 될 것이다! 얼른 제목을 지어야 할 텐데.

뭘로 할까⋯⋯

제목⋯⋯

아예 '되다' 로 하면 어떨까?

되다?

글쎄⋯⋯

글쎄라니? 되다? 멋져! 좀더 미국적인 제목은 없을까? 좀더 할리우드적인?

〈되다〉

좋아, 이걸로 하자.

〈되다〉, 이 영화는 박스 오피스를 온통 휩쓸 것이고, 마누엘 페레이라 다 폰치 마르팅스 대통령은 기가 팍 죽어 발기부전이 될 것이다!

"모라세키의 식탁에서 내가 거둔 가장 큰 성공은 바로 이 영화의 시나리오였어! 난 밤마다 자러 가기 전에 사람들에게 일화를 한 가지씩 들려주었지. 그건 내 살아온 이야기였고, 그들은 모두 외쳤어. '상상력도 뛰어나시네요! 아니 어쩌면 그런 상상력이! 그런 얘기들을 다 어디서 찾으시는 거지요?'"

22

그러니까 그는 어느 날 아침 '뭔가가 되겠다'는 확고한 의지를 가진 채, 맨하탄이 안개 싸인 두 팔을 활짝 벌려 자기를 맞아주고, 자유의 여신상이 물결 위로 나타나 몸소 영접해주는 모습을 보았던 것이다.

"사실 말이지, 나는 무엇보다도 너무 조용해서 놀랐지. 마치 배가 경악(驚愕) 위로 사르르 미끄러져 들어가는 것 같았다니까."

이내 삼등칸에서 외치는 소리가 들렸다. "뉴욕이다!" 하는 환호성이, 붕붕 울리는 뱃고동 소리, 마침내 도착지에 다다른 꿈들이 내지르는 엄청난 "야호", 서로 얼싸안는 광경, 난리법석 떨며 내릴 준비를 하는 모습, 클리블랜드 호가 느릿느릿 부두에 정박하는 모습, 다시 조용해진 승객들이 끝도 없이 줄을 지어 배에서 내리는 모습, 이런 것들에 섞여서 들려왔다. 폴치넬리 선장은 자기 선실에서 그날 낮 시간을 꼬박 보내면서, 그에게 저녁때까지 그대로 있으면서 배가 완전히 비고 모라세키가 예약해놓은 리무진 차량이 도착할 때까지 기다리는 게 좋겠다고 했다. 신중하게 처신할 필요가 있다는 것이었다. "리무진 운전사에게 목적지만 말씀하시면 됩니다. 그 운전사가 신중히 모실 거라는 건 우리가 보증합니다." 밤이 되자, 그는 승객 중 맨 마지막으로 배의 사다리를 타고 내렸다. 모라세키와 폴치넬리는 뱃전에 팔꿈치를 괴고 서서 그에게 여러 번 작별인사를 보냈다. 그들은 그에게 감사하고 또 감사했다. 당신 덕분에 잊을 수 없는 항해가 되었노라고. 고맙습니다, 고맙습니다. 선장과 사무장은 감사의 마음을 어떻게 표현해야 할지 모를 정도로 고마워했다. 그는 상냥하게 그들의 어깨를 살짝 치며 말했다. "자, 너무 그러지들 마세요, 제발. 과분합니다…… 그리고 우리 다시 만날 건데요 뭐. 페어뱅크스 가족에게 클리블랜드 호를 꼭 추천하겠습니다."

이제, 그는 배에서 내린다…… 사다리에서 멀리 내려다보이는 곳에 지붕이 반지르르한 그 차가 보인다. 그는 도시의 웅성거림 속에 하선한다. 그는 리무진 운전사에게 어디로 가자고 말할까 속으로 생각한다. 운전사는 이미 그의 짐을 받고 부두에서, 챙 낮은 모자를 쓰고 자동차 문 곁에 서서 그를 기다리고 있다. 그는 차에서 내려, 가슴을 두근거리며 휘발유 냄새, 휴식에 들어간 바다 내음, 기름칠한 배의 금속판과 밧줄 냄새, 축축한 자갈돌 냄새, 산 뜻하게 피어난 자연의 내음, 이런 것이 섞인 향기 속으로 깊이 뚫고 들어갔다. 뉴욕! 드디어 그곳에 도착한 것이다! 아메리카, 영화의 나라, 그곳에 오는 데 성공한 거다! 이민국의 눈을 거뜬히 피해서! 그는 뒤를 돌아다보고 이제는 바랜 잉크빛 하늘을 배경으로 그림자밖에 알아볼 수 없는, 저 위 뱃전에 있는 선장과 사무장에게 마지막 손짓을 했다. 한편, 그에게 저녁 인사를 건네는 운전사의 목소리가 들리고, 차문이 조용히 열리더니 고급 가죽 냄새와 프랑스 담배 냄새가 훅 끼쳐왔다.

그는 여전히 운전사에게 어디로 가자고 해야 하나 망설이면서 차에 올라탔다(그는 깔깔 웃어대기 일보직전이었다). 그런데 리무진 뒷좌석에는 그 혼자만 타는 게 아니었다.

페레이라가 거기 있었고, 찰리 채플린도 있었다 — 이번에는 진짜 찰리 채플린이.

그 차 뒷좌석에 앉아 있었다.

차에 시동이 걸렸다.

23

그 충격이 너무도 엄청나서, 그는 죽을 때까지 그 장면을 꿈에 보았다.

페레이라와 채플린! 생의 마지막 날 밤까지 그는 자다가 이 악몽에 시달리며 깨어날 것이다. 뉴욕에 도착한 날 저녁에 페레이라와 채플린이 차 속에서 그를 기다리고 있는 꿈!

차는 항구를 떠났다. 마누엘 페레이라 다 폰치 마르팅스와 찰리 채플린은 그에게 신경도 쓰지 않고, 그의 말을 빌리면 "마치 내가 죽은 사람인 것처럼" 둘이서만 얘기를 주고받았다. 어린아이의 공포마냥 어두운 공원을 따라 차는 달리고 있었다. 그는 내리고 싶었다. 차에서 확 뛰어내리고 싶었다. 그러나 웬걸, 차문은 꽉 잠겨 있었다.

모든 걸 잃었다 해도, 몸을 숨길 데라고는 길거리밖에 없다고
해도, 그는 좌불안석인 마음으로 깨어나 자신의 비참한 상황, 이
불처럼 자기를 덮어주는 포장용 마분지와 추위에서 보호해주는
낡은 신문지와 몸을 누일 막다른 골목, 결정적인 자기의 고독을
재확인하고 한없는 위안을 느낄 것이다…… 진정해, 그건 페레
이라가 아니었어. 기억해봐, 그건 페레이라가 아니었다고! 맞아,
그건 페레이라가 아니었어. 좋아, 그건 페레이라가 아니었다고.
하지만 밤이면 밤마다 그 꿈은 또 찾아올 것이다.

　　"어쩌란 말이야? 조국을 정말로 잃어버렸을 때, 남은 거라고는
악몽밖에 없을 때는 결국 그 악몽에 집착하게 되는 거지. 나는 단
지 깨어나는 기쁨을 누리기 위해 그 악몽을 꾸는 거야."

　　"그럼, 그건 페레이라가 아니었단 말인가?"

　　"아니, 그건 발렌티노였지."

　　"……"

　　"……"

　　"농담 아니고?"

24

"제길, 사실이라니까! 채플린과 발렌티노는 배가 정박하는 그 장소에서 날 기다리고 있었다고! 상세하게 상황 설명을 할 수도 있어, 굳이 대자면 말이야……"

'늙은 창녀의 살롱처럼 꾸며진' 차와, 그들이 입은 옷과 모자의 상표, 발렌티노가 피우던 프랑스 담배, 채플린이 신었던 구두, 두 사람이 꼈던 멧돼지가죽 장갑, 그들이 나눈 대화의 주제. "그들은 영화 얘기를 하고 있었지. 발렌티노는 영화를 제작하고 싶어했어." 운전사의 이름, 검은 벨벳 깃이 달린 그의 흰 외투……"

(마치 수첩을 들고 촬영 현장을 한 바퀴 돌면서 모든 게 제자리에, 시대에 맞게 놓여 있는지 확인하는 소도구 담당 책임자 같군.)

이런 세목들을 의심할 나위 없는 물증의 반열에 올리는 데 몇 시간이 걸릴 것이다! 심지어 아무도 그걸 믿으려 하지 않을 것이다. 사람들은 그를 간지럼 태우며 농지거리나 할 것이다.

"자, 채플린과 발렌티노 얘기 한 번 더 해보지그래!" 하고.

마지막 술잔을 비우면서.

"그게 페레이라가 아니고 발렌티노라는 걸 알았을 때, 우선 내가 놀란 것은, 발렌티노가 페레이라와 얼마나 다른가 하는 거였어. 하지만 발렌티노는 분명 페레이라와 닮았다고! 담배 파이프를 들고 있는 모양새까지도 말이야. 하지만 발렌티노는 영혼이 있는 페레이라라고 할 수 있었어. 그게 엄청나게 다른 점이지! 어쨌든 그런 것들은 자연스레 생겨나는 법이니까…… 발렌티노가 성인(聖人)이라는 것 알고 있나? 알고 있냐고!"

이쯤 되면, 이제 아무도 그가 무슨 소리를 하는 건지 알아듣지 못한다. 이 안 닮은 닮음은 그들 머리로는 도무지 이해가 안 된다.

"당신 이야기는 알쏭달쏭해."

"왜냐하면 진실이니까."

25

 항구를 떠나 달리는 차 안에서("이번에는 꿈 얘기가 아니야!")
채플린은 발렌티노에게 가만히 설득조로 얘기하고 있었다. 그는
마치 형처럼 말했다. 두 스타는 영화 얘기를 했다. 분명, 발렌티노
는 영화 제작에 돌입하고 싶어한다. 그는 틀림없이 채플린에게
시나리오 얘기를 해준 것 같고, 다소 들떠 있었다. 눈이 아직도 반
짝반짝 빛난다. 그는 찰리 채플린에게 자기 얘기를 어떻게 생각
하느냐고 묻는다. "알겠지만, 고든은 아주 열성을 보이고 있어
요!" 채플린이 참을성 있게 대답한다. "문제는 그게 아니고, 세상
의 모든 은행가들이 당신이 다루려는 그 주제를 놀랍다고 생각할
거라는 점이오, 루디." 큰형은 가르침을 받는 제자에게 현실적인
교훈을 준다. "당신은 카메라 저쪽에서 출발해서, 올림포스 산을

내려가고 있소. 당신은 정말로 원형 경기장에 들어서고 있소." 채플린은 부드럽지만 짧고 조금 콧소리가 들어간 음성으로 말을 한다. "우리의 검사가 땅바닥에 앉아 우리를 기다리고 있소, 루디." 그는 사정을 잘 알고 말을 하고 있다. "은행가들을, 특히 고든을 조심하시오. 〈키드〉를 찍던 시절에 그 사람을 겪어보았지." 채플린은 단호하다. "영화란 월스트리트에서 찍는 게 아니거든." 또 이런 말도 했다. "투자자들은 항상 당신 말에 공감하며 귀 기울일 거요, 특히 당신, 루디에게. 하지만 그들은 결국 좋은 아이디어란 오로지 그들의 금고 서랍 속에서만 낡일 수 있다고 당신을 설득할 거요. 같잖게시리!" 채플린은 바르르 떤다. "그 어떤 것도 강요받지 마시오. 영화 주제도, 배우들도, 심지어 촬영 기술진 중에 가장 하찮은 졸자 하나라도 말이오." 잠시 뜸을 들인 뒤, "하지만 그래도 작품 하나를 정 만들고 싶다면, 물론…… 얘기해봐요, 로돌포, 정말로 한 작품 만들고 싶은 거요?"

밤이 되었다. 차는 배터리 파크를 따라 달린다. "폴라는?" 영화를 찍고 싶다는 그의 마음에 대해 폴라 네그리는 어떻게 생각하냐고 채플린이 발렌티노에게 묻는다. "폴라는 어떻게 생각하지요?" 발렌티노는 슬쩍 피한다. "여자들 생각을 누가 알겠어요?"

26

또다른 판본에서, 그는 좀 다른 이야기를 들려준다. 그는 배에서 내려, 차에 올라탄다. 채플린과 발렌티노가 거기 있다. 그 둘은 마치 아무 일도 없는 것처럼 하던 대화를 이어간다. 다만 대화의 주제가 다를 뿐이다. 달리는 차 안에서(이 판본에서도 차는 항구를 빠져나와 배터리 파크를 따라 달린다) 채플린은 몇 년 전에 전국적으로 열렸던 닮은꼴 대회 이야기를 한다. 채플린의 가장 뛰어난 닮은꼴을 뽑아야 했던 것이다. 이 주, 저 주에서 채플린의 의상, 지팡이, 신발, 가짜 콧수염…… 등등을 갖춘 수십 명의 응모자들이 몰려왔다. 몇 번의 예선이 산타모니카에서 있었고, 결선은 이곳 브로드웨이에서 열렸다.

그런데 채플린은 웃지도 않고 결론지었다.

"내가 세번째로 왔지."

……

("지난번에 얘기할 때는 채플린이 여섯번째로 왔다고 했잖나."
"여섯번째든 세번째든 그게 무슨 상관이야? 그러니 이야기의 주
안점이 어디에 있는지는 아무도 파악 못 한다는 거잖아?")

27

차는 배터리 공원을 따라 달렸다. 갑자기 기름진 풀 냄새가 확
풍겨와 그는 숨이 막혔다. 자연이 이렇게까지 식물적일 수 있다
는 것을 테레지나는 그에게 가르쳐주지 않았던 것이다. 그는 채
플린과 발렌티노가 잡담을 나누는 사이에 도망치려고 결심했다.
아메리카는 광활했고, 이 공원의 어둠 속에 그가 숨어버린다면
백 년은 걸려야 그를 찾아낼 수 있을 것 같았다. 그는 조심스레 손
을 슬쩍 내밀어 차창 손잡이의 크롬 부분을 잡았다. 그는 차가 속
도를 늦추거나 교차로에서 멈추기를 기다렸다.

그러나 웬걸, 차문은 단단히 잠겨 있었다.

바로 이 순간 채플린이 그에게 말을 걸었다.

"그래서?"

"……"

"당신은 누구요?"

"……"

"발렌티노도 아니고 나도 아니라면, 누구요? 그건 그렇고(그의 정체성 문제는 어쨌든 부수적이었다), 누가 당신에게 돈을 줍디까?"

채플린은 대답할 시간도 주지 않고, 발렌티노와 자기에게 해를 끼치려고 실없는 인간을 고용할 수 있는 사람이라고 추정되는 모든 이들의 이름을 꿰듯이 주욱 나열했다. 좌절한 은행가, 경쟁 관계에 있는 영화 제작자들, 차인 여자들, 시기하는 희극배우들, 온갖 복수심에 불타는 인간 나부랭이들, 쓸 게 없어서 고민인 글쟁이들, 장난을 좋아하는 친구들도 (혹시 모르지. 할리우드에서, 예를 들면 더글라스나 그 살짝 돈 패티, 그 머릿속에 이런 장난이 떠올랐을지도……). 누구야? 루디가 은퇴해서 팔콘 레어에서 쉬고 있는 동안, 마치 그가 채플린으로 변장하여 클리블랜드 호에 탄 것처럼 일을 꾸민 게 대체 누구야? 용병 어릿광대의 협력을 받아낸 게 누구냐고. 그리고 『시카고 트리뷴』지까지 개입시킨 게 누구냐고.

"누구야?"

28

"왜냐하면 — 그것도 나는 몰랐는데! — 클리블랜드 호에는 『시카고 트리뷴』지 기자가 타고 있었어. 나중에 〈족장의 아들〉*이 나왔을 때 루디를 물먹이려 한 자가 바로 그 사람이지. 그때 그 신문 쪼가리 기억나? '왜 몇 년 전 누군가가 루돌프 발렌티노를 물에 빠뜨려 죽이지 않았을까? 그랬으면 그는 미국에 들어오지도 않았을 것이다. 글자 그대로 하자면 로돌포 굴리엘미, 일명 루돌프 발렌티노, 이자는 파우더를 처바르지 않고는 밖에 나오지 않는다.' '호모 아메리카누스'라니까!…… 이탈리아에 적대적인 이런 더러운 짓거리. 그들은 심지어 마크 스트랜드 시어터에서 첫 상영

---

* 발렌티노가 주연으로 나온 1926년작 영화. 1923년에 개봉된 〈족장〉의 속편이다.

이 있던 날 그 영화관 출구에서 사람들에게 그 신문을 나눠주기까지 했어. 그런데, 그 작자, 그 기자가 바로 클리블랜드 호에 타고 있었던 거야. 채플린으로 변장한 발렌티노라니, 그 좋은 건수에 그가 어떻게 달려들었을지 안 봐도 뻔하지 않나!"

(여기서 그는 술잔을 치켜들었다. 사람들은 물론 그 술잔을 채워주었다.)

"게다가 그들은 채플린도 공격의 표적으로 삼고 있었지. 미국 국적을 거부한 영국인, 생각해보게! 그러니 똥 속을 뒤지고 다니는 그 작자는 이 뉴스를 자기 신문 편집국에 전송한 거지. 편집장은 즉시 채플린에게 연락했지. 확인 겸, 일을 부풀리기도 할 겸. '발렌티노가 함부르크 아메리칸 라인의 어느 배에서 당신으로 변장하고 있다는 소문이 있는데요.' 물론 채플린은 발렌티노의 매니저 조지 울먼에게 얼른 전화를 걸었지. 울먼은 어안이 벙벙해서 말했어 '루디가 항해중이라고요? 아니, 루디는 팔콘 레어에 있는데! 찰리, 지금 루디가 혼자 있고 싶어하는 증세가 심한 것 알죠!' '조지, 내가 직접 그를 봐야 믿겠어.' '지금 어디 있어요, 찰리? 내가 루디에게 말해 당신한테 전화하라고 하지요.' '그것 갖고는 안 돼. 내 두 눈으로 똑똑히 보고 싶어.' 한마디로, 발렌티노와 채플린은 서로 만났고 『시카고 트리뷴』지 편집국에 함께 전보를 쳤지. 클리블랜드 호에서 짖어대는 개의 입을 틀어막으라고 말이야. 그런 다음 그들은 폴치넬리에게도 전보를 쳐서 나를 잘 붙들어두라고 한 거야. 모라세키와 폴치넬리가 승진하고 싶었다면 승객들에게 내가 발렌티노도 아니고 채플린도 아니라고 말을 해서 단단히 방비하는 편이 유리했겠지. 그리고 아무도 발설하지 말라고, 지금 소송이 진행중이라고 하고. 사람들은 아무 일도 없는 척하며 내가 바보짓을 계속하게 내버려두고, 뉴욕에 도착하면 경찰에 알리지도 않고 나를 그대로 넘겨주는 거지. 차 한 대가 나를 기다리고 있고 말이야."

29

　　이제, 차의 뒷좌석에서, 채플린의 두 눈이 그를 꼼짝 못 하게 좌석에 붙박아놓는다.

　　"그래, 누가 돈을 주었느냐고?"

　　"아무도요."

　　"그 말은?"

　　"……"

　　"……"

　　자기에게 돈을 준 사람은 아무도 없을뿐더러, 자기 자신은 아무것도 아닌 미미한 존재라고 그는 그들에게 설명해야 했다. 참으로 놀랍게도 그는 손에 물도 안 묻힌 채로 '채플린과 발렌티노의 영화적 상상력을 후끈 달아오르게 했던 시나리오 구성'에 풍덩

다이빙한 셈이 된 것이다. 그는 어느새 허구와 역사적 진실이 마음을 격앙시킬 만큼 뒤섞인 가운데, 테레지나에서 체포되어 처형된 어느 떠돌이 영사기사의 비극에 대해 그들 둘에게 들려주고 있었던 것이다. 좋은 아이디어였다. 뮤추얼 영화사에서 1908년제 모티오그래프 영사기와 영화 필름 열두 개를 슬쩍하여 달아났던 그 청년을 채플린은 기억했다. "그 친구 이름이 뭐였더라? 아주 뛰어난 영사기사였는데. 그래, 라틴 아메리카 사람이었지. 맞아, 어느 날 아침 감쪽같이 증발해서 코필드가 그 지방 모든 보안관들에게 경고를 하고 난리도 아니었지."("모티오그래프 영사기는 값이 216달러나 나갔다고!")

"내가 '퍼스트 내셔널'로 떠나기 바로 전이었어." 채플린이 기억을 되살려냈다. "그러니까 그는 라틴 아메리카를 한 바퀴 돌러 떠난 거였나? 그 사람이 맞았네. 모티오그래프 영사기 광고에 보면 '잇 윌 비 메일드 투 유 앱솔루틀리 프리*'라고 나오거든…… 정말 그렇지 뭐야. 그런데 당신은 어디서 그를 만났다고 했지요?"

"테레지나에서요."

그 영사기사는 한 경찰관에게 위험한 선동가로 몰려 추적당하던 끝에, 자기네 이발소에 왔다가 잡혀서 죽을 상황이었다는 게

---

* It will be mailed to you absolutely free, 이 제품은 완전 무료로 당신에게 우송될 겁니다.

그의 말이었다.

"저 자신은 정말 아무것도 아닌 존재였지요, 이름 없는 이발사요. 그 영사기사가 이루 말할 수 없을 만큼 고문을 당하고 저희 이발소에 오지 않았더라면 저는 그대로 이름 없는 이발사 노릇이나 하고 있었을 겁니다."

그는 그를 잡아 죽이려는 자들에게 차마 그를 넘겨줄 수 없었다. 오! 정치적 용기 때문이 아니었다. 테레지나에서 쨍쨍 내리쬐는 햇빛 속에 두 발이 묶인 채 인생 끝장 보지 않으려면 어디 언감생심 정치 같은 것을…… 단지 그 죽어가는 사내가 〈이민자〉를 상영해 보여주었을 때("그게 제가 생전 처음 본 영화였죠. 저는 종교에 빠지듯이 홀딱 빠져버린 겁니다!"), 어린 시절 예수회 신부가 하느님의 길로 이끌었고 청소년기에는 이발사가 가리발디를 신봉하는 혁명가로 키우려 했던 그가 이제 끓어오르는 신앙인으로서 그 영화를 맞아들였던 것이다. 그런데 그 영사기사—"저에게는 '수태고지'를 해준 천사나 다름없지요!"—는 그의 품에서 숨을 거두기 전에 제발 자기 고향 마을에 가서 아내와 아이들을 찾아 그가 벌어놓은 약간의 돈을 전해달라고 간청했다…… 그래서 그는 그 부탁대로 했다. 이발 도구를 정리하고, 이발소 문을 닫고, 순례자의 지팡이를 든 채 혼란투성이의 대륙을 가로질러 영사기사의 고향 마을 가난한 흙집에 살고 있는 그의 처자식을 찾아갔다. 아이 중 하나는 아직 젖먹이였는데(그는 인 엑스트레미스,* 그 아이는 영사기사의 자식이 아닐 수도 있다고 생각했다. '날짜를 따져보니' 그랬다), 채플린과 발렌티노가 핏기 없는 어미의 젖통에 매달려 있는 굶주린 어린것을 떠올리며 측은해하는 것 같았다. "그래서 나는 얼른 수정했지요. 이 젖먹이 아이는 바로 그 전날 티푸스에 걸려 세상을 하직한 영사기사의 누이동생 돌로레스가 남긴 막내아들이다, 라고요." 그는 다른 아이들의 톡 튀어나온 배, 젖 먹이는 어미의 앙상한 갈빗대, 하도 밟혀서 다져진 흙, 태양의 침묵, 이런 것을 신경 써서 묘사했고, 그다음에는 이런 상황에서도 그 불행한 사람들에게 〈이민자〉를 틀어 보여주었더니 그들이 '박장대소'를 터뜨렸으며, 영화의 마력이라는 게 어떤 건지, 또 '눈앞에서 접시들을 춤추게 하는 것'만으로 굶주린 이들을 배부르게 할 수 있었던 세뇨르 채플린의 천재성이 얼마나 대단한지 알 수 있었다는 얘기를 시작했다. "그럼요, 세뇨르 채플린의 영화는 '육체의 식욕조차 충족시켜주는 영혼의 양식'임이 드러났지요!" 하면서.

"그렇게 영감을 받은 적은 한 번도 없었어요! 정말입니다! 심지어 모라세키의 식탁에 앉아서 식사할 때도요!"

---

* '최악의 경우'라는 뜻의 라틴어.

그래서 채플린이 뜬금없이 자기 말을 가로막자 그는 어안이 벙벙했다.

채플린은 발렌티노에게 이런 점을 지적했다. "그럼, 여기 있는 이 친구가 클리블랜드 호에 승선하는 대신 내가 탔던 이민 여객선 올림픽 호를 타고 여행을 할 수도 있었겠군!"

발렌티노가 대답했다.

"그랬다면, 그는 내 행세를 했을 테고, 사람들은 그가 당신이라고 생각했겠지."

채플린이 대답했다.

"그랬다면 『모닝 텔레그래프』나 『유나이티드 뉴스』 기자가 내게 조심하라고 알려줬겠지. 내가 유럽을 순회하는 동안 내 구두 밑창 하나도 놓칠세라 따라다녔으니 말이야."

두 사람은 동병상련의 웃음을 웃었고, 채플린은 결론을 내리기로 마음먹었다.

"선생, 당신은 우리 이미지를 심각하게 훼손했소."

"……"

"'이미지'라는 말이 할리우드에서 어떤 뜻인지 조금이라도 아시오?"

발렌티노가 거들었다.

"그건 명예 같은 것이라오, 알겠소?"

"……"

"값으로 칠 수도 없는 소중한 거라오."

채플린이 정확히 덧붙였다.

30

닮은꼴 이야기는 이제 그만 할 때가 되었다. 이쯤 되면 누구나 느끼겠지만, 그의 상황은 나아질 수 없는 지경이었다.

그가 자기 잘못에 대한 보상으로 장차 희극배우로서 받게 될 출연료 중 섭섭지 않게 몇 퍼센트를 떼어드리겠노라고 채플린과 발렌티노에게 제안하자, 두 사람이 어찌나 어이없다는 얼굴로 그를 바라보았던지, 그는 자신이 과연 진짜로 말을 건네기나 했던 건지 의아해졌다. 출연료? 희극배우? 그가? 자기 스스로 채플린인 척할 때 대서양 횡단 여객선의 승객 모두가 발렌티노라고 생각했던 바로 그 위인이 도대체 어떤 희극배우가 되겠다는 건가? 이런 자칭 천재에게 단돈 일 달러라도 내겠다는 제작자가 어디 있겠는가? 마치 개들이 교미하는데 찬물 한 바가지를 확 끼얹은 것 같은 분위기였다. 그들 생각이 맞았다. 그들 생각이 맞았다. 그들 생각이 맞았다. 그가 아무것도 아니라는 걸 그들은 정확히 간파한 것이다. 배우, 그는 한 번도 배우였던 적이 없었다. 이번 대서양 횡단 때도 그랬고 전에도 마찬가지였다. 남의 비위 잘 맞추는 외교관들 앞에서 얼굴 몇 번 찡그려 보이는 짓거리나, 사랑받고 싶다는 욕망에 눈이 먼 대중을 속여 배우 대열에 끼어들어보는 그런 짓거리로는 어림도 없는 일이었다. 그가 배우라고? 마을 사람들의 즐거워하는 얼굴과 주막에 있던 선원들의 얼굴이 문득 그의 뇌리를 스쳤다. 그는 그들을 웃겼다고 생각했고, 실제로 그들이 그를 보고 웃기는 했다. 클리블랜드 호 승객들이나 테레지나의 어린 꽃이 웃듯 그저 단순히 웃은 것이다. 다 폰치 노인, 주교, 이두아르두 히스트 대령은 단 일 초도 속은 적이 없기 때문에, 단 일 초도 그를 아들로, 대자로, 친구로 생각하지 않았고, 그가 페레이라의 닮은꼴, 즉 페레이라의 '좋은 아이디어'의 소산이라는 걸 항상 알고 있었다. 어떻게 그걸 의심할 수 있으랴? 찰리 채플린을 따라 한답시고 했는데 루돌프 발렌티노로 취급되다니! "아니지, 아니야." 채플린은 속으로 이렇게 웅얼대고 있었다. "침해는 이미 저질러졌고, 죄인은 용서가 안 돼." "용서가 안 되는데다 불법이지." 발렌티노가 지적했다. "미국 영토에 법을 어기고 몰래 들어왔으니 그렇지." 채플린이 맞장구를 쳤다. 한순간, 그들은 그를 이민국에 넘길까 하는 생각이 들었다. 그렇게 하면 다음 일은 불 보듯 뻔했다.

　엘리스 섬 행(行),

　취조,

　감옥,

　테레지나로 강제 송환,

　무리에 섞여 처형,

　끝.

다행히(지금 이 지경에서 다행이라고 말할 수 있다면), 발렌티노에게는 이민자 특유의 촉수 같은 것이 있었다. 그는 근시안의 부드러운 눈길로 이 침입자를 오래 훑어보더니, '어딘지 모르게' 자기와 닮았다고 인정하면서, 조명 받는 장면용 대역으로 써주겠다고 제안했다. 물론 계약서는 없이, 일주일에 십 달러를 주고 시험 삼아 써보겠다는 것이었다.

　요컨대 닮은꼴 역할이었다.

　"이 제안을 듣자마자 좋아서 펄쩍 뛰지 않았겠어. 당장 하겠다고 했지!"

　한편 채플린은 그가 갖고 있던 영사기와 필름을 뺏지 않고 그냥 두는 아량을 보였다. "그냥 가져요. 공소시효라는 게 있으니까. 코필드는 아무것도 모를 거요. 게다가 요즘 모티오그래프는 골동

품이잖소.."

됐다. 페레이라에서 발렌티노까지. 닮은꼴이었던 그가 계속 닮은꼴 노릇을 하게 된 거다. 그는 이미 창문으로 도망치려는 시도도 해보았지만 그 창문을 넘어가봤자 결국 같은 방이었던 거다. 그게 그의 이야기의 전부였다. 겉으로는 놀랍게 보일지 몰라도, 이 결론은 그리 독보적인 것도 아니었다. 할리우드에 도착해서 발렌티노가 그에게 거주 구역('픽포드-페어뱅크스 스튜디오 경내에 있는 흰색 트레일러')을 정해주었을 때, 그 트레일러의 흔들거리는 문을 열어보니 또다른 두 명의 발렌티노가 겹쳐진 두 간이 침대 위에 누워 잡지를 열심히 뒤적이고 있었다. 그들은 각각 말타는 장면 대역과 탱고 추는 장면 대역이었다.

31

인간에게서 가장 긴 것, 그것은 바로 마지막이다.

삼 년 동안 그는 발렌티노의 그늘에서 일했다. 그러니까 조명
받는 장면에 나가는 대역으로 일한 것이다. 그러다가 운명적인
그해, 1926년에 루디 발렌티노가 〈족장의 아들〉에 출연하게 되었
다. 할리우드는 사하라 사막의 시간에 맞추어 살기 시작했다. 캘
리포니아에 있는 이곳저곳의 스튜디오에 모래 몇 톤 분량을 가져
다 쏟아부었다. 그리고 천막을 쳤다. 관계자들은 사라센 풍의 양
탄자 위에 가부좌를 틀고 앉았다. 차를 우려내는 다관(茶罐)을 아
주 높이 치켜들고 거기 담긴 위스키를 조금씩, 졸졸 따라 마셨다.
마치 베두인 족들이 사는 모습 같았다. '조명 받는 장면 대역'인
그는 이리저리 움직이며, 발렌티노에게 조명을 비추는 투사경이

자기를 향하길 애타게 기다렸다. 그는 성심껏 자기 직분을 다했다. 좀더 오른쪽으로? 그럼 조금 오른쪽으로 가고. 왼쪽 옆얼굴을! 하면 자기 왼쪽 옆얼굴을 내주었다. 감독은 피츠모리스였고 촬영 담당은 반스였다. 사람들은 어찌나 세심한지 그를 오페레타에 나오는 아랍인처럼 입히고 분장시킬 정도였다. "이 조명을 받는 대상은 네가 아니라 의상이야." 사람들은 또 그를 늙은 족장으로도 분장시켰다. 발렌티노가 그 영화에서 족장 부자(父子) 역할을 다 맡았기 때문이었다.

"반 발자국만 앞으로."

그는 앞으로 나아갔다.

"고개 좀 들고……"

사람들은 그의 분장한 얼굴에 조명을 들이댔다. 그런 다음 그를 싹 씻겼다. 애리조나 주 유마에서 족장의 아들 아흐메드 벤 하산이 전속력으로 미녀 야스민을 향해 말 달리는 장면을 찍을 때, 그는 말 타는 장면용 대역에게 자리를 양보했다. 그리고 매복 장면 다음, 손목이 묶인 채 도둑들에게 채찍으로 맞는 역할은 그가 아닌 탱고 추는 장면용 대역이 맡았다. 몸을 활처럼 구부려야 하기 때문이었다.

저녁이면 그는 드물게 외출을 했다. 발렌티노인 양 행세하는 것은 엄격히 금지되어 있었다. 그건 그의 밥줄이 걸린 일이었다.

"그런 짓을 하면 단 한 번 인정받는 대신, 그 대가는 영원한 추방이다. 똑똑히 알았지?" 울먼은 미리 못을 박았다. 그는 이것이 명확하고 합법적이라고 생각했다. 가발, 안경, 가짜 수염이 그것이었다. "그리고 너한테는 탱고 추는 연기는 없어, 알겠나?" 그는 불평하지 않았다. 그는 유명한 스타가 되겠다는 집념을 떨쳐버리고, 스타의 그림자가 되어 그걸로 만족했다. 세상의 중심인 할리우드에 대해서는, 이 말만 끊임없이 되풀이했다. "거긴 유령의 나라야." 그는 자기의 꿈이 마침내 현실화되지 않아도 되게끔 면제받은 천국의 무중력 상태 속을 둥둥 떠돌고 있었다.

이 시절 내내, 그는 발렌티노를 거의 보지 못했다. 두세 번, 멀리서 또는 휙 스쳐 지나가듯 보았을 뿐이다. 1926년 7월 어느 날 오후, 루디가 그의 소매를 붙들었다. "사람들이 당신을 마음에 들어합니다." 그러면서 그가 "제대로 된 처지에서 살 수 있도록" 필요한 조치를 해주겠다고 약속했다. 루디는 그가 계속 흡족하게만 일해준다면, 그를 미국 시민으로 만들어주겠다고, 꼭 약속한다고 했다. 고마운 말이었지만, 발렌티노는 아흐레 동안 극심한 고통을 겪고 8월 23일 정오에 죽었다.

그는 이 순교에 자기가 책임이 있다고 생각했다.

루디가 죽기 전에 출처 모를 소문이 퍼진 적이 있었다. 루디는 온전한 남성이 아니었다는. '진짜 여자들'이 서로서로 귓속말로 그런 소문을 주고받았다. 『시카고 트리뷴』지의 이름 모를 기자가 이미 이런 기사까지 썼다. "할리우드는 남성성의 학교요, 발렌티노는 미국 남성의 전형이라니. 저런! 이보게, 정신 차리게." 그 기사의 제목은 '분홍색 파우더 뭉치'였다. 누가 쓴 기사인지 이름은 없었다. 폴라 네그리는 그 기사를 읽고 누가 목이라도 조른 것처럼 경악했다. 그녀는 루디에게 "제발 대응 좀 하라!"며 재촉했다. 그녀의 격분은 할리우드의 장벽에 부딪혀 반사되었다. 우선 무엇보다도 그녀 자신의 명예, 즉 여성으로서의 명예가 문제되기 때문이었다! "루디, 이걸 이해할 수 있어요? 아무리 그래도 이걸 이해할 수 있냐고!"

그 소문은 배[腹]를 가격했다. 루디의 위(胃)에 뭔가가 생겨났다. 루디는 순한 사람이었다. 겸손한 사람이기도 했다. 그는 자기가 성공한 것이 여러 우연이 다행히도 연달아 찾아와준 덕택이라고 했다. 그는 자기가 명성만큼 대단한 사람이라고 생각하지 않았다. 기껏해야 바랐던 것은 "괜찮은 이미지를 남기는 일" 정도였다. 그런데 그런 소문이 루디의 이미지를 갉아먹고 있었던 것이다.

언론의 연줄을 통해 발렌티노는 『시카고 트리뷴』지에 기사를 쓴 그 익명의 기자에게 결투를 제안했다. 그의 키나 몸무게나 팔길이가 얼마든 상관없이, 권투 경기 하는 링에서 결투를 하자는 것이었다. 그는 직접 세계 챔피언인 잭 뎀시에게 가서 권투 훈련까지 받았다. 루디는 명예에 대한 집착이 강한 사람이었고, 오른손 펀치가 강하기로 유명했고, 용기라면 넘칠 정도로 많은 사람이었다. 함부로 펜대를 휘두른 그 엉터리 기자는 나타나지 않았다. 소문은 더욱 부풀었고, 루디의 위 속에 자리잡은 혹도 커졌다.

더욱이 이탈리아에서는 머리를 빡빡 밀고 턱뼈가 각진 페레이라 같은 작자가 족장의 아들에 맞서서 저 잘났다고 버럭버럭 소리를 질러대고 있었다. 베니토 무솔리니는 로돌포 발렌티노를 좋아하지 않았다. 미국 놈으로 귀화한, 조국의 배신자, 그 대가리에 치욕 있으라! 이런 식이었다. 베니토 무솔리니의 친구들은 이탈리아 곳곳의 실내에 걸린 발렌티노의 초상화를 떼어버렸다. 액자에서 사진을 빼버리고 발렌티노의 이름만 남긴 채, 죽은 사람의 영정처럼 액자에 검은 리본만 둘러놓았다. 더이상 그의 이미지는 없었다. 루디의 뱃속에 생긴 그 물건은 그의 생명을 먹어들어가며 자라났다. 그 혹은 무섭게 쑥쑥 커졌다. 그러다 1926년 8월 15일 일요일 뉴욕에서 그것은 터져버렸고 가엾은 그의 내장을 온통 삼켜버렸다. 의료진이 최선을 다했지만 23일 월요일 정오에 루돌프 발렌티노는 지독한 악취와 고통 속에 세상을 떠났다.

장례식 날은 비가 내렸다. 찰리 채플린, 더글라스 페어뱅크스, 조지 울먼, 조셉 솅크가 그의 관을 운구했다. 영화계는 침통했다. 비가 억수같이 쏟아지는데 폴라 네그리는 비보다 더 펑펑 울었다.

사람들은 관을 할리우드로 가는 기차에 실었다.

32

"그가 아니라 내가 죽었어야 하는 건데."

그는 끝까지 이 말을 뇌까렸다.

33

그는 할리우드에 작별을 고하고, 콧수염도 가발도 없이, 발렌
티노의 외양을 갖추고(털끝만큼이나 다를까, 거의 감쪽같이) 길
을 떠났다. 뮤직홀, 그것이 그의 계획이었다. 무대에서 발렌티노
노릇을 하는 것. 그의 추억을 제대로 복원하기 위해서, 라는 게 그
의 논리였다. 그는 이제 족장이나 경기병이나 놀라운 탕귀스타
역할은 안 할 것이다. 단지 로돌포 피에트로 필리베르토 라파엘
로 굴리엘미 디 발렌티나, 일명 발렌티노, 영화가 탄생한 바로 그
해, 정확하게는 5월 6일에 이탈리아 이오니아 해 부근의 대토지
지역인 풀리아 주의 카스텔라네타에서 태어난 그의 진짜 이야기
만 들려줄 것이다. 그가 "어린 시절의 목화밭에서 할리우드의 비
단 셔츠까지" 어떻게 올라갔는지 얘기해주고 그의 겸손한 인품,

그가 품었던 의혹, 그의 선함, 관대함, 평온한 점잖음, 명예를 중시하는 마음, 성실성, 이런 것들을 자랑스레 떠벌릴 것이고, 그와 자기의 인생길이 어떻게 서로 만나게 되었는지, 발렌티노가 어떻게 자기를 온갖 위기에서— '나 자신에게서도'— 구해주었는지, 그리고 생전에 인간들의 심술궂음 때문에 잡아먹히는 처지가 되지 않았더라면 발렌티노가 얼마나 세계적인 감독이 되었을지, 이런 이야기를 할 것이다. 루디는 남보다 앞서 제일 먼저 출발하는 최고의 인간 중에서도 늘 첫째였다. 이런 말을 해야지! 이승에 남은 그 자신은 발렌티노의 창백한 복사판에 지나지 않으며, 발렌티노의 영혼이 맑았던 것만큼이나 자신은 속이 검다고. 그는 이 말을 할 것이고 다른 말도 더 할 것이다. 생전에 기병대 장교였다가 국가 유공자가 되었으나 너무 일찍 돌아가신 발렌티노의 아버지까지 거슬러 올라갈 것이며, 그의 어머니 가브리엘 바르뱅, 알자스 출신의 여장부였던 그분의 초상화를 그릴 것이다. 발렌티노의 두 형과 여동생 마리아도 언급할 것이다. 자기를 채용해주기만 한다면 이 모든 얘기를 다 들려줄 것이다. 진짜배기 진실의 이름으로!

아무것도 할 것이 없다.

아무 곳에도.

어느 나이트클럽 주인이 그에게 말하기를, 세상의 그 누구도 이제 발렌티노를 닮을 권리는 없다고 했다. 그리스도가 언제 닮은꼴을 두었던가? 십자가에 못 박히기 전에. 그렇다, 그때는 사이비 선지자들이 넘쳐났다. 그러면 죽은 뒤에는? 아무도 예수의 닮은꼴은 될 수 없다. 예수의 에이전트들이 반대할 것이다.

"아무 데서도 날 원하지 않으니, 모든 곳으로 갈 수밖에."

그래서 그는 말﹝言﹞이 되었다. 그는 미합중국 영토 전역에 자기 자신을 좍 퍼뜨렸다.

"대륙횡단, 그거라면 내가 꽉 잡고 있지!"

술을 따라주는 곳이면 어디든 그는 그곳에 진실을 펼쳐놓았다. 잔뜩 마시고 거나하게 취하면 그는 적나라한 얘기들을 했다. 예컨대 발렌티노의 무덤에서 본 폴라 네그리의 고통에 대해 그가 얘기할 때, 그를 흉내낼 사람은 아무도 없었다. "그녀는 자기 심장을 쥐어뜯어 그걸 묘혈 속에 던져넣었소. 간까지 무덤 속에 집어넣지 않도록 그녀를 뜯어말려려 했지요." 그의 말에 따르면(그는 두 눈을 찌푸리면서 자기 술잔을 바라보았다), 울먼은 폴라의 에이전트들로부터 이 절망을 사들였다고 한다. "진짜라니까!" 울먼에겐 '죽음 앞에서 울부짖는 암컷의 슬픔'이 절대적으로 필요했던 것이다. 폴라의 눈물 한 방울 한 방울이 다이아몬드 값에 거래되었다. 보석이 소나기처럼 쏟아지면 죽은 이의 그것도 벌떡 일어서 후손을 만드는 법이다. 폴라의 눈물 덕분에 육십오 명의 여자들이("그것도 진짜 여자들이!") 장례식 다음주가 되자 벌써 발렌티노의 아이를 가졌노라고 선언하고 나섰다.

"모략이야! 더러운 짓거리! 허튼 수작들!"

그럴 수 있다. 하지만 그가 이런 이야기를 하고 다니는 술집에서는 사람들이 그런 것에 대해 묻고 또 묻는다. 예언자는 외부에서 오는 법이고, 사람들은 못 믿을 일을 믿고 싶어하는 것이다. 그는 세세한 것까지 말할 줄 아는 감각을 지녔고, 먼 곳(그런데 대체 그가 어디 출신이던가?)에서 온 것 같은 말투가 그의 말에 진실의 이국적 후광을 덮어씌워주었다. 사람들은 그의 술잔을 가득 채워주었다.

몇 년이 흘러갔다. 할리우드는 발렌티노를 무덤에서 파냈다. 그에 관한 영화를 찍겠다는 것이었다.

"나는 타이틀 롤을 따내려고 허겁지겁 달려갔지."

그러나 세월이……

그러나 술이……

"심지어 그들은 발렌티노의 아버지 굴리엘미 역할로도 나를 써주려 하지 않았어."

이 기회에 그는 발렌티노가 남긴 한마디를 기억해냈다(채플린과 함께 탔던 그 차에서였던가, 아니면 『버라이어티』지에서 읽은 것인가. 아니면 할리우드의 어느 무대 뒤 복도에서 주워들은 것인가?). 요컨대, 발렌티노가 남긴 말이란, 세월의 신산스러움이 두렵다며 "젊어서 떠나겠다"고 미리 다짐한 것, 늙어서 "이미지 망치는 것"을 거부하며, 지금 여기서 보이는 이 모습으로 "아드 비탐 에테르남*" 남고 싶다고 한 루디의 그 말이다.

그러니 누군가 늙는 것을 대신 받아들일 사람이 있어야 했다.

"바로 그거야, 그게 내 몫이야. 내가 할 일이라고. 나의 참회. 아침에 거울을 볼 때 내 아가리를 보면 루디의 말이 더럽게도 맞는 말이라는 생각이 들지. 뭔가가 된다는 것이 그의 경우에는 죄악이었을 테니!"

이렇게 추락하던 그에게도 몇 달의 회복기간이 있었다. 어느 씩씩하고 완살스런 정부(情婦)가 그를 술집 카운터에서 끌어내어 혼자 중얼대는 독백들을 필름 감듯 되감아 정리하게 하고 그의 진짜 직업인 이발사로 복귀시켰다. 그를 사랑해서 그렇게 한 거라고 그녀는 말했다. 그러나 그는, 자기에게서 그녀가 사랑하는 것은 오직 루디가 남긴 것일 뿐이라며 그녀의 진정한 사랑을 의심했다. 루디가 대체 누구냐고 그녀가 물어도 소용없었다(그녀도 최근에 미국으로 이민 온 헝가리 여자였다). "넌 나를 나로 보고 사랑하는 게 아니야!" 그녀는 언제나 똑같은 이 대답만 들을 뿐이었다.

---

* '영생토록'이라는 뜻의 라틴어.

그는 또 "진짜 여자"가 아니라고 그녀를 나무랐다.

게다가 술은 이발하러 오는 손님들의 뺨에 너무 많은 상처를 남겼다. 이발사는 더이상 이발사가 아니었던 것이다.

일단 추락하면 계속 추락하는 법이다. 그는 홀아비 선교사 같은 순회를 다시 시작했다. "내가 말해줄까요? 발렌티노, 그는 성인(聖人)이었답니다!" 그는 자기 잘못을 뉘우쳤다. "그를 죽인 건 나요." 그는 술잔에 얼굴을 파묻고 울었다. "그가 성불능자라는 소문, 그건 내 탓이오."

아! 그래도 그에게 작은 기쁨이 있기는 했다. 어느 날 아침, 그는 아칸소 주의 한 모텔에서, 우연히 나뒹굴던 신문의 토막기사를 보게 되었다. 마누엘 페레이라 다 폰치 마르팅스—바나나가 많이 나는 어느 공화국의 독재자—라는 사람이 국경일 날 양미간에 총탄을 맞았다는 소식이었다. 빵! 그를 살해한 범인은 군중에게 몰매를 맞고 죽어서 흔적도 찾을 수 없다고 했다. 일순 그는 살해당한 대통령이 자기가 두고 온 닮은꼴이 아닌가 싶어 두려웠다. 그러나 아니었다, 신문에 쓰여 있기를, 군 통수권자인 이두아르두 히스트 대령이 권력을 승계한다고 했다. 그러니 죽은 사람은 진짜 페레이라다. 누군가가 그 지긋지긋한 음식 '바칼랴우 두 메니누'에 싫증이 난 게 틀림없다. 샴페인을 터뜨릴 일이네!

어느 날 그는 자기가 허공에 대고 말을 하고 있다는 걸 깨달았다.

"뭐라고? 〈묵시록의 네 기수〉, 그 영화를 모른다고요? 〈이혼 수당〉도? 〈족장〉도? 아니, 〈족장〉도 모른단 말이오? 〈족장〉 하면 뭐 생각나는 것 없어요? 그럼 〈족장의 아들〉도?" 그것도 모르다니. 발렌티노는 세월 속에 희석되어버린 거다. 그의 이름은 이제 젊은이들 사이에 어떤 반향도 일으키지 않는다. 늙은이들조차 유성영화가 등장한 뒤로는 발렌티노에게 관심이 없다. 목소리 없는 유령을 갖고 사람 성가시게 구는 저 작자는 대체 누구야?

루디와 그가 잘못 생각한 거였다. 필름 위에 영원이란 없었다. 아메리키는 앞으로 앞으로 나아가고 있었고, 하늘에서와 같이 땅에서도 오로지 망각뿐이었다.

"아멘."

그가 아는 가장 거창한 영광의 제목이 이젠 믿을 수 없는 추락이 되어버렸다. 이 인간은 어쩌면 이렇게 밑 빠진 독처럼 마셔댈까! 얼마나 마셔대는지 직접 봐야 믿을 수 있다니까. 아일랜드 사람도 아닌데 말이야! 사람들은 그의 잔에 술을 따라주면서 언제쓰러지나 내기를 했다. 그러나 그는 결코 거꾸러지지 않았다. 왜 그렇게 술을 많이 마시냐고 물으면, 그는 옛날에 햇빛 때문에 자기가 오징어 뼈로 변한 적이 있노라고 대답했다.

"왜 주둥이 닥치라고 앵무새들한테 던져주는 그 허여멀건한 것 있잖소, 알겠지?"

34

그는 1940년 어느 겨울 저녁 시카고의 한 영화관에서 죽었다. 그 영화관에서는 찰리 채플린의 〈위대한 독재자〉를 상영하고 있었다. 영화는 어느 독재자의 닮은꼴이 되어버린 이발사 이야기를 담고 있었다. 독재자는 세상을 손아귀에 갖고 놀았고, 이발사는 이름조차 없는 사람이었다.

영화관의 안내원 처녀가 이 마지막 관객이 잠들어 있는 줄 알고 어깨를 흔들었더니, 그의 몸이 그녀의 발치께로 픽 쓰러졌다. 눈에 띄는 무슨 특별한 점이 있었느냐고 묻는 경찰관들에게 처녀는 있었다고 대답했다. 죽은 사람의 얼굴이 "눈물 범벅이었다"는 거였다(이게 그 처녀가 쓴 표현이었다).

"그럼 웃다가 죽은 거네."

두 형사 중 젊은 쪽이 넌지시 말했다.

"아니, 범죄야. 그리고 살인범은 두 명이고."

다른 형사가 대꾸했다.

그는 발끝으로 피해자가 앉았던 좌석 밑에 떨어진 J&B 위스키 병을 가리켰다. 술병은 비어 있었다.

"더티 캅스.*"

안내원 처녀는 그날 밤 중얼거렸다. 그녀는 잠을 이루지 못했다. 온통 눈물 범벅이 된 죽은 이의 얼굴이 자꾸만 떠올랐다.

---

* '더러운 형사놈들.'

IV. 내륙의 유혹

─팡숑에게

"내가 생각해낸 거야! 내 영화라고! 독재자와 그 대역을 하는 닮은꼴 이발사!

그건 내가 생각한 건데! 내 인생이라고! 저것들이 내 인생을 훔쳐갔어!

모라세키, 이 빌어먹을 놈, 내 인생을 채플린에게 얼마나 팔아먹었냐? 내 영화를!"

1

"더티 캅스……"

오! 그러고 보니 이 이야기에는 여자가 안 나오는군. 막간을 이용해 나는 그물침대에 드러누워, 소설의 이 대목에 여자를 한 명 슬쩍 끼워넣어서, 예컨대 영화관의 안내원 처녀, 바로 너의 이야기를 해보고 싶다. 이 이야기는 어쩌면 오늘도 아직 이어지고 있는 이야기일지 모른다. 왜냐하면 세월이 너를 살아 있는 채로 우리가 있는 이곳까지 데리고 왔을 수도 있으니까……

말해봐, 1940년 12월 1일에 너는 어떤 모습이었지?(그날부터 꼭 만 사 년이 지나야 내가 태어난 날이 된다.) 팝콘을 아귀아귀 먹어대는 관객들에게 좌석을 찾아줄 때 밀고 다른 시간에는 무엇을 해? 안내원 노릇만 전업으로 해, 아니면 낮에는 학교에 다녀?

장차 배우가 되려고 견습중이야? 너는 영화를 좋아하지, 그렇지? 너에겐 영화가 마치 옛날부터 늘 있어온 것처럼 생각되지? 영화가 '네 삶 전체'인 거지. 넌 몇 살? 열여섯? 열일곱? 그리고 가장 좋아하는 배우는 보가트, 험프리 보가트지. 에이, 아니라고 하지는 마. 네가 "더티 캅스"라고―슈 발음을 섞어서 보가트가 잘 쓰는 표현이지―중얼거릴 때 난 벌써 알아차렸어. 그리고 부모님이 입고 다니지 말라고 하는 보가트 식 레인코트를 입은 네 모습이 얼마나 귀여운지. 레인코트 허리끈을 졸라매면 여간첩 같은 매무새가 되지…… 그 개버딘 코트를 넌 어디다 감추어두지? 너의 부모는 집에서 그 옷을 보고 싶어하지 않으니 말이야. 여기? 영화관에? 옷장은 있어? 작은 철제 캐비닛? 옷장 문 뒤에 보기*의 사진도 숨겨뒀지? 아니면 안내원 아가씨를 보가트 식으로 입히는 게 그 영화관 주인의 아이디어인가?

지금 얼마나 너를 만나고 싶은지 모르겠다. 이제 할머니가 되었겠지. 프랑스에서 그렇게 오랜 세월을 살았어도 여전히 미국 여자 티를 간직한 파리지엔…… 우선은 내가 너에게 편지를 써야겠지. 예의 바른 편지로 먼저 내가 누군지 알린 다음, 만나서 이런 질문을 해야겠지. 내 소설의 자료수집을 위해서 말이야. 올바른

---

* 험프리 보가트의 애칭.

디테일, 생생한 자료 낚기, 마치 내가 베니스에서 수집가 몬타나로, 그러니까 내 친구 카를로— 무성영화 시대의 산 증인—와 함께 했던 작업처럼 말이야. 그 친구는 나에게 모티오그래프 영사기의 명칭, 출시 연도, 사용법, 그리고 광고문구까지 알려주었지. 그리고 『스크린랜드』 『무빙 픽처 뉴스』 『모토그래피』 『포토플레이』 『뉴욕 드라마틱 미러』 등 당시의 영화잡지들까지……

예컨대, 닮은꼴이 죽은 장소인 시카고의 그 영화관 이름은 무엇이었나? 1940년에도 관객들은 이미 영화관의 어두운 객석에서 팝콘을 냠냠 포식했던가? 남자들은 영화 볼 때 모자를 안 벗고 그냥 쓰고 있었던가? 요부(妖婦) 같은 여배우가 스크린에 나타나면 휘익휘익 휘파람을 불어댔던가? 담배연기 때문에 영화가 상영되는 스크린이 흐려졌던가? 아니면 이런 건 단지 지금 사람들이 그랬으리라고 머릿속에 그려보는 생각일 뿐인가?

이런 유의 정보들……

물론 난 채플린의 영화 〈위대한 독재자〉의 개봉에 대해 두세 가지 정도는 알고 있지. 누구나 그렇듯이. 감히 히틀러를 끌어내리려 했던 찰리 채플린을 겨냥한 익명의 편지들이 쇄도했다는 것, 미국에 있던 나치 추종자들의 협박 전화가 빗발쳤다는 것, 독일, 이탈리아, 아르헨티나 정부의 항의를 받고 나서 혹시라도 검열로 이 영화가 상영 금지되면 어쩌나 했던 그의 두려움, 독재자 대신 군대 앞에서 호령하던 이발사의 마지막 연설에서 튀어나온 공산주의에 대한 비난. "나는 할 수만 있다면 모든 이들에게 도움이 되고 싶소. 유대인, 유대인 외의 이교도들, 흑인, 백인, 모두에게…… 우리를 짓누르는 불행은 오직 탐욕에서 나왔을 뿐이오……" 이런 연설이었지.

나는 이 모든 걸 다 알고 있다. 채플린이 모든 것을 향해, 또 모든 것에 맞서서 어떻게 의연히 가던 방향으로 계속 나아갔는지, 또 그로부터 이 년 뒤 스탈린그라드가 역사의 역풍을 일으켰을 때, 영화〈위대한 독재자〉개봉 무렵 히틀러의 호전주의를 비난하던 자들이 서부전선의 개방을 앞당기기 위해 어떻게 그를 동원했는지……

나는 이 모든 걸 알고 있다.

그러나 말해다오, 그날 저녁 시카고의 날씨는 어땠는지. 캐나다에서 시작되어 넓디넓은 미시건 호수 위로 불어가면서, 더욱 매서워져 너의 집 앞 보도를 지나는 사람들의 정강이를 시리게 하던 북풍이 그날도 불고 있었는지. 닮은꼴 남자는 그 눈보라를 피하느라 네가 일하는 영화관에 들어왔던 건지. 그때 몰아친 게 눈이었는지, 바람이었는지.

〈위대한 독재자〉가 그해 말 개봉되어 몇 주나 지났던 것인지. 정말 그렇게 화제를 모은 영화였는지. 제대로 된 영화 한 편이라도 찾아낼 희망을 손톱만치라도 지니고자 한다면 눈과 귀를 막은 채 무조건 모든 영화를 보러 가야만 하는 요즈음, 다른 영화들이 으레 그렇듯이 그 영화도 미처 상영되기도 전에 시들어버렸는지. 닮은꼴이 그 영화관에 아무 제지도 받지 않고 들어갈 수가 있었는 지. 네 말에 따르면 그가 영화 〈위대한 독재자〉에 대해 아무것도 모르는 채 좌석에 앉았다는데 그게 가능한 일인지. 아니면 그야 말로 무슨 영화가 상영되고 있는지도 전혀 모르고 그저 몸을 피하 러 영화관에 들어갔을 뿐인데, 자기가 클리블랜드 호에서 모라세 키의 식탁에 앉아 들려주던 바로 그 이발사와 독재자 이야기를 뜻 하지 않게 영화로 보게 된 것인지. 그게 상상할 수 있는 일인지. 곰곰이 잘 생각한 다음에 대답해줘. 잘 생각해봐. 중요한 일이니 까. 그의 눈물의 의미도 마찬가지야. 경찰이 도착하기 전에 증발 해버린 그 눈물. "그의 얼굴은 온통 눈물 범벅이었어요"라고 넌 말했지, 기억나?

아니…… 기다려봐……

아니야……

그 눈물이 저절로 마른 건 아니야.

두 형사가 도착하기 전에 증발해버린 것도 아니야.

너지, 그렇지?

그 얼굴에 범벅이 된 눈물을 닦아준 것은 너야.

그건 어쨌든 네가 접한 첫 죽음이었어.

하지만 너는 네 손바닥의 오목한 곳으로 그 목덜미를 받쳐주고 네 손수건으로 그 눈물을 닦아주는 일을 자청했던 거야.

그의 두 눈을 감겨 주는 일도.

그래, 너야.

분명히……

분명히, 그건 너야.

2

여기서, 괄호를 열듯 따로 작게 한 장(章)을 열어야겠다. 확신
('그 죽은 자의 눈물을 닦아주고 텅 빈 영화관에서 그의 눈을 감
겨준 사람이 안내원 처녀, 바로 너지')이라는 직관은 소설가의 상
상 속에 우연히 끼어드는 게 아니니까 말이다.

이건 실제로 이 이야기의 표면에 예고 없이 떠오른 하나의 영
상, 어떤 추억이다. 너의 젊은 시절을 상상하려고 애를 쓰다보니
내 청년 시절의 한순간이 되살아난 것이다.

그 추억은 이렇다.

때는 1970년대가 막 시작될 무렵. 장소는 파리. 내 여자친구 팡
숑과 나(우리는 둘 다 남프랑스 알프마리팀 도(道) 라콜쉬르루 마
을 출신이다. 우리는 니스의 같은 문과대학에서 대학생활을 어느

정도 같이 했고, 졸업 후에는 수아송에 있는 같은 중학교에서 얼마 동안 함께 교사 노릇을 하다가 그다음에 소식이 끊겼다]는 지하철에서 내리고 있다. 어느 지하철역인지는 잊어버렸다. 최고로 붐비는 시간, 하루 일과가 끝나는 시각이라 사람이 많고 귀가하려고 발걸음을 재촉하는 인파가 밀리고 있다. 한 노숙자가 술에 잔뜩 찌든 채 역 구내 긴 의자 위에 잠들어 있다. 그는 더럽다. 얼굴, 가슴, 양손이 땟국물로 얼룩져 있다. 마치 사회적 해체가 벌써 이 사람의 몸에 죽음의 색깔을 입히고 있는 듯하다. 게다가 그 지독한 냄새란…… 사람들은 그를 피한다. 다들 그가 있는 쪽으로 걸어오다가 갑자기 방향을 틀어버리니, 그가 누운 벤치 앞에만 얼마만큼 빈 공간이 생긴다. 하지만 아니다. 그건 냄새 때문이 아니다. 내가 잘못 생각한 거다. 이유는 딴 데 있다. 그의 바지 지퍼 부분이 열려 있고 그의 남근이 허벅지 사이로 축 처져 있다. 바로 이것 때문이다. 지하철 승객들은 눈길을 다른 쪽으로 돌린다. 모든 사람이 반대편 승강장에서 일어나는 일에 갑작스레 관심을 갖다니, 참. 그런데 내 앞에서 걷고 있던 팡숑이 그 노숙자 앞에서 걸음을 멈추더니, 그의 성기를 바지 속에 넣어주고 늘어진 셔츠 아랫단도 바지 속으로 밀어넣어주고 지퍼를 올리고 혁대를 채워준다……

잘난 척 과시하지 않는 이 여자의 몸짓, 이거야말로 진짜 여자 아닌가! 이게 바로 그 죽은 이의 눈물을 닦아주는 너다.

3

좋아, 이젠 팡숑의 얼굴을 한 네가 거기 있다(내가 팡숑을 처음 알게 됐을 때 그 친구 나이가 그때의 네 나이쯤 되었을 거야). 너와 네가 입은 개버딘 코트를 내가 더 잘 상상할 수 있는 건, 팡숑의 윗입술 오른쪽에도 영화배우 보가트와 똑같은 상처가 있기 때문이지. 보가트의 경우는 전쟁에 나갔다가 생긴 상처고, 팡숑의 경우는 개에게 물린 거지만.

더티 워!*

더티 클렙스!**

몇 시간째 이 그물침대에 누워 꼼짝 않고 공상에 잠겨 있는 나

---

* 더러운 전쟁!
** 더러운 강아지 녀석!

는(자기 타자기를 내게 맡겨두고 간 민이 이곳 베르코르 남쪽 지방에 꽃을 심느라 허리가 휘게 일하고 있는 동안에 말이다. 여름 들어 삽자루가 벌써 두 개나 부러졌다. 이곳의 땅은 꽃에 저항한다……), 사람들이 가끔 소설가에게 던지는 질문에 대해 생각한다. "당신 소설의 등장인물들은 어떻게 태어나죠?" 하는 질문.

이렇게. 한 주제가 요구하는 바, 이야기가 필요로 하는 것, 삶의 앙금들, 공상하다 우연히 떠오른 것들, 변덕스런 기억의 비밀들, 사건들, 독서, 이미지, 사람들…… 이런 것들 사이의 예견할 수 없고 필수불가결한 조합에 의해 인물들이 태어난다.

게다가 등장인물들의 탄생은 중요할 게 없다. 중요한 건 그들이 태어난 즉시 실존할 능력이 있느냐 하는 점이다. 독자가 보기에, 인물들은 '태어나는' 것이 아니라 텍스트 속에 등장하자마자 그냥 존재한다. 탄생도, 성장도, 배우는 기간도 없고, 단 하나의 사명, 즉 대뜸 처음부터 그 자리에 존재해야 한다는 사명만 있는 것이다. 물론 이야기가 펼쳐져가면서 인물들이 차츰 두께를 더해갈 수도 있다. 그러나 우선 인물들은 '거기 있는' 것이다. 그런데 인물들은 그들의 출현을 필요한 것으로 만들어주는 우여곡절을 피해 빠져나올 때만, 또 그들을 규정한다고 주장하는 기능에서 빠져나올 때만, 요컨대 작가가 당기고 있다고 생각하는 줄에서 빠져나올 때만 진정 거기에 있다.

내 친구 팡숑으로부터 이어지는 이 뜻밖의 몸짓(죽은 이의 눈물을 닦아주는 것), 그것이 내가 너라는 인물에게 애초에 배당한 그 엄격한 효용성─닮은꼴의 시체를 발견하는 역할, 제기랄─에서 너를 구해냈던 것이다.

잘했어, 넌 잘 모면하고 빠져나온 거야.

4

하지만, 내가 널 **본**다고 너는 말할 수 없다. 내가 팡숑 특유의 온갖 기호를 너에게 덮어씌운다면(초록과 파랑이 섞인 그녀 눈 속에 깃든 밤색 광채, 몸짓의 발랄함, 짧게 자른 갈색 머리칼, 불쑥 솟은 광대뼈, 하얀 피부, 약간 콧소리가 섞인 열띤 음성……) 나는 너를 그 이상 보지 못할 것이다. 당신들, 등장인물들은 우리의 감각에 인상을 남기지 않는다. 독자의 감각에도, 또 등장인물들을 구상하는 소설가의 감각에도 인상을 남기지 않는다. 당신들은 우리가 당신들을 보게끔 내어주지도, 듣게끔 내어주지도 않는다. 그건 우리 모두를 소유하는 당신들 등장인물들의 방식이다. 우리를 소유하더라도 각자 따로따로, 내밀하게 소유하는 방식 말이다. 어느 영화감독이 당신들을 우리의 집단적 시선 앞에 내보인

다고 주장할 때, 우리는 당신들을 절대 그런 식으로 '상상하고 있지 않았다.'

　"안내원 처녀, 너는 그걸 그런 식으로 보고 있었니?"

5

인물들의 특성으로는 또 이런 것도 있다. 인물들 각자는 작가가 만든 비탈 위를 구르는 눈덩이다. 구르면서 자기에게 의미를 줄 수 있는 것은 모두 포착하여 우리의 우연과 우리의 속생각들을 가지고 둥그런 덩어리를 만든다.

예를 들어보라고? 네가 이 책 속에 들어온 지는 이틀밖에 안 되지만 너의 존재는 내 친구 장 게랭의 성찰로 더욱 풍부해진다. 장 게랭, 그 친구에게 나는 이 닮은꼴 이야기를 바쳤고, 그는 이 이야기를 읽고 나서 내게 물었다.

"채플린이 유실물이나 훔치는 인간이라고 생각해?"

'유실물이나 훔치는 인간'이라는 표현(비록 그 표현이 직접 너와 관련된 것은 아니지만)에 나는 두 눈이 번쩍 뜨였다. 그 즉시

나는 네가 그 닮은꼴을 알고 있었다고 혼잣말을 했다.

넌 닮은꼴을 알고 있었어!

너는 그를 모를 리 없었다! 그는 그 동네의 유실물이자 그 시카고 지역의 신화적 술꾼이었으며 취생몽사 분야의 모든 부문을 석권한 챔피언이었다. 지하철역 구내 긴 의자 위에 누워 있던, 팡송이 물건을 바지 속에 밀어넣어준 그 노숙자와 정확히 같은 부류의 얼간이였다는 말이다. 만약 그런 곳이 정말 있다면, 그는 네가 영화관에 출근하기 전에 들러 햄버거를 허겁지겁 먹어치우던 그 바에 자주 드나들었다. 날이면 날마다, 저녁만 되면 넌 그의 할리우드 타령을 들었지. 발렌티노의 그 비장한 복권(復權) 이야기며, 너 말고는 아무도 귀 기울여주지 않는 그 수다 말이야. 너는 내기 거는 사내들이 그의 술잔에 술을 따라주는 것을 보았지. 쓰러질까, 안 쓰러질까? 내기하는 그들은 달러 지폐를 줄 맞춰 좍 펴놓고 있었어. 그가 마시고 쓰러지는 잔에 술을 따랐던 사람이 내기의 승자가 되는 거야. 여관 주인 남자가 돈을 땄어. 정당한 거지. 그를 쓰러뜨리려고 노력하며 밤을 보내는 것만 감수한다면, 또 그보다 먼저 먼지더미 속에 풀썩 쓰러지는 경쟁자가 나올 때마다 판돈이 오른다면, 한번 걸어볼 만한 내기잖아. 물론 당사자인 그는 한 푼도 못 받아. 한 잔 마시고 나면 다음 잔을 마실 권리가 주어질 뿐. 그게 이 동네의 로또 법칙이지. 그 유명한 '손님 끌어들이는 펌프 장치'라니까. 사람들은 그를 바로 눈앞에서 보려고 먼 데서들 찾아오곤 했어. 부두 노동자들, 열차의 제동기수(制動機手)들, 푸줏간에서 고기 써는 사람들, 아일랜드인, 폴란드인, 리투아니아인들…… 그 바에는 늘 사람들이 득실댔지. 매일 밤, 똑같은 나무꾼들의 시합이 벌어지는 거야. 한 잔 또 한 잔, 쭈욱 비워서, 마침내 그가 고주망태가 되어 쓰러질 때까지. 그는 절대 거꾸러지지 않는 사람이라고 내가 앞에 썼지만 그것도 소용없었지. 결국 카운터 앞에 걸터앉았던 그가 스르르 바닥으로 떨어지고, 그러면 시합에서 이긴 사람은 판돈을 챙기곤 했어. 그는 새벽이 되기 전에는 절대 바닥에 떨어지지는 않는데, 쓰러졌다 하면 그때가 술집 문 닫는 시각인 거지. 사람들은 그를 다시 마분지 상자 속에 넣어서 거처(술집 바로 뒤에 있는, 비 올 때 바람막이가 될 만한 막다른 골목 말이야. 네가 일하던 영화관 사람들도 그 뒷골목으로 오곤 했잖아)로 데려갔어. 사람들은 상자를 조심성 있게 꼭꼭 여며주곤 했지. 그는 여러 겹의 덮개를 덮을 권리가 있었지. 황금알을 낳는 암탉을 폐렴에 걸려 뒈지게 놔둔다는 건 안 될 말. 이런 짭짤한 장사밑천이 죽어버리기를 바라는 사람이 어디 있겠어.

돈을 딴 사람은 다음날 아침 그가 마실 첫 술 한 잔을 사는 게 묵계였지.

6

그러니까 너는 그를 알고 있었던 거야.

"더티 캅스!"

너는 침대에 몸을 쭉 뻗고 누워 두 눈을 뜨고 있었지. 너를 탐문하던 형사들의 빈정대는 태도가 넌 미웠던거야. 저것들, 지독히도 저희 일만 하고 있구나 하고 넌 생각했지. 인물이 될 만한 사람들이 아니라고 생각한 거야. 하지만 너도 바보는 아니라서, 그 경찰들이 시체를 본 게 이번이 처음이 아니라는 걸 잘 알고 있지. 그들 사이에선 그런 농담이 정신건강에 필요한 일종의 보호장치라는 것도. 마치 외과의사나 소방수들이 그러듯이 말이야(그들이일하는 동안 바깥에서는 앰뷸런스의 경적 소리가 그들 삶이 장밋빛이 아니라는 걸 확인해주고 있으니까). 그러나 넌 그런 건 아무렇지도 않았지. 넌 네 나이 때의 팡숑과 꼭 닮았어. 죽은 자의 눈물 때문에 마음이 몹시 괴로운 너는 형사들처럼 그런 식으로 생각하지 않았어.

"더티 캅스!"

넌 네 침대에 누워 있고.

난 내 그물침대에 누워 있고.

(그리고 밖에서는 민이, 이번엔 단과 함께 규석투성이의 땅에서 장미가 잘 자라나 활짝 승리의 꽃을 피우라고 삽자루를 몇 개씩 부러뜨리고 있고.)

7

네가 일하던 그 영화관이 '바이오그래프 시어터'였던가? 노스링컨 애비뉴 2433번지, 이 주소 맞던가? 그보다 육 년 앞서, 그 시대의 로빈후드였던 존 딜린저가 바로 그곳, 영화관 입구까지 내려왔었지. 너는 그때 꼬마 계집애였지만, 네가 영화관 안내원 노릇을 하기 시작했을 무렵에도 사람들은 여전히 그 얘기를 하곤 했지. 딜린저를 FBI 요원들에게 팔아넘긴 그 배신녀는 빨간 드레스를 입고 있었고, 그게 식별 신호였어. 소설적 관점에서 보면, 똑같은 영화라는 게 횡재가 되겠지. 어찌 보면 딜린저에게 보가트 같은 모습이 있기도 한데다, 딜린저도 보가트만큼이나 인기가 좋았으니까. 전설처럼 남아 있는 이야기를 들어보면, 그의 시신이 앰뷸런스에 실려간 뒤 이 영웅의 피에 제 손수건을 적시는 여자들이 있었다는 거야.

바이오그래프 시어터 뒤쪽이 그 막다른 골목으로 통하나? 이
건 확인해볼 일이네.

8

영화 〈위대한 독재자〉를 보러 오라고 닮은꼴을 초대한 것은 너야(뉴욕에서 채플린과 같은 차에 탄 뒤로 더이상 채플린에 대해 언감생심 생각조차 못 해본 그를 말이야!). 그리고 너는 네가 그의 죽음에 책임이 있다고 생각하지. 넌 자신을 빨간 드레스를 입은 그 배신녀라고 생각하고 있어. 어쩌면 넌 그 남자에게 영화표까지 공짜로 주었을지도 몰라. 막다른 골목 쪽으로 나 있는 영화관 문으로 그를 슬쩍 끌어들이는 버릇을 들였던 게 아니라면 말이야. 그렇게 해서 너는 그를 영화와 화해시켰어. 그는 영화에 대한 취미도 잃어버렸고, 더는 영화를 만들 방도도 없었지. 요컨대 너는 그를 재교육시킨 거야. 니는 그가 1920년데 영화에 대해 네게 가르쳐준 모든 게 고마워서 1940년대 영화에 그를 입문시켰어.

그 남자는 자기 인생의 일부분을 정말로 할리우드에서 보냈으며, 너는 그의 일화들을 확인하고, 가장 시시콜콜한 부분까지 다 새로 잘라내 편집했어. 너는 그가 잡지에서 읽은 내용과 그가 술잔을 거듭 비워가며 지어낸 내용, 그가 정말로 겪은 내용을 따로따로 구분할 만큼 똑똑했어. 그는 발렌티노의 사진과 전혀 닮지 않았는데도 1926년 〈족장의 아들〉 촬영 때 조명 받는 장면에서 발렌티노의 대역을 했어. 네가 그걸 의심할 이유는 하나도 없었어. 영화에 대한 네 열정은 상당 부분 그의 집요한 독백 덕분에 커졌고, 영화 관람 후 그와 함께 한 토론이 마침내 너의 안목을 키워주기에 이르렀던 거지.

지금 네 기억 속에, 그는 아직도 영화를 사랑하는 너의 천사이자 모티오그래프 영사기에서 튀어나온 알라딘이자, 네가 자식들과 손자들에게 들려주는 이야기에 등장하는 신화적 노숙자로 남아 있지. 심지어 너의 손주 녀석 중 한 놈—예컨대 가장 어린 프레데릭—은 그 이야기를 바탕으로 시나리오를 쓰고, 그 시나리오가 참 독창적이라고 생각할 거야. 가엾은 놈.

너의 손자 프레데릭은 이 이야기를 영화로 만들어 큰 실패를 할 거야. 하지만 문제는 그게 아니지.

문제는 너, 1940년 12월 1일, 채플린이 그의 이야기를 슬쩍 훔쳐서 만든 영화 〈위대한 독재자〉를 보러 오라고 초대함으로써 불행한 그 인간의 죽음을 앞당겼다고 철석같이 믿은 나머지, 눈물을 줄줄 흘리며 침대에 누워 있는 너다.

그가 격분해서 죽었다고.

네 잘못으로.

9

너는 잠을 못 이룬다.

자리에서 일어난 너는 탁자 앞에 앉아, 죽은 닮은꼴의 얼굴을
그린다.

〔팡숑도 그림에 놀라운 재주가 있었지…… 두세 가지 특징만
잡으면, 그녀는 머릿속에 들어있는 것들을 우리 눈앞에 활짝 피
워보였지. 경쾌하고 간명한, 그러나 고통이 서린 그림. 선은 종종
아픈 각(角) 위에서 부서지곤 했다.〕

너는 일어나서, 목탄을 가지러 간다……

……

바로 그 순간, 그러나 육십 년이 지난 뒤, 그물침대에 누운 나에
게 이상한 욕구가 찾아온다.

영원히 너를 창조하고 싶다는 마음.

즉 네가 정말 존재하는 것처럼 글을 써보고 싶다는 욕구.

우리가 **실제로** 서로 아는 사이인 것처럼 하고 싶은 마음. 너는 할머니가 되었고, 나는 '너'에서 '당신'으로 호칭을 바꾸고, 독자는 이 책의 마지막 부분을 읽을 때 당신이 허구의 **등장인물에 불과** 했다는 것을 완전히 잊어버리도록, 나의 친애하는 소녀.

……

내가 잠시 돌았던 게다.

그런 일이 내게 일어난 것이 틀림없다. 내 친구들의 소설적인 일면을 염치없이 이용하여 등장인물들을 지어낸 뒤로, 언젠가는 내가 한 인물의 인간성을 끌어내어 살아 있는 실제 존재를 만들어 내고 싶다는 욕구를 느끼는 그런 일이 그예 생기고야 말았다.

……

게다가 그건 그리 어려운 일도 아니다.

……

예컨대 지난달 파리에서 어떤 저녁 모임이 있었다고 상상하기만 하면 된다. 그 자리에서 누군가(예를 들면, 민이나 나보다 전시회 쪽을 훨씬 '꿰고 있는' 우리 친구 카트린이) 이렇게 소리쳤다고 하자.

"아니, 그러니까 소냐 카의 작품을 모른다고요?"

소냐 카? 아뇨, 우린 모르는데요.

"보부르*의 퐁피두 센터에서 작년에 그 사람 회고전이 열렸잖아요, 몰라요?"

아니, 미안하지만 모르는데요.

소냐, 당신의 스타일 화(畵)와 무대장치 그림과 '스토리 보드'를 전시했던 회고전에는 파리의 의상계와 공연계의 내로라하는 사람들이 모두 몰려왔다. 신문과 잡지의 문화면은 온통 목탄으로 그린 당신 작품으로 도배되었고, '소냐 카, 한 획으로 그은 인생' 운운하는 굵직한 제목들이 뽑혔던 것이다.

"에르마와 아니타(우리 친구들 중 다른 두 여자)는 소냐하고 아주 멋진 인터뷰를 따냈다는데."

카트린이 좀더 자세히 말한다.

"그 인터뷰 읽어볼래요?"

소냐 카……

        ……

이 인터뷰를 상세히 읽어보고, 나는 퐁피두 센터를 통해 당신 앞으로 편지를 보내기로 결심했다. 친애하는 소냐. 아니타의 질문에 답을 하면서 당신은 1940년대에 바이오그래프 시어터에서 안

---

* 파리 시청 부근의 한 구역 이름.

내원으로 일했다는 얘기를 넌지시 했다. 미국에서 이런저런 아르바이트를 해가며 공부했다는 것…… 당신 아버지는 당신이 제 날개로 날아야 한다고 거듭 주장했다는 것. "아직 내 날개가 제대로 돋아나지도 못해 반쪽뿐일 때 말예요"라고 당신은 토를 달았다.

그래서 나는 당신에게 편지를 썼다. 그랬더니 당신은 답장을 보내주었다. "아뇨, 아뇨, 천만에요. 방해가 되다니 그게 무슨 소리" 하면서. 당신은 예상과는 달리 흔연한 태도로 나를 맞아주었고, 게다가 나를 소설가로서 어느 정도 알고 있기까지 했다. 그리고 "문인이 현실의 단편들을 잘라내어 글로 쓸 수 있도록 돕는다는 건 자극이 되는 일"이라고 얘기했다.

당신은 덧붙였다. "그리고 내가 제대로 이해한 거라면 난 당신의 책에 등장하는 인물이면서 또 정보의 원천이기도 하지요. 작가 선생님, 오세요, 오세요. 와서 나한테 실컷 질문을 하세요. 허구의 무대 위에서 자신의 사춘기 시절을 말해달라는 제안을 받는 것도 흔한 일은 아니니까요."

……

좀 비꼬아 말하는 게 아닌가 하는 의구심도 들었지만 그래도 난 갔다. 심지어 득달같이 갈 수 있었다. 왜냐하면 놀랍게도 당신은 파리에 살 뿐만 아니라 우리 집에서 엎어지면 코가 닿을 만큼 가까운 앙비에르주 가(街), 벨빌의 하늘에 우뚝 솟은 뱃머리처럼 서 있는 그 아파트에 살고 있었기 때문이다. 당신이 내게 문을 열어 주자마자 나는 피아 가의 한귀퉁이를 지나가다가 여러 번 스쳐 지났던 당신의 얼굴을 알아보았다. 당신은 그때 장 본 물건들을 카트에 싣고 끌며 지나가고 있었다. 또는 마르 가의 푸줏간에서, 또 혼잡한 어느 날 정오 피레네 가에 있는 미스트랄 식당에 민과 함께 점심을 먹으러 갔을 때 당신이 앉은 식탁에 함께 앉은 적도 있었다(당신은 나를 거의 쳐다보지 않고 샐러드를 조금씩 먹으면서 *TLS**를 읽고 있었다). 민은 당신이 "늙은 아파치 족처럼 생겼다"고 했다. 그런 다음 좀 세련되게 정확히 말하다보니 우린 당신이 잘 보면 나탈리 사로트**를 닮았다고 합의를 보았다. "머릿결이 매끈하고 눈도 날카롭고……"

만약 그때 당신이 작은 공책에 뭔가 쓰기 시작했다면 우린 당신을 진짜 사로트라고 생각했을 것이다.

"저 여자 몇 살이나 먹었을까?"

---

* *The Times Literary Supplement*의 약자. 『더 타임스』지에서 매주 발간하는 출판·문화 관련 별지.
** Nathalie Sarraute(1902~1999), 프랑스 소설가. 누보로망의 대표 작가.

10

그러니까 당신의 사춘기 시절, 그 문제의 밤에, 친애하는 소냐, 당신은 죽은 닮은꼴의 얼굴을 크로키로 그렸다.

육십 년 후에 되찾은 목탄.

당신의 작업실 잡동사니 틈에서,

앙비에르주 가 10번지, 파리 전체를 향해 창을 활짝 열어놓은 그 집에서,

당신은 부브레 포도주가 담긴 술잔 위로 내게 그 그림을 건넸다.

(부브레 포도주는 당신에게 남은 것 중 가장 미국적인 것이었다. 우리 프랑스의 '루아르 산 포도주'를 좋아하는 그 미각.)

그러면서 내게 말했다.

"자요, 이게 그 사람이에요."

당신이 내게 건넨 것은 도화지가 아니고 뜯어낸 마분지 한 조각 이었다.

"구두 상자 밑바닥이에요. 그날 밤 집에 돌아갔을 때, 뭔가를 그릴 만한 바탕으로 처음 손에 잡힌 게 이거였죠."

"……"

"……"

"이게 정말 그 사람입니까?"

"네, 이렇게 생겼어요."

"……"

"……"

"……"

"……"

두터운 아랫입술이 아직도 번들거리는 채로 털썩 고꾸라져 있 는, 체액을 질질 흘리며 썩어가게 될 간장병 환자의 육체를 지닌 주정뱅이의 벌건 얼굴을 보게 될 거라고 난 예상했다……

그런데 그게 전혀 아니었다. 오히려 길고 엄숙한 골격의 마른 얼굴이었다. 뼈 위로 죽죽 주름이 가서 피부가 당겨져 보였다. 희 끗희끗한 엉킨 머리칼 아래로 관자놀이가 움푹 파였고 눈꺼풀은 무거웠다. 석회 같은 턱뼈 위로 굳게 다물린 입은 침묵에 길든 입 같았다.

......

내가 혼자 생각해본 그의 모습은 이런 것이 전혀 아니었다. 그러나 이 얼굴은 내게 낯이 익었다.

......

이건 코르시카 농민의 얼굴일지도 모른다. 먼 친척뻘 되는 란프란치, 드 캄포, 프루네티, 드 가르귀알, 이들은 농민이 아니었지만, 코르시카 사람이었고—오, 얼마나 그랬던가—말이 없었다. 그랬다. 아니면 민의 아버지 로제의 얼굴, 세찬 바람 속에서 과묵하게 살아온 브르타뉴 사람다운 얼굴. 아니, 어쩌면 이탈리아 풀리아 지방—난 거기 한 번도 가본 적이 없지만—카스텔라네타에 살던 발렌티노의 몇몇 조상들. 따지고 보면 발렌티노도 이렇게 생겼을 것이다. 사려 깊고 누르튀튀하고 주름살 많은 거친 모습. 만약 발렌티노가 운 좋게도 장수해서 주름이 잡히는 나이까지 살았더라면, 이미지를 추종하는 자들, 그 상습적인 사기꾼들, 해골을 갖고 속임수 쓰는 자들의 바보스런 풍습 때문에 억지로 써야만 했던 아름다움의 가면을 뒤집어쓰지 않아도 되었더라면, 바로 이런 모습이었을 것이다……

'신사숙녀 여러분, 마지막 한마디는 해골이 합니다. 몸의 각진 곳을 둥글게 하고, 매끈하게 만들고, 지우고, 쑤셔넣고, 팽팽하게 만들어도 소용없습니다. 머지않아 해골이 기막힌 공통의 진실을

드러낼 거니까요. 천하의 할리우드도 해골의 진실에 맞서서 할 수 있는 일이 아무것도 없습니다!'

"그가 남긴 마지막 장광설 중 하나지요"

당신은 술잔을 내려놓으며 내게 말했다. 그리고 이런 토를 달았다.

"주정뱅이들은 모두 개종자예요. 게다가 내내 지속되는 유일한 '인터내셔널'이 바로 그거라고요."

그러더니 자리에서 일어서며 말했다.

"언제 베르코르로 떠나죠? 이 그림도 가져가세요. 소설을 다 쓰면 돌려줘요."

11

이젠 내가 한밤중에 잠에서 깨곤 한다.

잠에서 깬다는 것. 우리는 꿈을 꾸고, 그러면 꼭 생각을 한다.

간밤에, 사비니쉬르오르주 마을의 시골 초등학교 시절 우리 반 교실 구석을 장식하고 있던 두 가지 모습의 간(肝)이 내 꿈에 나왔다. 알코올 중독자의 간과 건강한 간이었다. 나는 두 눈을 크게 뜨고 기억해냈다. 아이 시절의 내 상상력으로는 간경화증으로 땡땡 부은 간이 마치 꽃다발 같기만 했고— 색깔도 예뻤으니 더욱 — 건강한 간은 색깔도 칙칙한 게 별로 매력이 없었던 것을. 그렇게 점점 커져가는 아름다운 것을 왜 두려워해야 하는지 나는 알 수가 없었다(그 뒤로 학교에 다니면서 내내 그 생각이 가시지 않았다).

그날 밤, 나를 깨운 것은 맬컴 로리였다. 그는 글을 쓰고 방황

하며 살았던 사십팔 년 동안 인간이 마실 수 있는 주량의 스무 배는 마셨다. 그리고 창 밖으로 떨어졌다. 검시를 해보니 간은 말짱했다.

……

한밤중. 민은 자고 있다. 오늘따라 텅 비어 있는 집은 베르코르 지방의 바람을 맞으며 신음소리를 낸다. 밖에서는 접시꽃들이 비바람과 우박에 맞서 전투를 벌이고 있다. 내일 아침 커피잔을 들고 재난의 참상을 마주할 각오로 밖을 내다봤을 때, 이른 아침의 햇빛 속에서 엉망으로 헝클어졌을망정 꼿꼿이 선 그 모습을 보고 우리는 전투가 기적을 낳았다고 말할 테지!

……

그래. 닭은꼴이 머리를 쓰지 않았듯이 로리는 간을 쓰지 않았던 것이다.

……

나는 자리에서 일어선다. 운동화, 책상, 불빛, 초상화.

셀 수 없을 만큼 여러 번, 나는 이 죽은 자의 얼굴에서, 소냐가 내 앞에 그 그림을 놓았을 때 느껴지던 감정의 원천을 찾아보려 한다.

……

그건 결단코, 술에 절어 말도 안 되는 소리나 늘어놓는 인간의 얼굴은 아니다.

그렇다고 코르시카 농민도 아니다.

카스텔라네타의 목화 따는 사람 얼굴도 아니다.

메마른 바람과 침묵의 얼굴이다. 그렇다. 하지만 그 얼굴은 좀더 멀리서 왔다. 또 좀더 깊은 곳에서. 마치 그가 귀 기울여 듣는 것 같다.

이 그림 때문에 갑자기 나폴리 작가 에리 드 루카의 얼굴을 생각하게 된다. 역사, 반항, 행동, 일, 유배, 명상, 독서, 고독, 침묵, 그리고 바람이 구겨놓고 당겨놓은 양피지 같은 그 얼굴.

……

사려 깊은 이 조신함……

……

유폐된 이 힘……

……

세르탕 사람의 얼굴……

당신이 그린 건 바로 그거요, 소냐!

……

그날 밤 당신이 구두상자 종이에 그린 것은 브라질 세르탕 고원 지대의 어느 카보클로였소! 테레지나 아니면 다른 곳 출신의 카보클로(닮은꼴도 결국 따지고 보면 카보클로 아니었던가?). 카팅가 사람. 어떤 행동이든 기대할 수 있는 대륙적 인내의 기질을 지닌 사람 중 하나.

그건 솔레다지와 네네의 부친이자 망이 마르팅스의 남편이고 마르팅스 가문의 말 없고 자식 많은 가부장인 세우 마르팅스의 얼굴일 수도 있소. 그런 얼굴 중 하나……

그의 부스스한 머리는 햇빛에 하얗게 바랜, 세라동이스*의 덤불 같소.

감히 용기를 낸다면, 내 연필을 들고 당신이 그리던 그림을 계속 그리겠소. 이 머리 위에 바케이루들이 쓰는 벙벙한 가죽모자를 씌우려오. 그런 다음 머리와 모자를 어깨 위에 그리겠소. 어깨, 가슴, 팔, 다리. 쿠틸**이나 진으로 만든 셔츠와 바지를 입히고, 신발은 마라풍가의 신발쟁이가 이렌과 나에게 고무 타이어로 만들어준 샌들을 신겨야지. 그의 두 발이 장터 광장의 닳고 닳은 땅을 아주 꼭 딛고 있도록 그릴 거요. 테레지나, 소브라우, 카닌데, 주아제이루 두 노르치, 카타리나, 크라테우스, 키세라모빙, 카누두스, 세르탕 고원지대의 무한한 공간 속 그 어딘가에……

카샤사 술 한 병을 손에 들고, 장터 광장 어느 흙벽에 기대어선, 늙고 말[馬]도 없는 어느 바케이루, 이것이 내가 당신에게 그

---

* 키 작은 관목이 빽빽이 우거진 건조한 초원.
** 폴리에스테르와 면이 섞인 신축성 강한 섬유.

려준 그림이오, 소냐.

그를 보오.

그는 귀 기울여 듣고 있소.

눈을 감고.

뭘 듣느냐고? 코르델 이중창 부르는 사람들이 읊는 시를.

그는 그 노래 부르는 이들을 잘 알고 있소. 부근 장터에서 노래를 하는 그 시인들을. 특히 이 두 사람을. 지지 다 카자와 알방 다 카자. 이들은 부자간인데 지지는 아코디언을 켜고 알방은 기타를 친다오. 그는 아주 오래전부터 그들을 알고 있소. 그들은 아메리키라는 나라로 떠나려는 유혹도 받지 않았소. 그들은 세르탕 지역을 떠나본 적이 없소. 아직까지 상파울루나 리우로 내려가본 적도 없소. 그들은 더할 나위 없이 끔찍한 가뭄을 겪었지만 해변의 신기루에 굴복하지 않았소. 이들은 해변지역으로 물러나 앉아 대도시의 빈민촌에 삼켜진 채 사는 운명을 거부했소. 그들은 이 장터 저 장터 돌아다니며, 지지가 자기 아버지—오 파마나스 두 데자피우, 도전의 챔피언 조르즈 헤이 다 카자—와 다니며 이미 해왔듯, 이들 부자도 노래를 부르오! 그들은 즉흥으로 노래를 하오. 머릿속에 들어 있는 소절들을 불러젖히는 거요. 그 음률들은 도전이며, 음성은 칼날이오. 마치 햇빛 속에서 번득이는 장검 같소. 코르델의 이중창 부르는 사내들은 바로 이렇다오. 하얀 햇빛과 장터의 검은 그림자 속에서 오랜 옛날부터 서로 도발하고 서로 화답하는 시인들. 그들은 세르탕의 상상력이자 기억이라오.

  소냐, 당신이 그린 그 사람은 그들의 노래에 귀를 기울이오.

  Negociar com a ilusão

  Pra muitos é profissão

  Vender sonhos é bom negócio

  Quem sabe disso é o palhaço

  Também o politiqueiro

  E eu, poeta boiadero

  〔환상을 갖고 장사를 하는 게

  많은 사람들에겐 직업이지

  꿈을 파는 건 좋은 거래

  광대는 그런 걸 좀 알지

  그리고 정치꾼은

  또 길 따라 떠도는 가여운 시인인 나는〕

  Não vou dizer, meu irmão

  Que palhaço é um mandão

Mas no Sertão uma história

Fica ainda na memória

Aquela do presidente

Que virou-se comediante

〔형제여, 나 그대에게 말하지 않으려네

주인은 허깨비라고

하지만 세르탕에서 역사는 우리 기억 속에 새겨져 있다네

대통령의 역사

배우로 길을 바꿔버린 대통령〕

Lhe devorava a ambição

De reinar no coração

E se transformar num mito

Tal qual um novo Carlito

Virar santo ele podia

Do cinema fez a escolha

〔야망이 그를 먹어버렸다네

마음들을 지배하려는 야망

신화가 되고자 하는 야망

새로운 찰리 채플린처럼

그는 성인이 될 수도 있었을 텐데
가던 길을 바꿔 배우가 됐다네]

    ……

이게 이 앞에 썼던 것의 이야기요. 여기에 이어 엄청나게 많은
구절들이 이어지는데, 그 내용은 같은 이야기의 셀 수 없이 많은
다른 판본들이라오.

이게 당신이 처녀 시절 영화관에서 눈을 감겨주었던 그 사람이
오, 소냐. 흙벽에 기대어 세르탕의 정신을 귀 기울여 듣고 있는 카
보클로. 그는 카샤사 병을 천천히 입술로 가져가서, 명상하듯 한
모금 마신다오. 감은 눈꺼풀 뒤에서, 그는 이중창 부르는 사람들
이 읊조리는 시에 제목을 붙이오. '코로네우 카를리투'(샤를로 대
령)라고.

12

나는 카보클로라고 말하지만, 카푸즈, 마말루코, 파르도, 물라토라고 해도 마찬가지다. 인디언, 흑인, 백인, 메스티조, 물라토, 이런 사람 저런 사람의 피부색을 섞고, 피부색의 뉘앙스를 지어내고, 거기에 새로운 이름을 붙일 수도 있다. 그래도 언제나 결국 만나게 되는 것은 카팅가의 무한함이 그곳 주민들에게 빚어놓은 깡마른 몸과 말없는 얼굴이다. 그건 이 소설 앞에서 '세르탕의 잠자는 남자'가 인터뷰했던 예수회 신부의 얼굴일 수도 있고, 아라투바 가는 길에 나하고 만나 친구가 됐던 쥐라 산맥 지방 출신의 그 프랑스 의사, 두토르 미셸일 수도 있다. 특이한 그의 존재는 풍문을 타고 마라퐁가에서 그물침대에 누워 있던 내 귀에까지 이르렀다. 독신에다 이름도 없고, 고향이 어딘지도 알 수 없고, 정부

관리도 아니고, 자선단체의 회원도 아닌 그는, 몇 주 전 아라투바와 카피스트라누 사이의 세르탕 고원지대에 불쑥 나타나 어떤 대가도 없이 갓난아기들을 치료해주었고, 밤이면 농민조합의 비밀스런 회의에 참석하곤 한다고 사람들은 수군댔다.

1948년 세아라 주에 어느 네덜란드인 목사가 다녀간 뒤로 아무도 외국인이라고는 본 적이 없었다. 그런 경우가 하도 드물었던지라, 나는 그물침대에서 빠져나와 그를 찾아나섰다. 다음날, 아라투바의 언덕길에서 처음 마주친 세르탕 사람에게 혹시 이곳을 돌아다니는 외국인 의사에 대해 들어봤느냐고 물었는데, 상대방은 태연한 표정으로 나를 쳐다보더니 가지가 담긴 무겁디무거운 커다란 자루 두 개를 땅바닥에 내려놓고 대답했다.

"두토르 미셸 말인가요? 바로 저 같은데요."

세르탕 주민들은 삼 년째 가뭄에 시달리고 있었고, 그는 삼 주째 이질에 시달리고 있었다.

"그래서 우리가 닮은 거군요."

그는 빙긋 웃었다.

"여기선 사람들의 몸무게가 모두 같거든요."

13

소냐, 당신은 닮은꼴의 죽음에 대해 아무 책임도 없소. 그의 슬픔에 대해서도. 잠깐만 잘 생각해보시오. 몇 년 전부터 그는 공공연히 저주를 퍼붓는 일을 주특기로 삼았소. 만약 자기 아이디어를 채플린이 도용한 거라고 생각했다면, 그는 당신이 일하던 영화관에서 큰 소리로 버럭버럭 소리를 질러대며 욕을 했을 거요. 난 안 봐도 본 듯하오. 그는 화면과 영사기에서 뿜어져나오는 빛 사이에서 펄펄 뛰었을 테고, 커다란 그의 그림자가 어른댔을 테고, 영화관에 있던 모든 사람들이 그가 추태를 보이며 외쳐대는 소리를 들었을 거요. "내가 생각해낸 거야! 내 영화라고! 독재자와 그 대역을 하는 닮은꼴 이발사! 그건 내가 생각한 건데! 내 인생이라고! 저것들이 내 인생을 훔쳐갔어! 모라세키, 이 빌어먹을 놈, 내 인생을 채플린에게 얼마나 팔아먹었냐? 내 영화를! 이 죽일 놈들! 도둑놈들 같으니!" 그의 데스마스크와는 너무도 안 닮은 욕설들……

당신은 그 소리를 더이상은 듣지 못했을 거요. 관객들이 그를 바깥으로 내쳐버렸을 테니까.

그리고 당신은 일자리를 잃었을 거요.

아마도 당신이 모르고 있을 뭔가를 내가 보여주겠소, 소냐. 〈위대한 독재자〉가 개봉되자 채플린은 하도 많은 협박 편지를 받은 나머지, 이 영화를 브리지의 보호하에 두기로 결정했소. 브리지라는 이름을 들으면 뭐 생각나는 것 없소? 해리 브리지, 1940년대 부두 노동자들이 결성한 노동조합의 막강한 조합장이었던 해리 브리지 말이오. 브리지, 부두의 제왕이었지요! 영화 개봉날 부하 몇십 명만 영화관에 풀어서 친(親)나치 특공대들의 공격을 막아달라고 채플린이 그에게 요청했소. 브리지는 거절했소. "필요 없어요. 당신 관객은 당신을 좋아하오, 찰리. 그리고 당신의 명분은 정당하오. 그런 특공대들은 감히 나서지 못할 거요." 실제로 나치들은 나타나지 않았소. 브리지 말이 맞았던 거지요. 그런 광분한 인간들이 단 한 명이라도 감히 〈위대한 독재자〉의 상영을 망쳐놓았다면 채플린의 팬들은 그런 인간을 벽 속으로 밀어넣기라도 했을 테니.

그날 저녁 만약 닮은꼴이 술집에서 하듯 행동했다면 그와 같은 일이 일어났을 거요.

아니, 소냐, 영화를 애호하는 당신의 천사는 채플린이 자기 것을 훔쳤다고 생각하지 않았소(게다가 채플린은 아마 그를 잊었을 거요). 찰리 채플린이 만약 그런 생각을 했다면, 그건 히틀러 이후의 일이오. 인류를 공동의 묘혈로 몰고 가는 것만으로는 성에 안 찬 아돌프 히틀러는 채플린과 똑같은 콧수염을 길렀소. 채플린은 이런 표절을 참을 수 없었던 거요.

14

〈위대한 독재자〉를 닮은꼴의 눈으로 관람해보시오. 당신이 그에 대해 아는 모든 것을 조합해보고 마치 당신이 그 사람인 것처럼, 그의 모습을 하고 객석에 앉아 있는 것처럼 영화를 관람해보시오. 그의 눈물의 짠맛을 음미해본다면 그가 왜 죽었는지 그 이유를 알게 될 거요.

우선 기억해보오. 이발사와 독재자의 이야기는 영화의 초입부터 대뜸 나오지는 않소. 꼬박 십 분을 기다려야 하오. 처음에는 채플린이 혼자 나오지요. 무성영화 시대의 채플린이오. 제1차 세계대전에서 허둥지둥하는 채플린이 보이오. 그는 참호 속에, '뚱뚱이 베르타'라는 별명의 포병과 함께 있소. 방공용 포를 다루는 운전석에 앉은 그의 모습이 보이오. 기총소사와 펑펑 터지는 폭발음 속에 그의 모습이 보이오. 적군의 전선에서 길을 잃은 그가 보이오. 도망치는 그가 보이오. 탈영하는 기관총 사수를 대신해서 싸우는 그가 보이오. 영웅적인 전투를 벌이는 그가 보이오. 그의 친구가 될 귀족 출신의 전투기 조종사 슐츠를 구하는 그가 보이오. 슐츠의 전투기에 탄 그가 보이오. 추락하는 전투기 안의 그가 보이오. 영화의 1부는 그렇게 끝나지요. 그리고 제1차 세계대전.

이 모든 시간 동안 채플린의 말소리는 들리지 않소. 그러나 그의 주위에선 모든 사람이 말을 하오. 장교들이 말을 하고, 부관들이 말을 하고, 적군들이 말을 하고, 슐츠 기장이 끊임없이 말을 하오. 채플린, 그는 여기저기 토막토막 등장하오. 그는 유성영화에 출연한, 무성영화에서 마지막으로 살아남은 자 같소. 말하는 자들의 전쟁터에 던져진 단 한 명의 무고한 사람.

첫 장면부터 폭발음, 총소리, 짖어대는 듯한 명령 소리, 슝슝 포탄 날아가는 소리, 군인들의 고함 소리, 비행기 모터 소리, 사고의 무서운 충격, 금속판이 서걱대는 소리, 가공할 전쟁의 야단법석…… 이런 소리들이 섞여서 들리오.

객석에서는 폭소가 터지오. 뚱뚱이 베르타가 포병 찰리의 발밑에 놀랄 만한 포탄을 토해놓으니까. 안전핀 뽑힌 수류탄이 보병 채플린의 소매 속으로 미끄러져 들어가니까. 동료들과 함께 공격에 나선 채플린이 자욱한 포연이 걷힌 다음에 보니 적군들에 둘러싸여 있으니까. 슐츠의 전투기가 거꾸로 나는데도 채플린이 그걸 알아채지 못하니까. 채플린이 주머니 시계의 시곗줄 끝에 마치 방울뱀처럼 똑바로 매달려 있으니까. 전투기가 추락하여 부서지니까. 채플린의 머리가 시체 묻는 구덩이 속에서 불쑥 나오니까……

영화관의 관객들은 좋아서 히히덕대고 난리가 났소.

스피커에서 나오는 소리는 전쟁의 아수라장을 담고 있소.

닮은꼴의 머릿속에는 채플린의 침묵이 들어 있소.

이 말없는 안무 속에 그가 펑펑 우는 모든 이유가 이미 들어 있소.

그를 보시오. 그는 방금 채플린을 재발견했소! 자기가 드러내 보인 채플린! 〈이민자〉의 채플린, 바로 그 사람! 순수한 감동이 그를 이십오 년 전으로 돌려놓았소. 바보 같은 페레이라 역을 하고 있는 자신의 모습이 다시 보이는 거요. 페레이라의 어정쩡한 제복을 입고, 페레이라의 을씨년스런 집무실에서. 그러나 그날 저녁—영화를 발견했던 그날 저녁—에는…… 절대적으로 자신만의 것인 황홀경에 빠졌지! 그런데 그날의 감동을 그대로 다시 느낀 거요! 그를 보시오, 그를 보시오. 그의 심장은 마치 정신이 의심을 멈추듯 갑작스레 박동을 멈추었소. 그의 얼굴은 견진성사 날 영성체 하는 이의 모습이오. 하지만 이럴 수가! 그는 전혀 영성체 하는 사람의 모습이 아니오! 한 생이 몽땅 흘러갔소. 오호라! 이 황홀한 도취로 그는 무엇을 했던가? 이 황홀한 도취로 그는 무엇을 했던가? 스크린에 등장하는 채플린, 다시 찾은 채플린, 세계의 잔해 위에서 채플린이 광란의 춤을 추는데, 그는 전혀 변한 게 없었소! 그건 〈이민자〉의 채플린, 바로 그 채플린이었소! 하지만 세월은 그의 얼굴에 자국을 남겼고, 그건 화장을 해도 가려지지 않았소. 그는 이제 젊은이가 아니고, 또 시련들과 이런저런 비열한 짓들도 있었소. 그는 더이상 순진무구한 인간이 아니었소. 영광의 효과, 환멸, 그는 이제 동정(童貞)의 예술가가 아니었고, 사랑의 병, 금전 문제, 시기하는 자들의 박해가 있었소. 그는 표적이 되어버린 우상이었고, 수십 년이 또 지나갔소. 그러나 채플린, 아! 은막의 채플린, 그 거대한 스크린에 등장하는 채플린은 눈가에 잔주름이 뚜렷이 잡혔어도, 목의 피부가 늘어지고 입가에 새로 주름이 잡혔어도 똑같은 사람이었소. 페레이라가 연설하는 강단 위에 생긴 빛의 직사각형 속으로 자기의 당돌한 삶을 던져버린 바로 그 채플린! 그 당시에도 삶이었고 여전히 삶이오. 삶에 저항하는 삶, 모든 중력에서 해방시켜주는 생생한 지성, 세상을 비웃는 예술, 시, 시, 시. 그리고 안락의자에 앉은 그는 전대미문의, 그러나 그가 제대로 살 줄 몰랐던 삶의 견딜 수 없는 무게에 짓눌린 이 드러냄의 재생을 체험하고 있소. 그리고 그는 두 눈 가득 차오르는 눈물을 그냥 흐르게 내버려두고 있소. 이제 그의 얼굴을 평펑 적시는 감사와 절망의 눈물. 눈을 들어 스크린을 보면서 그는 좌석 밑을 더듬어 술병을 찾소……

그리고 영화는 2부로 넘어가오. 세월의 흐름을 형상화하기 위해 채플린은 윤전기의 은유를 사용했소. 윤전기는 돌고 돌지요. 1918, 1919, 1927, 1929, 1934…… 신문에 신문이 이어지고, 제목에 제목이 이어지고, 해에 해가 이어지고, 깜짝 놀랄 뉴스에 재난의 뉴스가 이어지고……

15

뉴스들……

이런 일종의 막간(앞에 진행되던 것과 별 상관 없는)에, 어떤 추억이 떠오른다. 사르트르의 죽음을 들려주던 미셸. 아라투바의 그 고독한 의사.

"불이 켜진 등잔불 위에 얼굴을 박고 넘어진 그 사내아이 기억 나나?"

그럼, 기억하지. 한밤중에 카피스트라누 쪽에 있는 카팅가의 외딴 오두막에서 벌어졌던 일이다. 대여섯 살 먹은 꼬마 녀석이 등잔불 기름에 데어 얼굴이 엉망이 된 것이다. 고쳐주겠다는 사람 두셋에게 맡겨보았지만 소용이 없어, 부모는 마침내 땡볕 속에서 그 아이를 아라투바의 병원까지 들쳐업고 왔다. 행여 미셸을 만날 수 있을까 해서 온 것이다. 아이의 얼굴은 썩어가고 있었다. 타오르는 기름에 데지 않은 부분은 등잔 유리에 깊이 찢겼고, 적절한 조치 없이 시간이 흘러 더욱 악화된 상태였다. 응급이라는 말도 더는 할 수 없을 지경이었다. 아이는 죽어가고 있었고, 헛소리까지 했다. "물론, 나한테 방부 소독제라고는 전혀 없었지. 그 망할 놈의 병원이란 곳은 죽어가는 사람들을 수용한 헛간에 불과했거든." 그런데 아무도 아이의 죽음을 원치 않았다. "가족도 그랬지만 나도 그랬지." 하다 하다 안 되자 미셸은 먼지 터는 옷솔로 아이의 조그만 얼굴에서 죽은 피부를 벗겨내야만 했다. "커다란 옷솔이었지. 그래, 내가 가진 거라곤 그것뿐이었어. 진정제조차 없었고……" 부모는 이 고통스런 장면에 말 한마디 없이 함께했고, 계속 헛소리를 하는 아이를 카팅가의 찌는 더위 속에 집으로 데려갔다. 이틀 뒤, 미셸은 피망 한 자루와 퉁퉁한 바나나 한 묶음을 등에 지고 아라투바의 가파른 언덕길을 내려가 그들이 사는 집으로 갔다.

(그전에 우리가 만났을 때, 이 지방에서 대체 뭘 하고 있는 거냐는 내 물음에 그는 이렇게 대답했다. "모든 사람이 배를 채울 만큼 먹을거리가 풍성한 이 고장에서 왜 사람들이 굶어죽는 건지 그걸 알아보려고 하지요. 가뭄이 들건 안 들건, 아라투바의 산에서 나는 것만으로도 세르탕의 이 지역 사람들은 모두 먹고 살 수 있거

든요." 사실, 이렌과 내가 길을 가다 마주칠 때마다 미셸은 과일과 채소를 허리가 휘도록 짊어지고 다니며 이 사람 저 사람에게 나눠주고 있었다. 나중에 그는 사람들에게 약을 주고 거의 보석이라고 할 수 있는 돌들과 맞바꾸었다.)

어쨌든, 그는 피망과 바나나를 짊어지고 그 가족의 오두막 입구에 서서 자기가 왔노라고 알렸다.

"난 그 아이가 틀림없이 죽었다고 생각했지."

그런데 아이는 죽지 않았다. 상처가 아물어가고 있었다. 미셸이 처방해준 페니실린만 복용하면 이제 나을 수 있었다. 농민들은 이 두토르를 평화로운 감사의 분위기 속에 맞이했다.

"그 집 아주머니는 나에게 쌀과 페이장으로 만든 요리에 파로파를 뿌려서 한 접시 내왔어. 달걀까지 하나 얹었더군. 그들로선 정말 호화로운 음식이지! 남편은 나를 쉬게 하려고 그물침대를 펴서 매었고."

아이의 형제자매들이 땅바닥에 둘러앉아 간호를 했다. 그들은 아픈 아이의 얼굴 위로 날아드는 파리 떼를 쫓았다. 낮잠 시간이면 남자는 그물침대에 드러누워 벌이 잉잉대듯 치직대는 트랜지스터 라디오를 들었다. 귀를 기울여야 겨우 들을 수 있는 소리였지만 단칸방의 정적과 대비되어 그 소리는 분명하게 들려왔다(이런 트랜지스터 라디오는 세르탕에서도 가장 오지의 마을에서나 찾아볼 수 있었다. 뉴스, 광고, 노래, 축구 해설 같은 것들이 끊임 없이 그 라디오에서 붕붕 징징 소리를 내면서 들려왔다. 마치 먼 데 있는 벌집에서 나는 소리처럼 아주 가느다란 소리였는데—건 전지를 아껴야 하니까!—하도 가늘어서 우리가 세상에서 얼마나 멀리 떨어져 있는지 더욱 강조되었다. 마치 잊혀진 어느 행성에 서 두런거리는 소리 같았다).

"그래, 그 조용한 속에서 트랜지스터 라디오가 사르트르의 죽 음을 알리더란 말이지."

"……"

"……"

"그리고?"

"그리고 아무것도 없었지."

16

이십 년 후, 그는 이런 말을 덧붙일 것이다.

"사르트르는 그래도 내가 의학 공부를 하는 동안 스스로 읽어도 된다고 허락했던 몇 안 되는 작가 중 하나였고, 나는 그를 좋아했어. 내가 만약 파리에서 그의 죽음을 알게 됐다면 난 아마 송아지처럼 징징 울었을 거야."

17

세르탕 사람들의 귀에 마니오카 밭 위로 들려오는 유일한 소리
는, 정각 오후 세시, 1만 미터 상공을 지나가는 우편 비행기 소리
였다.

18

독재는 '농민'(포르투갈어로 '캄포니스')이라는 말을 금지했다. 그 단어에는 토지 소유의 개념이 은연중에 배어나온다고 했다. 농민이라고 하지 말고 '경작자'라고 불러야 했다. 경작자라는 말 속에는 기능밖에 안 남아 있으니까.

19

"왜 그렇게도 세르탕을 사랑했지?"

"……"

"어떤 역경에도 불구하고……"

"자네가 브라질리아에 대해 한 말 기억나?"

"응, 거기 있으면 세계의 등 위에 올라타 살아가는 느낌이 든다고 했지. '지구는 둥글어. 브라질리아가 그 증거야.' 난 친구들에게 편지 쓸 때 이런 말을 써보내곤 했지."

"그럼, 세르탕은 그 정반대 명제를 입증하는 증거라니까. '지구는 납작하고 사방이 모두 내륙이다'라는. 그래서 세르탕 사람들은 서로서로 감정이입이 되지. 우리가 사랑한 건 그들이야. 그리고 그들의 풍경이 지닌 그 위대한 침묵과……"

"……"

"……"

"……"

"우리는 가뭄과 악착같이 싸웠고, 국지적 봉건주의를 단죄했고, 토지와 물을 농민들에게 분배하고자 했고, 그들이 지닌 미신이 식량과 위생에 가져온 결과를 배격했지만, 그들이 지닌 저항력, 그들을 억누르는 자들이 이해하지 못하는 그들 특유의 지혜 같은 것은 참으로 경탄스러웠지."

"……"

"……"

(그래. 그리고 우리가 인테리오르 이야기를 하면 해안지방 사람들이 삐질삐질 흘리던 땀. 아! 난 그것도 좋았어! 카누두스 사람들의 씨가 마른 지 한 세기가 지났지만 내륙의 악마들은 여전히 바닷가 사람들, 텅 빈 바다 쪽으로 뒷걸음질쳐 밀려난 그들에게 겁을 주고 있는 것 같았지.)

"……"

"……"

"난 농민 조합원들과 함께 밤을 지새우고, 낮에는 보건위생학자들을 갖고 노느라 시간을 보내곤 했지만, 우린 미음속 깊이 이런 생각을 즐겨 하곤 했지. 적어도 여기선, 설령 이 모든 게 변한다 해도 그건 변하지 않을 거라는 생각 말이야."

"……"

"……"

"……"

"……"

"……"

"그리고 또 하나 있지."

"……?"

"최고의 바이올린은 세르탕의 나무로 만든다는 것."

20

그래서 채플린의 윤전기는 닮은꼴이 지켜보는 가운데 해를 거듭하며 돌고 또 돌았다. 1918, 1919, 1927, 1929, 1934…… 그건 역사의 시간이었지만 또한 그의 시간이기도 했다. 그리고 그만의 이야기는 내륙과 결별한 어느 세르탕 사람의 이야기, 떠돌이 광대, 자기 고향 땅을 잊어버리고 세상이 어떻게 되든 상관하지 않는, 그리하여 어리석은 선택부터 천치 같은 환상까지, 불행한 우연부터 집요한 빙충이짓까지 온갖 짓을 다 저지르고 걷잡을 수 없는 인생길을 전전하다가 결국 이런 곳까지 와서 끝장을 보게 된 망할 놈의 광대의 이야기다. 1940년 12월 1일 시카고, 눈물 범벅이 된 얼굴로, 찰리 채플린의 〈위대한 독재자〉가 상영되는 바이오그래프 시어터의 거대한 스크린을 쳐다보면서 말이다.

이제는 계산서를 받을 때가 왔다. 그는 그걸 알았다.

계산서를 받으면 몇 리터의 눈물을 지불하리라.

조심해, 그는 **생각하기** 시작할 테니.

살면서 처음이자 마지막으로.

그는 절대로 생각해선 안 되었다.

생각을 했다 하면 그에겐 치명적일 테니까.

......

윤전기가 멈추었다.

채플린이 유성영화에 요란스레 입성을 했다.

들어보시라! 잘 보시라! 들어보시라!

독재자 아데노이드 힌켈이 저 높디높은 단(壇) 위에서 단 한 개의 돌로 만들어진 것 같은 군중에게 연설을 하고 있다. 영화관의 관객은 몇 초 동안 압도된다. 무슨 말을 하는 거야? 저 말이 무슨 말이지? 그러다가 처음으로 웃음이 터진다. 채플린이 독일어를 하네! 아니, 독일어를 하는 게 아니라, 하는 척하는구먼! 아니, 독일어를 하는 척하는 게 아니라 아돌프 히틀러가 쓰던 말 '히틀러 슈프라헤'를 흉내내고 있는 거야! 그것도 아니야! 아돌프 히틀러의 음성을 따라하고 있는 거지! 한마디도 제대로 알아들을 수가 없어. 채플린은 그저 소리만 내고 있는 거라고! 채플린은 자기 입으로 소리를 냄으로써 히틀러를 조롱하고 있어! 그는 꽥꽥거리고, 짖고, 목 졸린 소리를 내다가, 느닷없이 컹 기침을 하기도 하고, 다시 말을 시작해서는, 속삭이고, 비둘기처럼 꾸룩거리고, 들고양이처럼 캬캭거리고, 폭발하기도 한다…… 끝내주는 찰리 채플린, 히틀러 그대로라니까! 웃음이 농담이 되고, 관객들은 포복절도하고, 파도 같은 웃음이 마침내 폭풍우 수준까지 높아진다. 게다가 채플린이 연설을 하면서 산사태처럼 쏟아지는 개그 속에 더러운 짐승 한 마리를 밟아죽이고 있으니 더욱더 그렇다. 손을 번쩍 들어 만세를 부르다 딱 그치고, 공포의 효과로 휘어지는 마이크 주둥이에 대고 소리소리 지르고, 퓌러*에 열광하여 흥분한 나의 불알을 바지에 물 한 컵 부어 식히고, 또 내 귀에도 물을 부어 귀에서 남성적인 물줄기가 다시 뿜어져나오게 한다. 광란의 메커니즘, 태엽이 풀려 뻣뻣한 몸놀림을 보이면서도 통제가 안 되는, 헛소리를 하는, 코르셋으로 딱 고정된 꼭두각시. 채플린은 점점 풀어지고, 바이오그래프 시어터의 관객들은 우상의 이름을 박자 맞춰가며 소리쳐 부르기 시작한다. 찰-리! 찰-리! 찰-리! 찰-리! 그 두 음절이 닮은꼴의 가슴속에 징 소리를 내며 울린다. 찰-리! 찰-리! 닮은꼴의 뛰는 가슴속에 두 겹의 격정이 휘몰아친다. 찰-리! 찰-리! 곱절로 무너진 닮은꼴의 가슴속에서 서로 모순된

---

*Führer. 히틀러의 지위이자 칭호. 흔히 '총통'으로 번역한다.

감정들이 격렬히 터져나온다. "난 창피하지만, 찰리는 만세!" 닮은꼴은 이런 종류의 말을 혼잣말로 한다. 똥 같은 내 머리가 부끄럽구나, 그렇지만 귀에 들리는 말이라곤 한마디도 안 내뱉으면서도 단번에 유성영화의 모든 가능성을 보여준 찰리 채플린은 만세다! 모든 가능성이지, 아무렴! 수다스런 영화는 천년을 가겠지만 찰리는 방금 단 오 분 만에 그걸 한 바퀴 다 돌아버린 거야! 어떤 영화도 그 속에서 말로 한 것의 진실을 여기서 찰리가 보여준 것만큼 잘 표현하지는 못할 거다. 어떤 감독도, 어떤 영화도, 지극히 정당하고 자발적이고 잘 선택된 문장들로 구성된 힘 있는 언사를 아무리 풍부하게 구사하는 사람이라도, 지금 여기서 찰리가 한 것만큼 무슨 소린지 모를 말을 하면서도 많은 얘기를 할 수는 없을 거다. 닮은꼴은 혼잣말을 이어나갔다. 왜냐하면 찰리는 곧바로 어조를 향해 치고 들어갔단 말이야, 곧바로! 단어들을 치약 짜듯 쭉쭉 짜내면서 말이지. 이야기에서 유일한 진실인 어조, 말하는 사람의 의도와 화면에 등장하는 그 사람, 즉 아돌프 히틀러의 의도가 만들어내는 그 소리, 찰리는 거기서 어조로 진실을 얻어낸 거지. 찰리는 히틀러의 의도를 회화화한 게 아니라 드러내 보여준 거라고. 그건 일사불란하게 통제된 군중을 죽음도 불사할 경지로 이끌어가는 행동이야. 죽도록 그를 우상화하는 군중, 단 한 번의 몸짓으로 우레 같은 박수를 치게 할 수도, 입 닥치게 할 수도 있는

(죽음을 각오하고!). 그리고 인류의 나머지 인간들, 모든 지평을 넘어서 세상의 모든 군중들(제복을 입었든 안 입었든), 그들을 죽도록 껌벅 넘어가게 하는 거지! 이 어조의 진실이 바로 그거야. 이 사람의 유일한 **의도**! 전 인류를 죽음으로! 그러나 군중은 이 사람의 음성이 단지 유대인만의 죽음을 요구한다고 믿는다. 왜냐하면 '유대인'이라는 단어, 그 단어의 소리가 뱉어지고, 뱉어지고, 뱉어졌으니. 유대인! 유대인! 유대인! 군중의 귀에는 학살의 입맛을 돋우는 이 말 말고 다른 것은 아무것도 안 들어온다. 그래서 게토의 모든 유대인들을 '유대인'이라는 말을 토해내는 음성들에 담긴 혐오증의 희생양으로 삼을 태세를 갖춘 군중은 스스로 자멸로 빠져들어가고 있음을 알지 못한다. "왜냐하면" 하고 닮은꼴이 혼자 속으로 말한다. 어느 한 민족의 종말을 요구하는 음성은 모든 민족의 종말, 즉 모든 사람—아프리카의 어느 구석 아무도 모르는 오두막에서 응애응애 우는 마지막 아기까지—의 희생을 원하는 음성이니까. 그래서 닮은꼴은—그는 다시금 앉은 좌석 밑을 손으로 더듬어 술병을 찾아 병 주둥이를 입에 갖다댄다—한 모금씩 마시면서 속으로 생각한다. 또다른 군중, 웃어대는 한 무리, 바이오그래프 시어터의 군중, 자기 허벅지를 철썩철썩 때리면서 웃어대고 있는 그 주위의 군중들, 이들은 곧 춤으로 돌입할 것이다. 기꺼이! 자진해서! 인류의 적이 이런 짓을 하게 그냥 둬선 안

되지! 기꺼이! 히틀러에게 휘둘리며! 그리고 그는 영화가 끝나자마자, 바깥의 현실은 영화 속에서 아데노이드 힌켈의 말없는 음성이 담고 있던 것—망할 놈의 세계대전!—과 국화빵처럼 똑같을 거라고 속으로 혼잣말을 했다. 제2차 세계대전, 그 꼴 좋은 전쟁, 전세계적 난투, 어떤 나라도 거기서 무사하지 못하리라. 이건 어조의 문제, 모든 이를 위한 추라스쿠,* 전 지구적인 대단한 메슈이**다. 찰리 채플린이 간파한 것, 허리가 끊어지게 웃어대는 이 바보천치들에게 그가 말하는 것이 바로 이거다. 결정적인 통음난무, 당신들도 거기서 한몫 차지할 권리가 있을 것이다. 지구가 정확하게 때맞추어 생리를 할 때면 피바다가 되는 냄비. 제기랄, 어조라면 나도 한가락 하는 사람인데. 세상 떠난 독재자 페레이라의 닮은꼴 노릇을 하던 나도 그런 연설을 해보았고, 군중을 제압해보았고, 당당한 어조라면 그 누구에게도 저리 가라 할 만큼 내로라하는 사람이야, 나는 제대로 훌륭한 교육을 받았으니까! '미리 써놓은 원고를 대중 앞에서 숙제 읽듯 읽어대는 유럽 정치꾼 같은 인간은 아니라네. 내가 말을 할 때면 대통령이 내 안에 그대로 살아 있는 것 같았지. 내 입—내게 남은 야만성—을 통해 뜻을 표현하고 있는 것은 바로 민중이야! 모든 게 어조 속에

---

* 브라질 식 바비큐.
** 아랍 식 양고기 구이.

담겨 있다고. 알아듣겠어?' 이 더러운 놈아, 내가 알아듣는다면 어쩔 테냐? 그리고 얼마나 알아듣는지 어디 봐! 북부의 농민들을 광부로 바꾸어놓은 게 누구지? 너 아니야? 너, 페레이라. 내가 내 형제들을 광산으로 보낼 때, 너는 스코틀랜드 창녀나 끼고 유럽에서 빈둥대고 있었지. 나는 당당한 어조를 지녔어, 그리고 몸짓도. 더러운 나! 가지 하나가 열매 맺길 기다리는 농민 흉내를 내는 것, 넌 그걸 생각해본 적 있어? 그걸 할 수 있겠어? 전혀 아니지, 넌 전혀 못하지! 나는 적절한 어조를 갖추었고, 몸짓도 갖추었어. 이 창피스런 인간, 죽어라 죽어. 나와 함께 잘 웃었기에 나를 정의롭다고 믿어주던 그 바람과 태양의 사람들. 그들, 마음속으로는 그렇게도 심각하면서도 늘 웃고 싶어하던 세르탕 사람들. 형제끼리 웃고, 믿어서 웃고, 자기들과 같은 부류라고 생각한 나에 대한 믿음으로 웃었지! 내 어조는 당당했고, 그들에게 가지를 주는 방법은 효과적이었고, 형제끼리 주고받는 농담 한마디면 하늘을 훨훨 날던 그 새들을 두더지로 바꾸어버리기에 충분했어! 그거면 태양을 광산으로 보내 꺼져버리게 할 수도 있었다고. 똥 같은 내 대가리, 부끄러운 줄 알아라. 더러운 나, 그리고 채플린 만세!

"찰-리! 찰-리!"

술병을 흔들며 그 찰-리 역시 그리로 간다. 찰-리! 그러나 영

화에서 종종 그러듯이 운 나쁘게도, 혼자 웃던 이 사람은 다시 폭
탄에 불을 붙인 격이 된다. 그리고 객석을 꽉 채운 관객들은 그의
걸음걸이를 그대로 따라하면서 또다시 찰-리! 찰-리! 하는 찬양
을 연호한다. 그 위로 흐느낌 소리가 길게 이어지면서 분위기를
압도하지만, 그 소리는 폭포처럼 쏟아지는 웃음소리에 묻혀 그냥
지나가버린다. 그는 개인적으로 울컥 연민을 느끼게 되어, 옛날
에 '진짜 여자들'의 품에 안겨 성불능 때문에 흘렸던 눈물과 같은
종류의 눈물을 흘린다…… 왜냐하면, 그가 변명했지만 그는 따
져보면 그리 나쁜 사람이 아니고, 아데노이드 힌켈은 더더욱 아
니었던 것이다! 그는 그저 닮은꼴일 뿐이고, 도망쳤었다! 그는 영
화로 구원받는 쪽을 택했고, 보따리를 다른 닮은꼴에게 전해줬
고, 그 닮은꼴도 마찬가지로 하다가 싫증이 나면 똑같이 할 수 있
는 것이다! 제길, 각자 저 하고 싶은 대로 하는 거지 뭐. 따지고 보
면 그건 선택의 문제, 양심의 문제라고!

양심의 문제?

양심? 양심이라고 했어?

양심!

네가?

영사기사의 모습이 그의 눈앞에 문득 떠올랐다.

게릴류 마르팅스가 보낸 사람들에게 잡혀간 영사기사.

"사람은 잡아가더라도 기계는 잘 보관해주세요."

그가 그들에게 남긴 말은 이것이었다.

너는 그걸 잊어버렸니?

영사기사, 그를 넌 잊어버렸니?

응? 응!

그렇다, 그는 심지어 모티오그래프 영사기의 열기가 채 식기도 전에 그 기사를 게릴류가 보낸 사람들에게 넘겨주었다. "사람은 잡아가더라도 기계는 잘 보관해주세요." 오! 차문이 닫히고 차 속으로 끌려들어갈 때 그 가엾은 영사기사의 마지막 표정! 오! 그 마지막 얼굴! 오, 실종! 며칠 뒤 페레이라가 보낸 전보는 이런 명령을 내렸다. '실종!' '그를 추방하라'도 아니고, '오지로 보내라'도 아니고, '총살하라'도 아니고, 그저 '실종,' 그 속에 숨은 뜻. 아무것도 남지 않았고, 티끌만 한 흔적도 없고, 나는 아무런 증거도 원치 않는다. 그 인간은 결코 존재한 적이 없었던 것 같다. 마치 너의 불알과 마찬가지다, 닮은꼴! '실종,' 마치 영사기사라는 인간이 하나의 이미지에 불과했던 것처럼. 만약 어떻게 하기만 했다면 충분히…… 그런데 그는, 그는 그 가엾은 녀석이 실종되게 그냥 두었던 거다. 그 가엾은 녀석, '성모 마리아의 잉태를 알리는 장면'에 등장하는 천사 같은 놈! 그는 그를 사라지게 만들었다. 농민 앞에서 연설할 때 언급한 '작은 전기 바나나' 같은 스위치를 찰칵 누르듯 그렇게 자연스럽게 사라지게 만들었다. 자, 환해졌다가 깜깜해졌다가, 아주 간단하죠. 자, 영상이 나오고, 얍! 하면 영상이 사라지고. 영사기사가 있었는데, 얍! 하니 영사기사가 보이지 않네요. 우라질, 세상에 어떻게 그는 이 살인을 잊을 수 있었단 말인가? 어떻게 이 지경으로 그 실종자를 깜깜한 밤처럼 싹 지워버릴 수가 있단 말인가? 그는 그 뒤로 한 번도 그 영사기사에 대해 생각해본 적이 없다. 아니! 한 번 생각하긴 했다. 채플린에게 과부와 고아들에 관한 바보 같은 우화를 들려줄 때 써먹었지. 채플린은 그 이야기를 한마디도 믿지 않았고. 그런데 문득 생각해보니, 그건 그가 자기 손으로 그 영사기사를 산 채로 땅에 묻어버린 것보다 더 나빴다. 산 채로 묻는 것은 게릴류 마르팅스의 부하들이 아주 좋아하는 짓이지…… 그건, 그건…… 그는 심지어 국가 이성이라는 핑계를 내세워 그 뒤에 숨을 수도 없었다. 페레이라 치하에서 사라진 다른 '실종자'들의 경우에는 그렇게라도 했었는데('국가 이성' 그건 나의 개인적인 지하창고, 너는 그리로 내려가서 다시는 올라오지 못한다'). 아니야, 영사기사의 죽음은 분명 그의 죄였어. 도둑이 살인을 한 거지. 그 도둑은 그의 영사기와 필름들을 가로채려고 그를 죽인 거야. 그건…… 오! 그건…… 잔에 찰랑찰랑 넘치게 새로 따른 술 한 잔, 나를 거기에 빠뜨려주오…… 술을 마시면서 그는 두 눈으로, 코로 자신을 비웠다…… 그리고 화면에서 이발사가 된 찰리 채플린이 브람스의 헝가리 무곡 5번에 맞춰 어느 손님을 면도해주는 모습을 보고 또 한 번 객석에 웃음이 번지는 동안—그 완벽한 몸짓! 하여간 찰리는 기가 막히다니까! 면도솔을 놀리는 재주! 비누거품을 묻히는 감각! 면도칼을 쓰는 기술! 움직이는 면도날의 커브! 마치 평생 이발사 노릇을 해온 것 같네!—, 채플린의 면도기가 브람스의 바이올린 선율에 맞추어 펄펄 날듯 움직이는 동안, 그는 자기가 발렌티노를 생각하며 흘렸던 눈물이 실은 모두 사라진 영사기사 때문에 흘린 거라는 생각이 들었다. 발렌티노의 죽음을 슬퍼하며 울던 그 정성은 모두 영사기사의 무덤에 꽃을 바치기 위한 짓이었다는 생각이 들었다. 그 무덤은 그의 기억 속에 너무도 깊이 묻혀버렸고, 그의 의식의 캄캄한 밤 속에 거의 눈치챌 수도 없을 만큼 파묻혀 있어서, 그 자신도 설명하지 못할 어떤 요술에 의해 그의 마음속 뭔가가 표면적 상사(喪事), 즉 백일하에 드러난 불행을 맞은 김에 마구 울어서 풀어버려야겠다고 느낀 것이다. 그래서 그는 루돌프 발렌티노의 모욕적 죽음의 대가를 치르는 편을 선택한 것이다. 그는 그 죽음이 자기 탓이라고 자책했다! "발렌티노가 성불능자라는 소문, 그건 내 탓이오!" 그는 아무도 그러라고 하지 않았는데 자진해서 이른바 치욕스런 이 일의 책임을 뒤집어썼다. 속죄! 공공연하고 영구적인 속죄! 아! 감미로운 취흥! 그는 자기 인생에서 십사 년(무려 십사 년!)을 스스로를 십자가에 못 박으려 하는, 아무의 도움도 받지 않고 직접 자기 손으로 모든 못을 박겠노라고 고집을 부리는 그리스도처럼 괴상스런 태도로 보냈던 것이다. 하지만 이 사람아, 그건 불가능한 일이지, 잠깐 생각 좀 해보게. 마지막 못을 도대체 어떻게 박는단 말인가, 응? 이 예수야! 물론 이 기간 내내 사람들은 그 기괴망측한 태도를 보고 웃었다(루돌프 발렌티노의 죽음이 제 탓이라고 하는 남자가 하나 있어…… 자기가 살아 있는 제퍼슨이라고 자처하는 사람도 있고 말이야……). 그리고 이 끝없는 희극에서 이제 남은 것이라고는 우스꽝스러운 느낌뿐이다.

오! 우스꽝스러움……

회한과는 또 다르게, 악착스레 쏘아대는 쥐새끼!

살인자인 것만으로는 성에 안 차서, 우스꽝스런 살인자까지 돼야 했단 말인가?

처음으로 그는 절대절명의 고독을 느꼈다. 자신이 우스꽝스럽다는 확신만큼 사람을 외톨이로 만들고 자기 안에서 헤매게 만드는 것은 없기 때문이다.

그는 자기 안에서 폭발하듯 터져나오는 웃음에 놀랐다.

그러나 그는 자기 때문에 웃는 게 아니었다.

아돌프 히틀러 때문이었다.

어디론가 올라가고자 하는 과대망상증이 발작할 때면, 아데노이드 힌켈이 한사코 자기 사무실 커튼을 잡고 기어오르려 했던 장면이 기억났다 — 이게 벌써 추억이 되었구나! 그리고 결국은 자기 얼굴 앞에서 뻥 하고 터져버린 고무풍선 지구본을 그가 갖고 놀던 것도 생각났다…… 기괴해! 기괴함의 절정이야! 채플린은 결정적으로 히틀러를 우스꽝스럽게 만든 거다! 그는 다시 부르짖기 시작했다. "찰-리! 찰-리!"

그런데 이번에는 아무도 그를 따라하지 않았다. 지구본이 나오는 장면은 지나갔고 영화 줄거리는 이미 진전되어, 게토에 사는 유대인들이 기적적으로 평화로운 은총의 상태를 즐기는, 한없이 평온한 순간으로 막 접어든 참이었던 것이다. 한나는 이발사와 외출하려고 예쁘게 차려입고 있었고, 이발사는 한나와 외출하려고 멋지게 꾸미는 중이었고, 마당에서는 제켈 씨 주위에 모여든 이웃 사람들이 막 시작되려는 이 청춘남녀의 목가(牧歌)에 선의 가득한 말씨로 이러쿵저러쿵 토를 달고 있었다……

"닥쳐!"

깜깜한 객석에서 누군가의 음성이 그를 향해 소리쳤다.

"입 닫으라고!"

다른 사람 하나가 메아리처럼 화답했다.

"똥덩어리 같은 새끼, 입 안 닥칠래? 응?"

그는 위스키를 한 잔 가득 따라 마시면서, 그 잔 안에 자신의 명랑함을 빠뜨려버렸고, 그런 말들을 들어도 그냥 그러려니 했다.

21

그로부터 육십이 년 뒤인 2002년 10월 말, 내가 소설의 이 부분을 막 썼을 때, 프랑스의 영화관에서는 〈위대한 독재자〉가 재개봉되었고, 민과 나는 소냐도 불러내 그 영화를 다시 보았다.

파리 19구, 지하철 조레스 역…… 케드셴 영화관…… 빌레트*의 연못에서는 노 젓는 사람들이 배를 타고 평화롭게 물 위로 미끄러져 다니고 있었다…… 영화가 끝나고 밤이 되어, 우리는 영화관 옆 식당에 갔다. 저녁을 먹으면서 소냐는, 게토에서 행복한 시간을 보내는 유대인들을 찍은 걸 채플린이 자책했었다고 알려주었다.

---

* 파리 19구 북쪽의 한 구역.

"하지만 그 장면은 영화적 관점에서 보면 정당화되지요."

그녀가 변호했다.

독재자 힌켈은 유대인 은행가 엡슈타인에게 금전 대출을 요구하고, 그 대출을 얻어내기 위해 게토 거주 유대인들에게 위무 공작을 하기로 결정한다. 희극적 효과는 만점이다. 바로 어제까지 박해하던 자가 마치 장님을 인도하는 개처럼 친절해지고, 행복이 그 본연의 모습대로 자연스럽게 찾아오고, 삶은 마치 아무 일도 없었던 것처럼 다시 순조롭게 흘러간다.

소냐는 아파트 건물들의 빛나는 앞면이 비쳐 반짝거리는 수면을 응시하고 있었다.

"하지만 유대인 학살의 어마어마한 실상이 모두에게 알려졌을 때, 평소 채플린을 헐뜯던 사람들은 그 무시무시한 상황을 달콤하게 그렸다고 그를 비난했지요. 이 영화로 그렇게도 멋지게 역사를 예견했던 채플린은 그들의 말을 믿었어요. 그 바보들의 말을! 그는 몇 분 동안 그렇게 아무 걱정 없이 흘러가는 장면을 찍은 것을 부끄럽게 생각했어요…… 심지어 나치즘의 공포를 웃음거리로 만든 것도 말예요."

그녀는 분노로 부글부글 끓고 있었다. 사춘기 시절, 화가 날 때 지었을 법한 그 표정을 이 순간만큼 잘 엿본 적은 없다. 그녀는 손을 쫙 펴서 손바닥으로 식탁을 탁탁 내리쳤다. 우리가 마시던 유리컵들이 식탁 가장자리로 튀어나갔다.

"맙소사! 바로 그 장면이 영화에서 가장 마음에 와 닿는 부분인데! 그런 장면들은 비극을 살짝 가림으로써 오히려 틀에 박힌 공포를 널리 알려주니까요. 몇 초 동안, 전반적으로 흐르는 광기 아래서 보통 사람들이 정상적으로 살아가는 모습. 고만고만한 장점과 단점을 지닌 채로 살아가는…… 그다음날이면 그들은 거의 모두 죽게 되지요. 그리고 살아남은 얼마 안 되는 사람들은 다시는 그 태평스런 분위기를 누리지 못하게 되고…… 채플린이 영화에 담은 게 바로 그거예요! 설령 그가 그 사실을 몰랐다 해도, 걱정 없는 태평스런 삶의 마지막 순간을 영화로 찍은 것이니까요."

채플린 생전에 사람들은 시종일관 왜 그리도 그를 괴롭혔던 거냐고 민이 묻자, 소나는 대답했다.

"항상 똑같은 거죠. 나의 아메리카는 늘 살인자냐 아니면 도덕적 길드냐, 이 둘 중 하나의 선택 외에는 결코 허용하지 않았어요. 그런데 채플린은 둘 다 좋아하지 않았던 거죠. 이러한 정신의 독립성을 유지하기 위해 그는 비싼 값을 치러야 했던 거지요!"

그러더니 내 책으로 화제를 돌리며 말했다.

"하지만 내가 당신의 책을 제대로 읽은 거라면, 닮은꼴, 그는 게토에 잠시 평화가 깃든 그 장면에 특별히 민감하지는 않았어요."

22

아니, 그는 다른 것에 민감했다. 그의 술병 맨 밑에서 올라온 명백한 사실 하나가 그를 경악케 했던 것이다. '영화 속의 게토에선 이발사와 독재자가 닮았다는 것을 아무도 눈치채지 못했어!' 어찌나 기가 막히던지 그는 옆에 앉은 관객들에게 귀띔을 해주고 싶었지만, 그의 본능이 그걸 막았다. 그래도, 그래도, 아무도 반응을 안 보인다는 건, 그건…… 보자(두 눈을 스크린 크기만큼 부릅뜨고), 어디 좀더 보자. 십오 년간의 기억상실 끝에 이발사는 마침내 게토로 돌아온다. 모두들 그를 흘끔흘끔 쳐다보고, 오직 그만 보고 그의 얘기만 하지만, 가는 곳마다 얼굴이 붙어 있는 아데노이드 힌켈의 공식 복사판이 바로 그라는 것은 아무도 모른다. 제켈 씨도, 그 부인도, 만 씨도, 심지어 한나마저도! 아무도! 독재자와 이발사 사이에 친족처럼 아주 미미하지만 닮은 점이 있다는 말 같은 건 입도 뻥긋하지 않는다. 제길, 저 사람들 눈에 뭐가 씐 거 아니야? 한나는 폭군의 대역과 함께 외출하고, 제켈 부인은 미남 왕자와의 데이트에 내보내기라도 하는 양 그녀를 예쁘게 치장해준다. 이 자그마한 고아 아가씨가 사람 잡아먹는 괴물의 대역에게 몸을 바치러 가는 걸 보면서 게토 전체가 기뻐한다! 바이오그래프 시어터에 있던 관객들도 폴레트 고다르가 아돌프 히틀러의 쌍둥이 형제와 삶을 함께하려는 것을 당연하고 바람직하게 여기는 것 같다. 제기랄, 저자는 히틀러의 대역인데, 하고 닮은꼴은 속으로 외친다. 저 아가씨에게 알려줘야 해! 아니야, 그는 다시 생각한다. 이보게, 관습이야, 이보게영화는으레그런거라고! 그래, 누구든 당연한 일인 듯 좋아하라지. 그건 채플린이 천재라는 또 하나의 증거니까! 찰리, 정말이지 당신은 왕이야! 하지만 심각하게 생각해본다면, 심각하게생각해본다면말이야, 그는 속으로 이렇게 더듬더듬 말하면서 이치를 따져보았다. 이 이발사와 독재자가 닮았다는 걸 아무도 모른다니 대체 무슨 뜻이야? 아니, 그들이 눈치를 챘는데도 군소리 없이 그 사실을 인정한다니, 그게 무슨 뜻이냐고?

이런 질문을 하다보니 그는 숨이 막혔다.

그게 무슨 뜻이냐 하면 말이야……

그는 새로이 덮쳐오는 절망에 맞서서 무장을 했다.

그게 무슨 뜻이냐 하면……

……

그게 무슨 뜻이냐 하면, 설령 비슷하게 생겼다 해도 그 이발사와 독재자는 아무런 공통점도 없다는 뜻이었다. 영화 첫머리에 나오는 감독, 주요 배역 등을 알리는 자막 다음에 채플린이 공지한 내용이 그대로 소개된다. "독재자 힌켈과 유대인 이발사가 닮은 것은 순전히 우연입니다."

그거다! 둘을 같이 묶어서 볼 이유가 전혀 없다…… 없고말고…… 두 사람은 너무 달라서 아무도 그 둘을 비교할 생각은 하지 않는다. 관객은 그들을 내적으로…… 본다. 내적으로 너무 달라서, 즉 인간으로서 너무 달라서, 설령 그 두 사람이 손에 손을 잡고 두 머리에 한 모자를 쓴 채 함께 걸어다닌다 해도 힌켈과 이발사가 닮았다는 걸 아무도 알아차리지 못하리라! 아―무도!

그래서……

그래서 만약 그렇다면,

만약 그렇다면 그래서……

사실이 그렇다면, 채플린이 전한 교훈은 사람들이 그에게 개인적으로 가할 수 있는 타격 중 가장 살인적인 타격이었다.

내게 개인적으로,

단죄치고는 가장 과격한 단죄.

"그 점에 대해서는 네 생각에 전적으로 동의한다."

그의 머릿속에서 페레이라의 음성이 말했다.

내 머릿속의 페레이라!

이번에는 그의 방광이 이런 말을 배설한다.

"닮은꼴 노릇을 하는 것, 그건 너도 나도 바라는 바지. 내가 너한테 백 번쯤 말했지. 닮았다는 것은 일종의 신앙고백이다. 너의 그 예수회 신부라면 그렇게 말했을 거야. 난 네가 날 닮길 원했고, 너는 나를 닮길 원했어. 우리는 서로 닮았다. 이게 우리 이야기의 전부야…… 여기에 너의 무고함 같은 게 들어갈 자리는 조금도 없어. 내가 아는 한 이발사, 그는 힌켈과 닮고 싶어한 적이 절대로 없어."

페레이라가 설명했다.

난 그 이야기를 들으며 오줌을 싸는가?

내가 나를 ……하는 중일까?

물론 그렇지. 그러나 다른 또 하나의 세부사항 때문에 나는 이 추적을 끝까지 해보지 못한다. 제켈 부인은 한나에게, 양손에 토시를 끼라고 제안했다. 그녀의 두 손이 빨래비누 때문에 쭈글쭈글해진 것을 이발사가 못 보게 하려고 그런 것이다. 한나는 이제 아주 말쑥한 모습이다. 그녀는 계단 난간 위로 몸을 굽히고 내려다보며 꼬마 아니에게 '그이가 준비 다 됐는지' 가서 좀 봐달라고 부탁을 한다.

"아니, 가서 그이가 준비 다 됐는지 좀 보고 오렴!"

인형을 갖고 놀던 꼬마는 즐겁게 이발소를 겸한 구멍가게로 달려간다.

이번에 그는 '그이'라는 대명사 때문에 멈춘다.

"가서 그이가 준비 다 됐는지 좀 보고 오렴……"

그이가 누구?

물론 이발사지!

게토에서 돌아온 뒤로 아무도 이발사를 이름으로 부른 적이 없다는 걸 이발사 본인은 방금 깨달았다. 그는 그 사실을 개인적인 일로 치부했다. 이발사는 성(姓)도 없나? 이름도 없나? 그냥 '이발사'란 말이야? 심지어 애인한테도? '이발사'라? 한나는 이 남자를 '이발사'라 부르면서 일생을 함께하려나? 다른 사람들은 모두 이름이 있다. 제켈 씨와 그 부인, 만 씨, 아가르 씨, 슐츠 대령, 슈마허 부인, 심지어 꼬마 아니조차도…… 그런데 그는 이름이 없다니?……

오! 하느님 맙소사!

그래서 그는 아이처럼 슬펐다. 버림받은 자의 서러움이었다. 마를 대로 말라버린 그의 몸 속에서 그는 이름 없는 한 인간을 위해 흘릴 눈물을 찾아냈다. 예컨대, 이발사는 채플린의 마지막 화신이었다고, 또 채플린은 출연한 어떤 영화에서도 결코 이름이 없었다고 스스로에게 말하며 합리화할 방도가 이제 없었다.

나 역시 ……를 갖지 못했어. 양 팔꿈치를 허리에 대고, 턱을 무릎에 파묻고, 두 주먹을 입 속에 넣고, 그는 헛되이 ……와 맞서 싸웠다.

나는 인생을 ……하느라 보냈다. 꼬마 계집애조차도 내 이름을 모른다…… 그는 소냐를 생각했다. 자기를 따뜻한 애정으로 감싸주던 그 영화관 안내원 처녀를. 아니, 좀더 정확히 말하면, 폴레트 고다르를 보니 소냐 생각이 났다. 영화 속에서 한나가 빨랫감을 담은 바구니를 머리에 이고 갈 때…… 심지어 난 소냐에게도 내 이름을 말해주지 않았구나…… 영화 보고 나갈 때 말해줘야지……

그는 갑자기 추웠다.

추워, 추……

태어나던 순간처럼 두려웠다.

그러다가 자신을 추슬러, 속으로 '문제는 다른 데 있다'고 중얼거렸다. 이발사 역의 채플린은 하나의 '상징'이다. 희생제물이 될 몸들, 내일이면 이제 이 세상에 없을, 심지어 이름조차 더이상 존재하지 않을 그런 사람들의 상징. 모든 게토의 모든 한나들, 모든 제켈들, 모든……

감정이입의 칼날이 그를 도려냈다. 익명의 희생자 중 아예 이름조차 없는 희생자인 그를. 그는 진심으로 마지막 눈물을 흘렸다. 이런 형제애 어린 서러움이 그의 마음을 좀 가라앉혀주었다. 장래의 순교자들과 더불어 해변에서 멀리멀리 그를 끌고 가는, 얼음처럼 차디찬 바닷속의 뜨거운 해류처럼.

이제는 덥다.

더워……

영화는 영화대로 계속 진행되고 있었다. 은행가 엡슈타인이 독재자 힌켈에게 대출을 거부하자, 죽음의 군대가 다시 게토에 들이닥쳐 지나가는 족족 모든 것을 파괴한다…… "군복 한번 지지리 본때 없군!" 정말 그랬다. 채플린은 나치의 군복을 보관한 옷장을 뒤졌다. 그는 이 영화의 단역들에게 돌격대가 입던 끔찍한 군복을 입혔다. 그 제복은 비만과 자기만족 증세를 보이는 아이들에게 입힐 용도로 재단된 것이었다. "저 반바지를 입고 있으니 꼭 아기 궁둥이처럼 보이네. 바지 속에 똥이 가득 든 것 같아. 그나마 혁대와 장화가 있으니 똥이 새지 않는 거지……!"

그는 더 웃으려 했지만 새로운 생각이 또 하나 떠올랐다. 아니, 떠올랐다기보다는 들고양이처럼 그를 확 덮쳤다.

고마운 일격이었다.

소리소리 질러대고 유리창을 마구 깨던 인간들, 게토에서 함부

로 해대는 이 개 같은 짓거리들, 이발사를 산 채로 삼키려는 이 돼
지새끼들의 추한 얼굴……

그들도 역시 이름이 없었어!

"그리고 내일이면 그들은 저 틈바구니에 자기는 없었다고 할
거야."

그들이 채플린에게 달려드는 것을 보면서 그는 생각했다.

그는 바로 이러한 익명성에 속해 있었다. 희생자의 익명성에
속한 것이 아니었다. 그는 게릴류 마르팅스의 부하였고, 인간의
죽음을 애호하는 자였고, 실종 전문가였다.

"그 점에서 나는 너와 전적으로 동감이야." 페레이라의 음성이
말했다.

그의 손이 마지막으로 술병을 더듬어 찾았다.

비어 있었다.

23

친애하는 소냐,

이제 닮은꼴의 이야기는 거의 끝냈습니다. 당신의 목탄을 돌려드리고 싶군요. 당신이 지금 어딜 돌아다니시는 중이 아니라면, 제가 돌아가서 만날 수 있을 겁니다. 아내와 저는 일주일 뒤에 올라갑니다. 작은 길로 해서요. 가면서 필립 로스*의 최신작 소설을 큰 소리로 읽는 즐거움을 누려야지요.

---

* 미국의 소설가. 유대인의 풍속을 묘사한 단편집 『안녕, 콜럼버스』로 전미 도서상을 수상하면서 유명해졌다.

24

친애하는 작가 선생님,

왜 내가 '돌아다닐' 거라고 생각하셨죠? 예술가 기질이 좀 있는 여자들은 일정한 나이가 되면 모두 리펜슈탈 증후군*에 걸린다고 생각하시나요? 히틀러는 내가 젊은 시절 그리던 우상이 아니었고, 난 해저 잠수에도 취미가 없고, 누바 산의 예쁘장한 소년들(그곳의 당국이 전반적으로 무심히, 이른바 지나가면서 그냥 스치는 대로 학살한 아이들)의 초상화나 그리러 다닐 마음도 전혀 없어요. 사실을 말하자면, 난 심지어 우리 동네 벨빌의 시장에 뭘 사러 내려갈 힘도 없답니

---

* 히틀러의 전폭적 후원하에 많은 영화를 만들었던 독일의 여성 감독 레니 리펜슈탈이 101세까지 장수하면서 배우·무용가·감독·사진가를 겸할 정도로 다방면에서 천재성을 발휘한 것을 빗대어 이렇게 표현한 것임.

다. 최근에 발목을 삐끗해서 접질렸어요. 내 손자 프레데릭은 학교 식당에서 점심을 해결하니, 부어오른 발목이 가라앉기만 기다리고 있죠. 그게 내가 하는 일의 전부랍니다. 그러니 11일, 앙비에르주가, 저희 집 창문이 나 있는 길모퉁이에서 뵙죠. 지난번에 만났던 곳에서요. 부브레 포도주 마실 시간에 오세요.

그런데 부탁 한 가지만 들어주세요. 오기 전에 당신이 쓴 글을 내게 보내주세요. 내 나머지 부분들을 어떤 양념으로 버무리셨는지 궁금하니까요. 그 대신 내 젊은 시절에 대해 몇 가지 소소한 것들을 알려드릴게요. 그 얘기를 들으면 아마도 당신의 여자친구 팡송이 생각나실 겁니다.

아 참! 잊을 뻔했네요. 〈위대한 독재자〉가 10월 중순쯤 재상영된다는 것 아시나요? 이런 소식도 당신이 계신 베르코르 산악지대까지가 닿는지요?

25

사냥이 시작되는 날 아침 일곱시 정각, 베르코르 지방의 모든 총들이 일제히 첫 탄환을 쏘아댔다. 그건 우리의 출발 신호였다. 민과 나는 산사람들이 숲의 동물들을 잡도록 내버려두고 떠난다. 차문을 찰칵 닫고 붕 시동을 걸면 우리는 오로지 우리에게만 귀속된다. 함께 여행하는 이 맛이 벌써 몇 년째던가…… 기차, 비행기, 자동차, 배, 버스, 지하철, 엘리베이터, 이런 것을 타면 다른 어느 곳에서보다 우리끼리만 있는 느낌이 드는 건 왜일까? 그렇다고 우리가 늘 이 길 저 길로 떠돌아다니는 것만 좋아하는 건 아니다. 우리는 오히려 집에 콕 박혀 안 움직이는 체질이다. 여행이 주는 흥분, 여행하는 기간, 목적지, 이런 것 때문에 그런 느낌이 드는 것도 아니다. 떠나는 즐거움이나 어서 목적지에 도착하고 싶다는 조바심 때문도 아니고, 여행 도중의 호기심 때문도 아니고, 심지어는 조수석에 앉은 사람이 운전하는 사람에게 책을 읽어주는 재미 때문도 아니다. 그게 아니고, 뭔가 다른 것 때문이다…… 아마 이런 것 때문일 게다. 어디든 일단 함께 떠나면 우리가 공유하는 시간은 완벽히 부동(不動)의 시간이 된다는.

때가 될 때까지 그 매력이 지속된다면, 우리의 부탁은 오직 이 것밖에 없다. 우리 둘이 들어갈 구멍을 파주지 말고, 한 궤도 위에, 고철덩이를 녹인 기포 하나 속에 우리를 버려달라는 것.

26

집을 떠나면서 마지막 본 것 : 잎이 푸르게 우거진 오래된 마가
목. 머지않아 거기 깃들어 사는 개똥지빠귀들이 사냥꾼들의 표적
이 되겠지. 얼굴이 벌건 그 늙은 나무는 알까, 저를 보면 세르탕의
불꽃나무가 떠오른다는 것을? 민이 우리 집 창문 밑에 심고 있는
나무의 새싹들은 8월 중순 폭발하듯 움터오를 때 그걸 알까? 베
르코르 남부 전역—규토질의 땅을 트랙터가 끈질기게 파헤치고,
농민은 그의 '역사'에 대해 침묵하는, 바다 없는 외딴섬—이 나
로 하여금 세르탕의 그 말없는 대지를 생각하게 하는 것은 사실이
다. 그 땅, 말이 없지만 그렇다고 베르코르와 닮은 것도 아닌 땅.
마치 불꽃나무가 마가목과 닮지 않았듯이, 또 이곳의 침묵이 그
곳의 침묵과 닮지 않았듯이 말이다.

27

브라질의 세르탕 고원지대, 그곳은 햇빛이 하얗게 내리쬐고, 자갈 사이로 잿빛 가시나무들이 자라는, 프랑스 면적의 세 배나 되는 땅이다. 그리고 여기저기, 금술이 달린, 붉게 타오르는 그 화재(火災), 불꽃나무! 세상에서 가장 아름다운 나무. 진귀한 나무라는 사치조차 스스로에게 허용하지 않는 나무.

28

우리는 부르고뉴 지방 쪽으로 난 길로 차를 달린다.

우리는 로스의 최근작을 한창 읽는 중이다⋯⋯

민은 벌써 꼬박 세 시간 동안 쉬지 않고 소리내서 책을 읽는다. 그녀는 절대로 어조에 힘을 주지 않는다. 이야기의 전개를 미리 내다보고 저자의 의도를 조금 강조할 뿐이다. 이제부터 여행은, 그녀 음성의 명징한 선을 따라 살그머니 미끄러지게 놔두는 일이다. 우리 여정의 대부분은 이렇게 책을 읽는 시간과 섞여 있고, 도시에서 도시로 가는 사이에 소설들이 쓰인다. 파리와 니스 사이에는 유명한 나폴레옹의 정복로가 있지만 그래도 조너선 코의 『영국식 성서』를 읽었고(내게 책을 읽어주는 민은 급커브길에서도 정신없어하지 않는다), 비아리츠와 파리 사이에서는 셀마 라게를뢰프가 쓴『괴스타 베를링의 전설』을 읽었다. 이 책은 벌써 몇 번이나 읽었는지 모른다(그런데 우리가 비아리츠에서 무엇을 했지? 기억이 전혀 없다). T. C. 보일의『수상음악』만은 예외다. 물푸레나무 두 그루 사이에 그물침대를 매어놓고 민과 서로 머리와 다리를 반대쪽으로 하고 나란히 누워 사흘간, 부스러기 하나도 흘리지 않고 몽땅 읽었다. 카오르-파리 구간에서는 다닐로 키스가 쓴『보리스 다비도비치를 위한 무덤』이라는 실종에 관한 실화소설을 읽었다. 이 책은 한 번 읽기보다는 두 번 읽었다. 니스에서 캉페르까지, 프랑스 국토를 대각선으로 가로지르는 여정에서는 코아체의『실추』(코아체, 꾹꾹 삼킨 눈물이 얼마나 많이 들어 있는가!)를, 베르코르와 라그라스* 사이에서는 마리오 바르가스 요사의『황소 축제』를 읽었다. 돌아오는 길의 대부분은 고속도로를 택한다. 방금 딴 송로버섯이 뜨끈뜨끈한 자동차 트렁크 안에서 상해가고 있다. 얼음장 같은 추위 속에 발랑스에서 니스까지 갈 때는 사람 마음을 흔들어놓는 피에르 페쥐의『작은 수도원』을 읽었다. 지하철에서는 하루 온종일 파사주 출판사에서 예쁘장하게 편집되어 나온 마리 앙주 기욤의『마지막 밤』을 읽었다. 또 비행기 속에서 24시간을 보낼 때는 얀 포토키의『사라고사에서 발

* 프랑스 남부 코르비에르 지방에 있는 마을.

견된 원고』를 읽었다. 이 작가는 지구 저쪽 남반구에 있는 누메아까지 가려고 천 개의 안경을 쓴 나그네다.

그녀는 몇 시간째 로스의 소설을 읽는다. 그러니까 콜먼의 이야기……(로스의 등장인물들인 사회적-인간적 덩어리들이 천천히 와해되는 모습을……)

갑자기 그녀가 눈을 들어 묻는다.

"참, 그런데 당신이 쓰던 그 닮은꼴은 어떻게 됐수?"

"망했지."

"죽나?"

"그렇지. 완전히 탈수된 채로. 그의 몸은 물기를 잃었고, 그는 영혼을 해방시킬 수 있을 거야."

"미라가 됐수?"

"대륙을 횡단할 때 자기 뒤를 따라오면서 죽게 내버려두었던 당나귀들처럼. 그는 열기에 먹혀버리지. 독사의 독 때문에 앓았던 열병과 똑같은 열병. 기억나, 그거? 뱀에 물린 그가 열에 들떠 헛소리를 하잖아. 이제 그는 영화도 어쩌다 한 번씩밖에 보지 못해. 채플린의 영상이 자기 자신의 환각과 마구 뒤섞이는 거야. 이발사가 〈위대한 독재자〉의 그 유명한 마지막 연설을 하고 있는데 그의 머리 위 하늘에 구름이 덮이고, 자기 발 아래의 호수들이 모두 증발하는 거야. 이렌과 내가 마라퐁가에 살 때 우리 집 바로 옆에 그런 호수들이 있었지. 꽤 큰 연못. 등에 혹이 달린 소 그리고 개들이 거기 가서 물을 마시고, 빈민촌 아이들은 엄마가 빨래를 하는 동안 그 연못가에서 놀곤 했어. 거의 호수라고 해도 될 정도로 큰 연못이야, 정말. 그 연못은 가뭄으로 물이 다 증발해버렸지. 하늘이 물을 가져갔고, 땅이 물을 삼켜버렸지. 그야말로 두 눈 번히 뜨고 보는 앞에서. 몇 주 만에 그 연못이 늪이 돼버린 거야. 진흙탕, 눈〔目〕만 한 크기의 물이 괸 진창, 꼭 침을 뱉어놓은 곳처럼. 그러곤 아무것도 없었지. 종기가 나서 부어오른 눈두덩처럼 진흙 뻘밭에 남은 상흔."

"……"

"요컨대, 닮은꼴은 죽고, 죽어서야 고향집으로 돌아와. 그는 내륙의 유혹에 굴복한 거야."

"우리의 여행과 반대 방향의 여행이네, 그러니까."

"맞아, 그거야. 그는 '파리로' 올라가지 않지. 그는 '휴가가 끝나고 돌아가는' 게 아니야. 그는 마침내 출구를 찾은 거야. 그는 물과 함께 제 색깔을 잃어가는 대지 위를 걸어. 그의 주변 땅은 척박해지고, 눈은 차츰 감기지. 갈증으로 목이 타는 그의 꿈에 옛날에 어머니가 앵무새 둥지에 걸어놓았던 그 오징어 뼈가 보이지. 세르탕에서 앵무새는 아주 중요해. 앵무새가 특히 중요하고, 다른 새들도 대개 다 중요하다고. 아주 외딴 곳에도 새 시장은 있어.

인디오들은 새를 정말 숭배한다니까."

"……"

"새들……"

"……"

"그 고요한 중에 지저귀는 새 소리 때문만은 아니야…… 뭔가 다른 이유가 있지…… 세르탕 사람들에게 새는 어딘가 다른 곳이 있다는 산 증거일 거야. 내 생각에. 그리고 앵무새들은 소식을 여기저기 퍼뜨리는 역할을 해. 우리 속에서 앵무새들은 그런 소식들을 지어내지. 그것도 좋아. 세르탕 사람들의 무한한 상상력이 거기에 살을 붙이는 거야."

"……"

"카팅가에서 자라난 아이들이 으레 그렇듯이, 닭은꼴은 앵무새들과 함께 어린 시절을 보냈어. 어쩌면 아르마딜로도 있었겠지. 그러다 아르마딜로를 먹기도 하고, 지나가는 풍각쟁이에게 그 딱딱한 껍질을 팔기도 했겠지. 풍각쟁이는 그걸로 샤랑고라는 악기, 그러니까 일종의 만돌린을 만들어서 아마존 밀림지대의 버팀벽 위에서 연주하고 말이야."

"사람이 아르마딜로를 먹을 수 있나?"

"그럼, 먹을 수 있지, 거북처럼."

"……"

"거북 수프만 먹었던 브라질 독재자 이야기, 내가 당신한테 한 번도 안 해줬던가?"

"안 해준 것 같은데."

"뚱뚱한 독재자가 있었어. 가슴에 두 뺨이 닿을 정도로 살이 찐 사람이었지. 그는 매일 저녁 거북 수프를 먹어야 했어. 그런데 어느 날 저녁, 수프가 없는 거야. 독재자는 화를 벌컥 냈어. 그의 수석 시종이 주방으로 내려갔지. 사람들은 그에게 거북을 보여줬어. 거북이 등껍질에서 도무지 머리를 내밀려 하지 않는 거야. 먹기 좋게 하려면 거북 등껍질을 벗겨야 한다는 건 만인이 아는 상식이었지. '내가 해보죠' 하고 수석 시종이 말했어. 그가 손으로 거북을 잡고 손가락 하나를 거북 똥구멍에 쑤셔넣으니, 거북은 놀라서 머리를 쏙 내밀었어. 그때 시종이 그 머리를 잽싸게 잘랐지. 주방장이 감탄하면서 '아니, 이럴 수가. 이런 재주를 대체 어디서 배웠소?' 하니까 그가 대답하길, '내가 대통령 넥타이를 매드릴 때 어떻게 할 것 같소?'"

"재밌다."

"그렇지?"

29

배가 고파서 그들은 아르마딜로를 먹을 수밖에 없었다.

그러다가 예수회 신부가 왔고,

신부가 그를 도시로 데려갔다.

그게 그를 구해준 건지

망친 건지는

생각하기 나름이지만.

어찌 되었건 인생은 흘러갔다. 그는 이제 죽는다. 그는 대형 스크린 밑에 앉아서 단말마의 고통을 겪고, 앵무새의 수다에 이끌려 내륙으로 되돌아온다. 그 수다가 그에겐 양치기에게 길을 알려주는 샛별인 거다. 이탈리아 앵무새였던 것 같다. 어쨌든 그 앵무새는 그에게 이탈리아 말로 시를 읊어주었다. 마치 놀리는 것 같았다.

Eri pur bella, o di Colombo terra

avventurosa, e l'ospital tuo seno

al proscritto porgesti!

새가 빈정대듯 꽥꽥거리면, 그는 새 같은 목소리가 아니었던, 그리고 단 한 번도 빈정거릴 줄을 몰랐던 그 누군가가 떠올랐다.

그러나 너는 아름다웠지, 콜럼버스의 모험의 땅이여

금지된 자에게 너는

젖가슴을 내주었지!

앵무새가 꽥꽥대는 소리를 듣고 있노라면 그는 사춘기 시절, 가리발디 추종자였던 이발소 주인영감의 구리 같은 음성을 듣는 것 같았다. 그 영감이 가리발디의 말을 인용해서 읊을 때마다 앵무새는 방해를 놓곤 했다. 앵무새는 혁명의 노래를 제 소리로 덮어버리려 했다.

"내륙의 유일한 교황주의자 앵무새가 하필 내게 걸려들 건 또 뭐야!"

이발사 영감은 욕을 해댔지만 잘 견뎠다. 그는 분명히 제자에게 가리발디 식으로 턱수염을 곱슬곱슬하게 만드는 기술을 가르쳐주어야 했다. 하지만 무엇보다도 제자에게 가리발디의 시를 가르쳐야 했고, 우선 박애의 대륙이라는 약속을 실현시키기 위해서 그의 몬테비데오를 가르쳐주어야 했다.

"넌 가리발디 추종자가 돼야 하는 게 아니라, 주세페 가리발디, 바로 그분이 되어야 해! 자, 날 따라서 외워봐라."

Una daga per combattere gli infesti,
ed una patria non di rovine seminata.

그는 되풀이했다.

부패한 자들을 무찌르기 위한 단도,
그리고 폐허로 뒤덮이지 않은 조국.

영감은 흥이 났다.

"내 빨간 셔츠가 네 깃발이 될 게다!"

가리발디가 지은 시에 발걸음을 맞추어 태양을 가로지르다보니 이 모든 게 그의 머릿속에 되살아났다.

Un cielo come d'Italia, abitator fratelli,

e donne impareggiate

오! 그래……

이탈리아의 하늘, 박애정신 투철한 주민들과,

어디에도 비할 데 없는 여자들……

　오, 하느님…… 그 "비할 데 없는 여자들"……

　한편 바이오그래프 시어터의 스크린을 보면, 땅바닥에 엎드려 울고 있는 한나도 하늘에서 내려오는 음성을 듣는다 "한나, 하늘을 보아라……"

　그는 이 '비할 데 없는 여자들'을 꿈꾸었을 것이다! 빗질하고 가위질하는 하루 일과가 끝나고 나면 이 '비할 데 없는 여자들'을 떠올리면서 잠든 적이 얼마나 많았을까?

　"한나, 하늘을 보아라. 우리는 어둠에서 빛으로 가고 있다……" 천상의 음성 같은 채플린의 목소리가 말한다.

　이제 그는 죽는다. 그는 내륙으로 돌아간다. 그는 고향으로 귀환한다. 그는 홀로 자신의 대륙에 침입한다. 그는 한없이 가볍지만, 수많은 기사들이 움직일 때처럼 먼지를 일으키며 앞으로 나아간다.

그는 잊혀진 형제들을 향해, 비할 데 없는 여자들을 향해 날아간다······

앵무새 한 마리가 그의 길을 인도한다.

이발사 영감의 빨간 셔츠가 바람에 펄럭인다.

"한나, 하늘을 보아라, 우리의 영혼은 그 날개를 다시 찾았도다······" 채플린의 음성이 말한다.

한나가 눈을 들어 하늘을 보는 동안,

무연탄이 일으키는 구름먼지가

주위 사방에서 그가 있는 쪽으로 몰려온다.

몰려와서 서로 모이고, 모이고, 엉킨다.

바로 그의 머리 위에서.

그리고 가죽부대처럼 쭉 찢어진다.

세상의 모든 구름,

바로 그의 머리 꼭대기에

찢어지는 가죽부대처럼.

찢어지면서 물이 주르륵

한 방에 새어나오는.

그는 자기에게 물이 뚝뚝 떨어지는 걸 본다.

물방울들이 모두 함께,

한 방울 한 방울마다 특별한,

물방울들이 모두 함께.

한 방울이 한 세계다……

"저 물방울들이 땅에 닿을까?" 그는 두 손을 쫙 펴고, 눈을 감고, 입술은 웃듯이 양 옆으로 한껏 벌리고, 활활 타는 듯 뜨거운 피부를 그 물방울에 갖다대며 속으로 자문해보았다. "저 물방울들이 땅에 닿기는 할까?"……

……

이게 끝이다. 세르탕에 비가 내리는 동안, 저수용 물구덩이들에 물이 가득 차는 동안, 하늘이 땅에 씨를 뿌리는 동안, 오래 참아온 자연이 아마릴리스 꽃의 융단으로 뒤덮이는 동안, 잎이 돋아오르기를 기다리지도 않고 꽃들이 피어나는 동안, 곤충들이 붕붕대고 새들이 날아오르는 동안, 식물학자와 곤충학자와 조류학자가 쓴 책들의 어휘가 점점 풍부해져서 소설가들이 그 안에서 색깔을 고르는 동안, 즉각적이고도 긴 세월에 걸친 이 기적이 일어나는 동안 가뭄은 끝나고, 지옥은 천국이 되고, 영화관의 안내원 처녀는 시카고의 사람 없는 객석에서 시신 하나를 발견한다. 염소 가죽처럼 바싹 마른, 그러나 머리끝에서 발끝까지 흠뻑 젖어 있는 주검.

"……"

"……"

"그 모든 얘기를 당신이 다 쓴 거유?"

"다 써서 소나에게 보냈지."

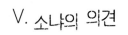

V. 소냐의 의견

"그래서, 작가 선생님, 나는 당신 친구 팡숑이 된 거랍니다. 아니 살아 있는 잔 다르크가 되었다고나 할까요.
다음날 저녁 여섯시, 난 아버지의 닮은꼴들이 그 독특한 괴짜에게 술을 퍼먹여 죽음으로 몰아간
바로 그 술집에 가서, 추방과 노동과 용기와 가족과 취기 때문에 석회처럼 딱딱하게 굳어버린 그들의 뇌 속에
작은 섬광이 반짝이게 만들 궁리를 한 거예요."

1

사람들은 자기 자신과 끝장을 보기 위해 글을 쓰지만, 또 남에게 읽힐 욕심으로 글을 쓰기도 한다. 이 모순에서 빠져나올 도리는 없다. 그건 마치 물에 빠진 사람이 이렇게 소리치는 것이나 다름없다. "엄마, 나 좀 봐. 지금 헤엄치고 있어!" 진정성을 누구보다 큰 소리로 외치는 자들은 천사처럼 방방 뜨면서 15층에서 몸을 던진다. "자, 보시오, 나는 나일 뿐이라오!" 남이 읽었으면 하는 마음 없이 글을 쓴네 하는 행위(예컨대 일기를 쓰는 것)는, 저자인 동시에 독자가 되겠다는 꿈을 우스꽝스러운 경지까지 밀고 가는 짓이다.

평온한 가을을 예고하는 햇빛을 받으며 피아 가를 걸어올라 소냐의 아파트까지 가면서 나는 속으로 앞에 쓴 것과 같은 생각을 했다.

오세요, 작가 선생님, 당신 글을 읽었어요. 우리 그 얘기 좀 해보지요. 그녀가 '작가 선생님'이라고 하는 게 신경 쓰였다. 그러나 그 말은 신경 쓰라고 일부러 한 말이었다. 그녀의 별것 아닌 말 한마디가 내가 잘 아는 야릇한 흥분으로 내 마음을 가득 채워놓았다. 남이 읽어줬으면 하는 호기심, 이 호기심을 부끄러워하는 마음, 칭찬 받고 싶다는 욕망, 이 욕망에 대해 정이 떨어지는 마음, 객관적 비평의 추구, 독립의 언명, 이 모든 게 거짓 겸손이라는 바탕 위에서 펼쳐진다. 뭐가 중요한가? 너는 너를 누구라 생각하는가? 그리고 지친 심문, 신경쇠약에 걸린 교육의 후유증. 그래, 사실 나는 나를 누구라 생각하는가, 그리고 중요한 게 무엇이란 말인가?

나는 여름 휴가가 끝나고 가을이 본격적으로 시작되는 시기에 찾아오는 경미한 우울증을 나 자신에게 그냥 허용하고 있었다. 그 증세는 내 책이 이제 끝나간다는 사실 때문에 더욱 심해졌다. 이 감옥에서 지낼 날이 아직 몇 주 더 남았고 그다음에는 밖으로 나가야겠지……

2

　소냐는 나를 맞이하면서 부브레 포도주 병과 병따개를 내밀었
다. 그러더니 잰 걸음으로 응접실 쪽으로 가서 포도주 잔 두 개를
들고 왔다. 발목은 나은 것 같았다.

　"그래, 여행은 잘했어요? 로스 소설도 잘 읽었고?"

　늙은 아파치 족 여인 같은 얼굴…… 그녀는 정말 나탈리 사로
트와 닮았다. 진짜로 몇 살쯤 먹었을까?(어렸을 때 나는 우리 할
머니가 영원히 사신다고 믿었다. 워낙 연세가 많으시니 영원히
사실 거라는 믿음이 들었던 것이다. 그토록 오래 견뎌오셨는데
갑자기 돌아가실 이유가 없지 않은가! 다른 사람들, 좀더 젊고 기
운이 좋은 사람들이 훨씬 죽을 위험이 많은 것처럼 보였다.) 이런
관점에서 보자면, 소냐의 주름살, 파인 골, 운모 같은 손, 백묵같

이 희뿌연 음성, 움푹 팬 눈자위 속 저 깊은 곳에서 빛나는 눈의 광채는 그녀에게 불멸에 관한 진지한 선택권을 주고 있다.

그녀가 로스에 관해 말하기 시작했고, 나는 포도주 병을 땄다.

"어쩌겠어요, 당신이 좋아하는 로스가 내겐 거슬리는걸. 깊이 파고들 때는 참 좋지만, 철통같이 방어할 때는 울화통이 터져요. 다 큰 어린애 같은 그 작가는 독자를 믿는 마음이 조금도 없어요. 그 사람 글을 읽고 있으면, 그가 내 어깨 너머에 불쑥 나타나서 제대로 이해했느냐고 물어볼 것 같은 느낌이 들거든요. 소설이 잘 나갈수록, 그는 자기 소설들을 마치 돼지에게 진주를 던지듯 내팽개쳐버리고 있어요. 그를 보면 옛 애인 중 하나가 생각나요. 그의 몸이 내 안에 들어와 재채기를 할 때마다 마치 내가 자기 것을 훔치기라도 하는 양 소리지르곤 했지요. '내 정액! 내 정액!'"

이 말을 듣고 나는 그래도 좀 놀라서 눈을 들어 그녀를 올려다보았다.

소냐는 병마개를 딴 술병을 내 손에서 뺏으며 살짝 미소지었다.

"웃으라고 한 얘기예요! 게다가 마지막 말은 내가 지어낸 게 아니라, 누가 썼는지는 잊어버렸지만 어딘가에서 읽은 거예요."
(아! 그렇군요……)

"당신의 주름살을 펴주고 싶었어요. 내가 보기에 당신은 참 어두워 보이네요. 여기 좀 앉으세요."

그녀의 아파트는, 앞에서도 말했지만 파리의 하늘을 배경으로 마치 뱃머리처럼 우뚝 서 있었다. 그녀는 창문과 마주 보는 위치에 놓인 의자를 가리켰다. 그녀가 앉는 1인용 안락의자였다.

"앉아요, 앉아……"

그녀가 다른 의자 하나를 반대 방향으로 돌려놓아 우리는 포도주 잔을 들고 도시를 내려다보며 나란히 앉게 되었다.

침묵.

오랜.

파리.

(나는 높은 곳에서 아래를 내려다볼 때 펼쳐지는 경치를 그리 좋아하지 않는다. 비둘기의 관점이 내게는 별것 아니다. 너무 추상적이거나 아니면 너무 사실적이다. 날아다니는 쥐라고도 할 수 있는 비둘기는 절대로 딱 알맞은 거리를 찾아내지 못한다. 도시의 평면도 위를 높이 선회하거나 아니면 땅에 딱 달라붙어서 개똥을 쪼아먹거나, 둘 중 하나다. 이건 문학 논쟁을 비유한 하나의 은유이기도 하다.)

계속되는 침묵.

그러다가 마치 스르르 미끄러지듯 소냐가 툭 말을 던졌다.

"내 사춘기 시절에 대해 최소한의 것을 말해드린 게 잘한 일이었네요."

"……"

"덕분에 나의 매력적인 초상을 그려낸 거잖아요."

"……"

"좀 너무 매력적이겠죠, 아마……"

"……"

"이상화하는 게 종종 드러나는, 당신의 밉지 않은 흠이지요. 산 전수전 다 겪은 할머니를 당신에게 보여준다 해도, 당신은 그 할 머니를 밤의 천사로 그려낼 테니까요…… 당신은 연애할 때나 친 구들, 가족들과 있을 때도 아마 그런 식이겠죠? 가까운 사람들은 아마 당신에 대해 불평할 게 없을 거예요!"

그녀는 마치 한 마리 짐승을 살살 골리며 갖고 놀듯이 말했다.

"그것도 있고 또 당신이 느끼는 구원의 필요성이……"

"……"

"예를 들면 〈위대한 독재자〉가 상영되는 동안 닮은꼴이 오래오 래 회한에 잠기잖아요…… 인간이 정말 그렇게 자신에 대해 골똘 히 돌이켜보면서 죽을 수 있다고 생각해요? 당신보다 죽을 날이 더 가까운 나로서는 그 부분이 좀 의심이 갔어요."

'죽을 날'이 더 가깝다고……

나는 멀리 푸른 점처럼 보이던 보부르의 퐁피두 센터가 희뿌예 지는 것을 바라보았다. 해가 서쪽으로 기울고 있었다.

소녀가 다시 말을 이었다.

"현실로 돌아와서 말하자면, 닮은꼴은 구급차에 실려갈 때 진짜로 이미 죽은 거예요. 그렇죠. 검시한 의사는 학질이 재발한 거라나, 뭐 이런 식의 진단을 내렸죠. 그래서 의학계의 호기심을 자아냈고요. 생각 좀 해봐요. 한겨울에 일리노이 주에서 학질에 걸려 열이 펄펄 끓다니…… 이런 막무가내식의 진단은 죽은 이가 알코올을 그렇게도 많이 들이켠 사실과 아귀가 잘 안 맞죠? 내 생각에 그가 술을 그렇게 마신 건 몸을 덥히려는 목적도 있었을 거예요. (잠시 뜸을 들이다가) 이런 관점에서 보자면 당신 말이 맞아요. 그는 열과 추위, 두 가지 원인으로 죽은 거라고요…… 게다가 지독한 섬망증도."

그녀가 그다음에 한 말이 드디어 날 웃음짓게 만들었다.

"죽으면서 가리발디가 했던 말을 외울 정도라니, 참!"

이 말에 대해, 그녀는 자기 생각으로는 소설 그 자체가 알코올 중독 같은 장르라고 내게 설명하려 했다.

"모든 게 허용된 이 술병―소설이라는 술병―에 푹 잠겨보지 않고서야 어떻게 인생이라는 그 취한 상태를 알 수 있겠어요?"

맞아, 맞아. 하지만 나는 좀더 세속적인 질문을 나 자신에게 던지고 있었다. 그 나이의 처녀가 대체 어떤 방법으로 1940년 시카고의 어느 영화관에서 죽은 이름 모를 노숙자의 사인에 관한 검시의의 보고서를 손에 넣을 수 있었을까. 그게 궁금했다.

내 물음에 그녀는 다시 한번 건배하자는 몸짓을 해보이며 물었다.

"사실주의 수업을 하자는 건가요?"

3

그리고 자기 아버지가 장의사였다는 사실을 알려주었다. 묘혈파는 인부나 시신을 수습하는 염쟁이나 대리석 묘비를 깎는 석공이나 영구차 대여업자는 아니었다. 이 모든 일을 한꺼번에 맡아서 하는 장의사 대표였다. 장의업을 하는 사업가, 누구나 알다시피 죽음이라는 것이 예외적으로 간주되지 않는 거대한 금융도시 시카고에서도 첫손 꼽히는 장의사였다는 것이다.

"그래도 그 일을 처음 시작하신 것에 대해선 후회를 하시곤 했지요. 아버지 말씀에 따르면, 그 시절에는 제 명에 세상 떠나기를 기다리는 게 아니라 그야말로 '죽었다'고 해요."

소냐가 말했다.

'그 시절'은 1918년으로 거슬러 올라간다. 당시 스페인에서 시작된 독감이 시카고를 휩쓸어 주로 노인과 젖먹이들이 많이 죽었다. 그 시기에 소냐의 아버지는 목수로 일하고 있었다. 그는 날아가는 공을 펄쩍 뛰어 움켜잡은 격으로 지붕에 얹으려던 나무로 관을 짜게 되었다. 그러다가 금주법 시대*가 왔다…… 그건 또다른 종류의 대학살이었다. 시신의 수는 독감 때보다 적었지만 이번에는 고급 석관(石棺)을 썼다. 아무리 한심한 악당도 죽어서는 국장(國葬) 같은 호화 장례를 받을 만한 권리가 있었다.

"무슨 일을 하시냐고 사람들이 물으면, 아버지는 솔직한 웃음을 지으며 '수출입'업을 한다고 대답하셨죠. 기질적으로 장난을 좋아하고, 모든 걸 재미있어하고, 교양이라곤 전혀 없으며, 절대 녹슬지 않는 낙천주의에다 교육 문제에는 놀랄 만큼 악착같으셨던 분이에요. 만약 우리 아버지가 글을 읽을 줄 알았다면, 당신 친구 로스가 소설에 등장시킬 만한 멋진 인물이 되셨을 텐데……"

"……"

"험프리 보가트를 연상시키는 그 개버딘 코트를 우리 아버지가 못 입게 하셨다는 얘기는 어디서 들었어요? 소문과는 반대로, 아버지는 탐정이 입는 것 같은 그 레인코트를 꽉 졸라 입은 내 모습

---

* 1919년 비준되어 1920년부터 1933년까지 시행된 미국의 금주법으로 말미암아 1920년대에는 술을 밀수·밀송·밀매하는 갱 조직이 날뛰고 정치 부패 사건도 잇달아 터졌다.

을 보는 걸 좋아하셨답니다. 심지어 내게 그 코트와 어울리는 펠트 모자를 선물까지 하셨으니까요. 그건 보통 일이 아니었죠. 아버지는 생전 선물이라는 걸 하는 법이 없었고 보가트라는 배우도 싫어하셨으니까요. 보가트, 채플린, 페어뱅크스를 '바보 멍청이 같은 공산당 패거리들'이라고 하셨어요. 아버지가 장의사 이름을 뭐라고 붙이셨는지 알아요?"

나야 알 수 없는 일이었다.

"BDTR. 그 의미는 공식적으로 이래요. '베터 더트 투 레스트.*' 하지만 식구끼리 밥을 먹을 때나 친한 친구분들과 위스키를 마실 때는 이 약자의 의미가 전혀 달라졌죠. '베터 데드 댄 레드.**'"

"……"

"아버지는 그런 분이었어요. 고향 마을에는 아버지 같은 부류의 사람들이 꽤나 많았지요. 딱 돌아가실 만한 나이에 당신 침대에 누워 돌아가셨어요. 질문 같은 건 한마디도 입 밖에 못 내게 만드시고 말이에요. 아버지는 당신 곁에 두고 뼈 빠지게 일을 시키던 오빠와 남동생의 엉덩이를 장화발로 걷어차곤 하셨죠. 딸인 나는 참 좋아하셨어요. 단, 내 공부에 드는 돈은 내 손으로 번다는 조건하에 말이죠. 그래서 난 영화관 안내원 일을 하게 된 거예요.

---

* Better Dirt To Rest. 안식을 누릴 더 나은 땅.
** Better Dead Than Red. 빨갱이보다는 죽음이 낫다.

그래서 목탄화도 그린 거고요……"

그녀가 그림을 시작하게 된 동기를 정확하게 짚어주는 몇몇 얘기들이 이어졌다. 그녀가 그림에 대해 처음 관심을 보이자, 아버지는 바로 할 일을 정해주었다. 유족들이 슬피 우는 빈소에서, 누워 있는 죽은 이의 옆얼굴을 스케치하는 일이었다.

"'암, 그렇고말고. 그림은 유족들에게 아주 좋은 추억거리가 될 거다!' 아버지는 확신에 차서 말씀하셨죠."

'좋은 추억거리'인 그림 한 장에 오 달러씩 받아, 그녀는 용돈으로 쓸 금액보다 더 많이 벌었다. 그렇게 그녀는 코를 풀며 울어대는 사람들 틈에서 페놀의 악취를 맡아가며 시체의 크로키를 그리면서 사춘기를 보낸 것이다.

"그럼요, 나도 내 나름대로 장의사였다니까요."

시신을 스케치하는 일은 금방 모든 유족의 초상화를 그려주는 일로 진전이 되었고, 그녀는 어려움 없이 그 경계선을 넘었다. 그렇게 그녀는 재빠른 솜씨로 뚝딱 그림을 그리게 된 것이다. 촛불이 밝혀진 한 제단에서 다른 제단으로 옮겨가면서. "그것들은 마치 해수욕장 탈의실처럼 나란히 붙어선 채 하나하나 번호가 매겨져 있었지요." 그렇게 해서 산 사람을 하루 서른 명쯤 크로키로 그려내게 되었던 것이다.

"그 일이 특별히 어렵지는 않았어요. 애도하는 여자들도 고인들만큼이나 몸을 별로 움직이지 않으니까요."

그녀는 방금 한 말을 고쳤다.

"이탈리아 여자들만 빼고요…… 그래요, 남쪽 사람들의 슬픔을 그리다보니 움직임을 포착하는 감각을 갖게 됐지요."

이 대목에서 그녀는 살짝 곁눈질을 하며 속마음을 털어놓는 어조로 말했다.

"이런 얘기를 모두 털어놓는 건, 당신이 그린 나의 초상에 내가 얼마나 감동받았는지를 좀 알라고 그러는 거예요. 사람 없는 영화관에서, 생전 처음 본 망자의 눈물을 닦아주는 용감한 처녀……"

(좋아요, 좋아……)

이어서 그녀는 자기 얘기만을 하기 시작했다. 지난날을 회상하는 얘기였다.

"아버지 회사에서 그렇게 일한 게 나중에 스타일 화(畵) 작업을 하게 되었을 때 엄청난 도움이 되었어요. 패션모델들의 몸에서 살아 있는 거라고는 옷밖에 없어요. 옷을 걸친 모델은 이미 죽어버린 셈이죠. 그 여자들의 얼굴을 관찰해본 적 있죠? 그 얼굴 속에서는 움직이는 것이 아무것도 없어요. 의상 디자이너들이 질료를 위해 그 얼굴들을 제거해버리는 거죠. 1970년대에는 심지어 디자이너들이 모델들을 뼈만 남도록 바싹 마르게 만들기까지 했다니까요. 모두 프랑켄슈타인의 약혼녀들 같죠. 그런 여자들이

자기들도 모르는 목표를 향해 기계적인 유연함을 보이면서 걸어
가지요. 옷을 그릴 때면 나는 항상 그 죽은 사람 같은 젊은 여자들
부터 그리기 시작했어요. 쉬폰 천 한 조각도 그 여자들이 걸치면
얼마나 생기를 띠던지, 정말 미칠 정도죠!"

그녀는 얼마간 이 주제를 갖고 얘기를 풀어나갔다. 그녀의 말
에 따르면, 우리 사회는 살아 있는 것을 희생시켜가면서 살아 있
는 것 같은 효과를 자아내려고 한다는 것이었다. 그것도 가능한
한 모든 분야에서 그런다는 거였다. 그녀의 손자들이 바로 그런
풍조의 '죽어가는 증거'라고 했다. 자기 자신 대신에 '그것'이 살
고 있는 스크린 앞에서 스스로 해체되어가는 데에 골몰하는 젊은
송장들.

"이제 아무도 그 아이들을 자기 방에서 끌어내어 가족의 식탁
에 앉힐 용기가 없어요. 심지어 걔들을 여자친구의 침대 속에 집
어넣지도 못해요."

나는 잠시 그녀가 이 주제의 악보를 펼친 채 마음껏 즉흥연주를
하도록 내버려두었다. 그러다가 잠시 숨쉬는 틈을 이용하여 살그
머니 물어보았다.

"그런데 검시의가 제출한 보고서는요, 소냐?"

내가 잠들었던 그녀를 깨운 것처럼 되어버렸다.

"아, 그래요."

"……"

"그래요, 그래요. 그 검시의의 보고서를 어떻게 손에 넣었느냐 하는 것."

그녀는 천천히 미소지었다.

"소설가의 질문……"

그녀는 먼 곳을 바라보았다.

"얼른 듣고 싶은가요?"

저 멀리 사관학교 뒤로 천천히 떨어지고 있는 해보다 더 급할 거야 없지 싶었다.

"그렇다면 당신이 브라질에는 대체 뭘 하러 갔던 건지부터 얘기해줘요. 그것에 대해서는 아무 데서도 얘기한 게 없네요."

4

나도 그런 질문을 나 자신에게 던져본 적이 없었다. 이렌의 첫 직장 때문이었다. 브라질 포르탈레자 대학에 자리가 하나 났고, 우리는 그 기회를 놓치지 않고 잡았던 것이다. 그렇게 된 거다. 그러나 이 설명만으로는 우리가 '왜' 그런 결정을 했는지까지 밝혀지지는 않는다. 이렌은 파리의 아스팔트 위에서 자라난 꽃 같은 여자였고 나도 집구석에만 틀어박혀 꼼짝 안 하는 방안퉁수였다(샤랑트 지방 출신의 방안퉁수라고나 할까?). 짐을 싸서 사방천지로 이사 다녔던 어린 시절이 지긋지긋해서 여행이라면 질색을 하게 된 것이다. 이론상으로 보면 나는 브라질에 가기를 마다하고, 벨빌의 자갈돌 같은 내 집에 콕 처박혀 있어야 했다. 그런데 그러지 않고, 잘 다니던 직장에 사표까지 내면서 떠나는 일이 실현되도록 도왔던 것이다. 친구와 주고받은 내 편지를 지금 다시 읽어보면 그때 우리가 브라질에 대해 아무것도 몰랐다는 것, 포르투갈어라고는 단 한마디도 할 줄 몰랐다는 것, '세아라' 주의 수도인 '포르탈레자'에서 어떤 일이 우리를 기다리고 있을지 조금도 알 수 없었다는 것, 그런 것들이 오히려 나와 이렌으로 하여금 결심을 하도록 만들었던 것 같다. 그 도시와 주는, 우리가 그 두 이름을 처음 듣는 순간 이 세상에 탄생한 것 같았다. 우연이 우리에게 새로운 귀와 새로운 시선을 제공했는데, 그런 우연을 그냥 흘려버릴 수는 없었다. 또 한 가지. 파리를 떠난다는 건 사회적 자살이나 마찬가지라고 주장하며 우리를 붙들려는 어리석은 자들로부터 반드시 도망쳐야 했다. 탯줄을 한번 딱 끊어보는 것, 이른바 세계의 배꼽이라 불리는 이곳과 우리 사이에 넓은 대양을 두어보는 것, 그게 그 순간의 위생법이었다. 다른 곳! 다른 곳! 닻줄을 풀고, 다른 곳으로 가서, 우리가 거기 있었는지 보는 거다. 그리고 지스카르* 통치하의 프랑스가 멀리서 보면 어떤 모습으로 보이는지 알아보는 거다.

......

"그런데요?"

---

* Valéry Giscard d'Estaing(1926~), 프랑스의 정치가. 1974년부터 1981년까지 프랑스 제5공화국 대통령으로 재임했다.

이런 일반적인 얘기들에 만족하지 못한 소냐가 물었다.

"그리고 그때 막 제 소설 한 권이 나왔거든요. 닻줄을 풀고 떠나기에 그보다 더 좋은 이유는 없죠."

"……"

"……"

"그래서요?"

그래서 우린 포르탈레자에 도착했고, 호텔 사바나, 그 콘크리트 더미 같은 건물 뒤쪽에서는 열대 증기탕에서 이 빠진 창녀들이 은밀히 영업을 하고 있었다. 스페인어와 포르투갈어를 갈라놓는, 또 포르투갈 말과 브라질 말을 갈라놓는 음성학적 심연 앞에서 우리는 망연자실했다…… 알데오타라는 특별구역에 잠시 머물렀는데, 그곳에서 무장한 보초들의 순찰과 내륙에서 뽑혀온 하인 떼거리를 보고, 우리는 자국 내에 식민지를 형성한 브라질 사회의 실상이 어떤 것인지 처음 가늠하게 되었다. '임프레가다스 셈 에스콜라' — 일꾼 모집 광고는 이렇게 명시해놓고 있었다. 그 말을 번역하자면 이랬다. '무학(無學)이거나 앞으로 배우려고 하지 않을 하인 찾음.' 알데오타를 떠나 포르탈레자의 변두리 지역인 마라퐁가로 가서 그 하얀 집에 살게 되었는데, 코르토 말테제를 위해 지어진 것 같은 그 집은 몇 년 전부터 아무도 살고 있지 않았다. 길 건너편에 자리잡은 빈민촌이 점점 커지고 있었고, 중산층은 뱃속이 텅텅 빈 굶주린 사람들과 인접해 사는 것을 두려워했기 때문이다. 그곳은 일종의 '시치우,' 즉 버려진 열대농원이었다. 망고나무 뿌리가 뻗어올라 집 한복판에 직직 금이 가 있고, 지붕에는 야자 열매의 하얀 속이 마구 흩뿌려져 있고, 거기 살던 땅거미는 쫓아내도 한사코 안 나가고, 바퀴벌레는 똑바로 줄지어 날아다니고 있었다. 새벽이 되어 밤새 축축해진 신발을 들여다보면 투명한 전갈이 그 속에 얌전히 들어앉아 있었고, 우리가 기르던 고양이 가브리엘라가 자랑스럽게 이렌에게 물어다주던 뱀들은 지독한 독사들이었고, 망고 나무의 주인인 원숭이들은 우리를 마치 침입자 보듯 바라보았고, 우물물은 녹물이었고, 파라오 시대의 풍경 같은 개미집들이 과수원 네 귀퉁이에 자리하고 있었다. 갑자기 해가 떨어지면 살진 두꺼비 세 마리가 베란다 밑에서 우리의 벗이 되어주었고, 박쥐들은 우리에게 후광이 되어주었으며, 나방들은 고압선처럼 치지직 소리를 내며 날아다녔다. 마라퐁가, 아베니다* 고도프레두 마시엘 211번지. 이게 지금은 없어진, 우리가 마치 살아 있는 존재처럼 사랑했던 그 집의 주소였다.

   ……

   "그래서요?"

---

* '대로(大路)'라는 뜻의 포르투갈어.

관광 목적으로 줄줄이 늘어놓는 것 같은 이런 이야기로는 성에
안 찬 소냐가 물었다. 그렇게 난 그곳 사람들을 알게 되었고, 언어
를 알게 되었고, 그 고장의 땅을 알게 되었다. 사교상의 예절을 지
키느라(이런 예절이란, 실은 겁먹은 마음을 나무랄 데 없는 의상
으로 덮어씌워놓은 것이다) 마라퐁가의 우리 집을 방문하는 것을
삼가던 그 대학 총장과 교수들, 국제 협력 업무차 그곳에 와 있던
프랑스인들(고향 생각에 가득 차 있고, 끼리끼리 떼지어 몰려다
니고, 잘난 척하고, 토속적인 것에 관심을 갖는, 대부분 가까이 하
지 않는 게 좋은 사람들), 세르지우, 이스페지투, 또 베치와 히카
르두, 아를레트와 장, 또는 솔레다지, 네네, 나자레, 주앙, 우리와
삶을 함께했던 마르팅스 부족의 셀 수 없이 많은 사람들, 내가 파
이프 담배를 피울 때면 나를 '보보*'라고 부르던 아이들(세르탕
의 할머니들은 환자를 돌볼 때 담배를 피운다), 이렌이 첫 강의를
할 때 말을 몰라 몸짓으로 이야기를 했더니 그 손짓발짓 신호가
좋아서 어쩔 줄 모르던 학생들, 읽기·쓰기·셈하기를 배우고, 십
팔 년째 태양 주위를 몇몇 친구들과 함께 빙빙 도는 데 열중하는
이 둥근 행성 위에 살고 있다는 사실을 어리둥절하지 않고 받아들
이던 솔레다지. 그러나 그는 미국 사람들이 달에 사람 두 명을 보

---

* '할머니'라는 뜻의 포르투갈어.

냈다는 사실을 믿는 것만은 고집스럽게 거부했다. "타 브링칸두, 하파스! 아크레지타 메즈무?(농담이지, 이 사람아! 그걸 정말 믿어?)" 지금 내 기억 속에서는 단어 대부분이 잊혀지고 사라져버렸다. 그러나 한 얼굴의 미소, 한 눈길에 깃든 정신, 한 존재의 생생함이 길이 남듯 여전히 그 음률이 귓전에 남아 있는 이 나라 언어의 매혹적인 발견. '세르탕' '세르탕 사람' '카팅가' '사우다지,' 오! 우리의 국경을 넘어서 이랑져 퍼져가는 언어들의 소리나는 흐름! 마법의 사물들의 수호자인 제라우두 마르칸의 출현, 그의 우아함, 그의 콧수염과 빗, 그의 부적, 그의 마쿰바*와 칸돔블레, 그리고 세르탕 고원지대를 처음 구경 갔던 일, 채소 부대를 허리가 휘도록 짊어진 미셸을 만났던 일, 이질에 걸려 설사로 속이 다 비고 절종(癤腫)에 몸이 다 먹혀버린 상태에서도 한사코 남을 보살피고 이해하려던 미셸, 죽은 딸을 내려다보며 망이 마르팅스가 한 말. "난 잘 잤단다. 네가 고맙구나. 근심스런 잠은 부자들의 잠이지. 내겐 말이다, 내겐 어떤 일이든 일어날 수 있어. 보렴……" 거기 누워 있던 그의 딸(고이 모은 양손 사이 오목한 곳에 쥔, 불 밝힌 초는 마치 그녀에게 하늘로 가는 길을 알려주는 듯했지). 그 딸은 포르탈레자에서 몸을 팔다가 더러운 병에 걸렸고, 항생제를

---

* 아프리카에 뿌리를 둔 브라질의 심령술.

과용한 바람에 저세상으로 가버렸다. 관을 짤 목수가 없었기 때문에 우리는 그녀를 그물침대에 눕힌 채 매장할 생각이었다. 그건 가족의 슬픔에 설상가상으로 가난의 수치마저 덧붙이는 일이었다. 이제 무엇을 더 말해드릴까요, 소냐? 오직 해안을 따라서만 우거진 푸른 열대림, 그리고 내륙으로 한 발자국 내디뎠다 하면 바로 버석대며 갈라지는 마른 땅, 코르델 이중창 부르는 사람들의 쉰 목소리, 그들이 주거니 받거니 불러대는 노래의 쾌활하면서도 억센 느낌, 세르탕 사람들의 미신과 그들의 타당한 정치적 선택 사이의 확연한 대비, 모든 걸 되는 대로 마구 섞어 편지로 써보내곤 하던 내 친구와의 교신, 내 문필생활 중 드문 행복의 순간을 선사해주었던 천 장쯤 되는 종이들. 왜냐하면 자기가 좋아하는 누군가에게 글을 쓰는 일은, 글쓰기의 근심을 면해주니까⋯⋯

"⋯⋯"

난 아직도 내가 바이아, 상 루이스 두 마라냥, 벨렝, 16세기 포르투갈 건축, 브라질 문학, 드루몬드 지 안드라지의 시(詩), 마샤두 지 아시스의 소설, 온갖 형태의 음악, 네이 마토그로수*라는 기막힌 광인, 브라질 언어의 기적(그렇게도 광대하고 다양한 대륙의 사방팔방에 어떻게 그리 소수의 사람들이 그리 짧은 시간에 포

---

* 브라질의 대중가수.

르투갈 말을 퍼뜨릴 수 있었을까?), 아마존의 강들처럼 길고 긴 텔레노벨라,* 타바쿠 나투라우,** 투쿠피***를 넣은 오리 요리, 바타파,**** 페이조아다***** 등의 요리법, 그리고 물론 피할 수 없는 카이피리냐****** 그리고 텍사코 주유소와 같은 건물에 있는 음식점에서 구워내는 작은 메추라기 요리인 코도르누스(이렌은 말하곤 했다. "가브리엘라와 내가 코도르누스를 같이 먹고 있으면, 몇백만 년이라는 시간이 우리 사이를 갈라놓는 것 같은 느낌이 들고, 또 그게 별게 아니라는 생각도 들어요."), 망고 나무 사이로 원숭이들이 내는 끽끽 소리, 내가 길들여서 우리 집에 들여놨더니, 고양이 가브리엘라가 털을 곤두세우며 깜짝 놀랐던 문제의 흑소(고개를 돌려야만 엄청나게 큰 두 뿔이 문을 지나갈 수 있었다), 흑소가 처음으로 거울에서 자기 모습을 보고 놀라던 표정(하지만 그 두 눈은 마치 예쁘게 화장한 것 같았지!), 내 그물침대 밑으로 기어들었던 떠돌이 개(용감한 놈, 하지만 달갑지 않은 송곳니. 그 개가 온 뒤로 아무도 내게 다가올 수 없었다), 텔레비전 코

---

* 브라질 텔레비전에서 장기 방영된 멜로드라마.
** '자연산 담배'라는 뜻의 포르투갈어.
*** 카사바 나무에서 추출한 즙.
**** 생선과 새우, 생강 및 야자즙으로 만든 스튜의 일종.
***** 검은콩을 돼지고기, 소시지 등과 함께 푹 끓인 브라질 음식.
****** 카샤사, 푸른 레몬, 얼음 조각, 흑설탕으로 만든 브라질 식 칵테일.

미디 프로들이 공공연히 피게레이두 장군을 무시하던, 군부독재 말기의 역설을 기억한다. 동 엘더 카마라 주교가 이끄는 붉은 교회. 상파울루의 데모대는 "교황님 만세 그리고 노동자 계급 만세!"라고 외쳤다. 텔레비전에 룰라*가 처음 등장하던 일. 북동부 출신으로 멀리 가서 파올리**를 추종하는 금속공장 노동자가 된 그. 그리고 이십삼 년이 지난 바로 지난주에 자기들 손으로 대통령으로 뽑은 이 친구에게 세르탕 사람들이(그들과 함께 우리도) 걸었던 희망. 생각 좀 해보시라, 소냐! 난 그 일을 축하하려고 내륙산(産) 큰 샴페인 병 하나를 땄다. 국가원수가 된 옛 전사를 축하해주러 거기까지 갈 생각을 감히 못 한 프랑스 정부의 침묵을 대신 메워주려고.

"……"

"그래서요?"

"……"

"……"

"그래서 그물침대 말입니다, 소냐. 마라퐁가의 그 집 베란다 밑에 매달아놨던 그물침대. 사람들은 더 나은 게 없어서 글을 쓰지요. 글보다 나은 건 바로 그물침대예요. 뭔가가 되려는 유혹에 맞

---

* Lula da Silva(1945~), 브라질의 현 대통령.
** Pasquale Paoli, 18세기 중엽 프랑스 치하 코르시카의 독립운동을 이끈 인물.

서느라 어느 현자가 그런 그물침대를 상상해낸 게 틀림없어요. 심지어 종(種)마저도 그물침대에서는 번식하기를 포기하죠. 그물침대는 상상할 수 있는 모든 계획을 머릿속에 일깨워주고, 또 어느 계획 하나 성취하지 않아도 되게끔 면제시켜주지요. 내 그물침대에 누워 있을 때, 난 가장 창작력이 왕성한 소설가이면서 세상에서 가장 비생산적인 사람이었습니다. 그물침대는 공중에 대롱대롱 매달린, 시간의 직사각형이었지요."

"……"

"……"

"그리고 또?"

"천만에. 이제 당신이 말할 차례입니다. 그 검시의의 보고서를 어떻게 손에 넣었나요? 어떻게 그런 생각이 그때 당신 또래의 어린 처녀의 머릿속에 싹틀 수가 있었죠?"

5

우선 그녀는 그 닮은꼴의 이름을 알고 싶었다. 그저 그뿐이었다. 당신이 추측할 법한 그런 것이 아니랍니다, 하고 그녀는 말했다. 난 아버지를 대신할 사람을 찾았던 게 아니에요. 부성애라면 난 누릴 만큼 누렸어요. 내 말 믿으세요. 부성애의 최선과 최악을 번갈아 누려보았죠. 모티오그래프 영사기에서 툭 튀어나온 알라딘이라고요? 신화적인 노숙자라고요? 네, 뭐 그런 면도 있겠죠. 하지만 그 이상은 아니에요. 미안하지만 열여섯 나이에 난 이미 다 큰 처녀였고, 나를 지탱해줄 목발 같은 것 없이도 얼마든지 잘 살 수 있었어요. 게다가 그는 당신이 주장하는 그런 섬세한 비평가도 아니었어요. 채플린의 작업 말고는 그가 영화에서 좋아한 것도 별로 없었어요. 하지만 그는 참으로 연구대상이라 할 만했죠. 아시겠지만 참 잘생겼죠. 허우대도 훤칠하고…… 또 얼굴 생김새도요. 기력이 충만하고 힘줄은 팽팽했죠. 그를 알코올이라는 측면에서만 본 사람들은 아일랜드 황소, 아니면 폴란드의 광산에서 일하는 말[馬] 수준의 인간이겠죠. 그는 뭔가를 그리고 누군가를 숨기고 있었어요. 남아메리카 어느 독재자의 대역을 맡은 닮은꼴이라고요? 마누엘 페레이라 다 폰치 마르팅스라는 독재자? 그럴 수도 있겠죠. 그야 소설가인 당신 맘이죠. 그 사람은 한 번도 내 앞에서 그 이름을 입 밖에 낸 적이 없어요. 그는 온갖 얘기를 다 했죠. 내륙에서 영사기사로 떠돌아다니던 일, 클리블랜드 호, 발렌티노, 채플린, 이 모든 얘기를요. 하지만 그 전에 있었던 일, 어린 시절, 청년 시절, 그런 부분에 대해선 한마디도 하지 않았어요. 테레지나에 관한 일이라면 입도 뻥긋하지 않았죠. 그런데 난 바로 거기에 관심이 있었어요. '이전'의 일들 말이에요! 그는 대체 어떤 사람이었을까? 당신 말이 맞아요. 그 주정뱅이가 밑도 끝도 없이 늘어놓는 수다는 오징어 먹물 같은 거였죠. 그는 또 이민국 직원들도 조심해야 했어요. 하지만—당신이 쓴 책에는 이 점이 충분히 드러나지 않는데—대부분의 시간에 그는 입을 꽉 다물었어요. 내가 보기에, 그는 우리 아버지와 똑같은 사람들 틈에서 체계적으로 자신을 피괴해가는 말없고 독특한 인간이었어요. 그래요, 바로 이게 문제의 그 역설이죠. 당신 글을 읽으면서 난 닮은꼴

들이란 타자(他者)들이로구나 하고 생각했죠. 술집 카운터에 걸
터앉아 그에게 술을 마시라고 부추기던, 원본과 정확히 일치하는
복사판 떼거리들 말이에요. 내 눈에는 그래도 오직 그 사람만 '인
물'이었어요. 이것만은 적어도 뚜렷한 기억이에요! 이 독특한 인
물에 대해서 난 거의 아는 게 없었어요. 그가 발렌티노를 한 인간
으로서 숭배했다는 것(말이 나왔으니 말인데, 발렌티노가 실제로
영화 제작에 돌입하려 했다는 사실은 어디서 조사해서 알아낸 거
죠? 난 금시초문인데요!), 그리고 찰리 채플린의 연기에 한없이
찬탄했다는 것 정도죠. 그 점에 대해서도 당신은 잘못 알고 있어
요. 그가 뉴욕에 온 뒤로는 채플린의 영화를 감히 한 편도 볼 엄두
를 못 냈다고 하셨는데 말이죠, 그는 1926년에서 1940년 사이에
나온 채플린의 영화 세 편을 아주 잘 알고 있던 걸요. 〈서커스〉〈시
티 라이트〉〈모던 타임스〉, 이 세 편 말이에요. 그는 그 영화들에
관해 재미있는 얘기들을 했어요. 그가 보기에 채플린은 영화계에
서 유일한 자유인이었죠. 영화 촬영에 들이는 기간이 놀랄 만큼
길었다는 것이 그 증거였어요. 채플린이 이런 예술적 자유를 누
릴 재정적 여유를 마련할 수 있었다는 것, 그것 때문에 그는 정말
놀랐던 거죠. 그가 자기 본심을 좀 드러낸 것은 특히 예술가로서
의 채플린 얘기를 할 때였어요. 그래서 나는, 저렇게 잔뜩 들떠 있
으니 그 김에 〈위대한 독재자〉를 보고 나면 자기 자신에 대해서도

좀더 말해주겠지 하고 생각했죠. 그런데 그 영화가 상영되는 중에 그가 죽은 거예요. 아뇨, 난 내가 그를 죽인 거라고 진지하게 생각하지는 않았어요. 당신이 한 여러 질문 중 하나에 대답하자면, 〈위대한 독재자〉는 10월에 개봉되었는데 그때는 12월이었고, 물론 그 사람이나 다른 이들이나 누구든 그 영화의 주제를 알고 있었죠. 그가 클리블랜드 호 선장과 한 식탁에 앉아 얘기했던 주제와 이 영화가 비슷하다는 사실이 그에게는 아무렇지도 않게 보인 것 같았어요. 어쩌면 그는 결국 미국인이 되었던 걸까요? 우리나라에선 생각이라는 게 그걸 실현시킨 사람에게 귀속되지요. 그게 다예요. 아뇨, 정말 난 죄의식을 느끼지 않았어요. 슬픔이야 느꼈죠. 신발 상자 종이에 그의 얼굴을 그릴 정도였으니, 물론 그랬죠…… 하지만 무엇보다도 화가 치밀었던 것 같아요. 기가 막혔죠. 나는 그의 시체 앞에서, 내가 이제 그에 대해 더는 아무것도 알 수 없을 거라고 속으로 생각했는데, 내가 받아들일 수 없었던 게 바로 그거였어요. 경찰이 그의 시신을 가져갈 때, 난 그의 이름을 알아야겠다고 했죠. 압력을 가하기 위해 난 우리 아버지 이름을 댔어요. 아버지 이름을 대면 닫힌 문들이 열렸고, 수표책도 펼쳐지곤 했으니까요. 유능한 당국자들의 답변이 왔어요. 이름이 없나는 거예요. 그는 이름이 없었어요. 그는 그 어느 곳에도 결코 등록된 적이 없었어요. 이민국에도, 할리우드에도, 다른 어디에도.

그는 죽기 전에 법적으로 아무 존재감도 없었던 거지요. 그는 더 이상 인간도 아니었어요. 그런데 나는 어떻게 해서라도 알아내고 싶었죠. 법의학적 검시 보고서, 그 보고서를 내게 보여준 사람은 분명 우리 아버지였어요. 아버지는 내 고집이 한때 부려보는 까탈이라고 생각하지 않으셨어요. 아버지의 기준은 이랬어요. 누가 뭘 원한다면 그걸 원한다는 사실만으로 충분하다, 그러나 일단 원하는 것을 표현했으면 그게 아무리 말 안 되는 욕구일지라도 끝까지 가봐야지, 그러지 않는 인간은 망할 놈이다! 난 그 보고서를 달라고 했고, 그래서 손에 넣었지요. 검시의가 쓴 글은 그 이상 아무것도 나에게 알려주지 않았어요. 열대성 열병이 심해져서…… 라틴 아메리카인으로 추정됨…… 그 정도라면 나도 이미 알고 있는 사실이었죠. 이 단계에 이르니 어떤 방향으로도 추적할 수가 없더군요. 나도, 시카고 경찰도, FBI도, 그 잘난 무엇을 동원해도 알아낼 수가 없었어요. 이 남자는 미국 뒷골목의 이름 없는 시체 중 하나였지요. 그런 시체는 아마도 일 년에 수천 구, 일리노이 주만 해도 몇백 구는 나올 테고요. 난 그 사실을 인정하지 않았어요. 그를 공동묘지에 갖다 묻는다고? 말도 안 되지. 그가 정체성을 갖지 못했다면 내가 그에게 정체성을 주리라. 결정적으로! 그동안 살아왔던 이유를.

"어떻게요?"

"바로 이 대목에서 당신은 그 여자친구 팡슝을 생각하게 될 거예요."

　"……"

　"난 그를 내 손으로 묻어주기로 마음먹은 거예요."

　"……"

　"할리우드에다가요."

6

그는 자기가 얘기한 내용 말고는 다른 어떤 인간도 아니었으므로, 소녀는 그가 한 이야기의 핵심에 그를 묻을 셈이었다. 그는 자기 입으로 내가 이런 사람이었소 하고 말한 바로 그 존재, 그러니까 발렌티노의 그림자가 될 터였다. 그는 할리우드 묘지에서 영겁의 시간을 보내게 될 터였다. 소녀의 아버지는 이런 장례 계획을 재미있다고 생각했다. 그녀 아버지가 보기에 배우들이란 어차피 '망할 놈의 유령들'이었으니, 그런 유령을 영화배우 묘지에 묻는다는 건 충분히 말이 되는 일이었던 것이다. 캘리포니아 주 할리우드 산타모니카 대로, 할리우드 포레버 묘지.

"아버님께선 나름대로 축복해주시던가요?"

"축복이야 해주셨지만, 돈은 한 푼도 안 나왔어요. 일리노이 주에서 캘리포니아 주까지―이 두 주는 이웃간이 절대 아니건만―시신을 운송하는 비용을 내가 무슨 수로 감당할 건지 지켜보는 게 아버지는 아주 재미있었던 거예요. 아버지는 내가 관 값과 여행 경비와 매장 비용을 잔돈 한 푼까지 내 돈으로 지불한다는 조건하에서만, 이 운송의 법적인 면을 해결해주실 태세였죠."

"그래서요?"

이번에는 그녀가 뭔가를 약속하는 듯한 미소를 띠며 자기 잔을 내 쪽으로 내밀었다.

"그래서, 그래서……"

"……"

"……"

"……"

"그래서, 작가 선생님, 나는 당신 친구 팡숑이 된 거랍니다. 아니 살아 있는 잔 다르크가 되었다고나 할까요. 다음날 저녁 여섯시(시간을 유념하세요, 중요하니까요) 난 아버지의 닮은꼴들이 그 독특한 괴짜에게 술을 퍼먹여 죽음으로 몰아간 바로 그 술집에 가서, 추방과 노동과 용기와 가족과 취기 때문에 석회처럼 딱딱하게 굳어버린 그들의 뇌 속에 작은 섬광이 반짝이게 만들 궁리를 한 거예요. 그런 일은 일견 실현 불가능해 보였지요. 하지만 나는 유리한 카드를 갖고 있었어요. 그들이 그 죽은 남자의 빈자리를 허전해하고 있었다는 걸 생각해봐요! 그들은 아직 깨닫지 못하고 있었지만, 그가 죽고 없어서 엄청나게 아쉬웠던 거예요! 한마디로 그는 그 인간들의 챔피언이었던 거죠. 그는 그들 모두를 보기 좋게 때려눕힌 셈이니까요. 지구력으로 보자면, 죽은 그를 당해낼 자가 없었죠. 당신도 소설에 그렇게 썼지만, 정말 그래요. 그가 죽고 나니, 그들은 누구도 그렇게 몰아붙일 마음이 안 났어요. 세계 챔피언을 보내버린 마당에 아무하고나 권투를 할 수는 없지 않겠어요. 그래서 나는 그들에게 이런 식으로 연설을 했어요. '그가 가버린 지금, 당신들은 대체 뭐죠?' 처음에 그들은 깔보듯 나를 위에서 내려다보더군요. 이 리틀 슬럿*이 대체 누군데 여기 와서 우리한테 훈계를 하는 거야? 이런 투로. 하지만 난 그들에게 훈계를 하러 간 게 아니라, 그가 죽고 없는 지금 그들이 살아갈 이유도 없어졌다는 걸 일깨워주려고 간 거였죠. 어쨌든 그들이 거기 있어야 할 이유가 없어졌단 말이죠. 그런데 그 인간들은 날마다 저녁만 되면 무조건 거기 와 있는 거예요. 그 술집은 그들의 피난처이자 집에 가까웠죠. 난 그들의 이름을 모두 알고 있었고, 한 사람 한 사람씩 잡았죠. 당시 내 몸집은 지금과 똑같았어요. 지금은 나이가 들어서 등이 구부정해진 것만 빼고는요. 고인돌을 들볶아대

---

* '쪼그만 년.'

432

는 성냥개비 하나를 상상해보세요. 단, 불이 붙은 성냥개비 말예요! 그래, 펠릭스, 오늘 저녁엔 누구를 상대로 도전해볼 거예요? 그리고 당신, 브리앙, 판돈을 어떻게 올릴 거죠? 오르츠, 판돈 말인데요, 그가 죽고 없는 마당에 누가 그저께 당신이 걸었던 액수만큼 판돈을 올려놓을 수 있을까요? 얼마나 많이? 제르지, 당신 내기를 거는 거예요?(쭐쭐 굶은 하루만큼이나 키만 멀대같이 큰 폴란드 사람 제르지는 그 술집의 주인이었는데, 그의 억센 손은 판돈을 싹쓸이할 태세를 항상 갖추고 있었죠.) 그 사람은 죽었어요. 이제 없다고요. 그는 당신들의 챔피언이었죠. 그와 함께 얼마나 많은 밤을 보냈어요? 당신들은 그 사람이 아무나 갖다 묻는 공동묘지 구멍에 처박히는 걸 가만히 보고 있을 거예요? 그 사람을 말이에요! 뒈진 개처럼! 운운…… 술꾼들의 인터내셔널이야말로 지속되는 유일한 인터내셔널이라고 내가 전에 말했을 때, 그 말은 농담이 아니었어요. 그건 가치 있는 유일한 인터내셔널이기도 하지요. 주정뱅이 사이에는 형편없이 추락한 자들끼리 통하는 동류의식이 있고, 그건 다른 그 무엇에 못지않게 강하다고요. 적어도 그 무리에선 이론가들이 가끔씩 깨어나곤 하거든요. 반면 이념가나 종교인들은 취하면 절대로 깨어나질 못하죠. 한마디로, 그들은 죽은 자가 자기들과 동류라는 걸 금세 깨달을 거예요. 저 쪼그만 년 얘기를 들어보니 일리가 있네그려. 그런 작자는 아무나 처박히는 구멍 속에서 끝장을 볼 사람이 아니라니까. 장례, 그렇지, 장례를 지내줘야지. 돈을 들여서 제대로! 그래, 좋아! 헌데 어디다 묻어주지? 그 사람 시카고 출신이야? 아니. 자, 그 사람 고향이 어디냐고. 멕시코 사람이야? 이탈리아 사람이야? 난 그가 할리우드 출신이라고 대답했지요. 발렌티노에 대해 그가 했던 얘기는 모두 사실이라고. 그는 할리우드 출신 미국인이라고. 분명 그들은 돈이 얼마나 깨질지 즉시 어림해보았던 것 같아요. 에잇 제기랄, 할리우드라고! 어쨌거나 거기다 묻어줘야 할 거 아니냐고 내가 말했죠. 근데 뭔 돈으로? 그야 내기에 걸렸던 돈으로 하면 되지 뭘 그래! 제르지, 오늘같이 주급 받는 토요일 날, 당신이 거는 판돈이 얼마까지 올라가는데? 판돈이야 많이 올라가지만 생각 좀 해봐. 우리가 다 마셔서 없애버렸지! 오늘 저녁에 건 판돈은 아직 안 마셨잖아요?…… 오늘 저녁? 그런데 오늘 저녁에는 네 말마따나 그 인간이 죽고 없으니 누굴 두고 내기를 한다?

나를 두고 해요.

그러면서 나는 그들에게 우리 결투의 상징적 규칙을 강요했지요. 그들은 버번 위스키, 나는 맹물을 마시는 내기를 하자고요. 샷 글래스*였어요. 그들이 뻗어버리든 아니면 내 방광이 뻥 터져버

---

* 한 잔을 단숨에 마시는 것.

리든 둘 중 하나였죠. 누가 먼저 시작하지? 제르지가 맨 먼저 술
잔들을 나란히 세우고 아무 말 없이 술청 위에 지폐를 올려놓았어
요. 그가 그런 행동을 보인 것은, 그러니까 물만 마셔대는 쪼그만
처녀와 대결을 하기로 한 것은 뭐니 뭐니 해도 죽은 이를 추모하
기 위한 것이었죠. 다른 이들도 그를 따라했을 뿐만 아니라, 친구
들까지 불러모아 이 시합에 참가하게 했고, 그날 밤엔 결승전 중
에서도 최종 결승전이 벌어졌어요. 내 방광은 공중에 떠오르는 열
기구처럼 탱탱히 부풀어올랐고, 그 술꾼들은 잘 익은 열매들이 떨
어지듯 바닥에 픽픽 쓰러졌어요. 술집에는 시체같이 널브러진 몸
뚱이들이 즐비했고 그들이 받은 주급 전액이 그 내기에 탕진되었
어요. 집에 있는 마누라들은 틀림없이 나를 저주했을 테고, 그 주
말에 수금원들은 외상값을 받아내기 위해 보통 때보다 훨씬 세게
나가야만 했죠. 하지만 내가 그 내기에서 딴 돈을 모두 합쳐보니,
할리우드에 대가족을 매장해도 될 만한 넉넉한 금액이었어요."

"……"

"……"

"그래서요?"

"그래서 그 밤의 나머지 시간은 내 뱃속에 든 물을 모두 오줌으
로 빼내면서 보냈지요. 그다음날은 술집에 있던 사람들 중 장례
를 주관하겠다고 나선 여섯 명과 함께 캘리포니아 리버사이드 행

유니온 퍼시픽 챌린저 호에 올라탔고요. 나는 그 배에 침대칸 하나를 예약했고, 일행과 함께 배에서 사흘 밤낮을 꼬박 관 주위를 맴돌며 보냈지요. 초상 치르며 밤샘한 것 중에 제일 긴 시간이었어요! 내겐 거기 함께 있던 친구들의 초상화를 그릴 시간이 충분했죠. 언제 기회가 있으면 그들의 초상화를 보여드릴 테니 한번 보세요, 그들은 너무너무 귀여웠고 항해하는 동안 내내 술에 취해서 깨어나질 않았어요. 네브래스카 주의 오마하, 유타 주의 오그덴, 심지어 오클랜드, 이런 곳에 배가 정박할 때마다, 축하한다는, 그리고 시신을 상하지 않게 보존하려면 얼음이 얼마만큼 있어야 하는지 알려주는 아버지의 전보가 날 기다리고 있었지요. 시신이 워낙 바짝 말라 있었기 때문에 아마 끝까지 잘 견뎠을 테지만, 사실인즉 그건 장례 때 울어줄 일행의 짐을 얼음과 함께 숨겨 슬쩍 통과시키려는 핑계였지요. 우리 아버지가 물질적으로 기여한 거라고는 모가지가 긴 위스키 병뿐이었어요. 아버지도 술에 취해 그 사흘을 보내셨고, 당신의 딸을 자랑스러워하셨어요. 내가 말했잖아요, 아주 단순한 사람들이라니까요."

"그럼 진짜 장례는요?"

"당신이 상상하는 것보다는 덜 신기했어요. 장례는 물론 밤에, 그리고 살짝 거행되었죠. 몇몇 사람을 매수해야 했으니까요. 난그들의 이름을 알고 있었고, 수중에 돈도 있었겠다, 어려운 일은 아니었지요. 그러니까 1940년 12월 4일 그 밤 이후 당신의 소설 주인공인 그 세르탕 남자는 할리우드 포레버 묘지에서, 그의 거룩한 주인 로돌포 굴리엘미 발렌티노의 그늘에 누워 길이길이 잠들게 된 거랍니다."

"……"

어느덧 밤이 내리고, 도시의 불빛이 우리를 비추었다.

소녀가 결론을 내렸다.

"난 말이에요, 그 뒤로 시카고에 한 번도 다시 가본 적이 없어요."

"안 갔다고요?"

"……"

"……"

"안 갔죠. 하지만 당신이 그럴듯한 대형 스크린에 상영되는 〈위대한 독재자〉를 보여준다면 그때는 그 얘기를 해주지요. 이를테면 내일 저녁, 센 강변 MK2 영화관에서 근사하게 저녁을 먹으면서 그 영화를 보면 어떨까요?"

7

영화를 보고 나오면서 소녀는 '이 부분도 또' 내가 틀린 거라며
지적해주었다.

"당신은 영화의 1914~1918년* 부분에서 채플린이 말을 하지
않는다고 했는데, 그건 잘못 안 거예요. 그는 말을 했어요! 심지
어 완벽한 몇몇 문장을 구사하기까지 했는 걸요."

"하지만 DVD를 몇 번이고 보고 또 봤는데요."

민이 말했다.

소녀가 반론을 폈다.

"천 번을 봤대도 채플린이 말하는 소리는 못 들었을 거예요. 속

---

* 제1차 세계대전 기간.

수무책이에요. 채플린의 경우, 무언극이 영화를 무성으로 만들어버리는 거예요. 그가 말을 할 때조차도 그의 의사를 나타내주는 건 그의 몸이죠. 채플린보다 더 **사람들의 시선을 끄는** 배우는 없어요. 그의 게임 규칙을 완전히 뒤엎어버리는 그 유명한 마지막 대사의 힘이 바로 거기서 나오죠. 어느 순간 육체는 사라지고, 구름을 배경으로 그의 얼굴과 눈길과 머리칼밖에 안 남았을 때, 문득 그의 음성이, 찰리 채플린만이 할 수 있는 그 대사가 처음으로 나오잖아요! 그래요, 그때는 그 말이 우리 귀에 들리죠⋯⋯"

나와 민은 소냐를 가운데 세워 우리 둘이 양쪽에서 팔을 끼고 식당으로 향했다. 우리는 보폭을 좁게 하여 걸었다. 아무리 봐도 그녀의 발목은 아직 거뜬하지 못했다.

그녀가 민에게 말했다.

"영화를 보면서 두 분은 아주 자발적으로 여러 번 웃으시더군요. 아직도 깜짝 놀라는 것처럼 말예요. 나도 그냥 영화의 흐름에 나 자신을 맡겨버렸어요. 1940년대처럼 말이에요!"

그러면서 그녀는 낄낄 웃었다.

"하여간 채플린이라는 사람은 퍼내도 퍼내도 끝이 없다니까요⋯⋯"

우리 둘이서 팔을 양쪽에서 끼었는데도 무게가 거의 느껴지지 않았다. 그녀의 몸은 마치 새털처럼 가벼웠다.

"끝이 없다고요."

그녀는 이 말을 되풀이하면서, 노를 저으며 연못이 시작되는 곳으로 되돌아오는 두 사람을 눈으로 좇았다.

"……"

일단 식사를 주문하고 나서, 민이 소냐에게 무엇 때문에 할리우드에 그냥 남게 되었느냐고 물었다.

"그 묘지에서 세이지* 냄새가 났어요."

그 말을 하면서 그녀는 접시에 담긴 음식을 먹기 시작했다.

그러더니 포도주 첫 모금을 꿀꺽 삼키고는 말했다.

"사랑 얘기를 기대했죠, 그렇죠?"

쾌활하고 거리낌 없는 태도로 그녀는 자신의 연애 이야기를 털어놓았다. 그녀 역시 젊은 시절에 할리우드를 꿈처럼 그렸다는 사실을 잊어서는 안 된다. 그래서 그녀는 팜스프링스에서 만난 어느 견습 촬영기사의 주선으로 '영화의 본고장으로 뚫고 들어가기'를 주저하지 않았다. 그 촬영기사는 그녀에게 '연정'을 품었다. 그러니 그가 실제로 그녀의 첫 애인인 셈이었다. 그는 촬영장 스케치, 연필로 간략히 그린 배치도, 촬영장치의 밑그림, 촬영용 의상 스케치, 주요 장면을 골라 스토리보드로 만드는 작업, 이런

---

* 샐비어의 일종인 향초.

것들을 할 수 있는 기회를 그녀에게 제공해주었다.

"하지만 연애 이야기의 유일한 흥밋거리는" 하고 그녀가 결론 짓듯 말했다. "연인들이 자기들의 사랑 놀음이 막을 내렸다고 생각한 뒤, 이제 어떤 새로운 문이 열릴 건지 알아내는 거죠."

그런데 그 문은 갓난아기의 요람과 옹알이, 그런 쪽으로 열린 것이 아니라, 열일곱 살 처녀가 영국 비밀 정보원 노릇을 하며 보낸 오 년간의 전쟁을 향해 열렸다.

"내 애인이었던 그 촬영기사는 코르다의 주변인물 중 하나였어요. 알렉산더 코르다 아세요? 채플린이 독재자와 이발사 역할을 동시에 연기할 생각을 갖게 한 게 바로 그 사람이거든요. 그런데 코르다는 정보부 소속이었어요. 1934년부터 그의 정보원 팀은, 고대 그리스를 소재로 한 역사영화를 촬영한다는 핑계를 대고 지중해 연안 수천 킬로미터를 영화로 찍었지요. 사실 그들은 배편으로 상륙이 가능한 해변을 모두 조사하고 자료를 수집했던 거예요. 처칠이 어쩔 수 없이 치러야 한다고 판단한 전쟁이 발발할 경우에 대비해서 말이지요."

이 대목에서 소냐는 잠시 쉬다가 나를 향해 태연하면서도 짓궂은 표정으로 말했다.

"참, 그러고 보니 〈위대한 독재자〉의 개봉에 대해 당신이 간단한 역사 강의를 해준 것에 대해 내가 제대로 감사를 했던가요? 미

국 나치의 반응, 여러 나라 대사관의 저항, 브리지와 그 부두 노동
자들, 이런 걸 다 가르쳐주었는데……"

그러더니 민 쪽을 보면서 말했다.

"교육학자와 삶을 함께한다는 건 무진장 안심되는 일일 것 같
네요!"

내가 때로는 아주 지혜로운 방법으로, 내 학생들이 나보다 몇
수 위라는 것을 그들에게 설득시키려 한다고 민이 대답했다.

"그건 이 양반이 당신께 드린 선물이에요, 소냐. 기운 내는 데
는 기가 막힌 선물이죠."

두 여자는 서로 눈길을 주고받았다. 그 눈길 속에는 냉전과 흔
쾌한 존경이 재빨리 엇바뀌며 지나갔다. 그냥 보기에도 후자 쪽
이 더 컸다. 소냐는 내 아내의 손에 입을 맞추더니 주요 화제로 다
시 말을 돌렸다.

사실인즉 그녀는 〈위대한 독재자〉라는 영화가 아직 잉태중일
때 그 영화를 감싸고 있던 양수에 관해 나보다 좀더 많은 걸 알고
있었다. 그녀에 따르면, 그건 아주 고도로 계산된 전쟁영화, 즉 정
보부가 서슬 푸르게 갈아놓은 반(反)나치용 무기라는 것이었다.
1937년부터 정보부의 할리우드 주재 요원이었던 코르다는 그 해
에 예술가 협회에서 채플린과 다시 만나게 되었다.

"영화 〈위대한 독재자〉를 이만큼이나 개인적인 걸작으로 만들

어놓은 것이 채플린으로서는 더욱 찬사를 받을 만한 일이었지요. 봐요, 천재라는 티가 팍팍 나잖아요!"

그다음에 역사적 기억에서 생생하게 빚어져나온 이름, 날짜, 이름의 첫글자, 축약어가 줄을 잇게 된다. 역사적 기억이라는 입장에서 보자면 아무리 먼 과거도 손에 닿을 수 있는 시간인 것이다.

"코르다는 또한 클로드 단시*의 친구이기도 했어요. 단시는 보어전쟁 때부터 처칠과 절친한 사이였지요. 그는 정보부 안에 자치적인 망을 짜놓았어요. 그걸 Z네트워크라고 불렀는데, 그 네트워크 안에서 코르다는 할리우드를 맡았던 거예요. 언젠가는 제2차 세계대전 기간의 정보망에서 영화가 어떤 역할을 했는지를 이야기로 써야겠죠. 왜냐하면 배가 상륙할 해변을 포착하여 알아두는 작업 같은 것만 있었던 게 아니니까요. 예를 들자면 롬멜**의 눈을 속일 목적으로 리비아 사막에 허구의 군대들을 주둔시킨 적도 있었어요. 어마어마한 군대 막사들이 실제로는 촬영장치일 뿐이었고, 그 외에도 가짜로 만들어낸 대포, 판지로 만든 전차, 합판으로 만든 비행기, 허수아비 연대들, 전대미문의 군사력 과

---

* Claude Dansey(1876~1947), 영국 비밀 정보부의 장교.

** Erwin Johannes Eugen Rommel(1891~1944), 독일의 군인. 나치 국방군을 지휘하여 빈·프라하·바르샤바 등지를 침공해 제2차 세계대전의 빌미를 삼았다. 제2차 세계대전중 기갑사단장으로 프랑스 전선에서 활약했다.

시, 독일군의 눈에 가루를 뿌려 여러 사단을 꼼짝 못 하게 만든 작전 등……"

그녀가 하던 얘기를 멈추고 이렇게 물었다.

"영화에서 독재자 힌켈이 관저 복도를 건너가다가 채플린이 영화 속 토마니아*라는 나라의 독재의 상징으로 만들어놓은 이중 십자가 모양의 표지와 맞닥뜨리는 장면 기억해요?"

그렇다, 우리 둘 다 그 장면을 기억하고 있다.

"그렇다면, 그런 별로 두드러지지도 않는 모자이크와 맞닥뜨려 어떻게 그렇게 비틀거릴 수 있는 건지, 궁금하게 여겨봤나요?"

나는 되는 대로 대답했다.

"그야 상징이죠. 그 표지를 히틀러가 금세 응용해서 나치의 십자 표시를 만들지 않습니까……"

내 말이 맞긴 했지만, 그 장면의 아이러니는 내가 생각했던 것보다 훨씬 더 사람 죽이는 것이었다.

소녀가 우리에게 설명해주었다.

"이중 십자가(double cross)는 속임, 배신, 거짓 정보를 의미하는데, 일찍이 영국인이 만든 조직 중 가장 비밀스럽고 꼬여 있고 살인적인 대(對) 간첩 조직에 붙여진 이름이었고, 이 조직의 공식

---

* 영화 〈위대한 독재자〉에서 나치 독일을 패러디해 표현한 가상의 나라.

적인 우두머리는 매스터먼이라는 사람이었어요. 이런 관점에서 보자면 그 장면은 처칠이 히틀러에게 보내는 직접적인 메시지인 셈이죠. 그야말로 턱에다 바로 강펀치를 한 방 먹이는 격이죠. '넌 끝장이야, 이 더러운 놈아. 넌 이미 죽은 거나 다름없어. 동지 들과 내가 직접 맡아서 그 일을 처리한다.' 이런 메시지라고요."

8

식당 불이 꺼지고 우리는 밖으로 내쫓겼다. 소냐가 그 뒷얘기를 우리에게 들려주느라 밤이 꽤나 많이 흘러버린 것이다.

사랑이 힘을 보태준 덕분에, 그녀는 몰래 치렀던 장례 이야기를 곧 젊은 애인에게 털어놓았다고 했다. "어쨌든, 영화의 좋은 주제였지요!" 아닌게 아니라 너무 좋은 주제여서 코르다의 귀에 들어갔고, 아마도 그의 상관인 단시나 처칠의 귀에도 들어갔던 것 같다. 처칠은 재미있는 이야기를, 특히 이야기 속의 꿋꿋한 등장인물들을 좋아했다. 간단히 요점만 말하자면, 정보부는 여주인공을 공모했고 일 년 뒤 소냐가 코코 샤넬 의상실의 디자이너 신분으로 파리에 도착해보니, 그곳 사람들은 점령자 독일과 떼려야 뗄 수 없는 사이로 지내고 있었다.

"사실, 두 발을 가지런히 모은 자세로 나치 명사들 속으로 퐁당 뛰어들기엔 아주 안성맞춤인 다이빙대였지요!"

그러니 열일곱 살에 여간첩 노릇을 한 것이고, 아돌프 히틀러라는 인간이 '더블 크로스'를 결정적으로 응용하여 나치를 확립하기까지 그녀는 '할 일을 한' 것이었다.

우리는 그녀의 말을 중간에 끊지 않으려고 아주 조심했다. 식당 손님들이 다 빠져나간 뒤에도 우리는 그녀가 풀어내는, 네 사람의 생을 통째로 만족스럽게 채워주었을 사 년간의 청춘 시절 이야기에 귀를 기울였다.

지하철이 끊긴 지 이미 오래였다. 택시를 타고 그녀 집으로 돌아가는 길에 오랫동안 모두 아무 말이 없었는데, 갑자기 소냐가 내 쪽으로 몸을 숙이며 말했다.

"난 당신이 무슨 생각을 하고 있는지 잘 알아요."

정작 나는 내가 무슨 생각을 하는지 정확히 알지 못했다. 홀쭉한 제 배보다 훨씬 굵은 먹이를 발견한 애송이 보아뱀처럼 어리벙벙한 상태에서, 나는 그녀가 들려주는 삶의 이야기를 소화하는 중이었다.

소냐는 아예 드러내놓고 말했다.

"당신은 지금 이게 소설 주제로 딱 좋다고 생각하고 있죠."

그다음 말은 기다리지도 않고도 쏟아져나왔다.

"그 주제에 관해 한마디라도 쓰기만 해봐요."

그녀의 목소리에는 일종의 격노한 감정이 서려 있었다.

"성인전(聖人傳)처럼 글을 쓰는 당신의 성향으로 미루어볼 때, 결과는 안 봐도 뻔하죠 뭐……"

그러더니 그녀의 한 손이 내 손목을 꽉 움켜쥐었다. 그녀는 떨고 있었다.

"다니엘……(그녀가 나를 이렇게 이름으로 부른 것은 이때가 처음이자 마지막이었다) 사물을 실상 그대로 재현해보도록 하세요. 물론 우리는 한때 스무 살이었고, 열렬함 그 자체였고, 대의명분이란 가슴 설레도록 고귀한 것이어서 우리는 그것을 광적으로 열렬히, 일종의 맹목적인 명석함까지 깃든 용기로, 깨어 있는 무의식으로 수호했었죠. 우리는 영웅심에 차 있었고, 그건 논란의 여지가 없는 사실이에요. 하지만 그 오 년을 돌이켜볼 때 난 혹독한 공포의 기억을 간직하고 있어요. 시시각각으로 밀려들면서 점점 사람의 품위를 떨어뜨리는 뭐라 이름 붙일 수 없는 공포. 그걸 겪지 않고 조용히 살도록 제발 날 내버려둬줘요."

그러나 택시가 그녀의 아파트 바로 앞으로 미끄러져 들어가자 그녀는 우리에게 쾌활한 목소리로 이런 제안을 했다.

"따뜻한 거 한 잔 드실래요?"

티잔*을 마시는 의식이 진행되는 동안 그녀가 내게 물었다.

"그런데, 당신의 그 이야기는 어떻게 끝나지요?"

"제 얘기요?"

"닮은꼴 이야기 말이에요! 그런 소설은 어떻게 끝을 맺나요? 난 그게 알고 싶어요! 설마 첫번째 닮은꼴이 죽고 난 상태에 우리를 그냥 내버려두려는 의도는 아니겠죠? 두번째 닮은꼴은요? 두번째 닮은꼴은 누구죠? 또다른 닮은꼴들은? 그리고 닮은꼴이 대체 전부 몇 명이나 되는 거죠?"

민은 티잔을 담은 찻잔에 코를 박다시피 한 채 살그머니 웃고 있었다. 조건법으로 쓰인 이 책을 갖고 내가 그녀를 귀찮게 한 지도 근 삼 년이나 되었다. 그녀는 작은 배신의 기쁨을 자신에게 선물했던 것이다. 민이 물었다.

"그러게요, 결국 무엇에 관한 이야기인 거지요?"

"우린 알고 싶다고요!"

소녀가 격하게 소리쳤다.

소녀도 민도, 마치 태곳적부터 함께 이중창을 불러온 사람들처럼 나를 바라보았다.

"그러니까……" 하고 나는 말을 시작했다.

"아뇨, 아뇨."

---

* 숙면을 돕도록 자기 전에 마시는 잎차.

소냐가 말을 끊었다.

"우리에게 얘기를 하라는 게 아니고, 우리가 글로 읽고 싶다는 거죠!"

그러더니 일련의 요구사항들을 말하기 시작했다.

"하지만 제발 내 나이를 잊지 말아줘요. 당신 부인은 아무거나 읽을 수 있는 세대지만, 나는 백 살 먹은 노인으로 취급해줘야 돼요. 19세기에 태어나 여태까지 살아남은 할망구처럼 생각하란 말이에요! 난 고전적인 걸 원해요. 반과거와 단순과거 시제로 잘 쓰여지고 탄탄하게 구성된 문장. 그리고 제발 허구로. 상상적인 것과 실제 체험을 뒤섞은 글은 정말 사절이에요. 당신이 그런 식으로 나간다면 결국에는 나 자신이 실제로 존재하는지조차 의심하게 될 것 같아요! 단선적으로 주욱 펼쳐지고 점 하나에 집중되는 그런 이야기를 만들어내기 위한 압축된 문체, 내게 필요한 건 바로 그거예요, 알겠어요? 집중된 이야기! 본론을 떠나 탈선하는 이야기는 읽지 않게 해줘요. 내 여생이 얼마 안 남았다는 걸 생각해봐요."

그녀는 결론을 내리면서 조금 숨차 보였다.

"그리고 이야기가 끝날 때는 '끝'이라는 말을 쓰세요. 보통 우리가 시간을 따질 때 그러듯이 말이에요. 그게 실제적이고, 그렇게 하면 책이 단단히 이중으로 닫혀서 서재에 제 자리를 차지하게 되거든요."

우리가 그녀의 집 계단을 내려오는데, 난간 뒤에서 그녀가 말했다.

"아! 그러면 아름다운 여인의 초상으로 시작해보죠. 당신 작업에는 여자가 부족한 것 맞아요."

VI. 한 닮은꼴의
다른 닮은꼴

여인의 초상이 들어가는 이 '압축된' 결말은

소냐를 위해 쓴 것이다.

1

그녀는 라신의 작품에 나오는 베레니스*였다. 자신의 예술을 직조하는 한 올 한 올마다 그녀는 라신의 베레니스였다. 그녀가 아직 아이였을 때, 레지옹 도뇌르 학교** 시절 그 희곡을 처음 읽었을 때부터 이미 그러했다. 그녀의 가족은 그녀가 배우의 소질을 타고났다고 믿었고, 그쪽으로 가지 못하게 하기로 마음먹었다. 그러나 그녀가 원한 건 '배우 노릇하는 것'이 아니라 라신의 베레니스 역할을 하는 것이었다. 대령인 그녀의 아버지(다시 생각해봐도 희곡에 나오는 그 추방 장면의 흉내, 대단한 군복을 떨쳐입고 우뚝 서서 손가락을 뻗어 집의 현관문을 가리키며 '이제

* 1670년 초연된 라신의 5막짜리 비극「베레니스」의 여주인공.
** 레지옹 도뇌르 훈장 수훈자의 딸들을 위해 설립된 여자고등학교.

부터 넌 내 딸이 아니야!'라고 소리지르는 아버지, 그건 아니다, 정말……)도, 그녀가 다니던 예술종합학교 교수들의 의견도(그들은 그녀가 깜찍한 하녀, 순진한 처녀, 사랑에 빠진 여인, 교태 넘치는 여자, 프리마돈나, 젊은 1인자 역에 적합하다고 평가했다. 즉 "기질로 보면 대단히 폭넓은 그릇이지만, 글쎄, 비극에는 좀……!"), 심지어 코메디 프랑세즈에 있는 그녀의 마음씨 좋은 대모들조차도("베레니스라니, 가엾은 것……") 아무것도 바꿔놓을 수 없었다. 그녀는 아버지가 내린 벼락을 고스란히 맞았으며, 스승들의 판단을 무시했고, 코메디 프랑세즈의 준엄한 문을 딸깍 열었고, 베레니스(라신의 베레니스) 역할 말고는 어떤 역할도 연기하지 않을 거라고 맹세했다. 바로 그때 제1차 세계대전이 일어났다. 아버지는 전쟁에 나갔다가 선 채로 죽었고, 비록 딸에게 협박은 했었지만 그래도 고타*의 가장 두둑한 재산 중 한 몫을 딸에게 남겨주었다. 그녀는 옛 학교 동기 중에서 티투스** 역 한 명과 안티오쿠스*** 역 한 명을 뽑았고, 마침내 사람들은 베레니스 역으로 무대에 선 그녀를 보게 되었다. 몇몇 비평가들은 그녀의 눈에 교태가 담겼다고 했고, 어떤 사람들은 너무 날렵한 몸매

---

* 독일 동부의 도시.

** 〈베레니스〉에 등장하는 로마 왕.

*** 베레니스의 남편이자 이집트의 왕.

라든가 발랄한 몸짓 따위를 지적했고, 또 어떤 비평가는 그녀의 음성을 잘 분석해보면 억누를 수 없는, 지나치게 아이 같은 쾌활함이 숨어 있다고 생각했다. 일반적으로 사람들은 앞으로 전세계의 황제가 될 사람의 배필로 모든 여자 중에 뽑힌, 그러나 로마법에 자기 사랑을 희생할 수밖에 없는 팔레스타인 왕비의 이미지와는 걸맞지 않은 생의 쾌락을 비난했다. 정말이지, 그 베레니스 역의 여배우는 지나치게 생기가 넘친다니까. '대리석 같은 맛이 부족하다'고 비평계에서 가장 영향력 있는 사람이 결론을 내렸다.

관객의 뜨뜻미지근한 반응이나 신문, 잡지들의 비꼬는 평에도 그녀의 마음은 흔들리지 않았다. 몇 년 동안 그녀는 매일 저녁 거의 텅 빈 객석을 마주하고 베레니스 역을 연기했다. 그녀의 개인 재산이 아주 많은 부분 손실을 보충해주었기에, 극장장들은 두 눈을 질끈 감고 그녀의 공연을 무대에 올렸다. 그녀의 상대역으로 말하자면, 아주 후한 보수를 받고 그녀의 대사에 답하는 대사를 충실하게 줄줄 외워댔다. 그런 식으로 그녀는 여러 해 동안 이 세상에서 홀로 라신의 베레니스를 연기했던 것이다. 관객들의 박수가 시원찮으면 그녀 속의 베레니스는 다른 것으로 보충을 했다. 아무도 대체 무엇이 그녀에게 그런 열정을 가져다주는 거냐고 묻지 못했다. 아무도 범접할 수 없는 그녀는 매일 저녁 일반 대중의 무관심 속에서 로마법에 맞선 베레니스의 사랑을 수호했던 것이다.

하다하다 안 되니까 그녀의 측근들(사실, 그들은 이미 그녀와 멀찍이 거리를 두고 있었다)은 그녀가 하고 싶은 대로 하도록 내버려두었다. 그리하여 그녀가 라틴 아메리카 순회공연을 계획했을 때, 프랑스 외무부에는 마침 그 일이 원활하게 추진되도록 도와줄 영향력 있는 친척 아저씨가 하나 있었다. "좋은 생각이군, 인디오들의 고장에 가서 공연을 한다는 것은." 그녀는 특히 인디오들의 고장에서 공연을 많이 했다. 카라카스, 보고타, 키토, 리마, 산티아고, 부에노스아이레스, 몬테비데오, 아순시온, 리우데자네이루, 살바도르, 상루이스도마라냥, 벨렝…… 심지어 아마존 밀림 언저리에 서 있는, 박쥐들의 날개가 스치곤 하는 마나우스의 분홍색 오페라 극장에도 그녀의 행복한 음성이 높이 메아리쳤다. 마나우스는 그녀의 남미 순회공연 중 끝에서 두번째 장소였다.

그리고 테레지나에서 한 공연이 그녀의 배우 인생의 마지막을 고하는 공연이 되었다.

……

나 살아가오리다, 절대적인 전하의 명령에 따르오리다.

전하, 평안하시고, 부디 잘 다스리소서. 이제는 뵙지 못할 것이오니.

……

예의상 치는 것 같은 박수소리가 몇 번 짝짝 나더니, 테레지나의 마누엘 페레이라 다 폰치 마르팅스 극장 무대 위로 막이 내렸다.

그녀가 무대화장을 지우려고 할 때 대통령이 몸소 분장실로 불쑥 들어왔다(물론 그녀는 그게 대통령의 닮은꼴이라는 걸 몰랐다). 거울에 비친 그의 모습을 보니, 제복을 떨쳐입고 우뚝 서 있었다. 티투스 황제가 내 뒤에 서 있구나 하는 걸 그녀는 한눈에 알 수 있었다. 그녀는 몸을 돌려 그를 응시했고, 그는 감히 그녀에게 눈길을 주지 못하고, 한마디 말도 못 하고, 심지어 새끼손가락 끝마디 하나 까딱하지도 못하고 있었다. 그녀는 한눈에 그의 영혼과 육신에 대해 판단을 내렸다. 그녀는 심지어 거창한 제복 속의 그의 나체까지도 상상했고, 자기가 걸치고 있는 로마 시대 튜닉의 천이 벌렁벌렁할 만큼 심장이 쿵쿵 뛰는 것을 느꼈다. 그래서 그녀는 이 대통령이 지금 제자리에 있지 않다고, 이 대통령의 자리는 바로 자기 안에 있다고, 그리고 세상의 어떤 힘도 자기들이 서로 사랑하는 것을 말릴 수 없다고 결론을 내렸다. 요컨대 그녀는 초등학생 시절의 먼 옛날 어느 오후, 희곡 「베레니스」를 처음 읽고 복수의 격정이 마음에 가득하던 그때에 언젠가 꼭 되리라 마음먹었던 그 베레니스가 '정말로' 되어버린 것이다. 이번에는 연극과 반대로 베레니스가 티투스를 데리고 떠나는 것이다! 사랑에 빠진 한 여인이 로마를 무찌르고 팔레스타인 왕비의 복수를 하게 되는 것이다. 마침내 사랑이 정치를 이겼다! 자기보다 먼저 이 역을 했던 여배우들—상메슬레, 아드리엔 르쿠브뢰르, 마드무아젤 고생, 쥘리아 바르테, 그리고 그녀를 그토록 울렸던 거물 중의 거물 사라 베르나르—이 흘렸던 눈물을 이제 한 비극 여배우가 닦아주고 있었다. 가슴이 미어지는 숱한 여자 관객들을 위해 멋진 앙갚음을 한 셈이고, 손수건으로 가만히 눈물을 찍어내던 눈들을 위해서도, 남몰래 코를 풀던 사람들을 위해서도, 소리없이 주먹을 쥐던 손가락들을 위해서도, 숨죽여 흐느끼던 사람들을 위해서도 앙갚음을 한 셈이었다! 그리고 좀더 산문적으로 말하자면, 별 볼일 없는 의무의 제단 위에서 희생된 겸손한 열정들을 위해서 앙갚음을 한 것이다. 공장, 작업장, 사무실, 가게, 고등학교, 병영, 추수, 밀물과 썰물, 심지어 연극, 경력, 경력, 경력 때문에 망친 사랑을 위해 앙갚음을 한 것이다!

……

그리하여 그녀는 사랑에 빠진 모든 여인들의 이름으로, 열대지방의 티투스 황제인 그를 데리고 달아났고, 그 뒤로 아무도 그들의 소식을 들은 사람이 없었다.

2

　베레니스와 함께 도망치기 전에, 사랑에 빠진 닮은꼴은 테레지나에서 자신의 닮은꼴을 맡을 수 있는 사람을 찾다가 어느 쌍둥이 형제를 만나게 되었다. 그건 횡재였다. 한꺼번에 두 명이나 닮은 꼴을 건지다니! 그것도 호환이 가능한 두 명의 페레이라를. 두 명의 쌍둥이 대통령들. 한 명이 서거할 경우에도, 벼락을 맞을 경우에도, 인후염에 걸리거나 자리를 비우고 사라질 경우에도 대통령 자리는 공석이 되지 않고 그대로 이어지는 것이다. 두 사람을 한 번만 훈련시키면 된다. 하지만 사랑이 워낙 급해 미친 교육학자로 분한 가짜 대통령이 몸소 진행하는 일이니만큼 훈련의 강도는 전에 없이 높았다.

　"닮은꼴 두 명, 그건 언제든지 다른 놈으로 갈아치울 수 있어.

닮았다는 믿음만 주면 되는 거니까!"

그는 자동권총을 흔들어대면서 소리쳤다.

이 두 쌍둥이는 페레이라처럼 폰치 산 출신이 아니었고, 이발사 닮은꼴이나 사랑에 빠진 닮은꼴처럼 동쪽 평원지대나 테레지나 근교 출신도 아니었다. 그들은 북부 지방이 고향이었다. 그들은 전에 장군대통령이 광산으로 일하러 내려오지 않는다는 이유로 농민들을 싹 쓸어버린, 북부 국경지대에서 태어났다. 그들은 아버지와 어머니가 거꾸로 매달려 개미집에 머리가 처박힌 채 죽는 꼴을 보았다. 개미들이 부모의 얼굴을 파먹어 들어가는 동안, 쌍둥이의 눈은 뒤집힌 어머니의 치마 속에서 절대 보아선 안 될 것을 보아버렸다.

이런 충격을 받았으니 이들 형제가 대통령에게 절대적인 충성을 바칠 게 틀림없다, 라고 이들을 뽑은 닮은꼴은 내심 생각했다. 북부의 살육자였던 그 장군대통령을 죽여버린 게 바로 그가 아니었던가? 이 두 쌍둥이는 페레이라의 공식 초상화 양쪽에 세워놓으면 조금 의심이 들 정도로 페레이라를 쏙 빼닮지는 않았지만, 이렇게 충성도만 확실하다면 뭐 어떠랴 싶었다. 그 초상화는 사실 꽤 오래전에 그린 것이었고, 사십대의 두 남자가 쿠데타를 일으킨 스물다섯 살짜리 젊은 군인과 똑같이 닮기를 바랄 수는 없다는 것도 사실이었다.

"닮는다는 것, 그건 원하면 되는 거야!"

그들을 선발한 닮은꼴은 몇 번이고 거듭 칼을 뽑아들면서 외쳤다.

그래서, 그는 그들이 적절한 훈련을 받고 완전히 겁에 질린 상태가 되자마자, 쌍둥이 둘 중에 먼저 대통령 노릇 할 사람을 제비를 뽑아서 정했다.

3

좋다, 먼저 할 사람이 정해졌다. 전임자로 이 자리를 거쳐간 닮은꼴들처럼, 그도 의심과 두려움과 걱정 속에서 가짜 대통령 노릇을 하다가 마침내는 열중해서 연기하기 시작한다. 그러다가 차분해지고, 지치고, 자기도 떠나기로 마음먹는다. 왜냐하면 그 또한 자신의 '진짜 성격'(항상 '나 자신의 모습으로 돌아가야지' 하는 조바심)을 발견했다고 믿었으니까. 하지만 이번의 닮은꼴들은 배우 노릇도, 사랑의 포로가 된 연인 노릇도 원치 않았다. 그는 베레니스 같은 여자도 바라지 않았고, 영화에도 전혀 취미가 없었다. 그는 아주 실질적인 성격과 뛰어난 종합적 사고력을 타고났다. 테레지나에 정착하자마자 그는 단숨에 대통령 권력의 한계를 측정했다. 그리고 아주 빨리 결론에 도달했다. 그 결론에 따르면,

진짜 대통령이라도 지금 자기의 권력보다 더 실제적인 권력은 행사하지 않을 터였다. 모든 것은 대기업들의 손에 달려 있다고 그는 확신한다. 대통령이나 그의 닮은꼴이 뻔한 군중 앞에서 연설을 하는 동안 진짜 권력은 언더그라운드에서 번성하는 것이다. 영국 대사 앤서니 캘빈 쿡 경(페레이라 집권 초기에 대사를 지낸 분의 아들)의 표현을 빌리자면 말이다. 니켈, 은, 금, 석유 또는 아크마돈이 운위되는 행정회의의 말석이라 해도, 국가원수들이 미칠 듯 원하는 것 같은 사기꾼 행상 자리와는 또다른 의미의 권력이 보장된다는 사실을 새 닮은꼴은 금세 깨달았다. 말똥말똥한 그의 두 눈은 밤이 되면 침실 천장에 붙은 출세 계획표를 훑었다. 그는 마치 경계 없는 영토 같은, 광맥이 분포된 테레지나의 지하를 상상해보았다. 여기, 자기 발 아래에 있는 광맥이 한 밑천 크게 잡은 그를 쥐도 새도 모르게 이 대륙의 다른쪽 끝으로 데려다줄 수도 있다. 한마디로, 권력을 쥐고자 열망한다면 그건 부(富)를 통해 가능하다. 시간이 갈수록 이런 확신은 더욱 굳어졌다. 테레지나를 떠나 사업의 세계로 들어가는 것, 그건 어항에서 톡 튀어나와 지구라는 행성 전체를 지배하는 거나 마찬가지라는 확신이.

그렇다고 해서 외부적으로 대통령으로 보여야 하는 자신의 직분을 게을리 하지는 않았다. 그가 등장하면 페레이라의 영광을 위해 조직된 의식들은 화려한 축제 분위기가 되고, 때는 바야흐로 장터 광장에 좍 깔린 게릴류 마르팅스의 정보원들이 국민들에게 이런 노래를 부르게 하는 시대였다.

Maior do que um farão

Mais forte do que um sultao

Mais potente do que um czar

Mais imenso do que o mar

Juro que não é bobeira

Eis o nosso pai, eis Pereira!

〔파라오보다 크고

술탄보다 강하고

차르보다 힘세고

대양보다 넓은,

허풍이 아니다,

그건 바로 페레이라, 우리의 아버지!〕

마침내 이 세번째 닮은꼴이 자기 쌍둥이 동생에게 떠나겠다고 말하는 날이 온다. "좋아, 농담도 이젠 할 만큼 했어. 난 돈 벌러 간다. 이제 금붕어 역할은 네가 해."

4

네번째 닮은꼴은 자기 쌍둥이 형과 생김새나 지능은 많이 닮았
지만 영혼은 아주 달랐다. 쌍둥이 형처럼 그도 대기업의 힘을 재
빨리 간파하고, 거기서 대통령 기능의 빈혈현상도 추론해냈다.
선포되는 법률의 실제 목적은 외국인들의 이익을 위해 땅 속 깊은
곳을 약탈하는 행위를 보장하는 데 있다는 것을 그도 알았다. 그
는 그게 바로 혁명의 요인이 된다고 보았지만, 북부 농민들의 봉
기를 제압하던 과두정치 독재자의 만행을 너무나도 잘 기억하고
있었다. 쌍둥이 형과 그는 부모가 당한 고통에 대해 아주 다르게
반응했다. 그의 형은 승자를 간파하자, 그 승자가 어떤 놈이건 바
로 그 편에 서기로 결정했다.

"승자의 진영에 속하는 것만으로는 안 돼. 항상 이기는 자들을

내 쪽에서 선택해야지."

　반면 동생인 그는 그 일을 계기로 세상사에 대해 절대적으로 한 발짝 물러서는 태도를 취하게 되었다. 극심한 고통의 광경이 인간의 심리기제에 내재한 이해력과 결부되어 그의 마음속에 있는 '희망 없는 선(善)'이라고 부를 수 있는 부분을 자극했던 것이다.

　쌍둥이 형이 테레지나를 떠나자마자 네번째 닮은꼴은 그 선한 품성을 같은 도시에 사는 동포들을 위해 발휘했다.

　이런 관점에서 본다면, 그는 누구보다도 월등히 빼어난 페레이라였다. 그는 불행한 이들의 하소연을 덕스러운 '잘 들었소'라는 말로 간단히 요약하면서 귀 기울여 들어주는 데서 끝내지 않았다. 그는 불행한 이들로 하여금 그야말로 마지막 한 부스러기의 근심, 설움, 회한, 원한, 절망까지 남김없이 다 쏟아내게끔 해주었다. 그는 남의 말을 아주 잘 들어주는 사람이었다. 그가 말하는 사람을 극진히 바라볼 때면, 그의 눈길이 그 사람을 마셔버리는 듯했다. 말하는 자의 하소연으로 그의 온몸이 가득 차는 것 같았다. 그는 한 사람 한 사람에게 얘기에 필요한 시간을 따로 할애해주었는데, 심지어 한 시간, 때로는 밤새도록 들어줄 때도 있었다. 줄을 서서 기다리느라 조바심치는 사람은 아무도 없었고, 사람들은 자기 차례가 되면 그의 귀가 오로지 자기만의 차지가 될 것임을 알고 있었다. 그리고 돌처럼 지혜로운 모습으로 자기와 비슷한 인간들을 향해 비스듬히 몸을 굽히고 들어주는 이 사람 주위로 해가 지는 것을 보노라면 마음속에서 뭔가가 차분히 가라앉는 듯했다.

그 고백 시간은 동이 터야 끝이 나곤 했다. 그러면 대통령은 다른 불꽃나무 아래로 다른 사람들의 이야기를 들어주러 가야 했고, 다른 계단 위로 다른 연설을 하러 가야 했다.

그의 연설─페레이라가 써보낸 연설문과 쉼표 하나 정도나 차이가 날까 싶은 연설문─을 들으면(나라의 위대함, 그 나라 국민이라는 자부심, 영광스러운 과거, 빛나는 미래, 거룩한 전통, 꼭 필요한 노력, 대통령으로서의 감사…… 이런 내용을 들으면), 군중은 계속 환호했고, 대통령의 목소리와 그 어조를 보면 시간이 순리대로 흐른다는 것과 이 사람은 누가 뭐래도 한결같은 사람이라는 것을 미루어 짐작할 수 있었다. 사람들은 그가 아낌없이 격려의 말을 하면서도 언뜻언뜻 진실을 내비치고 있다는 사실을 고맙게 생각했다. 대통령의 연설을 듣고 국민들이 대통령에게 갖는 애정은 사람이 아무 환상도 욕망도 없이 오직 자기일 뿐이라는 사실에 황홀해할 때 스스로에게 갖는 그런 사랑, 그 생생한 감정이었다. 이 무렵 사람들은 장터에서 다음과 같은 노래를 부르기 시작했다.

Povo tem que ter cabeça

Não vive só de cachaça

Alguns querem ditadores

Outros, reis, imperadores

Pra gente essa maravilha

Nosso chefe é uma orelha!

〔국민도 체면이 있어야 한다

카샤사만으로는 못 살아

어떤 사람들은 독재자를 원하지만,

다른 왕이나 황제들과는 달리

우리에게만 있는 이 놀라운 일

우리의 대장은 귀를 갖고 있다네!〕

테레지나가 이 사람의 선(善)한 품성 속에서 살았던 기간이 몇 년인지 헤아리기는 어렵다. 대통령은 마치 시간이 멈춘 듯 사람들에게 사랑을 받았다.

아아, 그런데 슬프게도 시간은 멈추지 않았다. 시간은 그를 갉아먹었다. 꼬박 밤샘을 하고 오래 여행을 하여 기진맥진했고, 귀기울여 들어준 ─ 게다가 속으로 느낀 ─ 사연들이 짐이 되어 그를 짓눌렀고, 말과 반대되는 내용을 음성에 실어야 하는 책무에 지쳐, 그는 눈에 띄게 야위어갔다. 관절은 퉁퉁 부어오르고 팔다리는 배배 꼬여서, 어쩌다 쉬는 시간에 그물침대에 반바지 차림으로 누워 있노라면 평소에 입다 의자 등받이에 걸어놓은 그의 제복은, 어찌나 감정이입이 잘 됐던지, 아픈 신체부위 부분만 혹처럼 불룩 솟아오르곤 했다. 잠에서 깨어나면 그는 자기의 '상흔'을 말해주는 이 옷을 굽어보며 둥그렇게 둘러선 농민들이 경배하는 모습과 마주치곤 했다.

주교는 자기 대자인 대통령에게 사람들이 그토록 지극정성을 바치는 걸 보고 깊은 인상을 받았다(심지어 감동까지 했다).

그는 대통령의 부친 다 폰치 노인에게 말했다.

"당신의 아드님 마누엘은 생생히 살아서 영원 속으로 들어갔습니다. 사람들은 아무 이유 달지 않고 그를 좋아하고, 언제까지나 좋아할 겁니다. 그는 틀림없이 성인이지요. 처음에야 누가 그렇게 믿었겠습니까?"

"내가 믿었지요"라고 그의 아버지가 대답했다.

어머니는 어머니다운 방식으로 확실히 다짐했다.

"바칼랴우 두 메니누를 즐겨 먹지 않던 저애가, 이제는 마지막 남은 강낭콩까지 한 접시를 싹싹 먹어치우네요."

5

페레이라가 군중에게 맞아 죽고 그 자리에 그의 죽마고우인 이두아르두 히스트 대령이 들어서기 전, 페레이라 본인의 손으로 미간에 총알을 쏘아 거꾸러뜨린 대상은 바로 이 사람이었다.

(이만하면 당신 입맛에 맞을 만큼 압축됐나요? 친애하는 나의 소냐?)

6

성(聖) 대통령의 머리가 테레지나에서 박살나던 바로 그날, 우연히도 뉴욕에선 또 하나의 극적인 사건이 벌어졌다. 죽은 이의 쌍둥이 형이 스스로 좌지우지하고 있다고 믿었던 큰 회사에서 해고된 것이다. 전에 월 스트리트의 사무실에 그의 취임을 위해 모였던 경영자문회의 회원들이 이번엔 그를 해고하겠다는 의사표시를 해왔다. 주주들 대부분이 위임투표를 통해 그렇게 결정했다는 것이었다.

"이유는?"

쫓겨난 그가 물었다.

"아크마돈 스캔들."

자문회의측의 답변은 이랬다.

쌍둥이 형은 눈썹을 치켜올렸다.

"출자금을 다시 모아도 된다고 당신들이 모두 동의했잖습니까!"

"아마 그랬겠지요. 하지만 그 생각은 좋은 생각이 아니었소. 그리고 그 안(案)을 포기하는 것은 당신의 일이오."

문제의 '안'이란 아크마돈 채굴에 관한 연구를 재정적으로 뒷받침할 엄청난 금액을 주주들에게서 빌린다는 것이었다. 만약 그 연구 덕에―광고에 떠벌리기를 그건 '의심의 여지가 없다'고 했다―그 귀금속 광물의 '최적의 채굴'이 가능해지면, 회사는 출자자들에게 '두둑한 이익 배당금'을 보장한다는. 만약 아무 결과도 나오지 않으면 회사가 그 '연구'를 연장하기 위해 같은 주주들에게서 새로이 출자금을 얻어내는 일에 착수할 시점이고, 물론 그 '연구'라는 것은 '곧 결실을 맺을' 단계라는 얘기였다.

이런 식으로 일은 이어졌다.

이런 일이 다반사가 되었다.

이익만 바라보고.

수십 년 전부터.

"그 생각이 어디가 잘못되었다는 겁니까?"

쌍둥이 형이 물었다.

"이 점에서요."

그의 눈앞에 들이밀어진 자료는 기사 한 꼭지의 초고였고, 그

기사를 싣겠다는 신문을 회사가 불법적으로 매수하지 않는 한 그 기사는 이튿날 전세계 언론에 퍼져나가게 될 터였다. 기사 제목은 간단명료했다. '아크마돈, 새로운 파나마 스캔들.*' 몇 년 전부터 어떤 회사가 주주들에게 실제로 있지도 않은 **아크마돈**이라는 광물이 채굴될 것인 양 믿게 만들고 있다는 사실을 폭로하는 기사였다. 그리고 그 광물의 성분과 채굴, 그리고 광물학적 허상으로 이루어진, 셀 수 없이 많은 소유권에 관한 소위 '연구'를 위한 자금으로 어마어마한 금액이 유용되었다는 것이었다. 기사를 쓴 기자(포스텔 베르디라는 성을 가진 사람)가 무엇보다 충격을 받은 점은, **아크마돈**이라는 단어가 어떤 사전에도 나오지 않는다는 것이었다. 제 길을 잃고 갈팡질팡하며 시인이 되어버린 듯한 이 기자는 "순전한 사기에 의미상의 허풍까지 덧붙여지다!"라고 경제면에서 결론지었다.

쌍둥이 형은 주주들의 돈주머니를 털어내는 이 프로젝트가 엊그제 시작된 게 아님을 경영자문회의 회원들에게 밝히면서(실제로 아크마돈은 페레이라가 직접 지어낸 것이었고, 비난의 대상이 된 이 연구에 처음으로 돈을 댄 사람은 앤서니 캘빈 쿡 경—아들 말고 아버지—이었다) 대답했다. 실제로 그렇다고. 하지만 서류

---

* 1892년 프랑스에서 발생한, 시세조작과 사기가 뒤엉킨 기업-정치 스캔들.

는 자기 수중에 있고 자기는 주주들이 꾸벅꾸벅 졸면서 남 좋은 일이나 하도록 가만히 있을 줄은 몰랐으며, 그들이 졸다 깨어났으니 이젠 자기가 떠나야 한다고.

경영자문회의의 최연소 회원인 프랑스인 마드리쿠르가 내뱉은 말마따나, 그는 한마디로 '개판친' 것이었다.

"친구, 당신 개판쳤소. 그 대가로 목을 내놓으슈."

7

성 대통령이 살해된 지 사십육 일이 지났다. 테레지나에서 그
사십육 일은 이두아르두 히스트 대령이 선포한 국장 기간이었다.
성당이 있는 곳마다 사람들은 이 순교자를 추모하는 미사를 매일
올렸다. 거룩한 대통령이 총탄에 쓰러진 시간이 되면 미사가 거
행되었고, 이름 모를 자의 총탄이 대통령의 영혼을 하늘로 보냈
던 그 시각이 되면 사제들은 제단 앞에 서서 신자들이 우러러보는
가운데 성체를 손으로 들어올렸다. 사십육 일 동안, 거룩한 대통
령은 모든 대화의 주제였고 모든 침묵의 재료였다. 대통령이 국
민들 얘기를 귀 기울여 들어주던 불꽃나무 아래에서 사람들은 기
도를 드렸다. 그가 우뚝 서서 연설하던 계단 주위에 빙 둘러서서
사람들은 귀를 쫑긋 세웠다. 아무리 외진 마을에도 그의 조각상

은 세워졌다. 이 기념물은 그 옛날 장군대통령을 쓰러뜨렸던 씩 씩한 청년의 모습이 아니라, 헌신과 동정심을 발휘하다보니 그렇 게 변해버린, 아픈 곳이 여기저기 울퉁불퉁 혹이 되어 튀어나온 제복 입은 순례자의 모습이었다.

사십칠 일째 되는 날 아침, 북부 지방의 광산촌. 한 남자가 헤아 릴 수 없을 만큼 많은 순교자 대통령의 조각상 중 하나 바로 옆에 우뚝 서 있었다.

그 사람은 성 대통령의 제복을 입고 있었고, 기이하게도 대통 령과 닮은 모습이었다(그도 그럴 것이, 이 남자는 대통령의 쌍둥 이 형이었으니까. 방금 회사에서 해고당한 그 형 말이다).

처음엔 아무도 그를 눈여겨보지 않았다. 그만큼 그는 자기 동 생의 조각상의 일부처럼 보였던 것이다. 마을 남정네들은 광산으 로 떠날 준비를 하고 있었다. 그들은 복장과 장비를 제대로 갖추 고 있었다. 그들의 곡괭이, 도시락, 광산에서 쓰는 체, 이런 것들 이 새벽의 고요함 속에서 챙강챙강 부딪치는 소리를 냈다. 머리 에 쓴 안전모 위에는 갱내용 등불이 달려 있었다.

파면된 쌍둥이 형은 눈썹 하나 까딱하지 않고 그들이 어깨 멜빵 에 달린 마지막 고리를 채우는 모습을 바라보았다. 조각상의 차 가운 돌 어깨에 기대어 꼼짝 안 하고 있는 그의 내면에는 극도의 동요가 숨겨져 있었다. 그는 생각했다. '이들이 내 반격의 군대다. 이게 내 혁명의 쇠[鐵]다. 밭에서 차출되어 광산 속으로 깊이 처박힌 농민들, 넓은 벌판을 억지로 떠나 땅의 창자 속을 똥덩이처럼 기어다니는 신세가 되어버린 바케이루들, 두더지로 변해버린 늠름한 사냥꾼들…… 아! 누가 그들의 것을 훔쳐갔는지, 자기들의 본성을 바꾸고 진을 빼놓은 게 누구인지 그들이 알게 될 때 느낄 복수의 열망! 아! 그들이 태양빛을 다시 보게 될 때 활활 불타오를 그 힘! 아! 내가 그들을 테레지나에 풀어놓을 때의 그 멋진 학살! 부활한 대통령, 신 중의 신인 그가 이끄는 십자군! 그들에게 대적할 자 누구랴!'

　　그의 계획은 이랬다. 민중의 미신이라는 거창한 문 앞에 자기 동생이 다시 강림하여 복수에 필요한 군대를 일으킨다. 그건 쉬운 일일 터였다. 생각을 좀 해보라. 그들의 거룩한 대통령이 죽은 자 가운데서 부활하시다니! 그들은 그를 마치 유일무이한 인간인 듯 추종할 것이다. 만반의 준비가 되었다. 국경의 버팀벽에 있는, 무기를 꽉 채워둔 동굴들, 위장전술로 감쪽같이 감추인 채 기다리고 있는 트럭들과 기관총이 장착된 장갑차들, 테레지나의 정부에 잠입한 요원들. 대통령궁 안에까지, 심지어 이두아르두 히스트 대령의 최측근의 동조까지 확보했으니 이제 군대만 모집하면 되었다. 기다리던 순간이 왔다. 몇 초 뒤면 쌍둥이 형은 석상에서 떨어져나와 사람들 앞에서 부활한 자의 연설을 시작할 참이었다.

"그래요, 바로 나입니다. 살해당한 여러분의 대통령, 나라고요. 내 유일한 죄? 여러분 땅에서 나오는 부(富)를 여러분 손에 돌려 주고자 한 것…… 그것 때문에 그들이 날 죽였습니다! 하지만 난 이렇게 부활했습니다! 돌 속에서 나왔습니다! 돌아왔습니다! 다시 돌아온 겁니다! 그들이 어린 양처럼 희생시켜버린, 무조건 착하기만 한 사람이 이젠 아닙니다. 난 여러분이 가담할 '혁명'의 영광스런 '몸체'입니다! 난 여러분의 명철한 분노이며, 정의를 가늠하는 여러분 팔의 꺾을 수 없는 길잡이이며, 여러분이 내세우는 대의의 살아 있는 상(像)이며, 태곳적부터 여러분이 지닌 권리의 신성한 강철입니다! 지난날 나는 여러분에게 말을 했고, 여러분은 내 말을 들었습니다. 여러분은 내게 마음속 얘기를 털어놓았고, 나는 여러분 말에 귀를 기울였습니다. 이제 우리는 함께 죽일 것입니다!"

그랬다. 그는 이런 일을 하고자 한다고 말했다. 무수히 많은 그들의 성인(聖人)의 무리 속에 무장하고 들어가 다 같이 내륙의 늑대귀신*이 되고 카리브 해의 오릭사**가 되고, 성서에 나오는 분노가 되어 요한 묵시록의 네 마리 말에 한꺼번에 혼자 올라타 이

---

* 밤이면 늑대로 둔갑해 돌아다닌다는 요술쟁이.

** 라틴 아메리카에 노예로 끌려온 아프리카 흑인들이 추앙하는 신적 에너지의 원천.

두아르두 히스트 대령을 끌어내리고, 테레지나를 차지하고, 뉴욕에 요원을 파견해 자기를 해고한 경영자문회의 회원들을 싹 쓸어버리고 새로운 회원들을 앉힐 터였다. 요컨대, 권력과 돈을 한꺼번에 거머쥐고, 라틴 아메리카의 나머지 부분을 꿀꺽 삼켜버릴 생각이었다.

(아! 프랑스인 마드리쿠르, 그리고 언론인 포스텔 베르디도 유괴하는 거야. 그들을 막다른 골목에 몰아 세련된 단말마의 고통을 가해 조금씩 조금씩 죽어가게 하는 거지.)

이런 계획을 세우면서 쌍둥이 형은 진정 사변적 지성을 가진 자만이 맛볼 수 있는 기쁨에 몸을 떨었다.

"이크, 조심, 나를 본 놈이 하나 있어!"

아닌게 아니라, 농민이자 광부이자 비밀 조합원인 네네 마르팅스라는 자가 석상 옆에 서 있는 그를 처음으로 보았다. 처음에 네네 마르팅스는 자기 눈에 물체가 둘로 보이나보다 하고 생각했다. 국장 기간이 끝나가는 때라 카샤사를 너무 마셔서 그런가보다 했다. 그는 두 눈을 비비며 아세틸렌 등불을 켜고 그 쪽으로 다가갔다.

그러나 의심할 나위가 없었다. 돌아가신 거룩한 대통령이 자신의 석상 옆에 버젓이 서 있었다.

네네 마르팅스는 혹시 자기가 잘못 본 게 아닌가 싶어, 시인이

자 농민이자 광부인 지지 다 카자에게 똑같은 게 보이는지 물어보 았다.

"내 눈에 보이는 게 자네한테도 보이나?"

지지도 네네가 보는 것과 똑같은 것이 보인다고 했다.

사람들이 둥그렇게 모여들었다. 사람들은 눈을 의심했다. 그들은 아세틸렌 등불을 여러 개 켰다. 쌍둥이 형은 이제 엄청나게 운집한 군중의 틈바구니에 서 있게 되었다. 사람들이 그를 만져보았다. 그가 입은 제복의 천을 손으로 집어보기도 했다. 천은 분명 돌로 된 것이 아니었다. 어떤 사람은 그 유령의 심장에 손을 대봤다가 얼른 떼기도 했다. 그 심장은 마치 모임을 부추기듯 쿵쿵뛰고 있었다! 쌍둥이 형은 거기 모인 사람들을 시켜 나머지 마을 사람들을 불러모으게 했다. 마을 사람들이 전부 다 모였을 때에야 그는 비로소 석상이 된 자기 동생 곁에서 뚝 떨어져 홀로 섰다.

그때, 햇살이 군기(軍旗)처럼 펄럭이며 멀리멀리 퍼져가던 그때, 그는 강력한 목소리로 말했다.

"내가 왔습니다. 여러분을 참된 삶으로 이끌고자 내가 죽은 자들 틈에서 돌아왔습니다."

그는 사람들에게 기적을 받아들이고 소화할 여유를 주려고 뜸을 좀 들이고 나서 가슴을 부풀리더니, 무기를 들자고 호소하기 시작했다. 그러나 그의 목소리가 채 울려퍼지기도 전에 다른 음

성이 들려왔다. 아주 오래된 분노처럼 떨리는 녹슨 화음, 새된 목
소리였다. 그건 시인 지지 다 카자의 목소리였는데, 방금 영감이
동한 그를 아무도 막을 수가 없었다.

No Saara de além do mar

Há miragens de enganar

Gente vê o que não é não

Mas pra gente no Sertão

Não funciona a ilusão

Tampouco a ressurreição!

〔바다 건너 사하라 사막에

사람 눈을 속이는 신기루가 있다네

사람들은 그 신기루에서 없는 것을 보지만

우리 세르탕 사람들은

환상을 좇아가지 않는다네

부활도 좇아가지 않는다네!〕

몇 시간 뒤, 쌍둥이 형은 두 발과 손을 포승에 묶인 채 이두아르
두 히스트 대령 앞으로 끌려갔다.

8

"어이, 페레이라."

대령은 그를 자기 집무실에 맞아들이면서 말했다.

"그래, 죽어보니 어떻던가?"

말을 하면서 대령은 호위병들에게 이 죄수의 손발을 풀어주라는 신호를 보냈다.

쌍둥이 형이 양쪽 손목을 문지르며 대답했다.

"이두아르두, 부활한 나를 체포하라고 명령하다니, 자네 어디 아픈 것 아닌가? 이런 일을 저지르고 하늘에서 어떤 벌을 받을지 알고 있나?"

그는 눈짓으로 하늘을 가리켰다.

이두아르두 히스트 대령은 집무실에 체스판을 펼치고, 체스말들을 넣어둔 가방 속을 헤집어 검은 말 하나와 흰 말 하나를 집더니 색깔을 고르라는 듯 두 주먹을 쥐고 양팔을 앞으로 죽 뻗었다.

"한 판 두겠나?"

그가 물었다.

"내가 지금 그럴 정신이 있다고 생각하나!"

"자, 두지, 마누엘. 체스를 두다보면 우리가 기숙사에서 보낸 밤들이 생각날 거야."

"우리는 애들이 아니야!"

대령이 제안을 하나 했다.

"자네가 이기면 내가 자네에게 자리를 내주고, 내가 이기면 자네를 온 곳으로 돌아가게 하겠네."

"정치란 그렇게 하는 게 아니지!"

쌍둥이 형은 반발했다.

"그렇게 하면 혁명을 안 해도 되잖나. 광부와 농민들은 시민을 학살하는 것 말고도 할 일이 많거든."

"이두아르두."

쌍둥이 형이 기가 막히다는 표정으로 물었다.

"내가 고작 체스나 두려고 힘들게 부활한 줄 아나! 자네는 지금 누구한테 말하고 있다고 생각하는 건가? 제길! 종교도 없나, 자네는?"

이두아르두 히스트 대령은 길게 한숨을 내쉬었다.

"나를 멍청이로 생각하는 아둔한 놈한테 말하고 있다고 생각하네."

"그게 무슨 소리야?"

쌍둥이 형은 자리에서 펄쩍 뛰어 일어나려다가 다시 자리에 앉혀졌다. 그의 등뒤에서 호위병 두 명이 지키고 있었던 것이다.

"무슨 소리냐 하면, (이두아르두 히스트 대령은 갑자기 지쳐 보였다) 넌 내 어릴 적 친구 마누엘 페레이라 다 폰치 마르팅스가 아니란 말이지. 체스도 둘 줄 모르고, 부활했다는 이야기나 꾸며대는 너는 우리 모두를 바보 멍청이로 생각하고 있단 말이야. 농민, 광부, 공무원, 정치가, 심지어 하느님, 그리고 나까지 포함해서 우리 모두를 말이야. 전에 회사에서 널 내쫓은 주주들을 바보 취급했던 것처럼."

"이두아르두……"

쌍둥이 형은 서글프게, 짐짓 못 믿겠다는 어조로 중얼거렸다.

이두아르두 히스트 대령은 부드러운 미소를 띠며 대답했다.

"친구, 나를 다시 한번 이두아르두라고 불러봐. 그랬다가는 네 머릿속에서 골이 튀어나와 내 사무실 벽을 장식하게 될 테니."

그는 서랍에서 제대로 된 권총을 꺼냈다. 대단한 무기였다. 개머리판만 봐도 겁이 날 만했다.

그들은 오래도록 서로 눈길을 주고받았다.

이두아르두 히스트 대령이 마침내 물었다.

"어디, 네 말 좀 들어보자. 너희 형제를 페레이라의 대역으로 고용한 게 대체 누구지?"

"바로 대통령이죠!"

쌍둥이 형이 진심을 담아 소리쳤다.

"……"

"……"

"……"

"내 그럴 것 같더라니."

대령이 중얼거렸다.

그리고 뒤이어 이런 설명을 해주었다.

"네 형과 너를 뽑은 건 페레이라가 아니야, 이 가엾은 원숭이놈아. 페레이라는 이미 오래전에 유럽으로 내뺐거든. 네 형과 너는 복사판의 복사판의 복사판일 뿐이었단 말이다."

그는 깜짝 놀란 상대방이 충격을 좀 삭일 시간을 주고 나서 이런 해설을 덧붙였다.

"너의 전임자들도 참 눈치코치 없었지만, 너는 어리석은데다가 심술궂기까지 하구나. 해로운 외통수 아어처럼 선한 마음이라고는 발톱의 때만큼도 없어. 오직 탐욕뿐. 죽은 장군대통령과 똑같은 멍청이라니까."

이 말이 끝나자마자 바로 본격적인 심문이 시작되었다.

"말해봐. 내 부하 중 누구를 제일 먼저 타락시켰는지."

이두아르두 대령이 물었다.

쌍둥이 형이 대답했다.

"칼라두! 수석통역관 마누엘 칼라두 크레스푸! 바로 그가 나에게 혁명이라는 아이디어를 주었소! 무기를 구입하도록 주선한 것도 그 사람이고, 무기를 감춰놓을 동굴을 알려준 것도, 나를 따를 병사들을 모집할 마을을 추천해준 것도 그 사람이오."

대령은 유감스럽다는 눈길로 이 죄수를 바라보았다.

"갈수록 태산이군……"

하지만 쌍둥이 형은 아랑곳없이 계속 지껄여댔다.

"그가 나에게 매수할 공무원 이름, 직책, 건넬 돈 액수, 이런 걸 일일이 알려주었소. 심지어 내 혁명의 노래를 널리 퍼뜨릴 시인 한 사람까지 소개해주었소. 지지 다 카자, 그의 말로는 천재 시인이라더군요. 테레지나의 여론을 조성할 진정한 독약이라고!"

쌍둥이 형이 지지 다 카자를 고발하고 있을 때, 시인 지지는 여전히 북부의 농민-광부들을 위해 이런 구절을 읊고 있었다.

Ramo em ramo o passarinho

Passarinho faz o ninho

Canto em canto o passarinho

Passarinho faz um hino

De verso em verso o poeta

Do povo tece a revolta!

〔나뭇가지를 하나하나 물어와

새는 둥지를 짓고

한 곡조 한 곡조 노래하며

새는 찬가를 부른다

한 구절 한 구절 읊으며

시인은 민중의 항쟁을 엮어간다!〕

"이 모든 일을 꾸민 사람은 칼라두요!"

쌍둥이 형은 목이 터져라 외쳐댔다.

"죽은 내 동생을 걸고 맹세하오! 그 사람이 내게 병졸들을 이끌 노동조합원 한 사람을 추천했소. 네네 마르팅스, 뼛속까지 모반자인 인간! 공공의 적!"

이두아르두 히스트 대령은 손짓으로 그의 말을 멈추게 하고, 인터폰 쪽으로 몸을 기울였다.

"칼라두, 잠깐 와보겠나?"

인터폰에서 대답이 들려왔다.

"곧 가지."

마누엘 칼라두 크레스푸가 요술처럼 나타났다. 세월이 가면서 그는 몸이 많이 불었다. 커다란 얼굴에 그 어느 때보다 텁수룩하게 난 털은 마치 아마존 밀림지대의 관목 숲 같았다. 정수리 부분만 유일하게 벗어지려 하고 있었다.

의자에 앉은 쌍둥이 형을 보고 그가 투덜댔다.

"눈썹이 가려 앞이 잘 안 보이네. 저기 앉은 저 사람은 누군가? 혹시 나를 망치려는 그 인간은 아니겠지?"

대령은 바로 그 사람이라고 말해주었다. 그리고 자기로선 역부족이라는 듯한 몸짓을 하며 말했다.

"칼라두, 친구 노릇 좀 해주게나. 저 멍텅구리에게 테레지나의 현황을 좀 설명해주게. 난 도저히 못 하겠네."

"통역관이란 바로 그런 일을 하라고 있는 거지."

칼라두가 냉큼 받아들였다.

그리고 마누엘 칼라두 크레스푸는 초등학생에게 이야기하듯 한마디 한마디 힘을 주어가며, 쌍둥이 형에게 전에 있었던 일들을 전부 이야기해주었다. 페레이라, 망이 브랑카의 예언, 대통령의 광장공포증, 유럽으로 도망친 사건, 첫번째 닮은꼴의 선발, 이어서 두번째 닮은꼴의 선발……

"그런 식으로 이어졌단 말이야. 그러다 불행한 네 동생이 죽임을 당한 거지."

이 대목에서 마누엘 칼라두 크레스푸는 잠시 주제에서 벗어나 히스트 대령에게 물었다.

"이두아르두, 한 배에서 나온 쌍둥이 형제가 어쩌면 이렇게도 다를 수 있지? 저 기둥서방 같은 녀석과 돌아가신 성인 대통령은 그야말로 천지차이네."

"성질 한번 더럽게 타고났지."

대령이 중얼거렸다.

"……"

"……"

풀이 팍 죽은 쌍둥이 형은 이런 질문을 받았다.

"그래, 닮은꼴들에 대해서는 알고 있었나?"

칼라두는 아주 참을성 있게 그에게 설명해주었다. 망이 브랑카를 살해한 뒤 페레이라의 광장공포증이 그의 얼굴에 너무나도 완연히 드러났고 유럽으로 가고 싶다는 생각이 하도 강렬해서("이 사람들아, 그건 욕심이 아니라 문화적 욕구라네"라고 그 젊은 독재사는 강변하곤 했다), 대령과 칼라두는 대통령이 도저히 나라를 다스릴 수 없다고 판단하고, 그럴듯한 명분을 붙여 해외로 망명시키기로 결정했다. 그러기 위해서는 닮은꼴을 세운다는 생각을 칼라두가 슬쩍 귀띔해주기만 하면 되었다(페레이라가 자기 혼자 그런 생각을 해냈다고 생각하게끔 아주 신중하게). 그리고 놀랄 만큼 그를 닮은 그 이발사가 대통령 눈에 띄도록 일을 꾸미면 되었다(역시 아주 능수능란하게, 페레이라가 자기 스스로 이발사를 발견했다고 생각하게끔). 그리하여 광장공포증에 걸린 독재자가 닮은꼴에게 자리를 내주고 공식 석상에서 자취를 감추게 만들었다.

"그랬던 거지……"

마누엘 칼라두 크레스푸가 하던 말에 매듭을 지었다.

"그렇지."

이두아르두 히스트 대령이 확인을 해주었다.

"그런 다음, 닮은꼴의 효용가치가 다 되었다는 생각이 들기 시작하면 바꿔치기를 한 거지. 이것도 똑같은 전술이야. 각각의 닮은꼴들 입장에선 다른 닮은꼴을 세운다는 생각이 자기 머리에서 나온 걸로 생각하게끔 만들어서, 스스로 골랐다고 생각하는 닮은꼴을 들어앉히게 하는 것. 허영심을 이용하면 누워서 떡 먹기지, 안 그래, 이두아르두?"

너무 쉬운 일이라 나중엔 지겨워질 정도였다고 이두아르두 히스트 대령은 몸짓으로 표현해 보였다.

쌍둥이 형이 물었다.

"그럼 아버님은요? 아버님은 믿으신 건가요? 정말 아들처럼 바라보실 때 난 항상 속으로 그게 궁금했는데……"

"그것도 허영심이지. 닮은꼴이 이 사람 저 사람으로 바뀔 때마다 다 폰치 노인은 자기 아들이 점점 나아진다고 생각했고, 그게 다 자기 덕이라고 생각한 거야. 페레이라가 네 동생을 죽였을 때, 성인(聖人)인 그를 진짜 아들로 생각한 다 폰치 영감님은 슬픔에 겨워 돌아가셨어. 그거 알지?"

"아버지로서의 본능……"

이두아르두 히스트 대령이 중얼댔다.

"내 동생을 죽인 사람이 페레이라라고요?"

쌍둥이 형이 물었다.

……

바로 그 순간, 지지 다 카자는 북부 산악지대에서 광부가 된 농민들에게 이런 노래를 불러주고 있었다.

Naquela história de gêmeos

De que fala o livro santo

Quem foi que matou o outro?

Foi Caim? Esaú? Quem?

Deus sabe, e o povo também

Foi Pereira! disse alguém.

〔성스러운 책에 기록된

이 쌍둥이 이야기에서

둘 중 누가 형제를 죽였는가?

카인인가? 에서인가? 누구인가?

하느님은 아신다, 민중도 안다

페레이라다! 라고 누군가 말했다.〕

……

"그럼 주교님은요?"

쌍둥이 형이 물었다.

"주교님은 내가 페레이라가 아니라는 걸 알고 계셨나요? 그래도 페레이라는 그분의 대자 아닙니까! 어쨌든 그분은 저를 항상 대자로 대해주셨는데요."

칼라두가 대답했다.

"주교들은 정치를 하지 않아. 그리스도가 부활할 때마다 주교들은 그를 다시 십자가에 못 박는 걸로 만족하지. 성(聖) 교회가 존속해야 하니까. 그뿐이야."

"이제 부활 얘기를 꾸민 네가 어떻게 될지 알겠지……"

히스트 대령이 토를 달았다.

"그럼 국민들은요?"

목소리가 숨소리만큼 작아진 쌍둥이 형이 마지막으로 물었다.

"국민들은, 그들은 가짜 페레이라들을 진짜로 믿었나요?"

"국민들은 아버지나 주교보다 훨씬 복잡하지. 민중은 남이 자기들에게 믿게 만들려 한 내용을 정말 믿는 것처럼 행동해. 그래서 때로는 그들이 진짜로 믿는다고 알게 만들기까지 한다니까."

"그러다가 때가 되면 다시 생각하기로 결심하지."

히스트 대령이 덧붙였다.

"그래서 새로운 닮은꼴도 기대할 수 있는 거지."

칼라두가 토를 달았다.

……

바로 그 순간, 지지 다 카자는 이런 노래를 부르고 있었다.

Se o papagaio recita

Será que a voz exercita?

Quando o macaco imita

Será que ele vomita?

Poeta papagueando

Algo tá se preparando

〔앵무새가 같은 말을 거듭 되뇔 때

그가 내뱉는 것은 그의 목소리 아닌가?

원숭이가 흉내를 낼 때

그가 토하는 것은 자기 창자 아닌가?

시인이 앵무새 노릇을 할 때

그건 뭔가가 준비되고 있어서 그런 것〕

......

"이번 경우에 네 그 멍청이짓 같은 혁명이라는 것은 전혀 성공할 가망이 없어"

칼라두가 확실히 말했다.

"넌 농부, 광부, 상인, 시골 사람이나 도시 사람들, 그들 모두의 털을 뼈가 드러나 보일 때까지 깎아버리지 않을 수 없었겠지. 그리고 너는 끝내 부자들의 재산을 강탈하고 말겠지만, 몇 년 뒤에는 다른 닮은꼴을 진짜로 믿는 척하며 페레이라를 박살냈던 그들이 너도 박살내버릴 거다."

쌍둥이 형의 표정을 보고, 칼라두는 소리쳤다.

"더러운 놈, 넌 네 동생이 살해된 뒤에 사람들이 페레이라를 때려죽인 것도 몰랐더냐? 불쌍한 놈, 먼지만도 못한 놈. 그러니 너는 아무것도 모르고 아무것도 이해 못 하는 놈이야! 독재자 후보의 괴나리봇짐 같은 놈."

"……"

"어쨌든, 페레이라를 때려죽임으로써 그들은 독재를 처단했어."

이두아르두 히스트가 말했다.

"한 시대가 끝난 거지."

칼라두가 결론지었다.

"……"

여기서 두 사람은 이 죄수에게, 페레이라가 유럽으로 떠난 뒤 그들이 내내 도모했던 계획을 밝혔다. 권력을 국민 대중에게 돌려주는 것. 자기들의 집 열쇠를 모든 네네 마르팅스와 모든 지지다 카자에게 맡기는 것. 집 열쇠와 함께 토지 소유권도. 토지 소유권과 함께 지하자원을 지키는 일도. 지하자원 지키는 일과 함께 외국의 탐욕에 맞서 저항할 의무까지도……

"결과적으로"

시민 교육에 맛을 들여가고 있는 칼라두가 설명했다.

"국회의원을 제대로 잘 뽑을 의무, 권력욕이 가장 적은 사람을 대통령 자리에 앉힐 의무. 예를 들면 네네 마르팅스, 지지 다 카자 같은 사람을."

……

바로 그때 지지는 목청껏 노래하고 있었다.

Povo sua quer a terra

Faremos democracia

〔국민들은 땅이 자기 것이 되었으면 한다네

우리는 민주주의를 할 거라네〕

"이런 상황은 지속될 만큼 지속되겠지만"

그 어떤 환상도 섞이지 않은 음성으로 이두아르두 히스트 대령
이 결론을 지었다.

"어떻게 되더라도 멍청한 네 얼굴 앞에 엎어지는 것보다는 나
을 테니까."

칼라두 크레스푸가 덧붙였다.

"그렇다고 부패가 완전히 없어지지는 않을 테지만, 대기업들의
회계는 복잡해지겠지. 뇌물이 늘어나고, 그러면 절대 부패시킬
수 없는 사람들 몇몇이 모래알 역할을 맡게 될 테고, 기자들의 호
기심, '여론'의 여론……"

"심심할 틈이 조금도 없을 거야."

바로 잠들어버릴 듯한 대령이 결론을 내렸다.

이어지는 침묵 속에서 쌍둥이 형은 아직 할 수 있다고 생각한
마지막 두 마디를 웅얼거렸다.

"그럼 나는?"

이두아르두 히스트 대령의 얼굴이 갑자기 환해졌다.

"안심해. 민주주의는 내일의 일일 뿐이야. 우리, 마지막 즐거움을 누려보자고."

"체스 한 판 두자는 건가?"

칼라두 크레스푸가 어린애 같은 희망에 가득 차서 외쳤다.

"바로 그거지."

대령이 말했다.

그리고 쌍둥이 형을 향해 화해하는 듯한 미소를 띠며 말했다.

"내가 이기면, 내가 널 죽인다. 칼라두가 이기면, 그가 널 죽인다. 무승부로 끝나면, 널 미래의 민주주의자들에게 다시 넘겨준다. 그들은 정의를 만들어내기 전에 널 학살할 거다. 어때, 좋아?"

그는 대답을 기다리지도 않고 불끈 쥔 두 주먹을 칼라두 앞에 내밀며 검은 말과 흰 말 중 하나를 골라잡게 했다.

끝

(끝이라는 결론은 쌍둥이 형이 내렸다.)

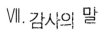

Ⅶ. 감사의 말

나는 끝이라는 단어를 좋아하지 않지만, 어쩔 수 없다. 다시 땅 위에 발을 디디는 거다.
그리고 친애하는 소녀, 당신이 살과 뼈를 가진 실제인물이 아니라 한 명의 등장인물이라는 걸,
즉 말로 이루어진 인물일 뿐이라는 걸 환기하는 거다.

나는 끝이라는 단어를 좋아하지 않지만, 어쩔 수 없다. 다시 땅
위에 발을 디디는 거다. 그리고 친애하는 소냐, 당신이 살과 뼈를
가진 실제인물이 아니라 한 명의 등장인물이라는 걸, 즉 말로 이
루어진 인물일 뿐이라는 걸 환기하는 거다. 이 생각을 하고 보니
소냐 폴 봉쿠르에게 감사해야겠다. 그녀의 이름과 아파트를 이 소
설 속에 빌려 썼다. 시카고에서 소녀 시절을 보냈고, 당신처럼 유
니온 퍼시픽 챌린저 호의 침대칸에 올라 리버사이드까지 여행을
한 실비아 폴록, 당신의 사춘기 시절을 그려내도록 영감을 준 내
여자친구 팡숑, 당신의 역사적 기억을 공들여 손질해준 내 친구
자크, 당신을 좀더 폭넓게 알 수 있도록 당신이라는 인물을 '좀더
발전시키라고' 내게 촉구해준 야스미나와 모니카. 아, 그리고 옛

날에 닮은꼴에 대해 함께 얘기했던 친구 클로드, 그리고 어제도 나와 쌍둥이에 관한 얘기를 나눴던 토니노도 잊을 수 없다……

여기서 감사의 말이라는 껄끄러운 문제가 제기된다. 자기를 세상에 낳아준 여인과 세상에서 지켜주는 여인 사이에서, 소설가는 온 대지에게 감사해야 하리라. 그의 주변에 살고 있는 사람들, 글을 쓰는 사람들, 그가 읽은 작가들, 그가 귀담아 듣도록 말을 해준 사람들, 그의 글을 편집하는 사람들, 그가 고통 속에 작업하는 동안 지지해주는 사람들, 우선 내 딸 알리스, 글 쓰는 아빠를 가진 불편함을 잘 아는 내 딸…… 오랜 친구이자 여기서는 내가 쓴 내용을 처음 들어주는 귀가 된 장 게랭, 장 필리프 포스텔, 로제 그르니에, J. B. 퐁탈리스, 장 마리 라클라브틴, 내 첫 독자들, 칼라두의 모델이 된 마누엘 세라트 크레스푸, 지지 다 카자의 모델이 된 디디에 라메종, 같은 이름인 대령의 모델이 된 프랭클린 리스트, 마르팅스 집안 사람 모두……

생각해보면 이런 감사 인사의 수와 이유만으로도 대단한 소설 한 편의 소재가 될 수 있을 것이다. 그 소설을 쓴다면 첫 구절은 이럴 것 같다. 이 이야기는 주변 사람들에게 감사의 말을 하려고 하는 어느 작가의 이야기가 될 것이다. 그가 이런 생각을 떠올리며 누워 있던 그물침대 같은 건 중요하지 않다. 상상만 하면 되니까……

해먹 속의 번역자

"이 이야기는 광장공포증이 있는 어느 독재자의 이야기가 될 것이다"라는 말로 소설은 시작된다. 다니엘 페낙을 흉내내 설명하자면, 이 소설은 '이제껏 독자들이 익숙해 있는 방식과 상당히 다른 방식으로 글을 쓰는 작가의 이야기'다. 페낙은 이미 '말로센 시리즈'로 프랑스에서 크나큰 호응과 인기를 누리고 있으므로, 대서사시와 같은 그 시리즈의 후속 작품을 썼어도 충분히 성공을 거둘 수 있었을 것이다. 하지만 이 책 『독재자와 해먹』에서 그는 전혀 다른 영역을 모험한다. 허구가 현실에서 출발하여 어떻게 구축되는지를 보여주는 재미있는 소설, 작품을 쓰는 과정에서 발생하는 여러 요소들이 작품 속에 등장하는 그런 소설 말이다.

이 작품은 일견 복잡하고 헷갈리는 듯하면서도 기발하고, 여러 요소가 뒤범벅되어 섞여 있지만 아주 명쾌하고 명석한 소설이다. 작가의 자전적 요소, 고삐 풀린 듯 좔좔 펼쳐지는 이야기, 옛 추억, 상상…… 이런 것들이 풍부하게 섞여 이 소설이 만들어졌다. 이 소설의 가장 큰 매력은 관습적인 틀을 깨고 독자가 '이런 이야기겠지' 하고 기대하는 방식이 아닌 자기만의 방식으로 이야기를 펼쳐나가는 예측불허, 재기발랄한 상상력일 것이다. 개인적으로는 이 작품이 지금까지 페낙이 발표한 작품 중 가장 뛰어난 작품이라 생각한다.

독재자가 편의상 고용한 닮은꼴이 또다른 닮은꼴을 찾아 고용하고, 그 닮은꼴이 또다른 닮은꼴을 고용하고…… 이런 식으로, 마치 뚜껑을 열면 똑같이 생긴 작은 인형이 계속 튀어나오는 러시아 인형처럼 이야기 층위가 겹겹이 중첩된다. 이 시대 최고의 이야기꾼 페낙이 어딜 가겠는가.

소설의 도입부는 라틴 아메리카 어느 가상의 나라의 독재자 마누엘 페레이라 다 폰치 마르팅스가 훗날 군중에게 몰매를 맞아 죽으리라는 치명적 예언을 듣고 자신과 똑같이 생긴 닮은꼴을 채용하고 유럽으로 가버리는 것으로 운을 뗀다. '아이러니와 재치가 듬뿍 담긴 정치적 우화구나' 생각하며 읽어나가면 어느 새 저자(화자) 자신의 이야기가 비집고 들어온다. 브라질 북동부(노르데스치) 지방에서 1978~1980년까지 살았던 작가 자신의 추억이,

"하늘과 땅 사이에 매어놓은 그물침대에 누워 허공에 대롱대롱 매달린 채, 쓰지도 않는 소설을 구상하며 보내"던 그 시간이 고스란히 소설로 녹아나온다. 명상, 이야기의 일탈, 전에 만나거나 스쳐간 인물들의 회상, 브라질 내륙의 척박한 땅 세르탕 지역에 사는 사람들의 이야기…… 이런 것들이 쌓이면서 이 작품은 좀더 내밀한 이야기가 되어가지만, 이 내밀함 속에도 페낙 특유의 '정치성'은 도사리고 있다. 그는 어렸을 때 군인 아버지를 따라서 모로코, 지부티, 베트남 등의 옛 프랑스 식민지에 살았다. 그러면서 역설적으로 반식민주의자로 성장하게 된다. 훗날 파리의 다인종 구역 벨빌에 살면서 '말로센 시리즈'를 쓰게 된 페낙의 단면이 이 소설에도 배어난다.

브라질 이야기를 하면서 작가는 자기 이야기가 어떻게 탄생하게 되었는지, 피아우이 주의 주도인 테레지나라는 공간은 어떻게 형상화되었는지, 비행기 엔진 고장으로 그곳에 비상 착륙하던 인연으로 테레지나라는 공간이 어떻게 자기 속에 내면화되는지를 묘사한다. 밖으로 나가도 여전히 '안'인 그곳, '내륙'은 페낙에게 우리 마음의 내륙을 상징한다. 척박하고 건조한 불모의 내륙 세르탕, 그곳 불꽃나무 아래에서 참을성 있게 우리를 기다리고 있는 것은 무엇일까? '우리 자신이 갖고 있는 평가할 수 없을 정도로 중요한 부분,' 즉 우리의 고독이다.

바로 이때 원형광장 한켠에서 자전거에 기대어 낡아빠진 텔레비전 수상기를 보며 웃고 있는 두 세르탕 남자. 공간 속에 또 하나의 공간이 탄생하는 순간이다. 그들은 채플린의 〈황금광 시대〉를 보며 웃는다(이 소설 속에서 찰리 채플린이 하고 있는 역할은 어찌 보면 독재자 페레이라의 역할보다 더 크다고 할 수 있다. 아니, 그의 연장선상에 있다고 할 수 있다. 그래서 이 소설은 채플린에게 바치는 오마주로 읽히는 것이다). 세르탕 사람들과 개화된 문명세계 사람들이 같이 웃을 때, 테레지나는 문득 세계의 수도가 된다. 그리고 화자의 이야기 창은 여기서 열린다. 무성영화에 매료된 첫번째 닮은꼴이 영사기를 짊어지고 '아메리카'로 도망치는 통로가 되는 바로 그 창이다.

닮은꼴이 영화에 빠져 남미 대륙을 횡단하여 미국으로 가면서 이야기는 폭과 깊이를 더해간다. 채플린에서 발렌티노로 이어지는 이야기의 묘미는 옮긴이의 말에서 압축해 거론하기 아까울 정도다. 직접 읽어보면서, 무릎을 치거나 미소를 지으며 즐겁게 음미하길 바란다. 나중에 도입부 우화의 결말에 관해 밝혀지는 기막힌 오해(혹은 고의적 착각)까지, 페낙의 붓끝은 그야말로 신출귀몰이다.

이 모든 것은 요컨대 본문에 나오듯 "운명에서 벗어나고자 하는" 시도에 관한 이야기다. 그러나 『독재자와 해먹』의 인물들은 결국 운명에서 벗어나지 못한다. 우리들이 모두 그렇듯이…… 그래서 채플린의 〈위대한 독재자〉가 상영되는 시카고의 한 영화관에서 이발사 닮은꼴은 빈 술병을 안은 채 생을 마감하는 것이다. 여기서 불쌍한 노숙자로 전락한 그의 시신을 수습해주는 영화관 안내원 처녀와 그녀의 연원이 되는 인물 소냐(이 소설의 원고를 같이 읽고 페낙에게 조언까지 하는 인물)의 출현은 소설 후반부의 백미다. 여기서 다시 허구와 현실이 솜씨 좋게 뒤섞인다. 어느 소설가가 이렇게 쓸 수 있을까? 페낙의 타고난 이야기 솜씨는 때로 20세기 초의 거장 장 지오노를 연상시키기도 한다.

이 작품은 앞에서 말한 대로 영화의 거장 채플린에게 바치는 뛰어난 오마주이자 문학과 정치에 관한 성찰이기도 하다. 작가는 주인공의 입을 빌려 말한다. "정치라는 것은 말이야, 구경꾼의 역설이지." 소설을 읽으면서 독자는 스스로 이 이야기 구성에 한몫하고 있음을 느끼게 될 것이다. 서랍이 많은 장롱을 열고 서랍 속에서 또 서랍을 발견하고, 그 서랍들 속에 들어 있는 것들을 보는 재미, 그리고 나중에는 그 많은 서랍들이 하나의 큰 그림을 구성하고 있음을 확인하는 재미를 느끼게 될 것이다.

이 작품을 번역한 역자의 심정을 소설 속의 인물, 독재자의 오른팔이자 수석통역관인 마누엘 칼라두 크레스푸가 대변해준다.

"오! 저는 통역관이자 번역자입니다. 제가 자유자재로 넘나드는 일고여덟 가지 언어 중에서 정확히 똑같은 의미를 지닌 두 단어를 만난 적이 한 번도 없답니다. 저는 닮은꼴을 분별해낼 재주가 통 없습니다. 그저 털끝만 한 차이점을 찾아내는 게 제 임무일 뿐이지요."

프랑스어로 쓴 원작과 한국말로 번역한 이 책 사이에 어찌 차이점이 털끝뿐일까마는, 이 번역을 통해 독자들이 작품의 맛을 웬만큼 느낄 수 있다면 그것이 '닮은꼴을 분별해낼 재주가 없는' 역자의 커다란 행복이다. 행여 잘못된 부분이 있다면 질정을 바라며, 페낙과의 행복한 만남을 주선해준 문학동네 출판사에도 감사드린다.

2007년 봄
임희근

옮긴이 **임희근**

서울대학교 불어불문학과를 졸업하고 프랑스 파리3대학(소르본 누벨 대학)에서 장 지오노의 소설공간 연구로 석사학위를 받고, 19세기 자연주의 소설 연구로 박사과정을 수료했다. 여러 출판사에서 해외 도서 기획 및 저작권 분야를 맡아 일했고, 현재 출판 기획·번역 네트워크 '사이에' 대표로 일하고 있다. 『살림』 『저물녘 맹수들의 싸움』 『잠의 제국』 『포도주 예찬』 『차문디 언덕을 오르며』 『불행의 놀라운 치유력』 등을 우리말로 옮겼다.

문학동네 세계문학
독재자와 해먹

초판인쇄	2007년 5월 11일
초판발행	2007년 5월 21일

지 은 이	다니엘 페낙
옮 긴 이	임희근
펴 낸 이	강병선
책임편집	김미정 최정수
펴 낸 곳	(주)문학동네
출판등록	1993년 10월 22일 제406-2003-000045호

주 소	413-756 경기도 파주시 교하읍 문발리 파주출판도시 513-8
전자우편	editor@munhak.com
전화번호	031) 955-8888
팩 스	031) 955-8855

ISBN 978-89-546-0318-8 03860
www.munhak.com